왕릉 가는 길

518년 역사의 시간을 걷는
조선 왕릉 순례길 600킬로미터

왕릉 가는 길

신정일 지음

세상에서 가장 아름다운 숲길, 조선 왕릉 길이 그대를 부른다

"약보藥補보다 식보食補가 낫고, 식보보다 행보行補가 낫다."
《동의보감》을 지은 허준의 말이다. 아무리 좋은 약이나 음식보다 걷는 것이 제일이라는 말이다. 정약용은 걷는 즐거움을 '청복淸福'이라고 했다. 노동이나 운동을 하는 데서 느낄 수 없는 '맑은 즐거움'을 느낄 수 있다는 것이다.

이 말을 알기도 전부터 길에 미친 나는 평생을 길에서만 보냈다. 한국의 산을 400~500개 올랐고, 한국의 강을 발원지에서부터 바다와 만나는 하구까지, 한강, 낙동강, 금강, 섬진강, 영산강, 한탄강, 만경강, 남강 등을 대여섯 번씩 걸었다. 조선시대의 옛길과 부산에서 서울 남대문까지(영남대로), 해남에서 서울 남대문까지(삼남대로), 경상북도 울진 평해에서 동대문까지를 두세 차례씩 걸으며 조선시대 선비들과 보부상들의 삶의 궤적을 추적했다. 부산 오륙도에서 동해안을 따라서 고성에 이르는 길을 걸어서 책을 썼고 그 길이 해파랑길로 명명되기도 했다.

열네 살에 가출해서 진안에서 남원을 거쳐 구례, 석곡까지 걸어가며 방랑의 기쁨과 고통을 알았다면, 열다섯 살 삶에 지쳐서 스님이 되고자 출가를 해서 떠났던 방랑은 내 인생의 큰 화인을 남기기도 했다. 그리고 1985년부터 이 나라 이 땅을 줄기차게 걸었다. 그렇게 오랜 시간 수많은 길이 내게 아름다움과 평온을 주었다.

2019년 봄, 정재숙 문화재청장님으로부터 서울 근교의 조선 왕릉 답삿길을 만들면 어떻겠냐는 제안을 받았다. 산티아고 순례길이나 해파랑길, 제주 올레길 또는 지리산 둘레길과는 다르지만, 저마다 다른 사연과 역사가 있는 조선 왕릉 길을 연결한다면 좋을 것 같다는 생각이 들었다. 몇 곳을 답사하면서 '이처럼 훌륭한 문화유산과 역사 교육의 장을 내가 너무 모르고 있었구나!' 하는 놀람과 깨달음을 동시에 얻었다. 본격적으로 답사를 하면서는 '명색이 나라 안에서 제일 많은 길을 걸었다고 자타가 공인하는 나 자신이 우리 국토의 숨은 보석을 등한시했다니' 하는 자책마저 들었다.

어느 왕릉을 가건 실크로드처럼 펼쳐진 아름다운 길이 있고 소나무, 참나무, 물푸레나무를 비롯한 온갖 나무들이 울울창창

했다. 아름다운 숲에 둘러싸인 여러 왕릉을 거닐면서 수많은 생각을 정리할 수 있었다.

옛날의 현자賢者들은 풀리지 않는 의문이 생겼을 때 숲속으로 들어가 자연의 소리를 들으면서 생각을 정리했다고 한다. 그리스인들은 나뭇가지 사이로 스치는 바람결에 귀를 기울이게 하는 소리, 그 상쾌한 소리를 '사랑스러운 드리아드', 즉 숲의 요정들의 움직임으로 보았다. 그리고 옛 시인들은 어떤 놀라운 발상이나 영감을 얻고자 할 때 오랫동안 숲을 거닐었다고 한다. 숲길을 걸으면서 '세상을 떠돌면서 관조하는 신神들의 생각을 마음속으로 받아들여야 한다'고 믿었기 때문이다. 놀라운 창조력을 얻고 싶은 사람, 세상으로부터 조금 벗어나고 싶은 사람이 지친 마음을 내려놓고 거닐다 보면 무한한 힘이 충전되는 길이 바로 조선 왕릉 길이다.

서울 근교 엎드리면 코 닿을 만한 거리에 있는 30여 개에 이르는 조선 왕릉 길은 조선 최초의 왕릉 정릉에서부터 정조의 건릉까지 600킬로미터로 이어져 있다. 조선왕조 500년과 그 뒤로 이어진 역사와 문화의 현장을 찾아 천천히 그 길을 따라서 걸어보자. 한 발 한 발 걷다 보면 이 땅의 모든 사람이 대한민국의 역사와 산천을 사랑하고 알리는 진정한 홍보대사가 될 것이다.

자, 어서 가서 걸으시라. 조선 왕릉 길을 걷는 시간만큼은 세상의 삿된 욕심에서 벗어나 몸과 마음이 새털처럼 가벼워져 어느새 시인이 되고, 철학자가 되고, 천진난만한 어린아이가 될 것이다. 혼자도 좋고, 둘이어도 좋고, 마음과 마음이 통해서 도란도란 이야기 나누면서 걸을 수 있는 사람과 간다면 더없이 좋으리라. 그 길을 걷다 보면 "꼭 필요한 경우에는 일치를, 애매한 경우에는 자유를, 어떠한 경우에도 사랑을"이라는 마르코 안토니오 도미니스의 말이 절로 떠오를 것이다. 이 땅을 살다 간 모든 사람이, 이 땅을 살고 있는 모든 사람이 기억해야 할 말이다. 일치도 좋고 사랑도 좋지만 이 애매한 세상에서 '애매한 경우에는 자유를' 주는 것이 이 지상을 사랑으로 넘치게 하고 평화롭게 하는 유일한 해답이기 때문이다.

저마다의 아름다운 역사와 이야기가 있으며 뜻깊은 풍경을 만날 수 있는 조선 왕릉이 당신을 부른다, 어서 와서 이 길을 걸으며 여태껏 맛보지 못한 신선한 기쁨의 물을 마시라고.

신정일

차
례

◗

조선의 왕릉은
어떻게 조성되었는가?

조선시대 왕실의 묘는 능陵, 원園, 묘墓로 구분된다. 능은 왕과 왕비의 묘를 말하고, 원은 세자와 세자빈, 그리고 세손과 세손빈, 빈嬪의 무덤이다. 그리고 묘는 대군과 공주, 그리고 옹주와 후궁, 귀인 등의 무덤이다. 518년 동안 조선을 다스렸던 조선왕조에는 27명의 왕과 왕비, 그리고 추존 왕을 합쳐 42기의 능이 있고, 14기의 원과 64기의 묘가 현존하고 있다. 대부분이 서울과 경기도 인근에 있는데, 신의왕후(태조의 아내)의 제릉齊陵과 정종의 후릉厚陵이 북한에 있으며, 비운의 임금인 단종의 장릉만 강원도 영월에 있다.

능의 종류도 다양하다. '단릉'은 왕이나 왕비 중 어느 한 분만을 매장하여 봉분이 하나인 능을 말하고, '쌍릉'은 한 곡장 안에 두 봉분이 나란히 묻혀 있는 능, '삼연릉'은 왕과 왕비, 그리고 계비가 나란히 묻힌 능을 말한다.

'동원이강릉同原異岡陵'은 같은 능역에서 하나의 정자각을 사용하며 언덕을 달리하고 있는 능을 말한다. 왕과 왕비의 관을 함께 매장하여 하나의 봉분 안에 두 개의 현실玄室을 만들어 두 개의 관을 안치한 능을 '합장릉'이라고 했는데, 이는 세종의 영릉 때부터 시작되었다.

누구나 가면 반갑게 맞고 수많은 이야기를 들려주는 조선 왕릉 길의 시작은 조선의 궁궐을 나오면서 시작된다. 조선왕조 최초의 왕비인 신덕왕후를 모신 정릉을 지나면 국립산림과학원 근처 옛 홍릉 자리에는 영휘원과 숭인원이 있다. 그곳에서 멀지 않은 성북구 석관동에 경종과 계비 선의왕후를 모신 의릉이 있고, 도봉구 태릉에 문정왕후를 모신 태릉과 그의 아들 명종 내외가 잠든 강릉이 있으며, 도봉구 방학동에 비운의 임금인 연산군묘가 있다.

구리시 동구릉로에 있는 동구릉에는 조선을 건국한 태조의 능인 건원릉과 문종, 선조, 현종, 영조, 헌종 등 9개의 능이 있고, 서울 강남 한복판의 선릉로에 성종과 그의 아들 중종이 묻힌 선정릉이 있다. 서초구 헌인릉길에는 태종과 순조가 잠든 헌인릉이 있고, 서울에서 제일 먼 곳인 강원도 영월에 단종이 잠든 장릉이 있다.

경기도에 접어들어 남양주시에는 고종과 순종이 잠든 홍릉과 유릉이, 근처에 영친왕을 모신 영원과 이구를 모신 회인원, 그리고 의친왕과 덕혜옹주의 묘가 있다. 남양주시 진건읍에는 단종의 비인 정순왕후가 잠든 사릉이 있고, 그 옆에 광해군과 그의 어머니 공빈 김씨의 묘와 형인 임해군의 묘가 있다.

광릉숲으로 알려진 남양주시 진접읍에 세조와 그의 아내가 잠든 광릉이 있고, 양주시 장흥면의 온릉에 중종의 비인 단경왕후가 잠들어 있으며, 근처에 그의 아버지인 신수근의 묘가 있다. 파주시 조리읍에 공릉과 순릉, 영릉이 있고, 탄현면에는 인조가 잠든 장릉이 있으며, 파주시 광탄면에는 영조의 어머니가 잠든 소령원이 있고, 김포시청 뒤편에 인조의 아버지 원종을 모신 장릉이 있다.

고양시 원당동에 있는 서삼릉에는 철종과 그의 아내가 잠든 예릉과 인종이 잠든 효릉, 중종의 계비 장경왕후가 잠든 희릉이 있고, 고양시 용두동의 서오릉에는 예종이 잠든 창릉, 숙종의 정비인 인경왕후가 잠든 익릉, 영조의 정비인 정성왕후가 잠든 홍릉 등이 있다. 마지막으로 경기도 화성에 사도세자와 그의 아들 정조가 잠든 융건릉이 있고, 사도세자를 모신 원찰 용주사가 있다.

나라에서 국상을 당하면 곧바로 도감都監이 설치되고 장례 준비가 시작되었다. 택지와 능역은 미리 물색해 두기도 했지만 3개월이나 5개월에 걸쳐 능지를 고르고 골랐는데, 왕릉을 택할 때 가장 중시했던 것은 혈穴의 중심이 되는 좌坐와 좌의 정면이 되는 향向이었다. 산의 형세에 따라 약간씩 달랐지만 북쪽에 머리를 두고 남쪽을 향하게 했고, 북쪽의 높은 산을 주산으로 기대고, 앞쪽에 안산案山, 좌청룡, 우백호를 거느린 지맥이 봉분을 안치하는 혈맥에 닿는 곳을 명당으로 보았다.

조선 왕릉은 죽은 자가 머무는 성聖의 공간과 살아 있는 자가 머무는 속俗의 공간이 만나는 곳으로 그 공간적 성격에 따라 세 부분으로 나누었다. 왕과 왕비의 봉분(능침, 능상)이 있는 성역 공간이 있고, 죽은 자와 산 자가 함께 있는 영역인 제사를 지내는 공간, 그리고 왕릉의 관리와 제향 준비를 하는 공간이 있다.

조선 왕릉은 공간적 성격에 부합하는 각각의 건축물과 조형물이 왕릉의 전체적인 조경과 조화를 이루며 조성되어 있는데, 그 첫 번째 공간이 진입 공간이다. 왕릉에서 제일 처음 만나는 건물인 '재실齋室'은 왕릉의 제사와 관련된 준비를 하는 곳이기도 하지만 왕릉을 관리하던 능참봉이 거처하던 곳이다.

재실을 거쳐 '금천교禁川橋'를 지나면, 능역의 시작과 함께 신성한 곳임을 알리는 '홍살문'이 있다. '홍문紅門' 또는 '홍전문紅箭門'이라고도 부르는 이 문에서 정자각까지 이어진 길을 두고 '향어로香御路'라고 부른다. 박석을 깐 이 길의 약간 높은 왼쪽 길은 제향 때 향을 들고 가는 길이라 하여 '향로'라고 하고, 약간 낮은 오른쪽 길은 임금이 다니는 길이므로 '어로'라고 부른다.

오른쪽으로 왕릉 관리자가 임시로 머물던 '수복청守僕廳'을 지

조선 왕릉의 위치

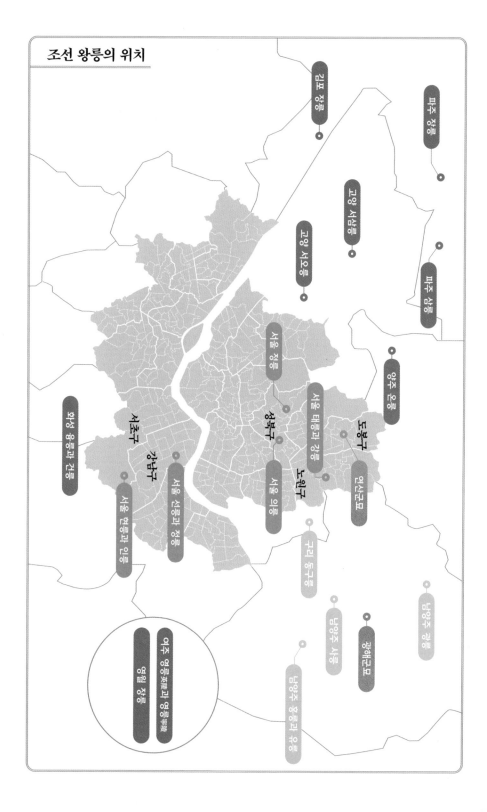

김포 장릉
파주 장릉
고양 서삼릉
고양 서오릉
파주 삼릉
서울 정릉
서울 태릉과 강릉
양주 온릉
도봉구
연산군묘
화성 융릉과 건릉
서초구
강남구
노원구
서울 의릉
성북구
서울 선릉과 정릉
서울 헌릉과 인릉
구리 동구릉
남양주 광릉
남양주 사릉
광해군묘
남양주 홍릉과 유릉
여주 영릉(寧陵)과 영릉(英陵)
영월 장릉

나면, 제향을 올리는 정자각에 이른다. 이 건물은 제향을 올리는 공간으로 '정丁'자 모양으로 지은 집이며, 정자각 동쪽에 있는 능 주인의 업적을 기록한 비석과 '신도비神道碑'를 보호하는 건물인 '비각碑刻'이 있다. 정자각 뒤의 서쪽에는 제를 올린 뒤 축문祝文을 태워 묻는 방형의 '예감瘞坎'이라는 석함石函이 있다.

정자각에서 봉분까지는 대부분 급경사를 이루는데, 이 부분을 사초지莎草地라고 부른다. 조선 왕릉의 내부는, 조선 초기에는 고려 왕릉제를 본받았다. 능침은 하계下界와 중계中界, 상계上界로 나누었으며, 하계에 있는 무석인武石人은 문석인文石人 아래에서 왕을 호위하고 있고, 두 손으로 장검을 짚고 위엄 있는 자세로 서 있다.

중계에 있는 문석인은 장명등 좌우에 있으며, 두 손으로 홀을 쥐고 서 있다. 능침陵寢은 능의 주인이 잠들어 있는 곳으로 능상陵上이라고도 부르며, 봉분을 보호하기 위하여 동쪽, 서쪽, 북쪽에 둘러 놓은 담장을 곡장曲墻이라고 부른다.

봉분 양쪽 주위에 곡장을 향해 석호石虎와 석양石羊 네 마리씩을 교차하여 세웠으며, 추존된 왕릉은 석호와 석양의 수를 반으로 줄여서 차등을 두었다. 봉분 바로 앞에 사방에 귀면을 새긴 굄돌을 놓고 '넋이 나와서 노는 돌'이라는 '혼유석魂遊石'(상석)을 얹었고, 그 앞에는 장명등과 망주석, 그리고 문석인과 석마, 무석인과 석마를 봉분에서 멀어지는 순서로 배치했다. 대한제국기에 황제릉으로 조성된 고종의 홍릉과 순종의 유릉은 정자각

조선 왕릉의 구조

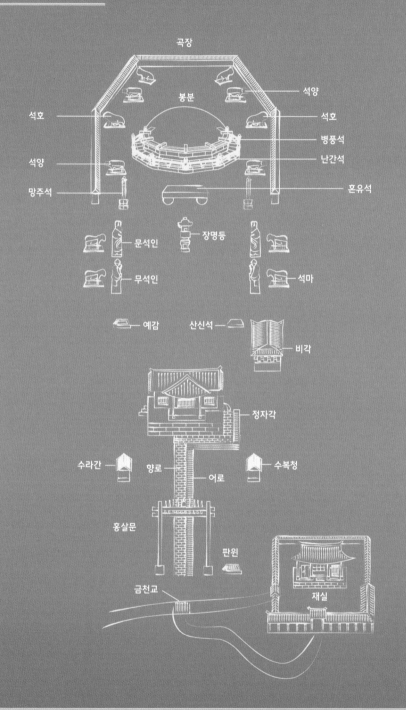

곡장

석양

봉분

석호

석호

병풍석

난간석

석양

망주석

혼유석

문석인

장명등

무석인

석마

예감

산신석

비각

정자각

수라간

향로

어로

수복청

홍살문

판원

금천교

재실

대신 침전을 짓고, 석수도 기존의 석양과 석호에서 벗어나 코끼리, 낙타, 해태 등의 크고 다양한 동물들을 배설했다.

사을한 산기슭에 버려져 잊힌
조선 최초의 왕릉

신덕왕후_정릉

정릉에 도착했을 때는 늦은 오후였다. 관리 사무소에 도착하자 한 이가 "안녕하세요" 하는 게 아닌가. 오랜 기억을 더듬어 보니 예전에 함께 답사를 다녔던 홍계영 씨였다. 정릉에서 이렇게 다시 만날 줄이야. 새삼 저승에도 이런저런 길이 있다면 신덕왕후도 태종 이방원과 우연처럼 필연처럼 만나는 일이 있지 않을까 생각했다.

서울 성북구 정릉동에 있는 정릉貞陵은 조선 건국 후 최초로 조성된 능이다. 능의 주인은 태조 이성계의 비妃 신덕왕후神德王后(미상~1396)다. 신덕왕후는 판삼사사 강윤성康允成의 딸이다. 아버지 강윤성과 작은아버지 강윤충康允忠·강윤휘康允暉 형제들은 고려 후기 권문세족으로 태조가 조선을 개국하는 과정에서 중요한 임무를 수행했다.

　태조는 고려의 풍습대로 고향과 서울에 각각 향처鄕妻와 경처京妻를 두었다. 신의왕후神懿王后 한씨가 향처라면 신덕왕후 강씨는 경처였다. 위화도 회군 당시 포천 철현에서 따로 살림하고 있었던 강씨는 변고에 대비하여 일가족과 함께 피란하여 동북면 이천에 있는 한충韓忠의 집에서 머물렀다. 위화도 회군 이후 태조는 조선을 건국하고 1392년(태조 원년) 8월 강씨를 현비顯妃로 책봉했다. 조선 개국 후에도 강씨 집안의 영향력은 막강하여 태조가 강씨의 소생인 방석을 세자로 삼을 정도였다.

　강씨는 1396년 8월 병환으로 머물던 판내시부사 이득분의 집에서 41세의 나이로 사망한다. 현비의 존호를 신덕왕후로 하고 능호를 정릉이라 정했다. 개국 공신들의 주장대로 국모를 높이는 뜻의 공신수릉제功臣守陵制를 채용했다. 1397년 처음 조성된 정릉의 위치는 도성 안 황화방皇華坊 북원(현 정동 영국 대사관 자리)이었다. 그리고 능을 조성한 다음 그 동쪽에 170여 칸에 달하는 흥천사興天寺를 원찰願刹로 세웠다.

　신덕왕후를 사랑했던 태조는 정릉의 아침 제祭 올리는 종소리를 듣고서야 수라를 들었다. 그때 태조가 들었던 흥천사 대종은 1504년(연산 10) 흥천사에 불이나 완전히 폐허가 되었을 때 동대문을 거쳐 광화문의 종루로 옮겨지는 수난을 겪고서 지금은 덕수궁 자격루 옆에 있다.

눈물 같은 비가 내리던 날

1398년(태조 7) 제1차 왕자의 난이 일어나서 훗날 태종이 되는 방원이 신덕왕후 소생의 두 아들을 무참히 죽이는 사건이 일어 났는데, 그 사건의 발단은 오래전의 일이었다.

신의왕후가 아들 여섯을 낳았는데, 정종은 둘째요, 태종은 다섯째 이다. 신덕왕후는 방번, 방석과 공주(경순공주) 하나를 낳았는데, 공 주는 이제李濟에게 시집갔다. 태조가 일찍이 배극렴, 조준 등을 내 전에 불러서 세자를 세울 것을 의논하였다. 배극렴이 말하기를, "시 국이 평온할 때는 적자를 세우고, 세상이 어지러울 때는 공 있는 자 를 세워야 합니다" 하였다. 신덕왕후가 몰래 듣고 그 우는 소리가 밖에까지 들렸다. 그 소리를 듣고 배극렴과 조준 등이 의논을 중지 하고 나왔다. 뒷날 태조가 다시 배극렴 등을 불러서 의논하니, 그 자 리에선 아무도 세자로 어떤 사람을 세울지에 대한 말을 하지 않았 다. 배극렴 등이 물러가서 의논하기를, "강씨는 반드시 자기 아들을 세우고자 할 텐데, 방번은 광패狂悖하니 막내아들 방석이 조금 낫 다" 하고 방석을 세자로 삼을 것을 청하였다.

정도전과 남은이 방석에게 붙어서 다른 왕자를 제거하고자 모의하 여 은밀히 아뢰기를 "중국에서 모든 왕자를 왕으로 봉하는 예例에 의하여 모든 왕자를 각 도에 나누어 보내기를 청하옵니다" 하였다. 이에 태조가 답을 하지 않고 방원에게 이르기를 "외간의 의논을 너희들이 몰라서는 안 되는 것이니 마땅히 너의 형들에게 타일러서 경계하고 조심하게 해라" 하였다. 점쟁이인 안식安植이 정도전에게 말하기를 "세자의 배다른 형들 가운데 왕이 될 사주를 타고난 사람이 하나만이 아닙니다" 했다. 이를 듣고 정도전이 말하기를 "곧 그들을 제거할 것이니 근심을 그만 거두세" 하였는데, 이 말을 들은 의안군義安君 화和가 몰래 방원에게 고하였다. (이긍익李肯翊,《연려실기술燃藜室記述》권1, 〈태조조 고사본말〉)

방원(태종)과 왕자들 그리고 정도전鄭道傳이 목숨을 건 싸움의 시작이었다. 그 뒤 태조는 정사에 뜻을 잃었다. 왕위를 정종에게 물려준 뒤 1400년 제2차 왕자의 난이 일어났다.

1399년(정종 원년) 기일에 흥천사를 원당으로 삼아 제사를 지낼 때 태상왕 태조도 참례했다. 태조는 능과 절을 돌아보는 것으로 남은 생을 소일했다. 그러나 태조가 사망한 뒤 능을 옮기자는 의견이 나오자 신덕왕후를 태조의 왕비로 인정하지 않았던 태종은 1409년 2월 묘를 도성 밖 양주 땅의 사을한沙乙閑(이곳은 사을한리沙乙閑里, 남사아리南沙阿里로도 표기) 산기슭인 지금의 정릉 자리로 이장했다. 그리고 한 달 뒤에 정자각을 헐고 목재와 석재를 태평관을 짓는 데 사용하게 하며, 석인은 묻고 봉분은 깎아 버려 무덤의 흔적을 남기지 말라는 영令을 내렸다. 자기가 원하는 자리에 올라도, 나이가 들어도 원한의 감정은 사라지지 않는 것인가. 결국 정릉의 흔적을 완전히 없애고 만 것이다.

그뿐만이 아니었다. 자신의 생모인 신의왕후를 태조의 유일한 정비正妃로 삼아 태조와 함께 신주를 종묘에 부묘했고, 신덕왕후는 후궁으로 격하시켰다. 또한 1410년에는 광통교 흙다리가 홍수로 무너지자 정릉의 석물 중에 남아 있던 병풍석을 돌다리로 개축하는 데 쓰도록 했다. 《연려실기술》에는 다음과 같은 내용이 실려 있다.

> 태조는 본시 유학을 좋아하여, 비록 군중軍中에서라도 창槍을 놓고 쉬는 때면 유명한 선비를 청하여 경서와 사기를 논의하느라고 밤중까지 가지 않기도 하였다. 가문에 유학하는 사람이 없으므로 태종을 배움길에 나아가게 하였더니, 태종이 글 읽기를 게을리하지 않았다. 신덕왕후는 태종의 글 읽는 소리를 들으면, "어찌 내 몸에서 나지 않았는가" 하였다. (이긍익, 《연려실기술》 권2, 〈태종조 고사본말〉)

신덕왕후가 이런 마음으로 태종을 아끼던 시절이 있었건만 태종은 오직 자신에 대한 좋지 않은 감정으로 죽은 서모庶母를 욕보이기만 했던 것은 아닐까?

신덕왕후의 묘를 남사아리로 옮길 때 조선 전기 문장가 변계량卞季良이 이장을 고하는 제문을 지었다.

> 유명幽明의 관계가 이치는 비록 하나이지만 나뉨이 다르도다. 신도

神道는 청정淸淨함이 좋다는 옛 말씀이 어찌 거짓이랴. 고금을 통해 상고해 보건대, 나라 도성에 무덤 둔 일 없도다. 예관禮官이 이런 뜻으로 말을 올리매, 대소 신료가 이에 찬동하므로 길한 땅을 택하였으니, 성 밖 동북 모퉁이로다. 물은 졸졸 흘러서 일렁거리고 산은 뻗어 내려 서로 얽혔도다.

현택玄宅(무덤)을 두는 곳으로 여기가 마땅한데, 누가 이곳을 도성에 가깝다 하리요. 좋은 날 택하여 이안移安을 고하오며 술 한 잔을 올립니다. 숙령淑靈이 밝힌 흠향하심을 슬픈 정성 펴면서 울먹입니다. (이긍익,《연려실기술》권1, 〈태조조 고사본말〉)

그 뒤 1412년 기제는 서모나 형수의 기신제忌辰祭의 예에 따라 3품관三品官으로 제사를 대행하게 했다. 200여 년이 흐른 뒤 1581년(선조 14) 11월 먼저 3사三司에서 신덕왕후의 시호와 존호를 복귀하고, 정릉을 회복하자는 논의가 있었다.

전에 신덕왕후가 태조를 도와서 나라를 얻게 하고 태조의 정비가 되어 명의 고명誥命을 받았으며, 돌아간 후에 시호를 주고 능을 봉하기를 신의왕후와 같이 조금도 차이가 없이 하였다. 그러나 태조가 승하하자 다만 신의왕후만을 같이 모시고, 신덕왕후에 대해서는 일체의 전례典禮를 다 폐해 버렸다. 세월이 오래되니 능 또한 어디에 있는지 알지 못한 지가 200여 년이 되었다. (…)

이이가 앞장서서 말했다. "신덕왕후는 태조와 같이 모셔야 할 분인데, 아무 까닭 없이 제사하지 않는 것은 일이 윤기倫紀에 관계되니, 마땅히 존숭하는 행사가 있어야 할 것이다." 조정이 모두 의논하여 비로소 예관을 시켜 먼저 능을 찾게 하였다. 그때 문관 이창이 신덕 왕후의 외손으로 마침 조정에 벼슬을 하고 있었다. 예조에서 그를 데리고 능이 있을 만한 곳을 찾아 아차산 안팎을 두루 답사하였다. 하지만 그 능의 위치를 찾지 못하였다.

그러다가 변계량의 《춘정집春亭集》 가운데 정릉을 이장한 축문에 '국도 동북'이라는 문구가 있는 것을 보고, 이것을 근거로 물색하여 산 밑 마을에 가서 찾으니, 국장을 한 능이 산골짝 사이에 피폐한 채로 있었다. (이긍익, 《연려실기술》 권1, 〈태조조 고사본말〉)

하지만 신덕왕후를 종묘에 부묘하는 문제는 수면 아래로 내려갔다가 현종 대에 이르러 다시 제기되었다. 정통 명분주의에 입각한 유교 이념이 강조되고 예론이 크게 일어나면서 신덕왕후의 부묘 문제가 대두한 것이다. 1669년(현종 10) 1월에 판중추부사 송시열 등이 정릉과 흥천사 기문記文이 갖추어 있음을 지적했다. 그리고 신덕왕후를 종묘에 배향해야 한다는 상소문을 올렸다.

결국 우여곡절 끝에 신덕왕후의 신주가 260년 만에 종묘에 배향된 날은 1669년 10월 1일이었다. 가을의 끝자락이라 붉게 타오르던 단풍도 지고 찬바람 부는 가운데 아침부터 내린 비가 그치지를 않고 줄기차게 내렸다. 그때 정릉 일대에만 비가 많이 내리는 것을 두고 사람들은 신덕왕후가 맺힌 한을 푸느라 눈물 같은 비가 내리는 것이라며 '세원지우洗怨之雨'라 불렀다.

정릉 매표소를 지나면 새로 지어진 관리 사무소와 잘 지어진 재실이 있고, 조금 더 걸어가면 성역임을 알리는 홍살문이 보인다. 그 너머에 정자각이 있다. 보통 왕릉 구조상 정자각에 서면 대부분 능이 보이는데, 정릉은 가파른 산에 자리 잡아서 그런지 보이지 않는다.

골짜기 깊은 산골이었던 정릉은 이제 수많은 아파트와 건물들이 산 능선에 빼곡히 들어서서 이곳을 지켜 주고 있다. 태조를 지극하게 사랑해서 충실한 내조자이자 정치적 동반자로 살았기에 죽은 뒤 오히려 험난하고 외로운 시절을 보낸 신덕왕후를 위로해 주는 것인가?

비운의 왕 크고
아름다운 무덤에 들다

경종·선의왕후_의릉

서울 동대문구 회기동과 청량리동 그리고 성북구 석관동에 걸쳐 있는 천장산天藏山(해발 140미터)은 '하늘이 숨겨 놓은 곳'이라는 이름 때문일까? 불교 사찰이 자리 잡은 곳 가운데 가장 빼어난 명당으로 알려져 있다. 이 산 아래 있는 연화사의 삼성각 상량문은 1993년 자음慈音이 지었는데, 부처의 청정법신淸淨法身이 머무는 곳이 연화장蓮華藏의 세계이고, 중생의 근본적 자성自性이 진흙 속에서 피어나는 연꽃과 같으므로 연화사라고 했다고 한다. 연화사는 1499년(연산 5) 연산군의 생모 폐비 윤씨의 명복을 빌기 위해 창건되었다. 그러나 윤씨가 폐비되면서 회릉懷陵이 회묘로 격하된 후에는 근처에 조성된 의릉의 원찰이 되었다.

경종(1688~1724, 재위 1720~1724)과 계비 선의왕후宣懿王后(1705~1730)가 잠들어 있는 의릉懿陵은 서울 성북구 석관동에 있다. 석관동은 본래 한성부 동부 인창방의 일부로 지형이 곳으로 되어 있기에 돌곶이, 즉 한자어로 석관石串이라 했다. 경종은 숙종과 희빈 장씨의 장남이다. 장씨는 역관 장현張炫의 종질녀였는데, 궁녀로 들어가 숙종의 총애를 한 몸에 받았다. 1686년(숙종 12)에 숙원이 되고, 1688년에는 왕비의 예를 돕고 의논하는 정2품의 내명부인 숙의로 승진한 뒤 창경궁 취선당에서 왕자 윤昀(경종)을 낳았다.

숙종은 곧바로 원자 경종을 세자로 책봉하려 했으나 송시열의 반대가 극심했다. 숙종은 그를 제주로 유배했다가 다시 서울로 압송해 오던 중 정읍에서 사사했다. 실록에 3000번이 넘게 나오는 송시열도 왕권 앞에서는 속수무책이었다. 송시열과 김수항이 희생된 이 사건으로 100여 명의 서인들이 사형과 유배, 삭탈관직되면서 남인이 조정을 장악했고 원자는 자연스럽게 세자로 책봉되었다. 학문을 좋아했던 숙종은 세자에게 학문을 권장했다. 세자는 네 살 때《천자문》을 익혔고, 여덟 살에 성균관에서 입학례를 치렀다. 세자가 입학례를 행하는데 음성이 크고 맑아서 대신들이 축하하지 않는 사람이 없었다고《숙종실록》에 전한다.

하지만 역사의 물줄기는 돌고 도는 것이고, 사람의 마음도 변하고 또 변하는 것이라서 그런지 임금은 새로운 여인을 사랑하

2. 비운의 왕 크고 아름다운 무덤에 들다

게 된다. 그 여인이 숙빈 최씨였으며, 그 여인에게서 난 아들이 뒷날 영조가 되는 연잉군이다. 1694년(숙종 20) 숙빈 최씨의 도움을 받은 서인이 남인을 무너뜨리고 정권을 잡았는데, 그 사건을 두고 갑술환국甲戌換局이라고 부른다. 이때 희생된 남인이 130여 명에 이른다.

그런데 1701년(숙종 27) 경종의 나이 14세 때, 평생 그에게 불행의 그림자로 남을 사건이 발생한다. 희빈 장씨가 인현왕후 민씨를 저주하기 위해 취선당 서쪽에 마련해 놓은 신당이 발각되어 끝내 사사되는 사건(무고의 옥)을 지켜보게 된 것이다. 이때 사약을 받은 희빈 장씨가 숙종에게 마지막으로 아들을 만나게 해 달라고 애원했다. 처음에는 그 청을 거절했으나 한때 부부의 연을 맺었던 여인의 마지막 소원을 거절하지 못하고 숙종은 세자를 희빈에게 데려다주었다. 이때 상상할 수 없는 일이 일어났다. 갑자기 독기 서린 눈빛으로 변한 희빈이 세자에게 달려들어 세자의 하초를 잡아당겨 기절시켰다. 야사 같지만 실제로 전해 오는 이야기의 주인공 경종은 어머니의 비참한 죽음에 괴로워했다. 평생 원인 모를 병환에 시달린 경종은 재위 4년 만인 1724년 후사도 남기지 못한 채 37세의 나이로 짧은 생을 마감했다.

이중환이 연루된 신임사화

경종 연간에 신임사화가 발생했다. 1722년(경종 2)에 목호룡의 고변告變이 있었는데, 그때의 상황이 《경종실록》에 다음과 같이 실려 있다.

> 목호룡이란 자가 상소하여 "성상聖上을 칼이나 독약으로 시해하려고 모의하고 또는 내쫓기를 모의하기도 한다고 하니, 나라가 있어온 이래로 일찍이 없었던 역적입니다. 청컨대 급히 토벌하여 종사를 편안히 하소서" 하였다. (《경종실록》 권6, 경종 2년 3월 27일 임자)

남인의 서얼 출신인 목호룡睦虎龍은 종실인 청실군의 가동으로 있으면서 풍수설을 배워 당시 지관 노릇을 하고 있었다. 그는 노론인 김용택, 이천기, 이기지 등과 함께 왕세제를 보호하는 편이었다. 그러나 1721년 김일경이 소를 올려 노론 4대신이 실각하여 유배된 뒤 소론이 집권하자 1722년 소론편에 가담하여 백망白望이 왕세제를 업고 경종을 시해하려 한다고 고변한 것이다. 이 고변으로 60여 명이 투옥되었고, 이이명, 김창집, 이건명, 조태채 등 노론 4대신이 죽임을 당했다. 이처럼 김일경의 상소 사건과 목호룡의 고변으로 노론은 정치적으로 큰 타격을 입었는데, 이 두 사건을 묶어 신임사화辛壬士禍라 일컫는다.

고변 사건으로 소론은 노론을 제거하는 데 성공하고, 목호룡에게는 동성군의 훈작이 수여되고 동지중추부사의 직이 제수된다. 그러나 1723년 2월 이 고변 사건이 무고로 밝혀지면서, 목호룡은 김일경과 함께 붙잡혀 옥중에서 급사하고 말았다. 《경종실록》에 보면 그때 목호룡이 제출하지 않은 상소가 있었다고 한다. 그 상소에는 이중환李重煥이 김천 도찰방으로 재직하고 있을 때부터 처가 쪽으로 인척간인 목호룡과 친분을 맺고 있었다는 정황과 함께 다음과 같은 진술이 있었다.

> 동성군 목호룡의 상달되지 않은 소장에서 이중환이 말을 빌려준 죄에 대해 신구伸救하면서 그가 사직을 위한 공이 있다는 것을 성대히 일컬었는데, 심지어는 "신臣의 충의忠義를 격려하였음은 물론, 신에게 모획謀劃을 가르쳐 주었으므로 역적들을 제재하여 삼수三手를 막을 수 있었습니다" 하였다. (《경종수정실록》 권4, 경종 3년 6월 11일 무오)

결국 이중환은 금부에 체포되어 여러 차례 심문을 받았다. 그러던 중 이듬해 8월 경종이 의문사하고 연잉군이 왕위에 오르게 되는데, 곧 영조다. 경종 대에 소론에 의해 여러 번 시련을 겪은 영조는 목호룡 고변 사건을 조사하기 위해 이중환을 불러다 친히 국문하기에 이르렀는데, 이때 그의 처남인 목천임도 함께 조사를 받았다. 이중환은 자신의 혐의를 모두 부인했고, 그를 고발한 노론 측에서도 그가 목호룡의 고변 사건에 개입했다는 확실한 증거를 제시하지는 못했다.

잘 나가던 36세 학인 관료였던 이중환은 1725년 2월부터 4월까지 네 차례에 걸쳐 혹독한 형을 받았고, 두 차례에 걸쳐 유배되었다가 다음 해 10월에 석방되었다. 그러나 그해 12월에 사헌부의 탄핵으로 다시 유배되었다.

유배에서 풀려난 이중환은 끈 떨어진 매가 되어 일정한 거처도 없었지만 절망하지 않고, 사대부들이 살 만한 곳을 찾아 이곳저곳을 떠돌아다녔다. 그 당시 그는 전라도와 평안도를 제외한 조선 전역을 두루 답사했다. 이중환은 20여 년간 방랑 생활을 한 뒤 금강 변에 있는 강경의 팔괘정에서 2년간《택리지擇里志》를 썼다고 한다. 그 밖에 그의 생애에 대해 알려진 것은 거의 없다. 이중환은《택리지》에 자신이 처한 상황을 담담하게 적고 있다.

아아, 사대부가 때를 만나지 못하면 갈 곳은 산림뿐이다. 이것은 예나 지금이나 마찬가지인데, 지금은 그렇지도 못하다. (…) 그러므로 한번 사대부라는 명칭을 얻으면 갈 곳이 없다. 그렇다고 사대부의 신분을 버리고 농·공·상이 되면 안전해지고 이름을 얻을 수 있을까? 그렇지 않을 것이다. (…) 그러므로 동쪽에도 살 수 없고 서쪽에도 살 수 없으며, 남쪽에도 살 수 없고 북쪽에도 살 수 없게 되었다.

(이중환,《택리지》,〈사민총론四民總論〉)

2. 비운의 왕 크고 아름다운 무덤에 들다

한 사람의 불행이 만 사람을 행복하게 한다. 그것은 좋은 일일까? 만 사람은 행복하지만 한 사람, 한 사람이 우주라는 고금의 이치에서 볼 때 그 한 사람의 삶은 얼마나 큰 불행일까? 《택리지》의 저자 이중환이 그렇다. 경종이 독살될 것이라고 고변해서 일어난 사건, 신임사화 때문에 그의 인생은 중도에서 날개가 꺾였다.

왕의 능 앞에 왕후를 묻다

그렇다면 경종의 마지막은 실록에 어떻게 기록되어 있는가?

임금의 혼곤昏困한 증후가 더욱 극심하여 맥이 낮고 힘이 없었다. 약방에서 4경更에 입진入診하여 삼다參茶를 올리고 물러 나와서는 주원廚院으로 옮겨서 입직入直하기를 청하였으며, 사각巳刻에 다시 입진하였다. 임금이 병환이 있은 뒤로 여러 신하들이 성후聖候를 문안하면 임금이 그때마다 대답을 하였는데, 이에 이르러서는 임금의 음성이 점점 희미해졌다. 도제조 이광좌, 제조 이조가 죽을 올리면서 마시기를 권하였으나 모두 답하지 않았다. 세제世弟가 일어나서 청하니 임금이 비로소 머리를 들어서 미음을 올렸다. 제조 등이 물러나와 여러 의원들과 약을 의논하였는데, 이공윤이 소리를 높여 말하기를, "삼다를 써서는 안 됩니다. 계지마황탕桂枝麻黃湯 두 첩만 진어하면 설사는 즉시 그치게 할 수 있습니다" 하였으므로, 드디어

다려 올려 복용하게 하였다. 유각酉刻에 의관들이 들어가 진찰하고 나서 물러나와 말하기를, "증후가 아침에 비하여 더욱 위급합니다" 하니, 신하들이 달려서 희인문熙仁門으로 들어갔고, 이광좌 등이 입시하였다. 임금이 내시에게 의지해 있는데, 눈이 깊숙이 들어갔고 시선은 치뜨고 있었다. 이광좌가 문후하였으나 임금이 답하지 않자 세제가 눈물을 흘리면서 말하기를, "시급히 인삼과 부자를 써야 한다" 하였다. 《경종실록》권15, 경종 4년 8월 24일 갑오)

경종은 왕위에 오른 지 4년째 되던 1724년 8월 환취정에서 생을 마감했다. 이러한 경종에 대해 실록은 "받아들이는 아량이 넓으시어 무릇 논주論奏가 있으면 가슴을 열고 마음을 비워 받아들이지 않는 것이 없었는지라, 식자는 훌륭한 보좌가 없어 이상적인 정치를 도와 이루지 못하였음을 한스럽게 여겼다"《경종실록》권15, 경정 대왕 행장行狀)라고 기록해 두었다.

경종이 잠든 의릉은 묘명 그대로 크고 아름다운[懿] 무덤[陵]이다. 그런데 찬찬히 살펴보면 어딘가 어색하다. 일반적으로 왕과 비의 쌍릉은 봉분이 좌우로 나란히 솟아 있는데 이 능은 앞뒤로 배치되어 있다. 앞쪽이 왕비 선의왕후의 묘이고, 뒤편에 경종의 묘가 터를 잡았다. 효종과 인선왕후 장씨가 묻힌 여주의 영릉도 이와 같은 구조로 되어 있는데, 왕의 능을 상봉, 왕비의 능을 하봉이라고 부른다. 이러한 동원상하릉의 배치 양식은 유교적 인습을 따른 것이지만, 이곳에 안치한 시신이 왕성한 생기가 흐르는 정혈正穴에서 벗어나지 않도록 하기 위한 풍수지리적인 측면도 있었다고 한다. 왕릉과는 다르지만 파주시 파평면에 있는 율곡栗谷 이이李珥의 가족묘도 풍수지리상 역장逆葬이다. 율곡 내외의 묘가 제일 위에 있고 그 아래에 아버지 이원수와 신사임당 내외가 합장되어 있다.

경종의 계비 선의왕후는 영돈녕부사 어유구의 딸로 1705년에 태어났다. 1718년(숙종 44) 세자빈으로 책봉되었으며 1720년에 경종의 즉위와 함께 왕비가 되었다. 1724년 경종이 승하하고 영조가 즉위하자 왕대비로 진봉되었다. 선의왕후는 온유한 성품으로 사람들로부터 추앙을 받았다. 그러나 경종이 죽고 6년 뒤인 1730년 6월 26세의 나이로 소생도 남기지 않고 세상을 떠나 지아비 앞에 묻혔다.

능의 상설 양식은 봉분의 병풍석이 생략되고 난간석만 둘렀으며 난간 석주에는 방위 표시를 한 십이지十二支가 문자로 조각되어 있다. 석물은 봉분마다 같은 형식으로 배치되어 있는데, 숙종이 간소화해서 능을 조성하라고 한 뒤에 만들어진 것이라서 장명등도 사각이고 석인의 크기도 조금 작아졌다. 그 외에 구조와 양식은 다른 능과 거의 비슷하다.

경종이 잠들어 있는 의릉 뒤편 천장산 아래 자락에 중앙정보부가 들어선 것은 1970년대다. 이곳에 남은 중앙정보부 강당에서 1972년 7월 4일 남한과 북한의 합의에 따른 '7·4 남북 공동

성명'을 당시 이후락 중앙정보부장이 발표했다. 2004년 등록문화재 제92호로 지정된 이 강당에는 그 당시 그들이 근무, 회의하던 강당과 사무실이 옛 모습 그대로 남아 있다.

　중앙정보부가 들어서면서 훼손되었던 능역을 다시 복원하기 위한 노력은 1995년부터 시작되어 오늘날까지 차례로 이루어지고 있다. 하나하나 제자리를 찾는 것 같아 다행이면서도 언제쯤 옛날 그 모습을 되찾을 수 있을지 안타까울 따름이다.

경종릉 능침 정면

1. 선의왕후릉 동측 두 번째 석호

2. 의릉 정자각

지아비 곁에 묻히고
싶었으나

문정왕후_태릉

'태릉 선수촌'은 대한민국 사람이라면 모르는 사람이 없는 곳이다. 국가 대표 선수들이 훈련하는 곳이라서 세계적으로 크고 작은 스포츠 경기가 열릴 때마다 언론에 나오는 곳이 태릉 선수촌이다. 그런데 '태릉'이 어떤 내력을 지니고 있는지를 아는 사람은 극히 적다.

서울 노원구 공릉동에 있는 태릉泰陵은 중종의 계비 문정왕후 文定王后(1501~1565)의 능이다. 그 옆에 있는 강릉이 문정왕후의 아들인 명종과 인순왕후의 능이라서 함께 태강릉泰康陵이라고도 부른다. 태릉에 잠들어 있는 문정왕후는 실록에서 가장 혹독한 평가를 받은 왕비다. 영돈녕부사 윤지임尹之任의 딸로 태어난 문정왕후는 중종의 세 번째 왕비다. 왕비가 된 지 7일 만에 폐서인이 된 비운의 왕비 단경왕후의 뒤를 이어서 장경왕후가 왕후가 되었으나 세자(인종)를 낳은 뒤 산후병으로 세상을 떠났다. 그러자 1517년(중종 12)에 문정왕후가 왕비로 책봉된 것이다. 중종과의 사이에서 명종과 의혜공주, 효순공주, 경현공주, 인순공주 등 1남 4녀를 낳았다. 어려서부터 총명했던 문정왕후는 사치를 좋아하지 않았고 매우 검소했으며 항상 예법을 준수했다.

훗날 명종이 되는 경원대군 환을 낳았을 때 문정왕후는 34세였다. 그러자 장경왕후의 오빠이자 세자의 외삼촌인 윤임尹任은 문정왕후의 동생인 윤원형尹元衡이 세자를 폐위하고 경원대군을 세자로 책봉하려 한다는 내용의 상소를 올린다. 이 사건으로 외척 간의 세력 다툼이 일어났으며 이때 윤임 일파를 대윤大尹, 윤원형 일파를 소윤小尹이라 일컫기 시작했다.

1545년 인종이 왕위에 오르면서 대윤 일파들이 정권을 잡았지만, 인종이 왕위에 오른 지 8개월 만에 승하했다. 이후 열두 살 명종이 어린 나이에 왕위에 오르자 문정왕후는 임금의 어머니로서 8년간 수렴청정을 했다. 수렴청정垂簾聽政이란 말 그대로 '발을 드리우고 그 뒤에서 정치에 대해 듣는다'는 뜻이다. 동양에서 임금의 어머니나 할머니가 나이 어린 왕을 대신해 정치할 때 여성으로서 남성 관료들과 직접 대면하지 못하므로 왕의 뒤나 옆에 발을 드리우고 국사를 처리했던 것을 의미한다. 조선 역사에서는 세조의 왕비 정희왕후가 처음 수렴청정을 했고 문정왕후가 두 번째였다. 이때 남동생 윤원형이 권력을 잡고 국정을 좌지우지하면서 을사사화乙巳士禍를 일으켰다. 명종이 왕위에 오른 해인 1545년, 소윤인 윤원형 일파가 대윤인 윤임 일파를 숙청하면서 사림이 크게 화를 입어 수많은 사람이 희생되었다.

광해군 연간의 시인 석주石洲 권필權韠이 "예로부터 무오년, 기묘년 일이 슬픈 마음을 자아냈는데, 을사년 일은 더욱 험난하여라"라고 남긴 시구 그대로다. 을사사화로 인해 윤임, 유관, 유인숙 등은 반역 음모죄로 유배되었다가 사사되었고, 정철의 매형 계림군桂林君 유瑠도 음모에 관련되었다는 경기감사 김명윤의 밀고로 주살되었다. 당시 화를 입어 사형 또는 유배된 사람들이 부지기수였는데, 을사사화가 끝난 뒤에도 여파는 한동안 계속되었다.

1547년(명종 2) 9월 윤원형은 양재역 벽서 사건을 일으켜 을사사화로 정리하지 못한 정적들을 제거하기에 이른다. 선전관 이로李櫓가 경기도 과천의 양재역에서 "위로는 여주女主, 아래에는 간신 이기李芑가 있어 권력을 농락하고 있으니, 나라가 망할 것을 서서 기다리는 격이다. 어찌 한심하지 않으리오"라는 익명의 벽서를 발견해 임금에게 바쳤다. 이 익명의 벽서를 빌미로 송인수 등은 사형에 처해졌고, 이언적 등 20여 명은 유배되었다. 이처럼 을사사화 이후 수년간 윤원형 일파의 음모로 화를 입은 반대파 명사들이 100여 명에 달했다.

3. 지아비 곁에 묻히고 싶었으나

죽어서도 아들 곁에 선 발 뒤의 권력자

문정왕후는 1565년(명종 20) 4월 창덕궁 소덕당에서 승하했다. 그때 그의 나이 65세였다. 《명종실록》에 사신은 "사시巳時에 대왕대비가 창덕궁 소덕당에서 승하하였다"라고 쓴 뒤 곧바로 문정왕후의 잘못 살아온 삶을 말한다.

사신은 논한다. 윤씨는 천성이 강한剛狼하고 문자를 알았다. 인종이 동궁으로 있을 적에 윤씨가 그를 꺼리자, 그 아우 윤원로·윤원형의 무리가 장경왕후의 아우 윤임과 틈이 벌어져, 윤씨와 세자의 양쪽 사이를 얽어 모함하여 드디어 대윤·소윤의 설이 있게 되었다. 이때 사람들이 모두 인종의 고위孤危를 근심하였는데 중종이 승하하자 인종은 효도를 극진히 하여 윤씨를 섬겼다. 그러나 조회에서는 빈번히 원망하는 말을 하고 심지어 "원컨대 관가官家(인종)는 우리 가문을 살려 달라" 말하기까지 하였다. 인종이 이 말을 듣고 답답해하고 또 상중에 과도히 슬퍼한 나머지 이어서 우상憂傷이 되어 승하하게 되었다. 주상이 즉위하게 되어서는, 당시 제공諸公들이 그의 강한함이 반드시 나라를 해칠 것을 근심하여 임조臨朝하지 못하게 하려 하였으니, 대개 그 시세가 부득이함을 헤아리지 못하고 곧 화를 부를 뿐이었다. 얼마 못 가서 문득 큰 옥사를 일으켜 전에 인종을 부호한 사람을 모두 역적으로 지목하였다. 슬프다! (…) 대개 윤 왕후尹 王后가 전에 감정이 쌓였고 뒤에 화를 얽어 만들었는데, 이기의 무리가 또 따라서 이를 도와 이룩하였다. 그래서 그 화가 길게 뻗치어 10여 년이 되도록 그치지 않았고 마침내 사림을 짓밟고 으깨어 거의 다 쳐 죽이기에 이르렀으니, 이를 말하자니 슬퍼할 만한 일이다. 그 뒤에 불사를 숭봉함이 한도가 없어서 내외의 창고가 남김없이 다 고갈되고 뇌물을 공공연히 주고받고 백성의 전지를 마구 빼앗으며 내수사의 노비가 제도에서 방자히 굴고 주인을 배반한 노비들이 못에 고기가 모이듯 숲에 짐승이 우글거리듯 절에 모여들었다. (…) 또 스스로 명종을 부립扶立한 공이 있다 하여 때로 주상(명종)에게 "너는 내가 아니면 어떻게 이 자리를 소유할 수 있었으랴" 하고, 조금만 여의치 않으면 곧 꾸짖고 호통을 쳐서 마치 민가의 어머니가 어린 아들을 대하듯 함이 있었다. 상의 천성이 지극히 효성스러워서 어김없이 받들었으나 때로 후원의 외진 곳에서 눈물을 흘리었고 더욱 목놓아 울기까지 하였으니, 상이 심열증을 얻은 것이 또한 이 때문이다. 그렇다면 윤비尹妃는 사직의 죄인이라고 할 만하다. 《서경書經》 목서牧誓에 "암탉이 새벽에 우는 것은 집안의 다함이다" 하였으니, 윤씨를 이르는 말이라 하겠다.

사신은 논한다. 윤비는 천성이 엄의嚴毅하여 비록 임금(명종)을 대하는 때라도 말과 얼굴을 부드럽게 하지 않았고 수렴청정한 이래로 무릇 설시設施하는 것도 모두 임금이 마음대로 하지 못하였다. (《명종실록》 권31, 명종 20년 4월 6일 임신)

아들인 명종이 왕위에 오른 지 20년, 왕위에 오르게 한 게 자신이라며 임금을 꾸짖고 호통을 쳤다는 문정왕후는 초월적 권력자로 조선을 통치했다. 그러던 문정왕후는 양주 회암사에서 있을 큰 재齋를 앞두고 목욕재계를 한 뒤 다시는 일어나지 못했다.

문정왕후가 세상을 뜨자마자 사신은 그의 잘잘못을 낱낱이 열거했으며, 척신 윤원형은 관직을 삭탈당하고 강음江陰으로 물러나 살았다. 그때 문정왕후와 함께 온갖 악행을 저질렀던 정난정도 같이 따라갔다가 약을 마시고 자살했고, 윤원형은 난정의 죽음 앞에서 대성통곡을 한 뒤 울화병이 도져서 죽었다. 나는 새도 떨어뜨린다는 돈이나 권력이라는 것들이 죽음 앞에는 휴지 조각보다 못한 법. 그렇게 공들여 쟁취했던 것을 하나도 가져가지 못하고 쓸쓸하게 돌아갔다. 문정왕후와 윤원형에 대한 사관의 신랄한 비판을 보자.

> 그의 아우 윤원형과 중외에서 권력을 전천專擅하매 20년 사이에 조정의 정사가 탁란하고 염치가 땅을 쓸어낸 듯 없어지며 생민이 곤궁하고 국맥이 끊어졌으니, 종사가 망하지 않은 것이 다행일 뿐이다. (《명종실록》 권31, 명종 20년 4월 6일 임신)

문정왕후는 살아 있을 당시 봉은사 근처(정릉)로 중종의 능을 이장하게 했다. 자신이 죽은 뒤 중종의 능에 함께 묻히기를 바랐기 때문이다. 그러나 정릉의 지대가 낮아 장마철에 물이 들어오자 지대를 높이는 데 큰 비용만 들이고 결국 태릉에 따로 묻히게 되었다. 전하는 말에 따르면 묘를 쓰기 전부터 태릉은 후사가 끊어진다는 무후지지無後之地의 흉지라는 풍문이 나돌아 명종이 적극적으로 반대했지만 윤원형이 귀신에 씌기라도 한 듯 그곳을 길지라고 우겨서 능을 썼다고 한다.

문정왕후의 태릉은 홀로 묻힌 능이라고 하기에는 믿을 수 없을 정도로 웅장하고 석조물도 화려하기 그지없다. 능분의 동·서·북 삼면에 꽃담으로 곡장을 쌓았다. 봉분의 둘레에는 난간석을 둘렀고 하부에는 병풍석을 조영했다. 모든 석물 제도는《국조오례의》를 따랐다. 석인의 조각은 목이 바르고 얼굴이 커서 사등신 정도의 각주형이며, 입체감이 없는 것으로 당시 특징을 잘 보여 주는 능이다.

윤원형과 문정왕후 일파 때문에 나라가 어지러워지자 사람들이 술사이자 천문학자인 남사고南師古에게 "나라가 어느 때에나 편안하게 되겠느냐" 물었다. 그 물음에 남사고는 "동쪽에 태산을 봉한 뒤에야 편안하게 되리라" 대답했다. 1565년 서울 동쪽 이곳에 태릉을 봉하고, 그 이듬해에 명종이 사망해 태릉 동쪽에다 강릉을 봉했다. 그 후에 선조가 왕위에 올라 남사고의 예언처럼 비로소 나라가 안정되었다.

조선시대 내내 문정왕후는 의붓아들을 죽인 여자, 아들을 빌미 삼아 정권을 마음대로 휘두른 대비라는 평가를 받았다. 하지만 오늘날에는 남성 중심의 조선 사회에서 자신의 목소리를 내고 정사를 펼친 탁월한 전략가이자 정치가로 평가받고 있다.

이런 문정왕후의 태릉 옆 구불구불 이어진 산길을 넘어가면 그녀의 아들 명종이 잠든 강릉에 이른다.

1. 하늘에서 본 태릉
2. 태릉 능침 정면
3. 태릉 곡장
4. 태릉 정자각

4

눈물의 왕 끝내 선정의 뜻을
펴지 못하고

명종·인순왕후_강릉

문정왕후가 잠들어 있는 태릉에서 아름다운 산길을 따라 산을 넘어서 가거나 도로를 따라서 삼육대 쪽으로 가다가 보면 학교로 들어가는 골짜기 군부대 옆에 강릉康陵이 있다. 이 골짜기 안에는 2006년에 서울시에서 조성한 약 20만 제곱미터(6만여 평)에 이르는 서어나무 숲이 불암산 삼육대 생태경관보전지역으로 지정되어 있다. 이곳에 문정왕후의 아들 명종과 그의 비 인순왕후가 잠들어 있다.

명종(1534~1567, 재위 1545~1567)은 중종의 둘째 아들로 인종의 이복동생이다. 명종의 비 인순왕후仁順王后(1532~1575)는 청릉부원군 심강沈鋼의 딸이다. 중종은 장경왕후 윤씨에게서 인종을 낳았고, 문정왕후에게서 명종을 낳았다. 이들은 같은 파평 윤씨였지만 왕위 계승을 둘러싸고 민감하게 대립하고 있었다.

중종이 승하한 뒤 인종이 즉위하자 윤임이 세력을 확보하면서 정권을 잡게 되었다. 윤임은 영남의 이름난 선비 이언적李彦迪 등 사람을 등용하여 그 기세를 회복하고자 했다. 그러나 인종이 왕위에 오른 지 8개월 만에 세상을 떠나고 명종이 어린 나이에 즉위하면서 문정왕후가 수렴청정하게 된다.

> 임금이 어린 나이로 왕위를 계승하여 초년의 정치는 모두 대비(그의 어머니)가 독단하였으므로 간사하고 아첨하는 무리들이 기회를 얻어 선동하고 화란禍亂을 일으키니, 당시의 정대한 사람과 훌륭한 학자로서 화를 면한 이가 매우 적었다. 임금이 직접 정권을 잡은 뒤로는 관후寬厚한 덕이 있어, 학자들을 존경하며 선비를 사랑하였으므로 간신들이 모두 쫓겨나게 되었다. 그러나 밑에서 임금을 잘 받들고 바로잡아 주는 사람이 없었다. 임금도 그 어머니가 대리 정치할 때 한 일에 허물이 돌아갈까 염려하여 끝내 을사사화에서 화를 당한 선비들의 원통함을 풀어 주지 못하였고, 간신과 아첨하던 무리들도 빠져나온 자가 많았다. (이긍익, 《연려실기술》 권10, 〈명종조 고사본말〉)

명종이 왕위에 오르면서 수렴청정에 대한 이론이 분분했다. 그 당시 상황을 보자.

명종이 왕위를 계승하고 대비의 대리 정치에 대한 의식을 행하는 데 대하여 빈청에서 회의를 열었다. 윤인경이 "지금 대왕대비(문정왕후)와 왕대비 인성왕후가 계시는데 어느 분이 정치를 대리할 것이냐" 하고 제의하자, 모두들 말없이 앉아 있었다. 그때 이언적이 말했다. "옛날 송의 철종 때에 태황태후가 함께 정사를 다스린 전례는 있습니다. 그런데 어떻게 형수와 시숙이 함께 궁전에 나올 수 있겠습니까." 그러자 조정에서 이의가 없었다. (…)

이때 발을 드리우는 의식을 제정했는데, 임금도 발 안에 앉도록 하였다. 대사헌 홍섬이 반대하면서 "임금은 마땅히 남쪽을 향하고 정면에 앉음으로써 모든 눈이 우러러보는 것이니, 대비는 발 안에 앉고 전하께서는 마땅히 발 밖에 나앉아서 여러 신하를 대하서야 합니다"라고 의견을 개진했다. (이긍익, 《연려실기술》 권10, 〈명종조 고사본말〉)

임금은 홍섬의 말을 따랐다. 문정왕후가 수렴청정하게 되자 의정부에 있던 이언적이 10조條의 건의문을 써 올렸다.

첫째는 대비께서 상감의 몸을 잘 보살피도록 할 것, 둘째는 경연관을 두루 선발하여 학문을 강론하며, 함께 놀고 거처하게 함으로써 학문을 발전하게 할 것, 셋째는 전하는 '대를 계승하는' 아들로서의 명분과 신하로서의 명분이 있으니, 초상의 예법을 지키는 데 정성과 효성을 극진하게 할 것, 넷째는 궁중의 단속을 철저히 하여 외척

들의 내왕을 막을 것, 다섯째는 궁인의 선택을 신중히 할 것, 여섯째
는 특례의 명을 사용하지 말 것, 일곱째는 판부判府를 행사하지 말
것, 여덟째는 승정원에서는 말의 출납을 정당하게 하며 신하의 전
언을 그대로 전달하되, 전하의 명이 사리에 맞지 않은 것이 있을 때
는 하달하지 않고 도로 반환할 수 있도록 허락할 것, 아홉째는 궁중
이나 행정부를 동일하게 취급하고, 사적으로 전하에게 통하는 길을
열지 않음으로써 공명한 정치를 실시하는 태도를 밝힐 것, 열째는
돌아가신 임금께서 펼치고자 했던 이상적인 정치의 실현을 위하여
특별히 정신을 기울일 것. (이긍익,《연려실기술》권10,〈명종조 고사
본말〉)

훗날 영남학파의 거유로 평가받는 이언적의 이 글은 이른 나
이에 왕위에 오른 임금이 새겨듣고 실천해야 할 일이었다. 그러
나 그 열 가지의 건의문은 건의였을 뿐, 이언적의 소망과는 아
주 다르게 역사는 흘러갔다. 그것은 인간의 마음이 처음의 마음
을 견지하지 못하고 계속 변하기 때문이다. 문정왕후가 수렴청
정을, 윤원형 등의 외척들이 국사를 전횡했다.

끝없는 역사의 소용돌이 속에서

명종은 어머니인 문정왕후의 뜻에 따라 불교 중흥 정책을 펼치
다가 스물이 되던 해인 1553년부터 친정親政을 하게 되었다. 외

삼촌인 윤원형을 견제하면서 인재들을 고르게 등용하고 밝은 정치를 펼치고자 했다. 인재의 중요성을 명종은 다음과 같이 말했다.

국가가 인재를 등용함은 가장 중요한 일이다. (…) 수령이 될 인물은 자상한 사람으로 십분 가려서 주의하고 시종이나 감찰이 될 간원들은 더욱 별도로 택해 주의해야 한다. 또 외방 수령 중에 명망이 있어 쓸 만한 사람이나 문신 및 청현직淸顯職을 역임했던 사람으로서 하자가 없는 자라면 아울러 청반淸班에 주의하라. 《명종실록》권31, 명종 20년 10월 19일 임오)

명종이 가장 신임했던 학자는 이황李滉이었다. 조식과 함께 한 시대를 풍미했던 이황은 조식과는 달리 벼슬길에 여러 차례 나아갔다. 정치가라기보다는 학자였기에 임금이 부르면 벼슬길에 나갔다가도 다시 고향으로 내려오기를 몇 차례, 그동안에 풍기군수와 대사성, 부제학, 좌찬성이라는 벼슬에 올랐고, 그가 마지막으로 귀향한 것이 68세였다. 하지만 이황이 임금의 곁에 있어도 물은 흐릴 대로 흐려져 문란해진 정치를 바로잡는 것이 여의치 않았다.

1555년(명종 10)에 60여 척의 배를 거느린 왜구들이 전라도를 침입해 온 을묘왜변乙卯倭變이 일어났다. 그리고 나라 곳곳에서 도둑들이 기승을 부려 민심이 흉흉해지는 가운데, 대략 1559년

부터 임꺽정(임거정)이 활동하기 시작해 결국은 난亂으로 이어
진다.

명종 때 임거정이 가장 큰 괴수였다. 그는 원래 양주 백성인데, 경기
로부터 해서에 이르기까지 연로沿路의 아전들이 모두 그와 밀통하
여 관가에서 잡으려 하면 그 기밀이 모두 누설되었다. 조정에서 장
연, 옹진, 풍천 등 네댓 고을의 군사를 동원하여 서흥에 집결시켰는
데, 적도賊徒 60여 명이 높은 데 올라 내려다보면서 화살을 비 퍼붓
듯 쏘아 대므로, 관군이 드디어 무너지고 이로부터 수백 리 사이에
길이 거의 끊어졌다. (…) 3년 동안에 몇 도의 군사를 동원하여 겨우
도둑 하나를 잡았고 양민으로 죽은 자는 이루 헤아릴 수도 없었다.
(이익李瀷,《성호사설星湖僿說》권14,〈인사문人事門〉)

임꺽정 무리로 인한 나라 안 소란이 점점 커지자 명종이 직접
경기도, 평안도, 강원도, 황해도, 함경도 등에 대장 한 명씩을 뽑
아 책임지고 도둑을 잡으라는 명을 내리기에 이르렀다. 다음은
무신을 개성부도사로 보내 도적을 잡을 방도를 논의한 기록이다.

영의정 상진, 좌의정 안현, 우의정 이준경, 영중추부사 윤원형이 함
께 의논한 뒤 아뢰었다.
"개성부도사를 무신으로 뽑아 보내라는 상교上敎가 지당하나, 비록
무신을 뽑아 보내더라도 별다른 조치 없이 일상적으로만 해 나간다

4. 눈물의 왕 끝내 선정의 뜻을 펴지 못하고

면 오히려 이익됨이 없을 것입니다. 삼가 듣건대, 요사이 많은 강적들이 본부의 성저城底에 몰려들어 주민을 살해하는 일이 매우 많은데도, 사람들은 보복이 두려워 감히 고발하지 못하고, 관리들은 비록 보고 듣는 바가 있어도 매복을 시켜 포착할 계획을 세우지 못한다 합니다. 지난날 임꺽정(황해도 도적으로 본부 관할지에 살고 있었다)을 추적할 즈음에 패두牌頭의 말을 듣지 않고 군사 20여 명만을 주어 초라하고 서툴게 움직이다가 마침내 패두가 살해당하게 되었고, 바로 뒤를 이어 적을 끝까지 추격하지 않았다가 끝내 적들이 멋대로 날뛰게 하였으니 매우 놀라운 일입니다.

그러므로 지금 무신을 보내 포착할 방법을 강구해서, 혹은 군사를 거느리고 추격하기도 하고 혹은 문견聞見을 근거로 추적하기도 하여 반드시 포착할 것을 기하게 해야 합니다. (…) 《대전大典》에 경내境內의 도적을 잡지 못하면 수령 또한 죄가 있다고 하였기에 감히 아룁니다." (《명종실록》 권25, 명종 14년 3월 27일 기해)

그 뒤에다 실록의 편찬자는 임꺽정의 난을 다음과 같이 평했다.

사신은 논한다. 도적이 성행하는 것은 수령의 가렴주구 탓이며, 수령의 가렴주구는 재상이 청렴하지 못한 탓이다. 지금 재상들의 탐오가 풍습을 이루어 한이 없기 때문에 수령은 백성의 고혈을 짜내어 권요權要를 섬기고 돼지와 닭을 마구 잡는 등 못하는 짓이 없다. 그런데도 곤궁한 백성들은 하소연할 곳이 없으니, 도적이 되지 않으면 살아갈 길이 없는 형편이다. 그러므로 너도나도 스스로 죽음의 구덩이에 몸을 던져 요행과 겁탈을 일삼으니, 이 어찌 백성의 본성이겠는가. 진실로 조정이 청명하여 재물만을 좋아하는 마음이 없고, 수령을 모두 한漢의 어진 관리 공수龔遂와 황패黃霸 같은 사람을 가려 차임한다면, 검劍을 잡은 도적이 송아지를 사서 농촌으로 돌아갈 것이다. 어찌 이토록 심하게 기탄없이 살생하겠는가. 그렇게 하지 않고, 군사를 거느리고 추적 포착하기만 하려 한다면 아마 포착하는 대로 또 뒤따라 일어나, 장차 다 포착하지 못할 지경에 이르게 될 것이다. 《명종실록》 권25, 명종 14년 3월 27일 기해)

사관의 말인즉, 임격정이라는 도둑은 도둑대로 잘못이지만 위정자들이 정치를 잘했다면 그런 난이 일어날 수 없었다는 것이다. 조선 중기에 접어들면서 정치적 갈등은 행정 마비를 불러왔고 그런 상태에서 임격정의 난이 일어났다. 이 내우외환의 시기를 명종의 사관은 정확하게 꿰뚫고 있었다. 결국 1562년(명종 17) 1월에 황해도 토포사 남치근과 강원도 토포사 김세한을 보내어 임격정을 사로잡아 처형하면서 3년간의 난이 막을 내리게 되었다.

불행한 것은 오직 임금뿐인저

명종은 1567년 6월 서른넷의 이른 나이로 경복궁 양심당에서 생을 마감했다. 이황은 명종이 승하한 뒤 지은 행장에 다음과 같은 글을 남겼다.

> 모든 풍류, 여색, 사냥놀이 같은 오락 중에 하나도 좋아하는 것이 없었고, 거처하는 침실 좌우편에 "마음을 맑게 가지고, 욕심을 적게 하라淸心寡慾", "보는 것은 분명히, 듣는 것은 넓게 하라明目達聰", "정성·공경·화평·근면誠敬和勤", "어진 사람을 좋아하고, 학문을 즐기라好賢樂道" 등의 구절을 써 붙이고 스스로 반성하였다. 일찍 일어나고 밤늦게 잠들며, 정무를 보고 여가가 있으면 곧 경전이나 역사를 열람하고, 점잖게 앉아 있는 것을 보통으로 하였으며, 비록 몸이 피로할 때라도 기대거나 비스듬히 앉는 일이 없었다. 한번은 황이 병문안을 갔었는데, 옷과 띠를 꼭 법대로 갖추고 있었으므로 측근자들이 편복 입기를 청하였으나 듣지 아니하였다. (이긍익, 《연려실기술》권10, 〈명종조 고사본말〉)

하지만 임금의 잘못을 여과 없이 기록한 사관의 평가는 박하기 그지없었다.

> 임금께서는 총명하고 예지의 덕이 있었는데도 국가에 베풀지 못했다. 아, 임금께서는 어둡거나 탐혹 잔인한 잘못이 없었는데도 백성들에게 해를 끼쳤다. 임금이 군자를 쓰려고 하면 소인이 자기를 해칠까 두려워 죽여 버리고, 임금이 소인을 제거하려고 하면 소인이

자기에게 붙좇는 것을 이롭게 여겨 서로 이끌어 나왔다. (…) 이단은
상이 숭상하는 바가 아니었는데도 소인이 화복으로 유도하여 사찰
이 나라의 절반을 차지하게 했으며, 환관은 상이 친애하는 바가 아
닌데 소인이 출입하여 성사城社에 호서狐鼠가 들끓게 하였다. 아,
임금이 재위한 20년 동안 덕이 백성들에게 미치지 못하였고, 나라
에 해를 끼친 것은 모두 소인들의 소행인데도 잘못은 모두 상에게
로 돌아갔다. 아, 임금의 말년에는 앞서의 잘못을 뉘우쳐 권간을 제
거하고 여러 현인을 신원 석방하여 말년의 효과를 거두게 되었는
데, 하늘이 나이를 빌려주지 않아 갑자기 홍서하시어 사방과 후세
로 하여금 다만 상의 실덕失德만 알게 하고 상의 성덕聖德이 일식日
蝕이 다시 밝아진 것과 같아 우러러볼 만하다는 것은 알지 못하게
했다. 말과 생각이 여기에 미치니 피눈물이 저절로 흘러내림을 깨
닫지 못하겠다. 아, 슬픈 일이다. 아, 불행한 것은 오직 임금뿐인저.
문정왕후를 어머니로 두었고 윤원형을 신하로 두어 어머니는 불선
을 가르치고 신하는 그 가르침에 순순히 따랐다. 아, 상이 요순처럼
훌륭한 임금이 되지 못한 것은 상하의 보익과 교도가 없었기 때문
이니, 아, 슬픈 일이다. (《명종실록》 권34, 명종 22년 6월 28일 신해)

  강릉은 문정왕후의 묘인 태릉과 약 1킬로미터 정도 떨어진
언덕에 쌍릉 형식으로 조성되어 있다. 명종 옆에 나란히 묻힌
인순왕후는 1543년 경원대군(명종)과 가례를 올리고 1545년 명
종이 왕위에 오르면서 왕비로 책봉되었다. 1551년에 순회세자

4. 눈물의 왕 끝내 선정의 뜻을 펴지 못하고

를 낳았다. 하지만 세자는 1563년 열세 살의 나이로 요절한다. 명종의 후궁들에게서도 후사가 없자 중종의 후궁인 창빈 안씨의 아들인 덕흥군의 셋째 아들 하성군(선조)을 양자로 삼고 보위를 잇게 한다. 선조가 즉위하고 잠시 수렴청정을 했으나 곧 철회하고서 도학 정치에 뜻이 있는 이황을 비롯한 사림들에게 국정의 주도권을 넘겨주었다. 세상을 뜨기 1년 전부터 병에 걸려 앓다가 1575년(선조 8) 1월 창경궁에서 승하하여 명종 옆에 묻혔다. 그때 나이 44세였다.

강릉의 향어로는 다른 왕릉에 비해 넓고 그 높이가 확연히 구분된다. 홍살문에서 정자각까지 이어지는 길을 향어로라 하는데, 혼령이 이용하는 좌측 길을 향로(신로, 신도), 참배자(임금이나 헌관)가 이용하는 우측 길을 어로(어도, 동도)라고 한다. 이 향어로는 정자각 월대 좌측에 있는 두 계단, 즉 향로계(운계雲階)와 어로계로 갈라져 의례에 이용된다. 강릉의 향어로는 좌측 향로의 높이가 약 30센티미터로 우측 어로보다 약 15센티미터 높게 조성되어 있다. 보통 향로를 어로보다 살짝 높게 조성하는 것과 구분된다. 이는 강릉 진입로의 지세가 안으로 들어갈수록 경사를 이루고 있기 때문이다.

명종과 인순왕후의 쌍릉은 병풍석이 왕후릉까지 모두 설치된 것이 특징이다. 쌍릉에서 병풍석은 보통 왕릉에만 설치된다. 강릉처럼 병풍석이 왕후릉까지 설치된 전례는 헌릉(태종과 원경왕후의 능)과 후릉(정종과 정안왕후의 능)이 유일하다. 17세기에 들어서도 왕후릉을 조성할 때 병풍석 또는 난간석을 설치할지 논의하는 과정에서 헌릉, 태릉, 강릉이 특이 사례로 언급될 정도다. 이는 인근에 조성된 문정왕후의 태릉에 병풍석이 둘러진 데 따른 것이라는 분석이 있다. 봉분의 봉토가 무너지는 것을 방지하기 위해 설치한 인석引石에 만개한 모란문을 새긴 것도 태릉과 유사하다.

병풍석 사이로 보이는 팔각의 장명등이 아름다운데, 이 장명등은 건원릉과 헌릉을 본뜬 것으로 크고 우람하다. 화대火臺가 하대석下臺石보다 좁아지고, 대석臺石의 허리가 길어진 조선 초기의 양식으로 복고풍이다. 중간 단에 문석인 한 쌍과 아래 단에 무석인 한 쌍이 좌우로 서 있다.《걸리버 여행기》의 거인국에서나 볼 법한 장대한 문석인은 신체보다 머리가 크고 목이 짧다. 그래서 그런지 머리가 양어깨 사이를 파고 들어간 것처럼 보이고 복장은 복두를 쓰고 관복을 걸쳤으며, 두 손에는 홀을 쥐고 있다. 무석인 역시 크고 장대한 체구지만 서로 다르게 조각했다. 좌측에 무석인은 이끼가 끼어서 그런지 코는 붉은빛이 감돌고, 우측 무석인은 투구가 작고 턱과 양 볼이 튀어나와 우스꽝스러운 모습이다.

강릉은 문화재 보존을 위해 오랜 시간 비공개 능으로 관리되어 왔으나, 2013년 1월 1일부터 공개 능으로 전환되었다.

　　　　　　　　　　　　　4. 눈물의 왕 끝내 선정의 뜻을 펴지 못하고

1		3
2		

1. 강릉 능침 정면
2. 강릉 정자각 배면
3. 강릉 향어로

동구릉의 시작이자
중심

태조_건원릉

'순간'에 누군가의 가슴속을 흔들어
놓는다. 유물이건, 사람이건, 사물
이건 일생 그런 순간을 많이 만나는 것이 잘 사는 것이 아닐까?
그런 순간을 통해 인간은 한 단계, 한 단계 상승해 가는 것이다.
그런 상승을 통해 자기를 구원하고 인류를 구원하고자 했던 사
람들이 있었다. 밤하늘에 별처럼 수많은 역사 속의 사람들이 명
멸하다가 스러져 잠든 곳, 조선 왕릉이 그런 곳이고 그중 수많
은 역사 속의 인물들과 이야기들이 차곡차곡 쌓여 있는 곳이 구
리에 있는 동구릉이다.

경기도 구리시 인창동에 있는 동구릉東九陵은 '동쪽에 있는
아홉 능'이란 뜻으로 조선의 왕릉군 중 가장 많은 왕이 잠들어

있는 곳이다. 소나무와 상수리나무 숲이 울창한 동구릉에 맨 처음 터를 잡은 왕은 새로운 왕조 조선을 건국하고 기틀을 마련한 태조 이성계李成桂(1335~1408, 재위 1392~1398)다. 동구릉에는 태조의 건원릉健元陵을 중심으로 5대 문종과 현덕왕후의 무덤인 현릉, 14대 선조와 의인왕후·계비 인목왕후의 무덤인 목릉, 16대 인조의 계비 장렬왕후의 무덤인 휘릉, 18대 현종과 명성왕후의 무덤인 숭릉, 20대 경종의 비 단의왕후의 무덤인 혜릉, 21대 영조와 계비 정순왕후의 무덤인 원릉, 문조와 신정왕후의 무덤인 수릉, 24대 헌종과 효현왕후·계비 효정왕후의 무덤인 경릉 등 9개의 무덤이 있다.

전체 면적이 약 196만 제곱미터(59만여 평)에 달하는 동구릉은 울창하게 우거진 숲과 왕릉 사이로 이어진 길을 걷다가 길을 잃어도 마냥 즐겁기만 한 천혜의 경관을 지녔다. 걸쳤던 겉옷을 벗고 삼림욕을 즐기며 걷기에 안성맞춤이다. 그 왕릉의 숲에서 역사를 반추하며 자신을 잊기에도, 자신을 찾기에도 알맞은 곳이 동구릉이다.

조선을 개국하고 한양으로 도읍을 정한 태조는 고려 왕릉의 대부분이 개성 부근의 산악 지대에 있으므로 참배하기 불편하고 왕릉을 관리하기도 쉽지 않다는 것을 익히 알고 있었다. 그런 연유로 자신이 죽은 뒤에 어디에 묻혀야 후손들에게 좋을지 근심이 많았다. 그러던 어느 날 양주에 있는 남양 홍씨 선산에서 천하의 대 명당을 찾았다. 태조는 그 자리에 자신의 묘를 쓸 것을 정한 뒤 남양 홍씨에게는 양주 상수리에 있는 명당으로 소문난 산을 주었다. 자신의 묻힐 곳을 정하고 서울로 돌아가던 이성계는 망우리 고개에 이르러 쉬면서 "이제 내 무덤 자리를 정했으니 모든 걱정을 잊겠구나" 했다. 그러고 나서 그 쉬었던 자리에 '망우忘憂'라는 이름을 내렸다. 경기도 구리와 서울의 경계에 있는 망우리 고개가 그곳이다.

그러나 이런 기록과는 달리 태조의 능 자리는 태조 자신이 정한 게 아니었다. 태조의 능을 조성할 장소가 결정된 시기는 1408년(태종 8) 6월이었다. 이양달과 그의 동료 풍수학인 유한우가 길지로 원평의 봉성과 행주를 후보지로 거론했으나 채택되지 않았고, 양주의 검암으로 결정했다. 그 과정이 실록에 다음과 같이 나와 있다.

영의정부사 하륜 등을 보내어 산릉 자리를 보게 하였다. 검교 판한성부사 유한우, 전 서운정, 이양달 등이 아뢰기를, "신 등이 산릉 자리를 잡으려고 원평原平의 예전 봉성蓬城에 이르렀사온데, 길지를 얻었습니다" 하였다. 이에 하륜 등을 보내 가서 보게 하였는데, 하륜이 돌아와서 아뢰기를, "양달 등이 본 봉성의 땅은 쓸 수 없고, 해풍의 행주에 땅이 있사온데 지리의 법에 조금 합당합니다" 하였다. 임금이 말하였다. "다시 다른 곳을 택하라." 《태종실록》 권15, 태종 8년 6월 12일 기축)

산릉을 양주楊州의 검암儉巖에 정하였다. 처음에 영의정부사 하륜 등이 다시 유한우, 이양달, 이양 등을 거느리고 양주의 능 자리를 보는데, 검교 참찬의정부사 김인귀가 하륜 등을 보고 말하기를, "내가 사는 검암에 길지가 있다" 하였다. 하륜 등이 가서 보니 과연 좋았다. 조묘 도감 제조 박자청이 공장을 거느리고 역사役事를 시작하였다. (《태종실록》권15, 태종 8년 6월 28일 을사)

전해 오는 여러 이야기에 따르면 태조가 생전에 무학대사를 시켜 자신과 후손이 함께 묻힐 족분族墳의 적지를 선정하게 하여 얻은 것이라는 이야기도 있다. 하지만 이것은 어디까지나 전해 오는 이야기에 불과하다. 9개의 능 하나하나가 조성된 사정을 보면 길한 능지 여러 곳을 물색하다가 이곳에 왕릉을 조성한 것이다. 이곳을 동구릉이라고 부르기 시작한 것은 1855년(철종 6)이었다. 그 이전에는 동오릉東五陵, 동칠릉東七陵이라고 부르다가 문조(익종)를 모신 수릉이 아홉 번째로 들어서면서 동구릉이라고 부르기 시작한 것이다.

《금낭경錦囊經》에 "만물의 생겨남은 땅속의 것에 힘입지 않는 것이 없다"라는 풍수에 근거해서 터를 잡은 동구릉의 지세는 풍수지리 이론에 가장 합당한 땅 중 한 곳이다. 동구릉에서도 가장 높은 곳에 있는 건원릉은 지세가 좋기로 유명하다. 그래서 그런지 1408년(태종 8)에 조선에 온 명明 사신 기보가 건원릉을 둘러보고 산세의 묘함에 감탄하여 "어떻게 하늘이 만든 이런 땅덩이가 있단 말인가? 필시 인간이 만든 산일 것이다"라고 했다.

쿠데타로 정권을 잡다

이성계는 1335년(고려 충숙왕 4) 10월 화령부(함경남도 영흥)에서 태어났다. 실록에 따르면 "나면서부터 총명하였고 콧마루가 높고 용의 상으로 풍채가 잘나고 슬기와 용맹이 뛰어났다"(《태조실록》권1. 총서)라고 한다. 《용비어천가》에서는 키가 커서 우뚝 곧았으며 높은 코에 귀가 길었다고 묘사하고 있다. 이성계는 뛰어난 활 솜씨가 신궁의 경지에 오른 사람이었다. 앉아 있는 꿩을 잡을 때는 반드시 먼저 놀라게 하여 두어 길쯤 날아오르게 한 다음 화살로 쏘아 맞힐 정도로 명궁이었다. 화살 하나로 까마귀 다섯 마리를 맞추었고, 화살 하나를 날리니 달리는 노루 두 마리를 꿰뚫고 나가서 나무에 박혔으며, 화살 여섯 대로 달리는 노루 여섯 마리를 다 맞췄다는 기록이 실록 곳곳에 나온다. 그러나 이성계는 단순히 무예만 출중한 무인이 아니었다.

> 태조는 항상 겸손으로 자처하면서 다른 사람보다 윗자리에 있고자 아니하여, 매양 과녁에 활을 쏠 때마다 다만 그 상대자의 잘하고 못함과 맞힌 살의 많고 적은 것을 보아서, 겨우 상대자와 서로 비등하게 할 뿐이고, 이기고 지고 한 것이 없었으니, 사람들이 비록 구경하기를 원하여 권하는 사람이 있더라도 또한 살 한 개만 더 맞히는 데

불과할 뿐이었다. 《태조실록》 권1, 총서)

태조는 성품이 엄중하고 말이 적었으며, 평상시에는 항상 눈을 감
고 앉았었는데, 바라보기에는 위엄이 있으나 사람을 접견할 적에는
혼연히 한 덩어리의 화기和氣뿐인 까닭으로, 사람들이 모두 두려워
하면서도 그를 사랑하였다. 《태조실록》 권1, 총서)

고려 말 민중들 사이에서는 난세를 구해 낼 영웅을 기다리는
정서가 널리 퍼져 있었다. 그때 정도전과 만나게 된다. 사람의
인생살이에서 어느 시절에 어떤 사람을 만나느냐에 따라 인생
이 결정되고 그것을 두고 '시절 인연'이라고 한다.

동시대를 살면서 서로 눈빛만 보아도 통하는 사람, 마음과
마음이 서로 통하는 사람, 그 두 사람이 이성계와 정도전이다.
그런 의미에서 1383년은 두 사람에게 역사가 된 운명의 해였
다. 9년에 걸친 유배와 유랑 생활을 청산한 정도전은 동북면도
지휘사로 있던 이성계를 찾아 함주 막사로 갔다. 그곳에서 정
도전은 이성계가 거느린 부대의 엄숙한 기강과 잘 정돈된 대오
를 보았다. 이성계와 마음이 통한 정도전은 군영 안 노송에 백
묵으로 시 한 수를 썼다.

아득한 세월 겪는 한 그루 소나무
몇만 겹의 청산에서 자랐구나

다른 해에 서로 볼 수 있을런지

세상 살다 보면 문득 지난 일이네 (《태조실록》 권14, 태조 7년 8월

26일 기사)

정도전은 1384년에 전교부령으로서 성절사 정몽주의 서장관
이 되어 명에 다녀와서 다음 해 성균좨주, 지제교, 남양부사를
역임하고 이성계의 추천으로 성균관대사성으로 승진했다.

고려의 자주성을 회복하고 고구려의 옛 땅을 되찾기 위해
1388년 최영이 요동 정벌을 계획했다. 이를 받아들인 우왕은 최
영과 이성계를 불러 요동 정벌을 명령했다. 그러나 이성계는 '사
불가론四不可論', 즉 네 가지 이유를 들어 요동 정벌을 반대했다.

지금에 출사하는 일은 네 가지의 옳지 못한 점이 있습니다. 작은 나
라로서 큰 나라에 거역하는 것이 한 가지 옳지 못함이요, 여름철에
군사를 동원하는 것이 두 가지 옳지 못함이요, 온 나라 군사를 동원
하여 멀리 정벌하면, 왜적이 그 허술한 틈을 탈 것이니 세 가지 옳지
못함이요, 지금 한창 장마철이므로 활은 아교가 풀어지고, 많은 군
사들은 역병을 앓을 것이니 네 가지 옳지 못함입니다. (《태조실록》
권1, 총서)

하지만 우왕은 출병을 강요했다. 이성계는 군대를 서경에 머
물게 한 후 가을에 출병했으면 좋겠다고 요청했지만 출병할 수

밖에 없었고 압록강 물이 불어 건널 수 없게 된 이성계와 조민수는 회군을 감행한다. 위화도에서 회군하기 전에 잠저潛邸가 있는 마을에서 아이들이 불렀다는 노래, 즉 참요讖謠에서도 갈림길에 있었던 이성계의 모습이 보인다.

서경성 밖엔 화색火色이요

안주성 밖엔 연광煙光이라

그 사이에 왕래하는 이원수李元帥여

원컨대 백성을 구제하소서 《태조실록》 권1, 총서)

1388년(고려 우왕 14) 6월에 일어난 위화도 회군은 쿠데타였다. 이성계와 조민수는 정권을 한 손에 잡게 되었고, 무인 출신이었던 이성계의 뒤에는 조준과 정도전이 있었다. 정몽주가 이방원 일파에 의하여 선죽교에서 장살당하자 유배에서 풀려나온 정도전은 1392년 7월 7일 조준, 남은 등 50여 명과 함께 이성계를 추대하여 조선왕조 건국의 주역을 담당하게 된다. 7월 28일에는 "하늘이 백성을 내면서 통치자를 세우는 것은 백성들로 하여금 잘 살도록 보살펴 주고 편안하게 다스리자는 것이다"《태조실록》 권1, 태조 1년 7월 28일 정미)로 시작하는 조선의 국정을 밝힌 포고문이 발표되었다. 9월 16일에는 개국공신 명단과 포상 내용이 결정되었다. 조준, 남은 등과 더불어 정도전은 1등 공신으로 토지 200결과 노비 25명을 포상으로 받았다. 그리고 9월

28일에는 공신들과 세자 및 왕자들이 충효계를 만들고 아래와 같은 맹세문을 공포했다.

> (…) "누구나 처음은 있지만 종말은 있기 드물다"라고 하여, 옛날 사람이 경계한 바 있습니다. 무릇 우리들 일을 같이한 사람들은 각기 마땅히 임금을 성심으로 섬기고, 친구를 신의로 사귀고, 부귀를 다투어 서로 해치지 말며, 이익을 다투어 서로 꺼리지 말며, 다른 사람의 이간하는 말로 생각을 움직이지 말며, 말과 얼굴빛의 조그만 실수로 마음에 의심을 품지 말며, 등을 돌려서는 미워하면서도 얼굴을 맞대해서는 기뻐하지 말며, 겉으로는 서로 화합하면서도 마음으로는 멀리 하지 말며, 과실이 있으면 바로잡아 주고, 의심이 있으면 물어보고, 질병이 있으면 서로 부조하고, 환란이 있으면 서로 구원해 줄 것입니다. 우리의 자손에게 이르기까지 대대로 이 맹약을 지킬 것이니, 혹시 변함이 있으면 신神이 반드시 죄를 줄 것입니다. (《태조실록》 권2, 태조 1년 9월 28일 병오)

제6공화국 시절 노태우를 비롯한 민정당원들이 만들었던 평생동지회가 불과 몇 년을 못 넘기고 무참하게 깨져 버렸던 것처럼 충효계 역시 6년 후에는 서로가 서로를 죽이는 참변 속에 사라져 버리고 말았다.

태조는 조선 건국 후에 새로운 나라를 잘 다스리기 위해 임금과 신하가 모여서 공부하는 경연을 열었는데, 그것이 잘 지켜지지 않았던지 사간원에서 매일 경연을 열자는 상소를 올렸다.

신 등이 듣자옵건대, 군주의 마음은 정치를 하는 근원입니다. 마음이 바르면 모든 일이 따라서 바르게 되고, 마음이 바르지 않으면 온갖 욕심이 이를 공격하게 되니, 그런 까닭으로 본심을 잃지 않도록 성찰의 공부를 지극히 하지 않을 수 없습니다. (…)

그러나 경연을 설치하고서도 한갓 그 명칭만 있을 뿐이지 나아가 강론하는 때가 있다는 말을 듣지 못하였습니다. 전하의 생각에는 반드시 넓은 집과 큰 뜰 안의 어느 곳이든지 학문이 아닌 곳이 없는데, 어찌 반드시 일정한 법도에 구속되어 날마다 경연에 나간 후에야 학문을 한다고 할 수 있겠는가 하고 이르실 것입니다. 신 등은 생각하기를, 군주의 학문은 한갓 외우고 설명하는 것만이 아니라, 그 날마다 경연에 나가서 선비를 맞이하여 강론을 듣는 것은, 첫째는 어진 사대부를 접견할 때가 많아서 그 덕성을 훈도하기 때문이요, 둘째는 환관과 궁첩을 가까이할 때가 적어서 그 태타怠惰함을 진작시키기 때문입니다. 더구나 창업한 군주는 자손들의 모범이 되니, 전하께서 만약 경연을 급무로 여기지 않으신다면 뒤 세상에서 이를 핑계하여 구실로 삼아, 그 유폐는 반드시 학문을 하지 않는 데 이르게 될 것이니 어찌 작은 일이겠습니까? 《태조실록》 권2, 태조 1년 11월 14일 신묘)

신하들이 임금에게 소신껏 말할 수 있는 풍토가 오늘날에도

5. 동구릉의 시작이자 중심

심히 부러울 뿐이다.

《조선왕조실록》은 태조가 즉위한 1392년 7월 17일부터 그 기록이 시작되어 순종에 이르기까지 500여 년을 중단 없이 기록되어 왔다. 나는 이런 《조선왕조실록》을 국보 1호로 지정해야 한다고 생각한다. 무엇보다 실록은 사관들이 한 자 한 자 거짓이 없이 기록한 역사적 사실이기 때문이다. 조선조 500년간 임금도 볼 수 없었던 것이 《조선왕조실록》이었다. 1398년(태조 7)에 건국 이후 사초를 모아 보고자 했던 태조에게 사관 신개가 올린 상소에서 그 이유를 알 수 있다.

> 예전에 당 태종이 방현령에게 이르기를, "앞 시대의 사관이 기록한 것을 임금에게 보지 못하게 한 것은 무슨 이유인가?" 하니 현령이 대답하기를, "사관은 거짓으로 칭찬하지 않으며 나쁜 점을 숨기지 않으니, 임금이 이를 보면 반드시 노하게 될 것이므로 감히 임금에게 드릴 수가 없습니다" 하였습니다. (…)
>
> 창업한 군주는 자손들의 모범이온데, 전하께서 이미 이 당시의 역사를 관람하시면 대를 이은 임금이 구실을 삼아 반드시, "우리 선고先考께서 한 일이며 우리 조고祖考께서 한 일이라" 하면서, 다시 서로 계술하여 습관화되어 떳떳한 일로 삼는다면, 사신史臣이 누가 감히 사실대로 기록하는 붓을 잡겠습니까? 사관이 사실대로 기록하는 필법이 없어져 아름다운 일과 나쁜 일을 보여서 권장하고 경계하는 뜻이 어둡게 된다면, 한 시대의 임금과 신하가 무엇을 꺼리고

두려워해서 자기의 몸을 반성하겠습니까? 《태조실록》권14, 태조 7년 6월 12일 병진)

한편 조선 건국 후 고려의 왕씨들이 수도 없이 죽어 갔다. 그 때의 일들이 이렇게 기록되어 있다.

윤방경 등이 왕씨王氏를 강화 나루에 던졌다. 《태조실록》권5, 태조 3년 4월 15일 갑신)

정남진 등이 삼척에 가서 공양군에게 태조의 전교를 전한 후 드디 어 목을 베어 죽였으며, 그 두 아들도 죽였다. (태조 3년 4월 17일 병술)

손흥종 등이 왕씨를 거제 바다에 던졌다. (태조 3년 4월 20일 기축)

고려 왕조에서 왕씨로 사성賜姓이 된 사람에게는 모두 본성本姓을 따르게 하고, 무릇 왕씨의 성을 가진 사람은 비록 고려 왕조의 후손 이 아니더라도 또한 어머니의 성姓을 따르게 하였다. (태조 3년 4월 26일 을미)

임금이 왕씨의 복을 빌기 위하여 (…) 금金으로 《법화경》4부部를 써서 각 절에 나누어 두고 때때로 읽도록 하였다. 이보다 앞서 혼이 죄를 범하여 도망해 있었는데, 혼이 글씨를 잘 쓰므로 임금께서 같 이 쓰게 하였다. 《태조실록》권6, 태조 3년 7월 17일 갑인)

나라를 잃은 개성 사람은 이성계에 대한 원한이 남아 있어 그 것을 생활 속에서 풀어냈다. 만두소에 넣는 돼지고기를 '성계육

成桂肉'이라고 했다. 아낙네들은 도마 위에 돼지고기를 올려놓고 난도질할 때 "이놈 성계야"라고 소리치며 이성계를 저주했다. 이성계가 고려를 멸망시키고 조선을 개국하는 과정에서 너무도 많은 고려 유신들과 왕족들을 죽인 데 대한 분풀이였다.

고향의 흙과 억새로 봉분을 덮다

태조의 건원릉은 고려 왕릉 중 가장 잘 조성된 공민왕과 노국공주의 현·정릉의 능제를 기본으로 삼았다고 한다. 신라 왕릉에 있던 호석護石(병풍석) 제도가 고려왕조를 거쳐 조선으로 이어졌다. 그래서 이 능이 조선왕조 500년 동안 왕릉 제도의 기준이 되었다. 그 뒤 조성된 왕릉은 저마다 조금씩 규모와 형태만 다를 뿐, 석물의 배치와 능제는 대부분 《국조오례의國朝五禮儀》와 《국조상례보편國朝喪禮補編》에 따라 비슷하게 조성되었다.

조선시대 왕릉은 풍수지리설에 따라 정했는데, 왕이 친히 현장에 나가 지세를 관망하기도 했다. 대체로 길지에 자리를 잡았다. 풍수지리설에 명당이란 배산임수背山臨水한 지형에 영험한 맥이 흐르다가 멈추는 곳을 말한다. 북쪽의 높은 산을 주산主山으로 하고 그 좌우에 청룡과 백호가 둘러싼 듯한 지세를 택했다. 남쪽에 안산案山이 있으며, 묘역 안에 냇가[川]가 있어서 물이 동쪽으로 흘러 모이는 곳을 좋은 묏자리로 보았다. 그렇게 형성된 묘역 안의 명당에 지맥이 닿아서 생기가 집중되는 곳을 혈穴이라 부르고, 그 혈에 관을 묻고 봉분을 조성했다. 봉분은 대부분 산의 중간쯤에 자리 잡았는데, 능은 반드시 좌향을 중요시했다. 좌坐는 혈의 중심이 되는 곳이며, 좌의 정면이 되는 방향을 향向이라 보기 때문이다. 왕릉의 좌향은 대부분 북에서 남으로 향하고 있는데, 그 산세에 따라서 서향 내지는 북향을 취한 곳도 있다.

건원릉의 봉분에는 잔디를 심지 않고 억새를 심었는데, 고향을 그리워한 아버지를 위해 태종이 태조의 고향에서 흙과 억새를 가져다 덮었다는 일화가 전해진다. 건원릉의 정면에서 멀리 떨어진 곳에 홍살문이 있는데, 이곳에서부터는 성스러운 장소이니 악귀가 범접해선 안 된다는 뜻이다. 그 오른쪽에 왕이 제사를 지내려고 왔을 적에 말에서 내려서 절을 하고 갔다는 배위拜位가 있다. 능으로 오르는 길인 향어로를 따라가면 나라에서 제사를 지내는 건물인 정자각이 있고, 정자각 왼쪽으로 작은 석물인 소전대가 있다. 제례를 마친 초헌관이 지방을 불사르던 곳으로 건원릉과 헌릉에만 있다. 정자각 남쪽으로는 제사를 준비하는 3칸짜리 수복방이 있다. 정자각 뒤 서쪽에는 제향을 지낸 뒤 축문을 태우는 석함이 있는데, 이를 '예감'이라고 부른다. 그 옆 비각에는 용무늬 이수螭首를 얹은 태조의 신도비가 세워져 있다. 신도비는 중국 진송 때부터 비롯된 것으로 조선시대 사대부들의 묘에선 자주 볼 수 있지만 세종 영릉을 마지막으로 16세기 이후로는 건립되지 않았다.

정자각 뒤 높은 곳에 왕릉의 봉분이 자리 잡고 있다. 봉분 밑

부분은 12각의 병풍석을 둘러서 보호했다. 병풍석의 중앙 면석에는 모든 방위의 외침으로부터 왕릉을 보호하기 위해 십이지 신상을 해당 방위에 맞게 양각해 놓았다. 땅을 지키는 열두 신장神將을 십이지신十二支神 또는 십이신왕十二神王이라고 한다. 이들은 열두 방위에 맞추어 쥐, 소, 호랑이, 토끼, 용, 뱀, 말, 양, 원숭이, 닭, 개, 돼지의 얼굴에 몸은 사람의 형상을 하고 있다. 병풍석을 감싸고 있는 봉분의 주위에 난간석을 둘렀는데, 망주석 모양의 석주石柱와 그 사이를 가로질러 접근을 막는 죽석竹石, 그리고 죽석의 중간을 받쳐 주는 작은 기둥인 동자석주童子石柱가 있다. 난간석 바깥쪽으로 능을 지키는 수호신인 석호 두 쌍과 사악한 것을 피하면서 명복을 빌어 준다는 석양 두 쌍이 있다. 봉분 바로 앞에는 혼유석이 있다. 혼유석 앞에 장명등을 세우고, 봉분의 동쪽과 서쪽 그리고 북쪽에 곡장을 두르고 곡장 안에 봉분을 만들었다. 장명등 좌우에 언제든지 명령에 따를 것 같은 문석인 한 쌍과 석마를 세웠다. 그리고 그 아래 좌우에 무석인이 장검을 빼서 두 손으로 잡고 있다.

조선 초기에 왕릉을 조성하던 시기에 망인의 위패를 모시고 명복을 비는 원찰들을 세웠다. 건원릉 옆에 개경사, 정릉의 흥천사, 광릉의 봉선사 등이 그 절들인데, 태종은 억불숭유 정책을 시행하면서 원찰을 세우지 않았고 정조 또한 원찰의 폐단을 막기 위해 이를 금지했다.

1. 하늘에서 본 건원릉
2. 건원릉 능침 정면
3. 건원릉 봉분을 덮은 억새풀

세종의 아들,
단종의 아버지

문종·현덕왕후_현릉

동구릉으로 들어서서 넓은 길을 따라 가다가 건원릉 동쪽을 바라보면 한 눈에 들어오는 능이 문종과 현덕왕후가 잠든 현릉顯陵이다. 문종(1414~1452, 재위 1450~1452)은 세종과 소헌왕후의 맏아들이다. 문종의 비 현덕왕후顯德王后(1418~1441)는 의정부 좌의정 권전權專의 딸이다. 실록에 따르면 문종은 학문을 좋아하고 성품이 어질었다.

왕은 용모는 뛰어나고 성품은 너그럽고 자상하고 말이 적으며, 효성과 우애는 선천적으로 지극했습니다. 윗사람을 받들고 아랫사람을 대우하면서 한결같이 지성으로 하였으며, 공순하고 검소함으로

써 자기 몸을 지켜서 이단에 미혹되지 아니하고 음악과 여색을 가까이하지 않았으며, (…) 더욱 성리학에 연구가 깊어서 때때로 시신侍臣들과 더불어 역대 치란治亂의 기틀과 선유先儒 이동異同의 학설을 논하여 한결같이 이치에 귀착시켜서, 말은 간요簡要하나 뜻은 창달暢達하였으니, 이를 들은 사람들은 모두가 마음에 부족함이 없었습니다. (《문종실록》 권13, 문종 2년 5월 21일 계축)

문종은 1421년(세종 3) 왕세자로 책봉되었다. 일찍부터 여러 질환으로 몸이 건강하지 못했던 세종은 1442년에 군신의 반대를 무릅쓰고 세자가 섭정하는 데 필요한 기관인 첨사원詹事院을 설치했다. 그리고 첨사와 동첨사 등의 관원을 두었으며, 세자에게 왕처럼 남쪽을 향해 앉아서 조회를 받게 했다. 그때 모든 관원은 뜰 아래에서 신하로 칭하도록 했고, 국가의 중차대한 일을 제외한 서무는 모두 세자의 결재를 받으라는 명을 내렸다. 그 뒤 수조당受朝堂을 짓고 세자가 섭정할 수 있는 체제를 갖춘 뒤 1445년(세종 27)에는 세종의 명에 따라 왕권을 대행했다.

세자의 섭정은 1450년 부왕 세종이 죽기 전까지 계속되었다. 세종이 죽자 문종은 슬픔을 이기지 못하여 눈물이 항상 적삼과 소매를 다 적시었고, 여막에 거처하면서 물과 미음도 입에 대지 않아 건강을 크게 해치었다. 문종은 삼년상을 마치고 악화된 건강에도 정치에 매우 부지런했다. 신하들이 임금의 건강을 걱정하며 하루씩 걸러 정무를 보고 정신을 수양할 것을 권했지만 문종은 다음과 같이 답하며 거절했다.

> 군주가 향락을 즐긴다면 비록 천년을 살더라도 부족하겠지마는, 그렇지 않으면 비록 1년이라도 또한 만족할 것이다. 반드시 나라를 근심하고 정사를 부지런히 해야 할 것이고 스스로 안일해서는 안 된다. (…) 옛날에 안에서는 여색에 빠지거나 밖에서는 수렵에 탐닉하거나 술을 즐겨 마시고 음악을 좋아하거나 높은 가옥과 화려한 담장을 한결같이 좋아하는 사람이 있었으니, 이것은 군주의 공통된 걱정이다. 나는 천성이 이런 것을 좋아하지 않으니 비록 권하는 사람이 있더라도 능히 좋아할 수가 없다. (…) 고량膏粱의 자제들이 술과 여색으로써 몸을 망치는 사람이 많이 있으므로, 내가 매양 여러 아우들을 볼 때마다 이 일로써 경계한다. (《문종실록》권13, 문종 2년 9월 1일 경인)

약 6년간의 섭정에 이은 즉위였으므로 문종의 집권 시기는 세종 후반기와 크게 다르지 않았다. 문종은 유학과 천문, 역수曆數, 산술에도 정통했다. 그뿐만 아니라 예서, 초서, 해서 등 서예에도 능했고 학문을 두루 좋아하여 학자(집현전 학사)들을 아끼고 사랑했다. 그래서 그런지 문종 대에 《동국병감東國兵鑑》과 《고려사高麗史》, 《고려사절요高麗史節要》, 《대학연의주석大學衍義註釋》 등이 연달아 편찬되었다. 특히 전 왕조의 역사를 기록한 《고려사》는 정도전 등의 《고려국사高麗國史》 이래 여러 차례 개수와 교정을 거쳤지만 만족할 만한 것이 못되었는데, 그것을 1449년 김종서와 정인지 등에게 개찬을 명해 1451년(문종 원년)에 완성했다.

조선 초기의 군사 제도를 개편한 것도 문종이었다. 그는 세자로 있을 때부터 진법陣法을 편찬하는 등 군정에 관심이 많았다. 그래서 왕위에 오른 뒤 군제 개혁안을 스스로 마련해 제시했다. 그가 재위에 있으면서 2년간 추진했던 군제상의 여러 개혁은 매우 중요한 것이었다. 그러나 문종이 정권을 잡았던 시기는 정치적으로 매우 불안한 시기였다. 태종이 세종의 시대를 위하여 친인척이나 신하들을 과감히 정리해 준 데 비하여 문종의 시대에는 왕권이 위축되었기 때문이다. 왕권의 위축은 세종의 아들들이자 문종의 동생인 수양대군과 안평대군, 금성대군 등 종친들의 심상치 않은 움직임으로 이어졌다. 이런 세력들을 견제하기 위한 언관言官 또는 대간臺諫의 종친에 대한 탄핵 언론으로 상호 긴장된 분위기가 조성되기도 했다.

짧은 치세가 안타까운 군주

문종은 세자로 있은 지 30여 년 만인 1450년 왕위에 즉위하여 언로를 열어 민의를 파악하는 등 백성의 신망이 두터웠다. 부모에 대한 효성으로도 널리 알려진 문종은 재위 2년 4개월 만에 39세를 일기로 경복궁 천추전에서 승하했다. 문종의 이른 죽음은 이후 그의 아들 단종과 그의 형제들 사이에 꼬리에 꼬리를 물고 일어나는 엄청난 사건들의 예고편에 불과했다. 계유정난과 수양대군이 조카인 단종으로부터 왕위를 찬탈하는 등의 불행한 사건을 초래하는 계기가 된 것이다.

어쩌면 단종의 어머니인 현덕왕후는 행복했는지도 모른다. 1437년(세종 19) 세자빈으로 책봉되었으나, 단종을 낳고 병을 얻어 1441년에 문종보다 11년 먼저 세상을 떠났기 때문이다. 그때 왕후의 나이 24세였으며 안산의 소릉에 묻혔다. 문종이 즉위한 후 왕후로 추존되었다. 단종 복위 사건으로 1457년(세조 3) 추폐되었다가, 1512년(중종 7) 복위되어 다음 해 봄인 1513년 문종이 묻혀 있는 현릉으로 이장되었다.

경기도 안산에는 단종의 어머니 '현덕왕후의 신벌神罰'에 대한 이야기가 전해지고 있다. 현덕왕후는 단종을 낳자마자 곧 세상을 뜨고 말아 안산의 목내동에 묻혔고 능 이름을 소릉이라고 했다. 얼마 후 세조가 단종을 없애자 꿈속에 현덕왕후가 나타나 세조를 꾸짖으며 나도 너의 자식을 살려 두지 않겠다고 했다. 그날 밤 세조는 동궁을 잃었는데 동궁의 나이 겨우 스무 살이었다. 다음 세자인 예종 또한 즉위한 지 1년 만에 죽고 말았다. 격노한 세조는 소릉을 파헤치고자 사람을 보내었지만 능에서 여인의 곡성이 들려오는 바람에 모두가 가까이 가기를 꺼렸다. 세조가 개의치 말고 관을 꺼내라고 엄명을 내려 관을 들어 올리려고 했지만, 고약한 냄새가 풍겨 나오고 관은 꿈쩍도 하지 않았다. 사람들이 할 수 없이 도끼를 들고 관을 쪼개려 하자 관이 벌떡 일어서서 나오는 것이었다.

세조는 관을 불살라 버리려고 했으나 별안간 소나기가 퍼부어 결국 바닷물에 집어 던지고 말았다. 던져진 관은 소릉 옆 바닷가에 떠밀려 닿았는데, 그 뒤 그곳에 우물이 생겨 '관우물'이라고 부르게 되었다. 관은 다시 물에 밀려 며칠을 표류하다가 양화 나루에 닿았고, 한 농부가 이를 발견하여 밤중에 몰래 건져 양지바른 곳에 묻었다. 그날 밤 농부의 꿈에 현덕왕후가 나타나 앞일을 일러 주었고 농부의 가세는 점점 번창하게 되었다.

그 뒤 30년이 지나 조광조의 상소로 능을 복구하게 되어 관의 행방을 찾았으나 농부는 겁을 먹고 이를 계속 숨기고 있었다. 그러자 다시 농부의 꿈에 왕후가 나타나 걱정하지 말고 관가에 알리라고 했다. 농부가 이튿날 관에 신고하니 나라에서 많은 상금을 내리었다. 관은 마침내 동구릉 문종의 옆 동편에 안치되었다. 원래 왕릉과 현덕왕후의 능 사이에는 우거진 소나무가 있었는데 왕후의 능을 조성한 뒤 그 나무가 말라 버려 서로 바라볼 수 있게 되었다고 한다.

부모에 대한 효성이 지극했던 문종은 살아 있을 때와 같이 사후에도 부왕을 가까이 모시고자 부모의 무덤인 영릉 가까운 언덕에 장지를 정했다. 하지만 묘를 쓰고자 묏자리를 파 보니 물이 나고 바위가 있어서, 그 자리를 폐하고 동구릉 자리로 옮겼다. 이때 동생인 수양대군과 황보인, 김종서 등이 함께 현지를 답사하고서 지금의 현릉으로 정한 것이다.

현릉은 《국조오례의》의 표본이 된 영릉(세종과 소헌왕후의 능)의 형식을 따랐다. 홍살문을 지나 향어로를 따라가다 보면 정자각이 있고 그 옆에 비각이 서 있다. 현릉은 왕과 왕비의 능을 서로 다른 언덕 위에 따로 만든 동원이강릉으로 정자각에서 능을 바라보았을 때 왼쪽 언덕의 능이 문종, 오른쪽 언덕의 능이 현덕왕후의 능이다.

현릉의 봉분 앞 병풍석은 영릉 제도를 따랐으므로, 예전 왕릉에 있던 방울과 방패 무늬가 아닌 구름무늬를 도드라지도록 표현되었다. 혼유석을 떠받치는 고석鼓石도 다섯 개에서 네 개로 줄었다.

들으니, 나라를 잘 다스리는 사람은 현인을 구해 들이고 간하는 말을 들어주며, 욕심을 적게 하고 정사를 부지런히 하는 데 지나지 않을 뿐이요, 나라를 잘못 다스리는 사람은 이와 반대가 된다고 하니, 내가 덕이 없는 사람으로 선대의 업을 이어받았기에 밤낮으로 조심하고 두려워하기를 깊은 못가에 임한 듯하고, 얇은 얼음을 밟는 것 같이 하여 나의 허물과 실책을 말해 주어 부족한 데를 보충하기를 바란다. 너희 사대부들은 성인의 학문에 마음을 쓴 지 오래되었다. 만약 오늘날 급히 해야 할 일이 있거나 혹 내가 들어 알지 못하는 과실이 있거든 마땅히 마음을 다해 진술하여 숨기지 말지어다. 비록 문장이 기특하고 화려하여 서술한 것이 넓으나, 뜻이 도리어 부족하면 나는 한갓 그것을 광대와 같이 볼 것이며, 임금의 덕만 칭찬하여 걸핏하면 요순에 견주나 실지가 감당하지 못하는 것이면, 나는 한갓 그것을 아첨하는 헛수고로 볼 것이니, 오늘의 대책對策은 성실하게 하기를 힘쓰라. (이정형李廷馨,《동각잡기東閣雜記》권상上)

선조 연간의 문신 이정형이 고려 말부터 조선 선조 때까지의 사실을 뽑아 엮은《동각잡기》에 실린 문종의 책문은 언제 읽어도 가슴이 서늘하다. 실력 없이 아첨과 비굴한 웃음으로 높은 자리를 갈망하는 일군의 사람들이나 그런 사람들을 충성된 사람이라고 믿고 등용하는 위정자들이 문종의 옳게 살아가는 방법을 익혔으면 싶지만, 그 썩은 향기에 깊이 빠진 사람들은 썩은 내를 맡을 수가 없어서 이해하지 못할 것이다. 그것이 슬프다.

문종에게 그의 아버지 세종이 조금만 일찍 왕위를 물려주었더라면, 문종이 건강해서 더 오래오래 조선을 다스렸더라면 역사는 어떻게 되었을까? '역사에는 가정이 없다'는 것을 잘 알면서도 이런 생각을 해 보는 것은 그의 심성이 너무 착하고 진취적이었기 때문이다.

6. 세종의 아들, 단종의 아버지

하늘에서 본 현릉. 조선 초기 《국조오례의》의
양식을 따르고 있는 가장 오래된 능인 현릉에
문종과 현덕왕후가 잠들어 있다.

1. 현릉 문종릉 능침 정면

2. 현릉 현덕왕후릉 능침 배면. 왕후의 능에서 문종의
능이 보인다.

3. 현릉 홍살문

실패한 왕은 능도 초라했으니

선조·의인왕후·인목왕후_목릉

조선 500년 역사 속에 고종과 함께 무능한 임금 중 한 사람으로 꼽히는 선조(1552~1608, 재위 1567~1608)의 재위 동안 정여립鄭汝立 사건이라고 불리는 기축옥사己丑獄事와 임진왜란, 정유재란이 일어났고, 그 후 조선 사회는 서서히 무너져 내렸다.

선조는 1552년(명종 7) 11월 서울의 인달방仁達坊에서 출생했다. 중종의 셋째 아들(중종의 첫째 아들은 인종, 둘째 아들은 명종)인 덕흥대원군의 셋째 아들이다. 어머니는 영의정에 추증된 정세호鄭世虎의 딸인 하동부대부인河東府大夫人 정씨이고, 비는 박응순朴應順의 딸 의인왕후懿仁王后(1555~1600), 계비는 김제남金悌男의 딸 인목왕후仁穆王后(1587~1632)다.

선조는 어려서부터 아름다운 바탕이 있었으며 용모가 청수하였다. 명종이 아들이 없으므로 속으로 이미 선조에게 기대를 정하고서 매양 불러 볼 때마다 반드시 탄식하기를, "덕흥은 복이 있다" 하였다. 처음에 명종이 여러 왕손들을 궁중에서 가르칠 때 하루는 익선관을 왕손들에게 써 보라 하면서 말하기를, "너희들의 머리가 큰가 작은가 알려고 한다" 하시고, 여러 왕손들에게 차례로 써 보게 하였다. 선조는 나이가 제일 적었었는데도 두 손으로 관을 받들어, 어전에 도로 갖다 놓고 머리를 숙여 사양하며, "이것이 어찌 보통 사람이 쓸 수 있는 것이겠습니까" 하니, 명종이 심히 기특하게 여겨 왕위를 전해 줄 뜻을 정하였다. (이긍익, 《연려실기술》 권12, 〈선조조 고사본말〉)

어려서부터 영리하고 어진 인품을 가졌던 선조는 명종이 22년간의 재위 끝에 후사 없이 세상을 떠나자 1567년 16세의 나이로 왕위에 올랐다. 처음에는 명종의 비 인순왕후가 수렴청정 했으나 이듬해에 편전을 넘겨받았다. 사실 선조가 임금이 된 것은 기적이었다. 그의 부친 덕흥군은 한미한 가문 출신인 후궁 창빈 안씨의 소생이었다. 명종이 뒤를 이을 적손도 없이 사망한 관계로 왕위에 오른 선조는 평생 정통성 콤플렉스에서 벗어나지 못했고 시국을 바라보는 눈도 좁았다.

깊숙이 팔짱을 낀 방관자

즉위 초년에 선조는 오로지 학문에 정진했으며 매일 경연에 나가 정치에 힘을 기울였다. 그는 기묘사화 때 죽은 조광조를 영의정에 추증하고 이이와 이황을 나라의 스승으로 여겼다. 또한 왕위에 오른 뒤 척신들이 사라지고 정권이 사림에게로 넘어가자 이때부터 사림 세력이 중용되어 붕당 정치 시대가 열렸다. 그러나 당시 이름이 높았던 김효원과 명종 비 인순황후의 동생 심의겸의 대립으로 분당되는 사태에 이르러 사림 세력은 동인과 서인으로 나뉘기 시작했다. 1575년(선조 8) 이후 동서 분당과 동인의 남북 분당 등 치열한 당쟁 속에 정치 기강이 무너져 내렸다.

그 가운데 선조는 나라를 다스릴 방향을 잡지 못했다. 1570년 기근으로 삼공三公과 동서벽東西壁이 와서 구황할 방책과 민생을 보존할 방법을 논하자 선조는 다음과 같이 답한다.

> 변이가 일어나는 것은 내가 덕을 잃은 소치이다. 이미 지나간 두 해의 일에 대해서는 논할 것이 없다. 지금 또 이 계사啓辭를 보니 더욱 미안하다. 날마다 와서 아뢰어도 나는 따를 뜻이 없다. 다만 경들이 고달플까 두려울 뿐이다. (《선조실록》 권4, 선조 3년 5월 15일 임오)

그런 와중에 1583년과 1587년 두 차례의 왜변이 일어났다.

1583년의 상황이 실록에 다음과 같이 기록되어 있다.

> 백성은 항심을 잃어버리고 군사는 장부에만 기재되어 있으며, 안으
> 로는 저축이 바닥났고 밖으로는 변란이 잇달고 있으며, 사론士論은
> 분열되고 기강은 무너졌습니다. 《선조수정실록》 권17, 선조 16년 윤
> 2월 1일 갑인)

1589년에는 정여립의 기축옥사가 일어나 1000여 명의 사상
자를 내었다. 당시 상황을 류성룡은 다음과 같이 적고 있다.

> 처음에 임금이 그를 체포하러 가는 도사에게 밀교를 내려 여립의
> 집에 간직되어 있는 편지들을 압수하여 궐내로 가져오게 하였다.
> 그래서 여립과 평소에 친근하게 지내어 편지를 주고받은 자들은 다
> 연루됨을 면치 못하게 되어 사류 중에 죄를 얻게 된 자가 많았다.
> 그중에 고문을 받다가 죽은 자는 전 대사간 이발, 이발의 아우 전
> 응교 이길, 이발의 형 전 별좌 이급, 병조참지 백유양, 유양의 아들
> 생원 백진민, 전 도사 조대중, 전 남원부사 유몽정, 전 찰방 이황종,
> 전 감역 최여경, 선비 윤기신, 여립의 생질 이진길 등 이루 다 기록
> 할 수 없다. 그중에서도 이발과 백유양의 집안이 가장 혹독하게 화
> 를 입었다. 그리고 연루되어 귀양 간 자는 우의정 정언신, 안동부사
> 김우옹, 직제학 홍종록, 지평 신식과 정숙남, 선비 정개청이고, 옥에
> 갇혀 병이 나서 죽은 자는 처사 최영경이었다. 옥사가 계속해서 얽

히고 뻗어 가서 3년이 지나도 끝장이 나지 않아 죽은 자가 몇천 명이었다. (류성룡柳成龍,《운암잡록雲巖雜錄》,〈잡기雜記〉)

이 사건의 여파는 크고도 깊었다. 서산대사 휴정은 묘향산에서 서울로 끌려와 선조에게 친히 국문을 받았고, 사명당 유정은 오대산에서 강릉부 관아에 끌려가 모진 고문을 받고 풀려났다. 그들마저 희생되었다면 임진왜란을 어떻게 극복했을 것인가. 조선의 알토란같은 지식인 1000여 명이 희생당한 기축옥사의 주인공 정여립을 두고 민족 사학자 신채호는《단재 신채호 전집》에서 "정죽도(여립) 선생은 민중군경民重君經을 주장하다가 사형을 입으니"라거나 "400여 년 전에 군신강상론君臣綱常論을 타파하려 한 동양의 위인"이라 하며 정여립을 높이 평가했다.

기축옥사가 채 마무리되기도 전인 1592년 4월 임진왜란이 일어났다. 이는 당쟁의 소용돌이 속에서 국리민복國利民福에 관심을 쏟을 사이가 없었던 시기에 일어난 전쟁이었다. 게다가 실록의 기록처럼 선조가 깊숙이 팔짱만 끼고 아무 일도 하지 않는 자세만을 계속하여 국가적 위기 상황을 올바르게 인식조차도 못한 상태였다. 왜군은 4월 13일 늦은 5시 20만 병력을 9개 부대로 나누어 조선 침략에 나섰다. 파죽지세로 치닫는 왜군의 무서운 기세 앞에 조선 정부는 속수무책이었다.

당시 조선은 태평 시대가 오래 계속되어 군대는 전쟁을 익히지 않은 데다 연(선조)마저 유흥에 빠져 방비를 게을리하였다. 이 때문에 섬나라 오랑캐들이 갑자기 쳐들어와 난을 일으키자 적을 보기만 해도 놀라 흩어져 버렸다. (《명사明史》, 〈조선전朝鮮傳〉)

임진강 방어선 붕괴 소식을 전해 들은 선조는 "지금 백방으로 생각해 봐도 내가 가는 곳은 적도 갈 수 있으므로 본국에는 발붙일 곳이 없다" 하면서 "명이 허락하지 않더라도 나는 비빈들을 데리고 압록강을 건널 것이니 경들은 세자와 함께 함경도로 가서 명의 원군을 기다리라"라고 말했다. 선조의 발언은 이후 피난 진로를 둘러싼 논쟁으로 이어졌다. 윤두수는 "북도의 군사는 강력하고 함흥과 경성이 천혜의 요새"라며 북행을 주장했고, 류성룡은 "지금 의병들이 나라를 구하고자 일어나는 때에 어찌 가벼이 나라를 버리자는 의견이 나올 수 있느냐. 임금의 가마가 한 걸음이라도 우리 땅을 떠나면 조선은 이미 우리의 것이 아니다"라며 흥분했다. 결국 선조의 피난 행로는 중신들의 반대에도 불구하고 "의주로 가서 여차하면 명에 망명하자"라는 이항복의 의견을 따라 평안도 쪽으로 정해졌다.

영의정 최흥원이 "요동의 인심이 몹시 험해서 위험하다"라며 선조를 달랬지만 "천자의 나라에서 죽는 것은 괜찮으나, 왜적의 손에 죽을 수는 없다"면서 요동행을 고집했다. 명에서는 조선의 왕이 굳이 들어오겠다면 요동의 빈 관아를 빌려주겠다며 허락했다. 서울을 버리고 의주로까지 피난을 가는 선조의 뒤에는 도승지 이항복과 몇몇 신하들만이 따랐을 뿐, 길을 인도해야 할 파주목사와 장단부사는 도망가고 없었다. 경기감사를 앞세우려 했지만 그도 누운 채 묵묵부답이었고 시위하는 군사조차 미미했다. 그때의 실록을 보자.

> 밤이 깊어서야 동파역東坡驛에 도착하였다. 파주목사와 장단부사가 어주御廚를 미리 설치하여 수라를 준비하여 올리려고 할 때에 호위하던 하인들이 난입하여 음식을 빼앗아 먹었으므로 임금이 들 것이 없게 되자, 장단부사가 두려워하여 도망하였다. (《선조수정실록》권26, 선조 25년 4월 14일 계묘)

사관은 은덕과 형벌이 모두 없었기 때문이라고 쓰고 있다. 얼마나 임금의 권위가 떨어졌으면 그런 일이 일어났을까? 당시 각종 기록들을 보면 선조는 시기심이 많고 모질고 고집이 세며, 일을 같이할 만한 사람이 못 된다고 했다. 서인이었던 성혼조차도 붕당에 대처하는 선조의 처사를 비판했다. 대사헌이었던 유희춘은 선조에게 "성품이 고집스러워 통창하지 못하신 데가 있습니다"(《선조실록》권8, 선조 7년 2월 1일 병오)라고 지적했고, 이이도 "재변이 혹심하여 주상이 마음으로 두려워하면서도 재변을 풀 계책을 알지 못하시고 한갓 의혹만을 조장하여 의혹하지 않는 사람이 없고, 의혹하지 않을 일이 없다"(이이, 《경연일기經筵日記》권상上, 만력 이년 갑술萬曆二年甲戌)라고 했다. 이는 앞뒤 결정이

다르고 때로는 자의적이기까지 했던 선조의 군주권 행사에 대한 평가였다.

물론 군주 전제 정치라고 할지라도 임금이 자칫 방심하면 정사가 집권 세력의 실력자 뜻대로 조종되기도 하고, 그들에 의해 권좌에서 밀려나기도 한다. 그러므로 임금의 자리를 보존하기 위해서, 또는 임금이 대립하는 양파의 사활을 좌우하는 심판자로서 군림하기 위해서는 동서를 번갈아 기용할 필요도 있었을 것이다.

임진왜란 초기 의주(용만)로 피난을 갔던 선조가 압록강을 바라보며 시 한 편을 지었다.

　　나라의 사태가 황급한 날에

　　누가 곽자의와 이광필처럼 충성하랴

　　서울을 떠남은 큰 계책 때문이었고

　　회복은 공들에게 의지하네

　　관산의 달을 보며 통곡하고

　　압록강 바람 쐬며 상심하네

　　조정 신하들은 오늘 이후에도

　　또다시 동인 서인 따질 것인가 《열성어제列聖御製》 권7, 〈용만에서

　　심사를 적다龍灣書事〉)

서인과 동인을 서로 교대하며 자신의 왕권 강화에 이용했으

면서도 신하들만 탓한 사람이 선조였다.

기적처럼 왕이 되어 평생 살얼음판을 건너다

역사의 높은 파고 속에서 몸부림쳤던 선조는 그 뒤에도 서자였던 광해군을 폐위시키고 늦게 낳은 적자 영창대군에게 왕위를 계승시키려고 우왕좌왕하는 실수를 저질렀다. 1608년 선조는 숨을 거두기 직전 일부 신하들에게 밀봉한 편지를 내려 어린 영창대군을 부탁했다. 그리고 세자였던 광해군을 불러 "동기인 영창대군을 내가 살아 있을 때와 같이 사랑하라. 남이 헐뜯는 말을 듣고 소홀히 하지 말 것이며, 특히 너에게 부탁하는 내 뜻을 알아주기 바란다"(《광해군일기》(중초본) 권1, 광해 즉위년 2월 2일 기미)라는 유훈을 남긴다. 이때 선조의 나이 57세였으며 재위 기간은 41년이었다.

선조의 유훈은 지켜지지 않았다. 선조의 뒤를 이어 우여곡절 끝에 광해군이 왕위에 오른다. 그리고 1613년(광해 5) 7명의 서출들이 역모를 꾸몄다는 '칠서七庶의 옥獄'이 발생하여 이이첨의 명을 받은 강화부사 정항에 의해 어린 영창대군이 강화도에서 살해되고 만다. 영창대군의 생모인 인목왕후는 덕수궁 안에 있는 경운궁으로 쫓겨나가 폐비가 되고 말았다. 그리고 제주도에 유배된 인목왕후의 어머니 노씨는 막걸리를 팔며 생계를 연명해야 했다.

선조는 영조와 숙종에 이어 세 번째로 오랜 세월 동안 임금의 자리에 있었다. 하지만 계속되는 당쟁과 임진왜란·정유재란이라는 국난으로 평생을 살얼음판을 건너가듯 살았다. 그는 외침에는 한없이 취약했으나 체제 도전에는 더없이 막강한 힘을 발휘했던 임금이었다. 인조나 영조처럼 자신의 뒤를 이을 아들까지도 믿지 못했다. 우유부단한 기회주의자적 면모를 보였지만 근검절약이 몸에 밴 임금이기도 했다.

선조는 한 나라의 임금이었으면서도 비단 어의御衣가 없고 수라에도 두 가지 고기가 없었다. 서교에서 명 사신을 맞아들일 때, 내시가 점심을 올렸다가 물릴 때 여러 의빈儀賓(임금의 사위)을 불러 주시는데 보니, 차린 것은 물에 만 밥 한 그릇과 마른 생선 대여섯 조각, 생강 조린 것, 김치와 간장뿐이었다. 여러 의빈들이 먹고 나니, 임금이 그 남은 것을 싸 가지고 가라며, "이것이 예이다" 하였다. (…)
정숙옹주가 그 뜰이 좁은 것을 싫어하여 임금에게, "이웃집이 너무 가까워 말소리가 서로 들리고, 처마가 얕고 드러나서 막히는 것이 없으니, 값을 주시어 그 집을 사게 하여 주소서" 하고 여쭈자 임금은, "소리를 낮게 하면 들리지 아니할 것이고, 처마를 가리면 보이지 않을 것이다. 뜰이 굳이 넓어야 할 것이 있느냐. 사람의 거처는 무릎만 들여놓으면 족한 것이니라" 하고 굵은 발 두 벌을 주시며, "이것으로 가리게 하여라" 하였다. (이긍익,《연려실기술》권12,〈선조조 고사본말〉)

선조는 8명의 부인에게서 14남 11녀의 자녀를 두었다. 정비 의인왕후는 아이를 낳지 못했다. 동구릉 깊숙한 곳, 건원릉 동쪽 언덕에 자리 잡은 목릉穆陵은 영릉 이래의 양식을 충실하게 따르고 있다. 다만 조선 왕릉 중 유일하게 동원삼강릉同原三岡陵이다. 왼쪽에 선조의 묘가 있고, 가운데에 의인왕후 그리고 오른쪽에 인목왕후의 능이 있다. 선조의 능침에만 십이지신상과 구름문양이 조각된 병풍석이 설치되어 있다. 이를 제외하고는 삼면 곡장과 각종 석물들의 배치는 세 능이 동일하다. 봉분 앞에 팔각의 장명등이 서 있고, 그 앞에 혼유석이 놓여 있다. 목릉의 문석인과 무석인은 크기는 큰데, 임진왜란 이후 어려운 시절에 조성된 것이라서 그런지 열악하기 그지없다. 그래서 조선 왕릉의 문·무석인 중 가장 졸작이라는 평을 받고 있다. 하지만 인목왕후의 문석인은 살다 간 생애가 그래서 그런지 통한의 눈물을 참고 있는 비장한 얼굴이고, 어느 세월인가 턱이 떨어져 나간 무석인은 보는 사람의 마음을 슬프게 한다.

7. 실패한 왕은 능도 초라했으니

인목왕후릉

선조릉

의인왕후릉

하늘에서 본 목릉·선조와 의인왕후 그리고
인목대비의 능이 한눈에 보인다.

1. 목릉 선조릉 능침 정면. 조선 500년 역사에서 가장 극심한 격랑의 세월을 살다가 간 선조가 잠든 곳이다.

2. 목릉 의인왕후릉 능침 정면

3. 목릉 인목왕후릉 능침 정면. 아들 영창대군의 죽음과 폐비의 수모를 겪으며 살다 간 인목왕후의 능에 햇살이 찬연하다.

4. 목릉 정자각

5. 목릉 홍살문

8

예송으로 시작해
예송으로 마치다

현종·명성왕후_숭릉

엇을 먹을까, 무엇을 마실까, 무엇
을 입을까 하고 걱정하지 말아라."
〈마태복음〉 6장에 실린 말이다. 그러나 대부분의 사람들은 하루하루가 걱정이고 그래서 이런 근심 저런 근심으로 밤을 지샐 때가 많다.

조선 중기에 세계 역사상 그 유례를 찾아볼 수 없는 일이 일어났다. 어떤 옷을 입을 것인지를 두고 서로 죽고 죽이는 싸움이 일어난 것이다. 인조의 계비인 조대비(장렬왕후)가 그의 아들인 효종과 며느리 인선왕후, 그리고 그의 손자인 현종의 상례 때 어떤 옷을 입어야 하는지를 두고 몇 차례 대 정변이 일어났다. 그것은 《국조오례의》에 국왕의 상에 모후가 입을 상복을 규

정해 놓지 않아서였지만 당파적 이해관계로 인해 정치 논쟁으로 이어졌기 때문이다. 1659년의 1차 기해 예송 논쟁으로 시작해 1674년의 갑인 예송 논쟁까지 재위 15년 동안 예론의 논쟁이 끊이지 않았던 시기에 임금이 현종이었다.

현종(1641~1674, 재위 1659~1674)은 효종의 맏아들로 어머니는 인선왕후다. 비는 영돈녕부사 김우명金佑明의 딸 명성왕후明聖王后(1642~1683)다. 현종은 효종이 봉림대군 시절 청의 볼모로 심양瀋陽에 있을 때 심관瀋館에서 출생했다. 조선의 임금으로서 유일하게 타국에서 출생한 현종이 봉림대군을 따라 귀국한 것은 1645년(인조 23)이었다.

귀국하자마자 현종의 큰 아버지인 소현세자가 갑작스럽게 병사하자 아버지 봉림대군이 세자가 되면서 느닷없이 왕세손으로 책봉되었다. 그 뒤 곧바로 효종이 왕위에 오르면서 세자로 책봉되었고, 1659년 5월에 효종이 세상을 뜨자 5월 9일 조선의 국왕에 올랐다.

19세에 임금의 자리에 오른 현종은 임진왜란과 병자호란의 양난을 겪으며 흔들렸던 조선왕조의 질서를 확립하기 위해 노력했다. 아버지 효종 때 추진했던 무모한 북벌 정책을 중단하고, 그 대신 군비軍備에 힘써 훈련별대訓鍊別隊를 창설했다. 현종 대에 특이한 경향 중 하나가 청이 등장하면서 이미 역사 속으로 사라진 나라인 명을 숭모하는 일이 공공연하게 행해진 것이다. 이런 명을 숭모하는 활동은 현종 다음 숙종 때부터 더 구체적으로 나타났다.

현종은 왕위에 오르자마자 기해복제己亥服制 문제라는 1차 예송 논쟁에 직면했다. 효종이 승하했을 때 조정에서 이조판서인 송시열에게 인조의 계비 장렬왕후(자의대비)가 몇 년 상복을 입어야 하는지 물었다. 당시 일반적으로는 《주자가례朱子家禮》에 의한 사례四禮의 준칙을 따랐다. 그러나 왕가에서는 성종 때 제도화한 《국조오례의》를 따르고 있었다. 하지만 《국조오례의》에는 효종과 자의대비의 관계와 같은 사례가 없었다. 효종이 인조의 큰아들로 왕위를 이어받았다면 문제가 없을 텐데, 소현세자가 느닷없이 죽고 둘째 아들인 봉림대군이 인조에게서 왕위를 이어받았기 때문이었다. 게다가 인조의 큰아들인 소현세자의 상에서 자의대비가 큰아들에 대한 예로 삼년상의 상복을 입었다. 소현세자의 상과는 다른 효종의 상에 어떤 상복을 입어야 하는가가 문제였던 것이다.

그때 송시열과 송준길 등 서인 측의 집권 세력들은 효종이 둘째 아들이므로 기년상(1년상)의 상복을 입어야 한다고 주장했다. 이에 남인의 윤휴와 허목 등은 효종이 둘째 아들이라고 해도 왕위를 이어받았으므로 삼년상이 옳다고 주장했다. 예송 논쟁이 서인과 남인의 대립으로 극한으로 치닫고 감정이 격해지면서 계속되자, 서인 측의 주장대로 조정에서 기년상으로 일단 결정되었다. 그러나 그 후 윤선도가 송시열과 송준길을 비난하는 상소를 올려 예송 논쟁을 정치적 문제로 비화시켰다.

차장자가 아버지의 가르침을 받고 하늘의 명령을 받아 할아버지의 체體로서 살림을 맡은 뒤에도 적통이 되지 못하고 적통은 오히려 타인에게 있다고 한다면, 그게 가세자假世子란 말입니까? 섭황제攝皇帝란 말입니까?

뿐만 아니라 차장자로서 왕위에 선 이는 이미 죽은 장자의 자손에 대하여 감히 임금으로 군림할 수 없고, 이미 죽은 장자의 자손 역시 차장자로 왕위에 오른 이에게는 신하 노릇을 않는다는 것입니까? 송시열이 만약 자기 실언을 깨닫는다면 반드시 둔사遁辭로 해명하기를, "적통불엄嫡統不嚴 이 네 글자는 다만 만세를 두고 장유長幼의 차례를 엄히 하기 위하여 한 말이다" 할 것입니다. 그런데 그 네 글자는 위아래 문세文勢로 볼 때 그렇지가 않으니, 누가 그의 뜻이 그렇다고 믿겠습니까?"(《현종실록》 권2, 현종 1년 4월 18일 임인)

윤선도는 송시열의 말에 의하면 효종과 현종이 가짜 임금이 아니냐고 다그쳐 분쟁의 불씨를 이어 갔다. 그러나 조정에서는 기년복을 재확인했다. 또한 항의하는 사람은 그 이유를 불문하고 엄벌에 처한다고 포고하면서 1차 예송 논쟁은 집권 서인의 승리로 일단락되었다.

정쟁에 병든 왕

수면 밑으로 가라앉아 있던 정파 간의 갈등은 1674년(현종 15) 효종의 비이며 현종의 어머니인 인선왕후가 세상을 뜨면서 또다시 시작되었다. 현종이 즉위하자마자 왕대비가 된 인선왕후 장씨가, 자기보다 6살이 어렸던 시어머니인 자의대비를 모시다가 57세의 나이로 사망한 것이다. 자의대비 조씨는 51세로 살아 있었기 때문에 2차 예송 논쟁이 일어날 수밖에 없었다.

1차 논쟁은 아들 효종이 승하하고 나서 계모인 자의대비가 얼마간 상복을 입어야 하는가가 문제였다. 그러나 2차 논쟁은 며느리 인선왕후가 세상을 떠난 뒤 시어머니인 자의대비가 얼마간 상복을 입어야 하는가의 논란이 불거진 것이다.

서인 측은 대공설, 즉 9개월 복을 주장했고, 남인 측은 기년설을 주장했다. 이때 대구 유생 도신징都慎徵이 인선왕후의 복상에 대해 상소문을 올렸다.

나이가 60이 넘어 근력이 쇠약한 데다 불꽃같은 더위를 무릅쓰고 오다가 중도에서 병이 나 지체한 바람에 집에서 떠난 지 한 달이 넘어서야 간신히 도성으로 들어와 보니, 말씀드릴 기회는 벌써 지나 이미 발인한 뒤였습니다. (…)

대왕대비께서 인선왕후를 위해 입는 복에 대해 처음에는 기년복으로 정하였다가 나중에 대공복으로 고쳤는데 이는 어떤 전례를 따라

한 것입니까? 대체로 큰아들이나 큰며느리를 위해 입는 복은 모두 기년의 제도로 되어 있으니 이는 국조 경전에 기록되어 있는 바입니다. 그리고 기해년 국상 때 대왕대비께서 입은 기년복의 제도에 대해서 이미 "국조 전례에 따라 거행한다"라고 하였는데, 오늘날 정한 대공복은 또 국조 전례에 벗어났으니, 왜 이렇게 전후가 다르단 말입니까. (《현종실록》 권22, 현종 15년 7월 6일 무진)

그 뒤 이 문제가 다시 기년복으로 정착되면서 서인 측의 주장이 좌절되었다. 이번에는 임금이 남인의 손을 들어 준 것이다. 그리하여 현종 초에 벌어진 예론도 수정이 불가피해졌다.

임금은 예론을 잘못 썼다는 책임을 물어 영의정 김수홍을 귀양 보냈고, 남인 허적을 영의정으로 임명했다. 그러나 그해 8월 현종이 갑자기 죽음을 맞게 되었다. "상의 증세가 여전히 위급하여 오직 때때로 인삼차만 복용하였는데 종일토록 혼미하고 지쳐서 잠자는 것 같기도 하고 잠들지 않는 것 같기도 하였다"(《현종실록》 권22, 현종 15년 8월 16일 정미)라는 기록이 있고 이틀 뒤인 1674년 8월 18일 번열과 극심한 설사를 하다가 서른넷의 나이로 짧은 생을 마감했다. "현종대왕의 병세가 매우 위독하였다. 영의정 허적과 좌의정 김수항, 우의정 정지화와 승지, 사관이 빠른 걸음으로 침실에 들어왔는데, 해시亥時에 임금이 승하하였다"(《숙종실록》 권1, 숙종 즉위년 8월 18일 기유).

현종은 왕위에 오른 지 3년 만인 1662년 호남 지방에 대동법을 시행했고, 1668년 동철활자銅鐵活字 10여 만자를 주조하기도 했다. 또한 지방 관리들의 상피제相避制(일정한 친족 간에는 동일한 관서나 통속 관계에 있는 관서에 함께 근무하는 것을 제한한 제도)를 제정했고, 동성통혼同姓通婚을 금지했다. 1666년에는 1653년 제주도로 표류해 온 하멜 등 8명이 14년간의 조선 억류 생활을 기록한 《표류기漂流記》와 《조선국기朝鮮國記》가 발간되었다.

길지도 짧지도 않은 15년간의 재임 동안 상복을 얼마간 입어야 하는가의 예송 논쟁에 너무 힘을 쓰다가 세상을 떠난 임금이 현종이었다. 하지만 그의 아들 숙종은 이바지의 뜻을 받들어 소신껏 나라를 다스린 임금으로 평가받고 있다.

원손이 되었을 때 항상 여염집에 나가 있었는데, 이웃에서 큰 소리로 떠드는 자가 있어 시종하는 자가 쉬쉬하면서 금지시키면 현종이 말리며 말하기를, "사람이 제집에 있으면서 어찌 소리를 안 낼 수 있느냐. 마음대로 하게 하고 괴롭히지 말라" 하였다. 한번은 표범의 가죽을 바친 사람이 있었는데 품질이 좋지 못하여 인조가 물리치려 하였다. 이때 현종이 곁에 있다가 말하기를, "표범을 잡느라고 많은 사람이 상하였을 것입니다" 하니, 인조가 그 마음을 가상히 여기면서 물리치지 말라고 하였다.

어렸을 때 대궐 문밖에 나갔다가, 한 군졸의 모양이 여위고 검은 것을 보고 내시에게 그 이유를 물으니 아뢰기를, "병들고 춥고 주린 사람입니다" 하였더니, 임금이 가엾게 여겨서 옷을 주고 또 밥도 주

게 하였다. (이긍익, 《연려실기술》 권31, 〈현종조 고사본말〉)

현종이 승하한 뒤 그날 곧바로 숙종이 왕위에 올랐다. "영의정 허적 등이 의논하여 대행대왕에게 순문숙무경인창효대왕純文肅武敬仁彰孝大王이란 시호와 현종이란 묘호를 올리고, 전호殿號는 효경孝敬이라 하고, 능호는 숭릉崇陵이라 하였다"(《숙종실록》 권1, 숙종 즉위년 8월 24일 을묘). 팔도의 승군僧軍 2650인을 징발하여 각자 1개월의 식량을 가지고서 산릉에 부역하게 하여, 12월 13일 건원릉 남서쪽 산줄기에 예장했다.

현종 비 명성왕후는 천성이 명석하고 성격이 과격하여서 궁중의 일을 처리하며 거친 처사가 많았다. 숙종이 즉위한 뒤에 조정의 정무에 관여하여 많은 비판을 받았는데, 슬하에 숙종과 명선·명혜·명안 공주를 두었다. 명성왕후는 1683년 12월 창경궁 저승전에서 세상을 떠나 현종 옆에 묻혔다.

연지가 아름다운 숭릉은 《국조오례의》에 따라 조성되었다. 숭릉에서 제일 이채로운 명물이 제사를 지낼 때 왕의 신주를 모시는 정자각이다. 숭릉의 정자각은 조선 왕릉 가운데 유일하게 팔작지붕으로 조성되어 보물 제1742호로 지정되었다. 그리고 정자각 오른쪽에 임금의 업적을 기록한 비각이 서 있다. 곡장 안에 왕릉과 왕후릉을 나란히 조성한 쌍릉이며, 병풍석이 없이 난간석으로만 연결되어 있다.

8. 예송으로 시작해 예송으로 마치다

하늘에서 본 숭릉

1. 숭릉 능침 전경

2. 숭릉 정자각

3. 숭릉 서측 석물

9

역모와 반란의 시대를
잠재우다

영조·정순왕후_원릉

"인간은 걸을 수 있을 때까지만 존재한다." 프랑스 철학자 사르트르의 말이다. 걸을 수 없으면 그때부터의 삶은 사는 것이 사는 것이 아니고 별 의미가 없다는 말이다. 내 두 발로 걸으면서 본 사물이 온전히 내 삶에 스며들기 때문이다. 조선의 임금 중 가장 오래 산 사람이 영조다. 정확한 말인지는 모르겠지만 영조 (1694~1776, 재위 1724~1776)가 조선의 임금 중 가장 많이 걷지 않았을까?

영조에 대한 다음과 같은 야사가 전한다. 영조의 사주는 갑술년, 갑술월, 갑술일, 갑술시 사갑四甲으로 역술가들의 입에 오르는 단골 소재였다. 영조가 당시 가장 뛰어난 역술가에게 사주를 보이자 '제왕의 사주'라 했다. 영조가 그를 시험하기 위해 그와 사주가 똑같은 백성을 찾게 했다. 그 사람은 오대산에서 양봉을 치는 사람이었다. 영조가 "나와 이 사람의 사주가 같은데 운명이 이렇게 다르단 말이냐?" 하고 역술가에게 벌을 주려고 하자 양봉을 치는 사람이 "저는 여덟 아들에 벌통 360개가 있어서 전하께서 팔도, 360개 현을 가지신 것과 같습니다"라고 말했다. 이에 영조가 생각해 보니 그의 말도 일리가 있어서 돌려보냈다고 한다.

대개의 관상이나 사주를 보는 사람들이 좋은 말을 늘어놓아 찾아온 사람들의 환심을 사기 일쑤다. 조금이라도 돈이 있어 보이면 불길한 말을 하여서 돈을 뜯어내는 사람이 비일비재하다. 의복이나 용모와 관계없이 그 사람의 전모를 드러내 준다는 것이 얼마나 힘든 일이겠는가?

원릉元陵은 영조와 영조의 계비 정순왕후貞純王后(1745~1805)의 능이다. 영조는 숙종의 둘째 아들이며 경종의 동생이다. 어머니는 무수리 출신의 화경숙빈和敬淑嬪 최씨다. 1699년(숙종 25) 연잉군으로 봉해졌으나 어머니의 출신이 미천해서 숙종의 후궁이던 영빈 김씨의 양자로 들어갔다. 건강이 좋지 않은 경종에게 후사마저 없었기 때문에 노론 측은 연잉군을 왕세제로 책봉할 것을 주장했고, 결국 1721년에 연잉군은 세자로 책봉되었다. 노론과 소론의 대립 사이에서 불안한 지위에 있었으나 1724년 경종이 사망하자 국왕으로 즉위했다.

왕도탕탕 왕도평평

영조가 즉위하고서 4년 뒤인 1728년 청주에서 이인좌李麟佐의 난이 일어났다. 소론이었던 이인좌와 정온의 4대 후손인 정희 량이 신임사화(1721)를 일으켰던 김일경 등과 영조를 몰아내고 밀풍군 탄을 임금으로 추대하려고 일으킨 난이다. 소론이 주도 한 반란이며, 일어난 해의 간지를 따서 무신란戊申亂이라고도 부 른다. 소론은 경종 연간에 왕위 계승을 둘러싼 노론과의 대립에 서 일단 승리했으나, 노론이 지지한 영조가 즉위하자 위협을 느 끼게 되었다. 이에 박필현 등 소론의 과격파는 영조가 숙종의 아들이 아니며 경종의 죽음과 관계 있다고 주장하면서 영조와 노론을 제거하고 밀풍군을 왕으로 추대하고자 했다. 여기에 남 인들도 일부 가담했다.

이들이 일어나게 된 데는 여러 가지 중요한 요인이 있었다. 생활이 궁핍해지자 유민들이 증가하고 도적들이 자꾸 늘어났 다. 그런 연유로 기층 민중의 저항적 분위기가 자연스레 형성되 고 있었다. 청주에 살고 있던 이인좌는 양성의 권서봉, 용인의 박종원, 안성의 정세윤, 괴산의 유상택 등의 반란군과 합세하여 1728년 3월 15일 청주성을 함락하기로 했다. 그들은 상여 행렬 을 가장해 상여 속에 병기를 감추고 청주성으로 들어가 날이 저 물자 청주성을 점령했다.

이인좌는 충청 병사 이봉상과 그의 군관이었던 홍림을 그 자리에서 죽이고, 영장 남연년에게 항복을 요구했다. 그러나 그가 말을 듣지 않자 그 역시 죽인 후에 스스로 대원수라고 지칭했다. 그들은 '경종의 원수를 갚는다'는 점을 널리 선전하면서 신천영을 가짜 병사로 삼아 서울로 북상했다. 그러나 24일에 안성과 죽산에서 도순무사 오명항과 중군 박찬신 등이 거느린 관군에게 격파되었다. 청주성에 남아 있던 세력도 사족 박민웅이 결성한 창의군에 의해 무너졌다. 영남에서는 동계 정온의 후손인 정희량이 거병하여 안의와 거창 그리고 합천, 함양을 점령했으나 경상도관찰사가 지휘하는 관군에 토벌되었다. 호남에서는 거병 전에 호남을 책임지기로 했던 박필현 등의 가담자들이 체포되어 처형되었다.

이인좌의 난을 진압하는 데 병조판서 오명항 등 소론 인물들이 적극적으로 참여했지만, 그 뒤 노론의 권력 장악이 가속화되었다. 결국 소론은 재기 불능 상태가 되었다. 이 사건 이후 정부에서는 지방 세력을 억누르는 정책을 강화했고 토착 세력에 대한 수령들의 권한을 대폭 증가시켰다. 이 난은 조정에만 경각심을 준 것이 아니라 조선 후기에 일어난 수많은 민란에도 영향을 주었다. 즉 민란 주동자들이 이인좌가 군사를 동원한 방식을 채용했던 것이다. 결국 이인좌의 난은 1811년 홍경래의 난으로 이어졌다.

선조 때에 시작된 당쟁은 인조, 숙종 시대에 이르러 극에 달했다. 당쟁으로 인해 인생이 뒤바뀐 이중환이 《택리지》에 남긴 글을 보자.

사대부가 살고 있는 곳은 인심이 고약하지 않은 곳이 없다. (…) 신축, 임인년 이래로 조정의 윗자리에 소론·노론·남인 간의 원한은 날이 갈수록 깊어져, 서로 역적이란 이름으로 모략한 그 영향이 아래로는 시골에까지 미치어 큰 싸움터를 이루고 있는 지경이다. 서로 혼인하지 않는 것은 물론, 서로가 서로를 절대 용납하지 않는 상황이다. 다른 파벌이 또 다른 파와 친해지면 지조가 없다 하거나, 항복하였다고 헐뜯으며 서로 배척한다. 건달이 되었건 종이 되었건 한번 아무개 집 사람이라고 말하면 비록 다른 집을 섬기고자 하여도 결코 용납되지 않았다.

사대부로서의 어짊과 어리석음, 높고 낮음은 오직 자기 파벌에서만 통할 뿐, 다른 파벌에게는 전혀 통하지 못한다.

이편 인물을 다른 편에서 배척하게 되면 이편에서는 더욱 귀히 여기고, 저편에서도 또한 그러하였다. 비록 죄가 천하에 가득 차 있더라도 한번 다른 편에 의하여 공격을 당하면 잘잘못을 논할 것도 없이 모두가 일어나 그를 도우며, 도리어 허물이 없는 사람으로 만들어 준다.

비록 성실하고 바른 행실과 높은 덕이 있다 하더라도 같은 편이 아니면 우선 그의 옳지 못한 곳부터 살핀다. (이중환, 《택리지》, 〈복거총론卜居總論〉)

이중환의 지적처럼 사대부들은 대부분 특정 당파에 가입하여 있었고, 서로 싸우다 보니 인심이 악화하지 않을 수 없었다. 실록이나 여러 문집들을 보면 당쟁으로 인한 부정적인 표현들이 수도 없이 많다. 오죽했으면 이익이 붕당 간의 반목을 두고 "서로 원수가 되어 죽이고 죽으며 한 조정에서 벼슬하고 살면서도 평생토록 왕래가 없는 지경에 이르렀다"라고 했겠는가? 그래서 조선의 선비로 붕당에 가담하지 않으려면 벼슬을 버리고도 원망하지 않는 각고를 해야만 했다.

당쟁의 폐단을 누구보다 뼈저리게 알고 있었던 영조가 탕평의 시대를 열었다. 어느 시대를 막론하고 사람들의 생활 양식이 바뀌면 정치, 사회, 경제의 틀이 새롭게 바뀔 수밖에 없게 된다. 당쟁의 폐해가 국가에 미치는 해악이 얼마나 심각한지 신임사화를 통해 몸소 실감한 영조는 즉위하자마자 탕평책을 시행하기에 이른다.

탕평蕩平이란 《서경書經》의 〈홍범조洪範條〉에 등장하는 개념으로 "무편무당無偏無黨 왕도탕탕王道蕩蕩 무당무편無黨無偏 왕도평평王道平平"에서 유래했다. 탕평책을 처음 주장한 박세체는 이를 "인군人君의 정치가 편사偏私가 없고 아당阿黨이 없는 대공지정大公至正의 지경에 이른 것"이라 했다. 다시 말해 정치는 당파를 초월한 군주가 중심이 되어 중립적이고 바르게 해야 한다는 뜻이다. 그러나 집권 초반 탕평 정국은 영조의 처음 의도와 달리 노론과 소론의 파쟁이 더욱더 극심해지며 환국 정치가 계속되었다. 1727년에 노론의 강경파들을 축출하고 1729년에는 기유처분으로 노론과 소론 내 온건파들을 고르게 기용하여 초기 탕평책의 기틀을 마련했다. 이때 박문수가 영조에게 올린 상소를 보자.

> 무릇 전조銓曹에서 사람을 씀에 있어서 저울대처럼 공평히 하여 색목色目을 논하지 말고 공정하게 임용한 뒤에야 비로소 동서남북의 탕평을 이룰 것입니다. 그러나 지금은 그렇지 아니하여 다만 노론과 소론만 탕평되었을 뿐입니다. 무릇 탕평이란 것은 천하의 탕평이 있고 조선의 탕평이 있는 것인데, 어찌 유독 노론·소론의 탕평만 행할 수가 있겠습니까? 무릇 이와 같으므로 대소 조신들은 서로 엄호하는 데 힘쓰고 있으니, 가령 나라가 장차 위태롭고 멸망하는 데 이르더라도 절의를 위해 죽는 선비는 기필코 없을 것입니다. (…) 그러니 전하께서 사람을 쓰는 것이 공평하다고 말할 수 있겠습니까? 이는 노론·소론의 나라이지 전하의 나라가 아닙니다. (《영조실록》 권36, 영조 9년 12월 19일 병인)

박문수 직언을 들은 영조는 그의 충간을 받아들여 더욱더 의지를 가지고 탕평책을 실시했다. 영조에 이어 정조 또한 탕평책을 실시했는데, 왕권의 절대성을 강조하고 재상권 강화에 의한 관료 중심 정치를 실시했다는 점에서는 영조 대와 일치한다. 하지만 사대부 계층의 본래 이념과 실력을 존중하여 사림 정치의 이상을 구현하려 했다는 특징을 지닌다.

　탕평책의 실시는 당시의 사회적·정치적 동요를 일단 안정시키는 데 일정한 성과를 거두었으나, 그 시대의 경제적 여건에 상응하는 새로운 사회 주도 세력을 형성해 내지 못했으며 역사적 과제의 수행에는 미치지 못했다는 점에서 아쉬운 면이 있는 것도 사실이다. 정조 시대에도 노론은 그대로 우위를 지켜나갔고 남인이나 북인의 등용은 여전히 배제되었다. 그러한 상황을 지켜본 이익은 "이른바 탕평을 주장하는 사람은 이도 아니고 저도 아니요, 가운데 서서 밝음을 세운다고 하면서 사람을 천거하면 양쪽을 모두 취하고 말을 내면 모두 그르다 한다"라고 비판한 뒤 그 시비를 분명히 밝혀서 쓰고 버리는 것이 옳다고 했다. 오죽했으면 정약용이 이런 글을 남겼을까?

　　오늘날 성리학을 하는 자는 (…) 줄기와 가지와 잎새가 수천수만으로 갈라져 있다. 이렇게 터럭 끝까지 세밀히 분석하면서 서로 자기의 주장이 옳다고 기세를 올리면서 남의 주장을 배척하는가 하면, 묵묵히 마음을 가다듬어 연구에 몰두하기도 한다. 그런 끝에 대단한 것을 깨달은 것처럼 목에 핏대를 세우면서 스스로 천하의 고묘高妙한 이치를 다 터득했다고 떠든다. 그러나 한쪽에는 맞지만 다른 한쪽에는 틀리고 아래는 맞지만 위가 틀리기 일쑤다. 그렇건만 저마다 하나의 주장을 내세우고 보루를 구축하여, 한 세대가 끝나도록 시비를 판결할 수가 없음은 물론이고 대대로 전해 가면서도 서

로의 원망을 풀 수가 없게 된다. (정약용丁若鏞, 《오학록五學論》 권1,
〈논論〉)

영원한 낙인, 자식을 죽인 아비

파란만장한 삶을 살았던 영조는 52년간 조선을 다스리고 1776년
3월 83세의 나이로 경희궁 집경당에서 승하했다. 그가 죽은 뒤
사관은 다음과 같이 말했다.

우리 대행대왕(영조)은 53년 동안의 인덕이 있고 수명이 긴 정치와
명덕 있고 화평한 교화가 넘치고 풍부하며 성대한 덕과 지극한 선善
이 백왕百王에 뛰어나고 깊은 인애仁愛와 두터운 은택이 사람들의
피부와 뼈에 두루 미쳤다. 이것은 지극히 크고 지극히 넓은 천지와
같아서 한 사신이 그 만 분의 일이라도 그려 낼 수 있는 것이 아니
나, 더욱이 지극히 효성스럽고 지극히 우애로운 행실은 험난을 겪
고서 더욱 나타나고 지극히 인자하고 지극히 밝은 덕은 종사를 더
욱 굳게 하셨다. (…) 나라의 반석·태산 같은 큰 기업基業을 영구히
세우셨으니, 아! 아름답고 성대하다. 만년에 옥후玉候가 점점 더 깊
어져 오래 끌다가 마침내 대점大漸에 이르러, 우리 춘궁 저하가 근
심을 머금고 아픔을 품게 하시어, 울부짖는 슬픔과 부여잡고 가슴
치는 통곡이 신하들을 감동시켜 차마 우러러볼 수 없었으니, 아! 마
음 아프다. (《영조실록》 권127, 영조 52년 3월 5일 병자)

9. 역모와 반란의 시대를 잠재우다

영조는 그 뒤 경기도 구리시 동구릉 경내에 묻혔다. 영조는 탕평 정치를 표방하며 붕당의 폐해를 없애려 노력했다. 그러나 영조의 왕위 계승에 대한 부정과 탕평책에 대한 반발도 있었다. 영조의 둘째 아들 사도세자(장헌세자) 또한 노론과 반목이 있어 여러 차례 노론의 비판에 직면했고, 영조와의 사이 또한 좋지 않아 수시로 심한 꾸중을 들어야 했다. 결국 사도세자는 정신 질환 증상을 보였고, 영조는 사도세자를 뒤주에 가둬 비극적인 죽음을 맞게 했다. 그런 상황 속에서 붕당 간의 갈등은 계속되었고 때로는 엄청난 사건들도 있었지만, 영조는 조선을 개혁하기 위해 여러 시책을 펴서 상당한 성과를 거두었고 그래서 조선 역사에 몇 안 되는 성군 중의 한 사람으로 평가받고 있다.

영조의 계비 정순왕후는 오흥부원군 김한구金漢耉의 딸로 태어났다. 영조의 비 정성왕후가 죽은 뒤 1759년(영조 35) 15세의 나이로 51세 연상인 영조와 결혼하여 왕비로 책봉되었다. 왕후의 친정은 노론의 중심이었고, 사도세자는 소론에 기울어져 노론에게 비판적이었다. 세자와 세자빈이 왕후인 자신보다 10세나 연상인 데서 빚어지는 갈등과 여러 정치적 이유로 사도세자의 부도덕과 비행을 상소했다. 결국 1762년 영조가 아들인 사도세자를 뒤주에 가두어 죽이는 데 적지 않은 역할을 했다. 사도세자가 죽은 영조 말년에 왕후의 오빠 김구주金龜柱의 세력인 벽파僻派가 사도세자의 장인이었던 홍봉한洪鳳漢의 세력과 맞서고 대립하는 데 중요한 정치적 역할을 했다.

정순왕후는 1800년 정조가 승하하고 그 아들인 순조가 11세로 즉위하자 신료들의 요청을 받아들이는 형식으로 수렴청정을 했다. 왕후가 자신을 여자 국왕[女主·女君]으로 칭했고 신하들도 그의 신하임을 공언하는 등 실질적으로 국왕의 모든 권한과 권위를 행사했다. 과감하게 국정을 주도했던 정순왕후는 조정의 주요 신하들로부터 개인별 충성 서약을 받았다.

정조의 장례가 끝난 뒤 곧바로 사도세자에게 동정적이었던 시파들을 대대적으로 숙청했고, 이때 정조의 이복동생 은언군과 정조의 친모 혜경궁 홍씨의 동생인 홍낙임洪樂任 등이 처형되었다. 다음 해인 1801년에 천주교 탄압을 일으켜 정약용 등의 남인들을 축출했고 수많은 천주교인들이 희생당했다.

정순왕후가 수렴청정을 하면서 정조 대의 정치와 문화를 부정하기도 했지만 다른 한편으로는 과단성 있는 정치를 펼쳐서 질서를 바로잡았다는 평가를 받기도 한다. 정순왕후는 1804년 수렴청정을 끝내고 순조에게 직접 정사를 보게 했으며, 1805년(순조 5) 창덕궁 경복전에서 세상을 뜬 뒤, 그해 6월 20일 영조 옆에 묻혔다.

영조는 죽기 전에 원비인 정성왕후가 잠든 서오릉의 홍릉 자리에 묻히기를 원했다. 그래서 홍릉에 왕의 자리를 비워 놓고 쌍릉으로 자신의 장지를 만들어 놓았었다. 그러나 사후 일은 자신의 뜻과는 무관해서 그런지 정조가 지금의 자리에 능지를 정하여 그 뜻을 이루지 못했다. 영조가 묻힌 원릉 자리는 본래 효종의 능인 영릉이 있었던 곳이다. 그런데 1673년(현종 14) 영릉의 석물에 틈이나 빗물이 스며들 염려가 있다는 의론이 나왔다. 그래서 효종의 영릉을 여주에 있는 세종의 영릉 옆으로 옮겼다. 그러나 능을 옮기기 위해 봉분을 열었을 때 별다른 문제가 발견되지 않았다 한다.

원릉은 태조의 무덤인 건원릉 서쪽 두 번째 산줄기에 자리 잡고 있다. 쌍릉으로 조성된 원릉은 크게 두 차례에 걸쳐 완성되었다. 무덤을 보호하기 위해 둘러싼 기둥 모양의 돌인 난간석이 두 왕릉을 에워싸고 있다. 능침 공간은 중계 없이 크게 상계와 하계 두 구역으로 나뉘는데, 이는 영조 대 이후 만들어진 조선 왕릉의 특징이다.

원릉의 비각에는 총 3기의 표석이 세워져 있는데, 그중에 가장 왼쪽의 표석이 1776년 능이 조성되면서 만들어진 것이다. 이 비는 정조의 어필로 전면에 "朝鮮國 英宗大王 元陵"(조선국 영종대왕 원릉)이라 새겨져 있다. 가장 오른쪽의 표석은 1805년 정순왕후가 사망한 후 건립된 표석이다. 전면에 "朝鮮國 貞純王后 祔左"(조선국 정순왕후 부좌)라 새겨져 있다. 가운데의 표석이 가장 나중에 세워진 것이다. 고종이 1890년 영조의 묘호를 '영종'에서 '영조'로 바꾸면서 다시 세운 것으로 전면에 "朝鮮國 英祖大王 元陵"(조선국 영조대왕 원릉)이라 새겼다.

10

성군을 꿈꿨으나
스물세 살에 쓰러지다

헌종·효현왕후·효정왕후_경릉

<big>헌</big>종(1827~1849, 재위 1834~1849)은 순조의 손자이자 추존 왕 익종의 아들이다. 어머니는 신정왕후다. 1830년에 왕세손으로 책봉되었고, 1834년 순조가 사망하자 경희궁 숭정문에서 여덟 살에 조선왕조 최연소 왕으로 즉위했다. 나이가 어렸기 때문에 즉위 초에는 순조의 비로 대왕대비였던 순원왕후가 수렴청정했다. 헌종의 비는 영흥부원군 김조근金祖根의 딸 효현왕후孝顯王后(1828~1843)이고, 계비는 익풍부원군 홍재룡洪在龍의 딸인 효정왕후孝定王后(1831~1903)다.

헌종이 재위하는 동안 순조 때부터 정권을 잡았던 안동 김씨와 새로 등장한 풍양 조씨의 세도 정치로 인해 국정은 대단히

혼란스러웠다. 헌종이 집권한 15년 중 9년간 연이어 수재水災가 발생하여 민생고가 가시지 않았다. 또한 집권 초기인 1836년에는 남응중南膺中의 난이 발생했고, 1844년에는 이원덕李遠德·민진용閔晉鏞 등의 모반 사건이 일어나 민심이 흉흉했다. 1848년부터는 많은 이양선이 출몰해 행패가 심했고, 순조 때부터 이어져 온 천주교 탄압이 가장 심했던 시기였다. 1839년에 기해박해己亥迫害가 일어나 주교 앵베르, 신부 모방과 샤스탕을 비롯하여 많은 천주교 신자가 학살되었다. 그때 참형을 당한 신자의 수가 70여 명에 달했고, 다른 방법으로 목숨을 잃은 천주교인의 수가 60여 명에 이르렀다. 기해박해 사건 이후 천주교인을 적발하기 위하여 《척사윤음斥邪綸音》을 반포하고 오가작통법五家作統法을 실시했으며, 1846년 최초의 한국인 신부 김대건金大建을 처형했다.

헌종은 《열성지장列聖誌狀》, 《동국사략東國史略》, 《문원보불文苑黼黻》, 《동국문헌비고東國文獻備考》, 《삼조보감三朝寶鑑》 등의 문헌을 찬수하게 했고 글씨에 능했다. 1837년 각 도에 제방을 수축하는 등 치적도 많았으나 1849년 23세의 이른 나이로 후사 없이 창덕궁 중희당에서 사망했다.

규장각을 본뜬 낙선재

헌종이 왕권 강화를 시도하던 시기인 1847년(헌종 13)에 건립된 낙선재樂善齋(보물 제1764호)는 경빈 김씨를 위해 지은 건물이다. 정조가 추구한 건축 양식을 반영했다고 알려진 낙선재는 당시 창경궁 영역에 속해 있었다. 그러나 지금은 창덕궁에서 관리를 맡고 있다. 단청을 칠하지 않아서 사대부가의 잘 지은 건물과 유사해 보이는 낙선재의 이름 유래와 단청을 칠하지 않은 이유가 헌종의 문집인《원헌고元軒稿》의 〈낙선재 상량문上樑文〉에 자세하게 실려 있다.

> 듣건대, 순舜 임금은 선善을 보면 기뻐하여 황하가 쏟아지는 듯하였다. (…) 붉은 흙을 바르지 않음은 규모가 과도하지 않게 하기 위함이고, 화려한 서까래를 놓지 않음은 소박함을 앞세우는 뜻을 보인 것이다. 《원헌고》 권16, 〈낙선재 상량문〉

중국 역사에서 태평성대를 이루었던 순 임금의 고사에서 유래한 낙선재는, '착함[善]을 즐거워한다[樂]'는 뜻을 담고 있으며 헌종이 이 건물을 지으면서 화려함을 따르지 않고 소박함을 내세우기 위해서 단청을 칠하지 않았음을 알 수가 있다.

낙선재의 경내는 약 2만 6000제곱미터(8000여 평)쯤 되는데, 서쪽에 낙선재가 있고 행각으로 둘러싸인 동쪽에 석복헌이 있으며, 그 옆에 수강재가 있다. 낙선재를 비롯한 건물 뒤편에는 화초와 석물, 꽃담과 굴뚝 등으로 이루어진 아름다운 화계와 그 위의 꽃담 너머로는 상량정, 한정당, 취운정이 들어차 있다.

이렇게 아름다운 건축물인 낙선재는 헌종이 정조 뜻을 이어받고자 하는 의지를 담아 세운 건물이다. 정조는 왕위에 오르자마자 개혁의 공간으로 규장각을 건립하면서 수많은 책과 선왕의 어진을 보관하는 주합루를 세웠다. 그 뒤 1782년에는 세자의 공간으로 중희당을 건립하면서 주합루를 모방한 소주합루(헌종 대 승화루로 개칭)를 세웠는데, 헌종은 바로 그 옆에 낙선재를 건립했다.

> 덕이 적고 어리석은 나의 계술繼述을 돌아보고, 아버지의 일을 이어받아 밝혀 도모하고, 건극建極을 널리 베풀어 주겠다. (…) 동벽에는 온갖 진귀한 서책들 빛나고, 서청西清에는 묵은 나무 휘날려 창이 영롱하다. 잘 꾸며진 서적은 유양酉陽의 장서보다 많고 아름다운 비단 두루마리는 성상이 을야乙夜에 볼 자료로다. (《원헌고》 권16, 〈낙선재 상량문〉)

헌종은 낙선재 영역인 승화루에 많은 서책을 보관했는데, 〈승화루서목承華樓書目〉에 의하면, 책이 총 3742책, 서화가 총 665점에 이른다. 헌종은 세상을 하직하기 전까지 낙선재를 주요 활동 공간으로 삼았는데, 네모난 기둥마다 걸린 주련의 시구들이 마음을 애련하게 한다.

와당瓦當에는 연년익수延年益水 무늬 놓고

동반銅盤에는 부귀길상富貴吉祥 새겼네

산은 물 따라 굽으니 흥취가 무진하고

대는 난과 기약하니 그 자리에 정이 있네

(…)

옷깃 가득한 화기는 봄 바다와 같고

만 이랑 물 질펀한데 달은 하늘에 걸려 있네

낚시도 좋고 농사도 좋은 것은 반곡서盤谷序에 쓰여 있고

시도 좋고 그림도 좋은 것은 망천도輞川圖일세

사벽四壁의 도서 속에 유유자적하고

반창半窓의 풍월을 멋대로 읊조리네 (…)

이곳 낙선재에 자취를 남긴 인물들이 적지 않다. 그중 한 사람이 영친왕 이은이다. 1907년 12월 어느 날 이곳 낙선재 뜰에서 놀고 있던 이은은 영문도 모른 채 이토 히로부미에게 납치되어 일본으로 건너가 볼모의 신세가 되었다. 순종 비妃 순정효황후가 43년이라는 긴 세월을 보내다가 1966년 2월 한 맺힌 생을 마감한 곳도 이곳 낙선재였다. 그 뒤 이은 공과 이방자 여사, 그리고 고종황제의 고명딸 덕혜옹주도 이곳 낙선재에서 비운의 생을 마감했다.

세 봉분이 나란히

헌종은 사춘기 때부터 여자를 좋아했다. 궁에 후궁들도 많았지만 만족하지 못하고 왕비 간택 때 만난 양가의 처녀를 알아내어 창덕궁 동쪽의 건양재에 살게 했다. 헌종은 시간만 나면 아름다운 옷으로 차려입은 뒤 그 여인의 처소를 드나들면서 사랑을 나누었다. 경빈 김씨라고 알려진 그 여자를 두고 사람들은 반월半月이라고 불렀는데, 그때 서울 장안에 떠돌았던 노래가《한말비사》에 실려 있다.

> 당당히 홍의 입은 정초립鄭草笠이
> 계수나무 지팡이를 짚고
> 건양재 넘나든다. 반월이냐, 왼 달이냐
> 네가 무슨 반달이냐 초생달이 반달이지 (이이화,《이이화 한국사 이야기》16, 한길사, 2003에서 재인용)

궁월 내에서 예쁘다고 알려진 궁녀들은 대부분 헌종의 승은을 입었고, 승은을 입지 못한 궁녀들은 추녀라는 소문까지 나돌 정도였다.

풍류를 좋아했던 헌종은 총위영의 장수들과 관원들을 데리고 유희를 벌이기도 했지만 여자나 놀이에만 치중한 것은 아니었다.《국조보감》등의 서적을 읽으면서 선왕들의 치적에 관심을

기울였으며, 관리들의 부정부패를 막고 왕권 강화를 위한 인재
등용에 골몰하기도 했다.

연전에 유무儒武와 수령守令으로 별천別薦된 자를 간혹 수용하였으
나 끝내 실효가 없었으니, 인재를 모은 본의가 과연 어디에 있는가?
더구나 유술儒術을 숭상하고 장려하는 것은 세교世敎가 더러워지
고 융성해지는 데에 크게 관계되고, 낮은 백성의 명맥은 오로지 수
령이 잘 다스리고 못 다스리는 데에 관계되는데, 전후에 걸쳐 각별
히 신칙申飭했지만 문득 겉치레가 되었으니, 한탄스러움을 견딜 수
있겠는가? 대정大政이 한 달 남았고 선거하는 방도는 상례常例를 답
습하지 말아야 하겠으니, 임하林下에서 글을 읽으며 자신을 닦는 데
힘쓰고 행실을 도타이하는 선비를 도백道伯과 거류하는 신하를 시
켜 전함前銜이든 유생이든 구애되지 말고 널리 찾아서 아뢰게 하고,
문관文官·음관蔭官·무관武官 중에서 깨끗하고 밝으며 성적을 나타
낸 사람도 묘당廟堂에서 비국 당상備局堂上들과 전직·현직 번신에
게서 천거받아 전에 천거한 것과 아울러 합초合抄하여 전조에 계하
啓下하여 가려 쓸 바탕으로 삼게 하라. 《헌종실록》 권14, 헌종 13년
5월 11일 기축)

큰 꿈을 제대로 펼치지도 못한 채 일찍 세상을 떠난 헌종의
비인 효현왕후는 1837년(헌종 3) 왕비로 간택되어 4년 뒤에 헌
종과 가례를 올렸다. 그러나 왕후가 된 지 2년 만인 1843년 16

세의 나이로 일찍 세상을 떠났다. 효현왕후가 사망하고 1년 만에 효정왕후가 헌종과 가례를 올리고 왕비로 책봉되었다. 그 뒤 1849년 헌종이 사망하고 철종이 뒤를 잇자 대비가 되었으며 1857년(철종 8) 순조의 비 순원왕후가 사망하자 왕대비가 되었다. 딸을 하나 낳았지만 일찍 죽어 후사가 없었던 효정왕후는 1897년 대한제국이 선포되면서 최초의 태후가 되었다. 그 뒤 1904년 덕수궁 수인당에서 73세의 나이로 세상을 떠났다.

헌종과 효현왕후, 효정왕후가 나란히 잠든 경릉景陵은 건원릉 서쪽 언덕에 자리 잡았다. 조선 왕릉 중 유일한 삼연릉이다. 경릉은 헌종이 승하한 뒤 13곳에 이르는 길지를 찾아다니다가 이 자리가 용세龍勢와 혈증穴證이 풍후한 십전대길지十全大吉地라고 하여 묘를 썼다고 하는 명당 중의 명당이다. 원래 경릉은 선조의 목릉 터였다. 선조의 목릉을 다른 곳으로 옮긴 후, 효현왕후가 사망하자 이곳에 능을 조성하고 경릉이라 했다.

경릉의 상설 제도는 영조 때 제정된 《국조상례보편》을 따랐다. 홍살문을 지나서 정자각과 비각을 지나서 언덕에 오르면 가장 눈길을 끄는 것이 나란히 자리 잡은 세 개의 무덤이다. 정면에서 바라볼 때 왼쪽 봉분이 헌종의 능이고, 가운데가 효현왕후, 오른쪽이 계비 효정왕후의 능이다. 이곳에 모셔진 세 개의 봉분은 병풍석이 없이 난간석을 터서 연결했다. 각 능 앞에는 혼유석만 따로 설치했고 모든 제도를 단릉 형식으로 조영했으며 봉분 뒤로 곡장을 둘렀다.

10. 성군을 꿈꿨으나 스물세 살에 쓰러지다

하늘에서 본 경릉. 사선으로 배치된 향어로가 눈에 띈다.

못다 이룬 왕업을
이루고 함께 눕다

문조·신정왕후_수릉

수릉綏陵은 동구릉 경내에 있는 추존 왕 문조(1809~1830)와 신정왕후神貞王后(1808~1890)의 능이다. 문조는 순조와 순원왕후의 아들로 1812년(순조 12)에 세자로 책봉되었으며, 영돈녕부사 조만영趙萬永의 딸인 신정왕후와 1819년 가례를 올렸다. 신정왕후의 증조부는 일본에서 고구마를 조선에 가져온 조엄趙曮이다.

문조는 1827년부터 순조를 대신하여 정사를 돌보기 시작하여 어진 인재를 많이 등용했다. 당시 불만과 불평이 자자했던 형옥을 신중하게 하는 동시에 모든 백성을 위하는 정책 구현에 노력했다. 그러나 불행하게도 대리청정을 수행한 지 4년 만인 1830년에 세상을 떠났다. 문조가 죽은 뒤 세자빈의 조씨 일가

친척들이 대거 정계에 진출했고 안동 김씨들과 정치적 세력 투쟁이 시작되어 정국을 혼란스럽게 만들었다. 외척들의 세도 정치가 만연하면서 조선 후기의 정치와 경제 그리고 사회 전반을 근본적으로 뒤흔들었기 때문에 민생은 도탄 상태에 빠져들고 말았다.

문조는 세자로서 사후 효명孝明이라는 시호를 받았다. 그런 연유로 효명세자라고도 불리는데, 아들 헌종이 왕위에 오른 후 왕으로 추존되어 익종이라 했고, 이후 고종이 문조라 추숭했다.

조대비로 더 잘 알려진 신정왕후는 1827년에 헌종을 낳았다. 신정왕후는 아들 헌종이 왕위에 오른 뒤 왕대비가 되었고, 1857년 순조 비인 순원왕후가 사망하자 대왕대비가 되었다. 철종이 재위한 지 13년 만에 후사 없이 사망하자 왕실의 최고 어른인 대왕대비로서 권한을 갖게 되었다. 이때 흥선대원군 이하응의 둘째 아들인 고종을 왕위에 오르게 하고 수렴청정했다.

수렴청정을 하던 시기에 신정왕후는 주도적으로 정국 운영에 참여하며 왕권과 왕실의 위상을 강화하기 위해 노력했다. 첫 번째로 임진왜란 때 불타서 사라진 경복궁 중건을 흥선대원군의 책임하에 추진하도록 했는데, 이는 문조가 추진하려던 사업 중 하나였다. 또한 오랫동안 지속되어 온 안동 김씨 중심의 정치 세력을 개편하고 종친들의 위상을 강화하기 위해 노력했다. 문조의 뜻을 계승하고자 했던 신정왕후는 과거 제도의 폐해를 비롯한 각종 사회적 폐단을 시정하기 위해 노력했다. 신정왕후는

11. 못다 이룬 왕업을 이루고 함께 놀다

조선의 격변기였던 1890년(고종 27) 경복궁 흥복전에서 83세로 세상을 떠났다.

수릉은 본래 '연경묘延慶墓'라는 이름으로 현재 서울 성북구에 있는 경종의 의릉 왼편에 조성되었다. 1830년 문조가 세상을 떠날 당시 세자의 신분이었기 때문에 무덤에 '능'이라는 호칭을 쓰지 못하고 '묘'라 했다. 이후 아들 헌종이 즉위하면서 효명세자가 왕으로 추존되자 연경묘 또한 왕릉으로 승격되어 수릉이라 했다. 1846년(헌종 12) 수릉이 위치한 곳이 풍수상 좋지 않다고 하여 현재 서울 광진구에 있는 용마산으로 옮겼다가, 1855년(철종 6) 다시 풍수상 문제가 제기되자 동구릉 경내의 현재 위치로 옮기게 되었다. 이후 신정왕후가 사망하자 수릉에 합장릉의 형태로 능을 조성했다. 효성이 지극했던 헌종이 아버지 묘소인 수릉을 자주 참배했는데, 실록에는 다음과 같이 실려 있다.

> 임금이 수릉에 전배展拜하고 작헌례를 행하였다. 이날은 익종의 탄신이다. 지난밤부터 비가 크게 내리고 그치지 않으므로 선전관을 보내어 도로와 수세를 알아보게 하였더니, 물에 빠져 말이 건널 수 없었다. 대신大臣·정원政院·옥당玉堂이 번갈아 글을 올려 그만두기를 청하였으나, 윤허하지 않았다. 신시申時가 되어 비가 조금 그치니, 임금이 드디어 출궁하여 능소에 가서 예禮를 행하였다. 환궁하였을 때에는 날이 이미 어둑어둑하였다. 《헌종실록》 권10, 헌종 9년

8월 9일 기유)

조선의 왕릉 제도에서는 왕과 왕후를 함께 하나의 봉분에 매
장할 때 왕후를 왼쪽에 두고 왕을 오른쪽에 두는 것이 일반적
이다. 그러나 수릉은 문조의 관을 왼쪽에 두고 신정왕후를 오
른쪽에 묻었다. 이는 지관들이 혈의 상태가 좋은 곳을 추천했
기 때문이다. 그래서 표석에 "神貞王后祔右"(신정왕후부우)라는
글이 보인다.

하늘에서 본 수릉

1. 수릉 능침 전경

2. 수릉 장명등

3. 홍살문에서 바라본 수릉 정자각

12

구중궁궐
층층시하에서

단의왕후_혜릉

단의왕후端懿王后(1686~1718)는 경종의
원비로 단의왕후가 잠든 혜릉惠陵은

동구릉 서쪽 능선의 숭릉(현종의 능)과 경릉(현종의 능) 사이에 있
다. 동구릉 내 능원 중 가장 작은 규모다. 단의왕후는 청은부원
군 심호沈浩의 딸이다. 단의왕후는 어린 시절부터 타고난 성품
이 뛰어나고 총명했으며 덕을 갖추었다고 기록되어 있다. 1696
년(숙종 22) 5월 인정전에서 세자빈으로 책봉되었다. 그러나 애
석하게도 경종이 왕위에 오르기 전, 1718년 2월 창덕궁 장춘헌
에서 슬하에 자식을 남기지 않고 서른세 살의 나이로 세상을 떠
났다. 그날의 실록에는 다음과 같은 글이 실려 있다.

왕세자빈 심씨가 훙하였다. 세자빈이 이날 유시酉時부터 갑자기 병을 얻어 위중하였는데, 이경二更 일점一點에 임종하였다.

사신은 논한다. 세자빈은 가계가 청송 심씨 고故 청성백靑城伯 심덕부沈德孚의 후손으로 우의정에 증직된 심호의 따님이었다. 어려서부터 매우 슬기로우며 예쁘고 온순하여 나이 11세에 간택에 뽑혀 책례를 행하였었다. 양궁兩宮을 받들어 섬기는 데에는 정성과 효도가 돈독하고 지극하였으며, 동궁을 섬기는 데에는 반드시 공경하고 삼가서 곡진하게 예절을 갖추었다. 임금이 매우 아끼고 중하게 여겼는데, 이때에 이르러 뜻하지도 않게 상喪을 당하니, 임금이 통곡하고 애도하여 마지않았다. (《숙종실록》 권61, 숙종 44년 2월 7일 병술)

세자빈이 세상을 떠나자 숙종과 세자는 정성을 다해 원園의 형식으로 능역을 조성하고 장례는 소현세자의 예법을 따랐다. 당시 능역을 조성할 때 승군 1000여 명을 동원해서 한 달에 걸쳐 완공했다. 이때 세자는 오래전에 사약을 받고 세상을 떠난 어머니의 묘를 인장리에서 옮길 것을 주장했다. 그것은 아내의 상중에 어머니 희빈 장씨를 복권하기 위함이었다. 훗날 희빈묘가 대빈묘로 승격되어 광주시 오포면 문형리에서 지금의 서오릉으로 옮겨졌다.

단의왕후가 세자빈에 책봉되었을 때 열한 살이었다. 세자의 나이는 아홉 살이었는데, 희빈 장씨가 갑술환국으로 왕비에서 빈으로 강등되고 2년이 지난 후였다. 그리고 시어머니가 무고의 옥으로 사약을 받은 것은 1701년이었다.

어린 나이에 왕궁의 대전인 인현왕후, 인원왕후, 숙빈 최씨, 영빈 김씨 그리고 세자의 어머니인 희빈 장씨와 몸이 약한 세자도 극진히 모셨다. 우러러볼 사람만 많은 구중궁궐에서 이미 뒷전으로 물러난 세자의 모친이자 시어머니인 희빈 장씨와 며느리 세자빈은 마음 깊이 우러나오는 정을 주고받을 수는 없었으리라. 더군다나 숙종의 계비인 인원왕후보다도 한 살 위의 며느리였으니 당시 세자빈의 심신은 얼마나 고달팠겠는가?

결국 세자빈은 세자가 왕위에 오르기 2년 전에 갑자기 병을 얻어 세상을 떠났다. 그 무렵 조선에는 역병이 창궐했고, 세자빈이 세상을 뜨자 숙종과 세자가 급히 경덕궁으로 옮겼다. 그런 여러 사정을 유추해 볼 때 세자빈의 죽음은 장질부사(장티푸스)가 원인이었을 것이다. 1720년 경종이 왕위에 오르자 단의왕후로 추존되었으며, 1726년(영조 2)에 공효정목恭孝定穆이라는 휘호가 추상되었다.

조선의 왕릉들은 대부분 북침北枕을 하고 있는데 단의왕후의 혜릉은 서쪽에 머리를 두고 다리가 동쪽을 향하고 있다. 혜릉은 능의 영역이 전반적으로 좁고, 석물의 크기 다른 왕릉의 것보다 작다. 단의왕후가 죽을 때 세자빈의 신분이었으므로 무덤 역시 민가의 묘 형태로 만들어졌기 때문이다. 석물들도 처음에 없다가 1722년에 배열되었다. 능 입구에 있는 홍살문과 정자각도 초석만 남아 있다가 1993년 복원한 것이다.

13

예송 논쟁의
중심에 서서

장렬왕후_휘릉

장 렬왕후莊烈王后(1624~1688)는 한원부
원군 조창원趙昌遠의 딸이다. 완산부
부인인 어머니는 대사간 최철견崔鐵堅의 딸이다. 1635년 인조의
원비 인열왕후가 죽자 1638년(인조 16) 15세에 44세인 인조와
가례를 올렸다. 1649년 인조가 죽고 효종이 임금의 자리에 오
르자 대비가 되었다. 그러나 슬하에 자식을 두지 못했고 남편인
인조와 사이가 좋지 못하여 1645년 경덕궁으로 거처를 옮겼다.
1659년 효종이 죽고 대왕대비에 올랐다. 장렬왕후는 궁에서 가
례를 올리고 이후 50년간 인조부터 효종, 현종, 숙종까지 네 명
의 국왕을 모시고 세 명의 국왕을 보냈다. 그 가운데 의붓아들
인 효종과 며느리인 효종 비 인선왕후의 국상 때 대비인 장렬왕

후의 상복 문제를 두고 서인과 남인 간의 1·2차 예송 논쟁의 중심에 서기도 있다. 이 예송 논쟁은 결과적으로 남인 정권이 들어서게 되어 정국의 중요한 변화를 가져왔다(현종·명성왕후 숭릉 참조).

죽고 죽이는 당쟁의 싸움 속에서 편할 날이 없이 한평생을 살았던 장렬왕후는 1688년(숙종 14) 8월 65세를 일기로 창경궁 내 반원에서 숨을 거두었다. 대행대왕대비가 사망하자 숙종이 친히 행록을 지어 내렸다.

> 겨우 두어 살 때부터 성질이 이미 보통 사람과 다르고 말이 적었으며, 묻지 않은 일이면 말하지 않았고 혹은 여러 아이들과 놀 때도 반드시 높은 곳에 앉으니, 여러 아이들도 반드시 추대하여 높여 주었다. 물건에 대한 욕심이 담박하여 부모가 주는 것이 아니면 비록 조그마한 음식이라도 일찍이 스스로 청한 적이 없으니, 부부인이 마음속으로 이상하게 여겼다.
>
> 일찍이 예쁜 옷을 지어 입히고는 그 하는 짓을 보려고 옆에 있는 아이를 가리키며, "이 옷을 벗어서 이 아이를 주겠는가?" 하니 후后가 곧 벗어 주면서 어렵게 여기지 않았다. 그리고 또다시 입히려고 하자 "이미 주었는데 어찌 차마 다시 받겠습니까?"라고 하였다. 부부인이 또 명주 몇 개를 얻어 유독 후에게만 주니, 후가 받아서 그 언니에게 양보하여 주면서 말하기를 "부모가 주시는 것을 어찌 혼자서 차지하겠는가?" 하였으며, 다른 물건에 이르러서도 모두 이처럼 하였으니, 대개 그 지극하

신 성품은 어릴 때부터 그러하였다. (…)

경술년에 팔도에 기근이 들자, 후가 명하여 궁 안에 저축했던 것을 모두 다 내어 진휼하는 자본에 보태게 하시었다. 친척에게 두루 화목하고 여러 궁인을 돌봄에 은의가 비록 지극히 갖추어졌으나, 절대로 간사하게 혜택을 구하는 것은 허락하지 않아서 안과 밖을 끊는 듯하였다. (…)

아! 슬프다. 후의 지극하신 덕과 아름다운 행실은 천고에 높이 뛰어나시었으니, 마땅히 끝없는 복록을 받아 오래도록 높은 수명을 누리시면 보살펴 주신 은혜를 갚을까 하였는데, 하늘이 돌보아 주지 않아 자안慈顔을 영원히 이별하게 되니 장차 어디에서 우러러뵐 것이며, 장차 어디에 의지하겠는가? 생각이 이에 미치니 더욱 다시 죽고 싶고 갑자기 세상을 떠나고 싶다. 아! 다할 수 없는 슬픔을 안고 찢어지는 듯한 감회를 써내니, 심신心神이 엇갈리고 어지러워 한 가지를 들다 보면 만 가지를 빠뜨리게 된다. 그러나 한 글자 한 마디가 모두 이것이 사실을 그대로 적은 기록이므로 증거가 하늘에 있으니, 어찌 감히 함부로 보태거나 뺄 수가 있겠는가? 아! 슬프고, 아! 슬프다. (《숙종실록》 권19, 숙종 14년 9월 11일 경진)

한 줄 한 줄 대비에 대한 존경심과 그리움이 묻어나는 숙종의 행록을 받은 장렬왕후는 열네 살 어린 나이에 인조에게 시집을 와서 열아홉 살에 중풍이 생긴 다음부터 서럽게 살다가 스물여섯에 남편을 먼저 저 세상으로 보냈다. 자식 하나 낳지 못한 채 대비가 된 장렬왕후 앞에 효종과 현종이 먼저 갔고, 그런 연유로 예송 논쟁의 한복판에서 그 많은 질곡의 세월을 보내야 했다. 남편 인조에게 애틋한 사랑 한 번 받지 못했던 장렬왕후는 죽어서도 인조의 옆에 묻히지 못했다. 인조의 전처인 인열왕후가 인조와 함께 파주 장릉에 묻혔기 때문이다. 길다면 길고 짧다면 짧은 64년을 살았던 장렬왕후는 이곳 휘릉徽陵에 안장되었다.

태조가 잠든 건원릉과 영조가 잠든 원릉 사이 언덕에 자리 잡은 휘릉은 들어가는 초입부터 느낌이 남다르다. 소나무 숲이 우거진 길을 걸어가면 홍살문이 나타나고, 향어로를 걷다가 보면 어느 사이 정자각에 이른다. 제향 후에 축문을 태우는 곳인 예감에 서서 우러러보면 나무숲이 우거진 그 밑에 다소곳이 들어앉은 능이 휘릉이다.

현종이 잠든 숭릉과 비슷한 시기에 만들어져서 그런지 숭릉과 비슷하다. 나지막하게 삼면을 두른 곡장 안에 둘러싸인 봉분은 병풍석 없이 난간석만 둘렀으며 그 난간석 기둥에 십이지신을 새겨 방위를 표시했다.

봉분 앞 혼유석을 받치고 있는 고석이 다섯 개다. 태조의 건원릉에서 세종 때까지는 다섯 개를 놓았다가 세종 이후로는 네 개가 되었다. 그러다가 이곳 휘릉에서부터 다시 조선 초기의 형식을 따라 다섯 개를 받쳐 놓았고, 고석에는 귀신과 물고기 머리 모양이 결합된 나어두문羅魚頭文이 새겨져 있다.

조선시대 왕릉 중 가장 많은 임금과 왕비들이 잠들어 있는 동구릉은 서울 시민들의 가까운 답사처이자 휴식처로 자리 잡고 있다. 소나무를 비롯한 온갖 나무들이 울창하게 우거져 있고, 여러 갈래의 길이 어서 오라고 손짓하는 길, 마음만 열면 어디를 가든 산뜻하고 아름다운 길이 펼쳐져 있는 길이 동구릉의 왕릉 길이다. 이 동구릉에서 11킬로미터를 가면 태릉(문정왕후)과 강릉(명종·인순왕후)에 이를 수 있다.

1. 휘릉 능침 정면
2. 휘릉 혼유석. 혼령이 앉아 쉬는 혼유석의 고석이 앙증맞다.
3. 휘릉 예감. 예감은 제향 후에 축문을 태우는 곳이다.

휘릉 정자각

14

유연하고 강한
성군의 다스림

성종·정현왕후_선릉

지하철 2호선 삼성역과 역삼역 사이 선릉역이 있다. 왜 이름이 선릉역일 까? 아는 사람은 안다, 연산군의 아버지 성종의 능이 있어서 선 릉역이라는 것을. 하지만 대부분 그냥 무심히 지나치는 곳이 선 릉역이다. 서울 강남구 삼성동 현대식 빌딩 숲에 자리 잡은 삼 릉 공원 안에 강남의 허파 역할을 하는 선정릉이 있다. 성종 (1457~1494, 재위 1469~1494)과 계비 정현왕후貞顯王后(1462~1530) 의 능인 선릉과 아들 중종의 능인 정릉, 이 두 개의 능을 합해서 선정릉宣靖陵이라 부른다. 이 부근은 본래 경기도 광주군 언주 면 서학당동이었는데 서울시로 편입되면서 현재의 소재지 명칭 으로 바뀌었다. 이곳이 능지로 선정된 것은 1495년(연산 원년)에 성종의 능인 선릉宣陵이 들어서면서부터였다. 그 뒤 1530년(중종 25) 성종의 세 번째 비 정현왕후가 죽자 이 능에 안장되었다.

성종은 조선왕조 500년 역사상 세종 다음으로 선정을 베푼 임금이다. 세종을 본받아 문치주의 문화의 초석을 닦았다. 문학을 좋아한 임금으로도 알려져 있는데, 성종과 관련한 일화들은 마치 전래 동화처럼 많은 책에 등장한다.

성종은 충성스럽고 소박하며 정직하기로 이름난 찬성 손순효孫舜孝를 몹시 아꼈다. 어느 날 성종이 늦은 오후에 두 내시와 함께 경회루에 올라 멀리 바라보니, 남산 기슭 수풀 사이에 두어 사람이 둘러앉아 있었다. 그 모습이 손순효가 맞을 것이라고 짐작한 성종이 사람을 시켜 가 보라고 했다. 과연 손 찬성이 두 손님과 함께 막걸리를 마시고 있는데, 쟁반 위에 누런 오이 한 개가 놓여 있을 뿐이었다. 이 말을 들은 성종이 바로 말 한 필에다가 술과 고기를 잔뜩 실어다 주게 하고 이어 경계시키기를 "내일 고맙다고 말하는 일이 없도록 해라. 다른 신하가 알면 반드시 내가 공을 편애한다고 싫어할 것이다" 했다. 손순효와 손님들이 머리를 숙이고 감사하게 여긴 후 넘치도록 배불리 먹고 취했다. 그다음 날 이른 아침에 감사를 표하러 들어갔다. 성종이 불러 어제 당부한 그 경계를 지키지 않은 것을 나무라자 손순효가 울면서 "신은 다만 은덕에 감사하려는 것뿐이옵니다"라고 대답했다 한다.

멀리서 바라보니 사랑하는 신하가 보인다. 그래서 아랫사람을 시켜 가 보라고 하니 술을 마시는데 안주가 오이 한 개밖에 없다. 임금은 술과 안주를 보내고 신하는 그 은혜를 가슴에 새기고 감복해 한다. 신하 사랑하기를 이렇듯 동기간을 사랑하듯 하고, 또 그 은혜를 감격해 할 줄 아는 신하가 있었으니 이 얼마나 가슴 벅찬 인연인가.

성종에 대한 또 하나 재미있는 얘기가 전해 온다. 한번은 옥당玉堂에서 숙직을 하던 성희안成希顔을 임금이 불러 술과 과일을 내렸다. 이에 성희안이 귤 여남은 개를 소매 속에 넣었다. 그 뒤 술에 취하여 엎드려 인사불성이 되어 그만 소매 속 귤이 땅에 떨어지는 것도 몰랐다. 다음 날 임금이 귤을 다시 한번 내리며 이르기를 "어제저녁 희안의 소매 속에 귤은 어버이에게 드리려고 한 것이니, 그 때문에 다시 주는 것이다" 했다. 이 말을 뼈에 새긴 성희안은 임금을 위하여 죽을 것을 맹세했다고 한다.

이렇듯 신하들에 대한 애정이 깊었던 성종은 세조의 큰아들 의경세자(덕종으로 추존)와 세자빈 한씨(소혜왕후로 추존)의 둘째 아들이었다. 성종은 정비 공혜왕후를 비롯해 12명의 비를 두었다.

세조의 총애를 받고 자란 성종

성종이 태어난 지 두 달 만에 부친 의경세자가 20세로 요절을 하자 세조가 궁중에서 키웠다. 성종은 어려서부터 천품이 뛰어났고, 도량이 넓었다. 특히 활을 잘 쏘았고, 서화에도 능해서 세조의 총애를 한 몸에 받았다. 어느 날 뇌우가 몰아쳐 옆에 있던 환관이 벼락을 맞아 죽자 모두 정신을 잃었다. 그러나 성종의 얼굴빛이 바뀌지 않는 것을 보고 세조는 성종이 태조를 닮았다고 했다.

의경세자의 동생인 예종이 세조의 뒤를 이어서 왕위에 올랐다. 성종은 자을산군으로 봉해졌다. 그러나 예종이 왕위에 오른 지 1년 만에 승하했다. 다음 보위를 이을 예종의 아들 제안군은 아직 어렸고, 형 월산군은 병중이었다. 결국 세조 비인 정희왕후는 한명회, 신숙주 등 대신들과 의논하여 성종을 임금으로 낙점했고, 1469년 경복궁의 근정전에서 왕위에 올랐다. 그때 성종의 나이 열세 살이었다. 임금의 나이가 어리므로 당시 대비였던 정희왕후가 수렴청정을 했다. 그래서 정희왕후를 두고 성종이 친정을 하게 된 1476년까지 7년간 조선 건국 후 최초로 국정을 다스린 여성 정치가라고 평하고 있다.

1476년 원비 공혜왕후가 후사 없이 죽자 숙의 윤씨를 계비로 삼았다. 성종보다 열두 살이 더 많았다고 알려진 윤씨는 판봉상 시사 윤기견尹起畎의 딸이다. 성종의 후궁으로 입궐하여 연산군을 낳은 뒤부터 질투가 심해졌다. 여자는 자기의 그림자를 보고도 질투한다는 말처럼 규방의 일로 물의를 일으켰고, 심지어 임금에게까지 불손해지자 숙의 윤씨의 거취 문제는 정쟁의 불씨가 되었다.

성종이 후궁의 침소에 들었다는 소식을 들은 왕비가 소동을 부리고서 급기야 임금의 얼굴에 손톱자국을 내는 일까지 벌어지자 인수대비(소혜왕후)가 크게 노했다. 결국 1479년(성종 10) 폐비가 되어 궁에서 쫓겨난다. 그가 부귀영화를 누린 기간은 후궁으로서 지낸 3년과 왕비로서 지낸 7개월이었다. 그리고 3년 후인 1482년에 사약을 받고 세상을 떠났다. 이때 성종이 죽음을 내리는 전지傳늘에 쓴 글의 일부를 보자.

폐비 윤씨는 성품이 본래 음험하고, 행실이 패역함이 많았다. 전일 궁중에 있을 때 포학이 날로 심하여 이미 삼전三殿(정희왕후, 생모인 소혜왕후, 양모인 안순왕후)에게 공순하지 못했고, 또 나에게도 행패를 부리며 노예처럼 대우하여 심지어는 발자취까지도 없애 버리겠다고 말한 일이 있었으나, 오히려 이것은 사소한 일이다. 그는 일찍이 역대 모후들이 어린 임금을 끼고 정사를 마음대로 하였던 일을 보면 반드시 기뻐하고, 또 항상 독약을 품에 지니기도 하고 혹은 상자 속에 간수하기도 했으니, 그것은 다만 그가 시기하는 사람만 제거하려는 것이 아니고 장차 나에게도 이롭지 못한 것이다. (이긍익, 《연려실기술》권6, 〈성종조 고사본말〉)

윤씨를 왕비에서 폐하고 사약을 내린 이 사건이 훗날 갑자사화의 원인이 되어 피바람이 불게 될 줄을 어느 누가 알았겠는가?

조선 건국 후 시간이 흘러 안정기라 할 수 있는 성종 연간에는 태평성세가 지속함에 따라 퇴폐풍조가 싹터 임금 자신도 유흥에 빠지는가 하면 뇌물도 성행했다. 성종은 관련한 여러 가지 불미스러운 일이 있었음에도 재위 25년 동안 조선 역사에 수많은 업적을 남겼다는 평가를 받고 있다. 관리들의 수탈을 방지하기 위하여 관수관급제官收官給制를 실시했으며, 나라에서 경작자들에게 직접 세금을 받아 관리들에게 현물로 녹봉을 지급했다. 세조 때부터 편찬해 오던 《경국대전經國大典》을 수차례의 개정 끝에 1485년에 완성한 뒤 반포했고, 1492년에는 이극증과 어세겸 등에 명하여 《대전속록大典續錄》을 완성해 통치의 기반이 되는 법제를 완비했다.

1487년에는 고려의 충신 정몽주와 길재의 후손을 기용했다. 또한 세조 때의 공신인 훈구 세력들을 견제하고 균형을 맞추기 위해 김종직 일파의 신진 사림들 가운데서도 인재를 등용하기도 했다. 성종은 경사經史에 밝고 성리학에 조예가 깊어 경연을 통해 학자들과 자주 토론하면서 학문과 교육을 장려했다. 하지만 불교를 배척하여 도승법을 혁파하고 승려를 엄하게 통제했다. 1484년과 1489년 두 차례에 걸쳐 성균관과 향교에 학전學田과 서적을 나누어 주어 관학官學을 진흥시킨 성종은 홍문관을 확충했다. 특히 용산 두모포豆毛浦에 독서당讀書堂을 설치하고 젊은 관료들에게 휴가를 주어서 학문에 몰두하게 했다. 이와 함께 편찬 사업에도 관심을 가졌다. 그 결과 성종의 재임 기간에 《동국여지승람東國輿地勝覽》과 《동국통감東國通鑑》, 《삼국사절요三國史節要》, 《동문선東文選》, 《오례의五禮儀》, 《악학궤범樂學軌範》 등 각종

서적들이 간행되었다.

1490년에는 세종 능인 여주의 영릉을 참배한 뒤, 왕래하는 연로沿路 군현의 조세를 반감해 주었고, 지방의 수령이나 변방의 장수들을 임명할 때는 직접 만나 지방민의 통치에 심혈을 기울여 달라고 당부했다. 성종은 국방 대책에도 힘을 기울였다. 1479년에는 좌의정 윤필상을 도원수로 삼아 압록강을 건너 건주 야인의 본거지를 정벌했고, 1491년에는 함경도관찰사 허종을 도원수로 보내어 자주 침입하는 야인의 소굴을 소탕했다.

성종은 태조 이후 닦아 온 조선왕조의 정치와 경제, 사회의 문화적 기반과 체제를 완성했다. 조선 초기 문화의 꽃을 피운 임금이었기 때문에 훗날 묘호를 성종으로 정한 것이다.

너무 일찍 세상을 떠난 현명했던 군주

세 명의 왕비와 여덟 명의 후궁에게서 16남 12녀의 자녀를 두었던 성종은 1494년 12월 창덕궁의 대조전에서 세상을 떠났다. 임금으로 있은 지 25년이었고, 나이는 서른여덟이었다.

> 임금은 총명 영단聰明英斷하시고, 관인 공검寬仁恭儉하셨으며, 천성이 효우孝友하시었다. 학문을 좋아해서 게을리하지 아니하여 경사에 널리 통하였고, 사예射藝와 서화書畫에도 지극히 정묘하시었다. 대신을 존경하고 대간을 예우하셨고, 명기名器를 중하게 여겨 아끼

셨으며, 형벌을 명확하고 신중하게 하시었다. 유술儒術을 숭상하여 이단을 물리치셨고, 백성을 사랑하여 절의를 포장褒獎하셨고, 대국을 정성으로 섬기셨으며, 신의로써 교린하시었다. 그리고 힘써 다스리기를 도모하여 처음부터 끝까지 삼가기를 한결같이 하였다. 문무를 아울러 쓰고 내외를 함께 다스리니, 남북이 빈복賓服하고, 사경이 안도하여 백성들이 생업을 편안히 여긴 지 26년이 되었다. 성덕과 지치至治는 비록 삼대三代(하夏·은殷·주周)의 성왕이라도 더할 수 없었다. (《성종실록》 권297, 성종 25년 12월 24일 기묘)

정현왕후는 성종이 승하한 뒤에도 오래 살다가 1530년(중종 25) 8월 경복궁에서 승하하여 선릉에 안장되었다.

성종께서 항상 칭찬하기를 "부녀는 질투하고 시기하지 않는 사람이 적은 법인데, 현명한 왕비를 맞아들여 내 마음이 편해졌다"라고 하셨고, 소혜왕후께서도 역시 기쁨이 안색에 넘치면서 이르기를 "중궁다운 사람이 들어왔는데 낮이나 밤이나 무슨 걱정할 것 있겠는가?"라고 하셨었다. (《중종실록》 권69, 중종 25년 9월 7일 계사)

선릉은 왕과 왕비의 무덤이 같은 능역 안에 있기는 하지만 언덕을 달리한 동원이강릉이다. 선정릉을 입구에서 볼 때 서북쪽에 자리 잡은 능이 성종의 무덤이고, 건너편 동북쪽 숲속에 자리 잡은 능이 왕후의 무덤다. 선릉이 다른 능과 다른 점은 정자각의 위치다. 대개 봉분으로 오르는 경사진 언덕 중앙에 있는 것과 달리 선릉의 정자각은 능의 측면에 있다. 동원이강릉에서 볼 수 있는 정자각의 배치다.

상설 형식은 다른 능과 비슷하다. 다만 "능은 석실이 유해무익하니 석실과 사대석(병풍석을 대신해 쓰는 돌)을 쓰지 말라" 지시한 세조의 유교에 따라 석실은 만들지 않았다. 선릉은 임진왜란 때 수난을 당했다. 왜적들이 능침을 파헤쳐 시신이 모두 불태워져 없다고 한다. 하지만 1593년(선조 26) 개장도감을 설치하여 선릉을 수리했다. 이때 석물들도 개수했다. 문석인과 무석인의 얼굴은 극히 사실적인데 몸집이 크고 입체감이 없다. 정현왕후의 능은 성종의 능과 달리 병풍석 없이 난간석만 둘렀다.

선릉의 원찰은 견성사로, 지금의 봉은사다. 서울 강남구 수도산 자락에 있는 봉은사는 통일신라 때 연회국사가 창건한 사찰로 조계사의 말사이다. 794년(원성왕 10)에 절을 지은 뒤 견성사見性寺라고 이름을 지었다지만 그 뒤의 사적은 전해 오지 않는다. 1498년(연산 4)에 정현왕후의 뜻에 따라 연산군은 견성사를 중창한 뒤 절 이름을 봉은사奉恩寺라고 개칭했다.

중종 때 이곳에서 승과시를 치렀다고 하며, 1551년(명종 6)에 이 절을 선종의 수사찰로 삼았다. 문정왕후가 총애했던 보우가 이 절의 주지로 임명된 뒤 불교 중흥의 중심 도량이 되었다. 보우는 1562년에 중종의 능인 정릉을 선릉의 동쪽으로 옮겼다. 그리고 절을 지금의 위치로 이전하여 중창했으며, 1563년에는 이 절에다가 순회세자의 사패를 봉안하기 위하여 강선전을 세웠다.

임진왜란 때 승병을 모집하여 나라를 구했던 서산대사와 사명대사가 이 절에서 등과했다고 알려져 있다. 임진왜란과 병자호란 때에 불에 타 소실되었던 것을 1637년(인조 15)에 경림과 벽암이 중건했다. 병자호란 당시 피난을 가던 많은 사람들이 한강에 빠져 익사했는데 그들의 혼을 위로하는 수륙재가 봉은사에서 열렸으며 현재도 매년 윤달에 열린다.

한국전쟁 때인 1950년에 대부분의 건물들이 파괴되어 재건했다. 봉은사 경내에는 대웅전을 비롯하여 법왕루, 북극보전, 선불당, 천왕문, 일주문 등의 건물들이 있었다. 특히 대웅전의 편액은 추사 김정희의 글씨이고, 판전의 편액 글씨는 그가 죽기 3일 전에 쓴 것이라고 한다. 이 판전에는《화엄경》을 비롯한 많은 목판본이 보관되어 있다.

이제 서울 강남의 한복판인 된 선릉과 봉은사의 옛 모습은 완전히 사라졌다. 하지만 선릉을 둘러싼 고적하고 울창한 숲은 떨어져 있는 두 능의 왕과 왕비가 작은 목소리로 이야기해도 들릴 것 같은 산책하기 좋은 곳이 되었다.

15

다스려진 때는 적고
혼란한 때가 많았으니

중종_정릉

복과 불행은 누가 만들어 주는 것이 아니라 자기 자신이 만들어 나가는 것임을 나이가 들어서 알게 되었다. 내 의지대로 살아가다가 만나는 조그마한 것, 내가 가꾸고 이룩한 것들이 참 기쁨을 주는 것이지 누군가가 증여한 것은 그 크기와 상관없이 나에게 맞춤복이 아닌 기성품에 불과한 것이다. 삶에서 그 운명적인 순간은 불가항력으로 다가올 때가 있다. 그것이 행복한 일일 수도 있고 불행한 일일 수도 있는데, 성종의 아들인 중종이 진성대군이던 시절, 우연인 듯 필연인 듯 그러한 일이 다가왔다.

성종이 잠든 선릉을 답사하고 정현왕후의 능 앞에서 소나무 숲길을 넘어가면 그 주인공인 중종이 잠든 정릉靖陵이 보인다.

《중종실록》의 첫 번째 기사는 이렇게 시작된다.

> 지중추부사 박원종과 부사용 성희안, 이조판서 유순정 등이 주동이 되어 건의하고서, 군자부정 신윤무, 군기시첨정 박영문, 수원부사 장정, 사복시첨정 홍경주와 거사하기를 밀약하였다.
> 거사하기 하루 전날 저녁에 성희안이 김감과 김수동의 집에 가서 모의한 것을 갖추 고하고, 이어 박원종, 유순정과 더불어 훈련원에서 회합하였다. 무사와 건장한 장수들이 호응하여 운집하였고, 유자광, 구수영, 운산군 이계, 운수군 이효성, 덕진군 이활도 또한 와서 회합하였다. (…)
> 먼저 구수영, 운산군, 덕진군을 진성대군(중종) 집에 보내어, 거사한 사유를 갖추 아뢴 다음 군사를 거느리고 호위하게 하였다. 또 윤형로를 경복궁에 보내어 대비께 아뢰게 한 다음, 드디어 용사를 신수근, 신수영, 임사홍 등의 집에 나누어 보내어, 위에서 부른다 핑계하고 끌어내어 쳐죽였다. (《중종실록》 권1, 중종 1년 9월 2일 무인)

1506년 9월 2일 박원종과 성희안 등이 주축이 되어 일으킨 중종반정으로 연산군을 폐위시킨 뒤 왕으로 추대된 사람이 중종이다. 반정은 성공했지만 그가 할 수 있는 일은 아무것도 없었다. 반정 당일에 자신의 집을 둘러싼 반정군을 연산군이 보낸 군사로 알고 자결하려 했다는 기록이 남아 있을 정도로 상황 판단을 못 하고 유약했다. 아무런 공도 세우지 못했고, 그래서 실권이 없었기에 반정 공신들의 뜻에 따라서 원비 단경왕후를 좌의정 신수근의 딸이라는 이유만으로 일주일 만에 폐한 사람이 중종이었다.

중종반정으로 조선 제11대 왕위에 오른 중종(1488~1544, 재위 1506~1544)은 성종의 둘째 아들로 연산군의 이복동생이다. 어머니는 정현왕후고 원비는 단경왕후다. 제1계비는 장경왕후, 제2계비는 문정왕후다.

왕도 정치를 꿈꾸었으나

왕위에 오른 중종은 연산군 시대의 폐정을 개혁했다. 왕도 정치의 이상을 실현하기 위해 조광조趙光祖, 김정金淨, 김식金湜 등의 신진 사류를 중용하여 철인 군주 정치를 펼쳤다. 그러나 조광조 등은 지나치게 이상주의적이고 조급하게 서둘렀다. 그들은 공이 없이 녹을 함부로 먹고 있는 공신들을 삭제해야 한다는 '위훈僞勳 삭제'를 강력히 청했다. 그러자 훈구파를 비롯한 반정 공신들의 반발에 부딪혔다.

조광조 등이 주장한 말은 사실 틀린 말이 아니었다. 중종반정이 성공한 뒤 반정 참가자 103명을 공로에 따라 4등급으로 나누어 정국공신靖國功臣에 봉했다. 정국공신들은 대대로 귀족의 지위를 받고 국가에서 토지와 노비를 받는 등 특권을 누렸다. 예를 들어 중종반정의 일등 공신 박원종에게는 특별히 상이 후해서 흥청興淸(연산군이 뽑았던 시녀) 300명과 함께 온갖 보화가 주어졌다. 그 당시 예조낭관이었던 정사룡이 박원종의 집을 찾아갔던 소감이 《연려실기술》에는 이렇게 기록되어 있다.

> 세 대문을 지나서 대청 앞에 이르니 돌을 다듬어 섬돌 뜰을 만들었는데, 반송盤松 두어 그루가 있고 붉은 난간, 푸른 창문이 화려해서 눈을 부시게 했다. 다시 한 문을 들어서니 조그마한 누각 하나가 날아갈 듯이 서 있는데, 붉은 발이 땅에 드리웠고 말소리가 은은하여 마치 구름 사이에서 나오는 것 같았다. 이때 성장한 시녀 하나가 나오더니, "대감께서 들어오시랍니다" 하였다. 다시 문 하나를 들어서니 맑은 향기가 코를 찌르고 공은 연못 동쪽 평상 위 수놓은 베개와 비단 자리에 앉아 있는데, 두 여종이 부채를 들고 당상에 서 있고 주렴 안에는 또 다른 시녀가 수없이 있었다. (이긍익, 《연려실기술》 권9, 〈중종조 고사본말〉)

오죽했으면 뇌물 액수에 따라 정국공신의 등급이 정해졌다는 말들이 떠돌았을까? 이러한 상황을 타파하려 한 조광조는 성희안 같은 인물은 반정을 하지 않았는데도 뽑혔고, 유자광은 그의 척족들을 보호하기 위하여 반정을 했으므로 재심사하여 자격 없는 사람들은 빼 버리자고 중종에게 건의한 것이다.

이 무렵 훈구 세력들의 공으로 왕위에 올랐던 중종도 조광조의 급격한 개혁 주장에 차츰 염증을 느끼기 시작하여 그를 보기만 해도 염려와 두려움을 품었다 한다. 전세를 역전시킬 기회를 엿보던 훈구파 홍경주, 남곤, 심정은 경빈 박씨 등 후궁을 움직여 중종에게 신진 사류를 무고하도록 했다.

> 홍경주가 희빈에게 통하여 아뢰기를, "온 나라 인심이 조씨에게로
> 돌아갔습니다. 공신록을 삭제하라고 요구한 것은 차례차례 국가를
> 돕는 대신을 제거하여 자기들 마음대로 하려는 것입니다. 또 천과薦
> 科를 베풀어서 그 성세를 확장하고 구신舊臣들 중에 조금만 다른 의
> 견을 세우는 자는 모두 배척해 내쫓아서 입을 열지 못하게 하니, 지
> 금 도모하지 않으면 나중에는 어찌할 수가 없을 것입니다" 하니, 임
> 금이 매우 놀랐다. (이긍익,《연려실기술》권7,〈중종조 고사본말〉)

　결국 1519년 중종의 심중을 헤아린 남곤과 심정, 홍경주 등
의 훈구파의 모함에 따라 기묘사화己卯士禍가 일어났다. 중종은
조광조를 비롯한 신진 사림 세력을 하옥시켰다. 그때 중종이 궁
중에서 신하들과 함께 모여 검열 채세영으로 하여금 조광조 일
파에게 죄를 주려는 교지를 쓰게 했다. 그러나 주서의 역할을
대신한 채세영은 붓을 쥐고서 "이들의 죄가 뚜렷하지 않으므로
빈말을 교지를 차마 쓸 수 없습니다" 했다. 그러자 성운이 붓을
다시 뺏으려 했고 채세영은 "이것은 역사를 쓰는 붓이다. 아무
나 함부로 잡을 수 있는 것이 아니다"라고 소리쳤다. 그러나 이
미 이성을 잃어버린 임금과 훈구파 앞에선 부질없는 일이었다.
훗날 채세영이 길을 가면 사람들은 "저 사람이 임금 앞에서 붓
을 뺏은 사람이다"라고 칭송했다 한다.

국청이 끝난 뒤 금부도사는 조광조, 김식, 김정, 김구 등에게는 사형을, 나머지 일파들에게는 곤장 100대와 3000리 밖으로 유배 보낼 것을 청했다. 능주로 유배를 갔던 조광조는 임금이 보낸 사약을 들이켰다. 하지만 쉽게 죽지 못했다. 결국 두 번째 약사발을 마신 후에야 숨을 거두었다. 그의 나이 서른여덟이었다. 한편 그와 같이 귀양을 갔던 사람들도 사형을 당하거나 자결했다.

왕도 정치를 주장한 조광조를 비롯한 사림파들이 실패한 것은 첫째 급격한 혁신 정치로 훈구파들의 감정을 사고, 둘째 도학 정치에 염증을 느낀 중종이 조광조의 결백을 알면서도 훈구파의 무고를 받아들이고, 셋째 소격서의 폐지로 후궁에게까지 미움을 산 데 원인이었다. 또 조광조가 온 나라의 여망을 한 몸에 받은 것 또한 그를 곤궁에 빠지게 한 원인이 되기도 했다. 그것은 조광조가 귀양길에 오를 때 "거리를 지나가던 모든 사람들이 옷깃을 모으고 절을 했다. 이렇게 인심을 얻은 것이 죄가 된 것이다"라는 실록의 기록으로 보아 알 수 있다.

그 후에도 정여립 사건이라고 일컬어지는 기축옥사에서 중요한 역할을 담당하게 되는 송익필의 아버지인 송사련의 무고로 신사무옥辛巳誣獄(1521, 중종 16)이 일어나 안처겸 일당이 처형되었다. 게다가 잦은 왜인들의 반란 등으로 정국은 혼미를 거듭했고 훈구파의 전횡이 자행되었다.

연산군을 몰아낸 반정으로 왕위에 오른 중종은 처음에는 어진 정치를 펴기 위해 의욕적으로 임했다. 기묘사화 이후 훈구파들이 다시 정권을 잡은 뒤부터 이렇다 할 치적을 남기지 못했으나, 과거 제도의 모순을 바로잡기 위해 현량과를 실시하여 인재를 등용하고 향약을 권장하여 향촌 질서를 확립하기도 했다.

온화했으나 과단성이 부족하여

39년간 나라를 다스렸던 중종이 1544년 11월 57세의 나이로 창경궁에서 세상을 떠났다. 이날 사관은 다음과 같은 글을 남겼다.

> 애석하게도 인자하고 온화함은 넉넉했으나 과단성이 부족하여 진퇴시키고 용사用捨하는 즈음에 현불초賢不肖가 뒤섞이게 하는 실수를 면하지 못했다. 그래서 군자와 소인이 번갈아 진퇴함으로써 권간權奸이 왕명을 도둑질하여 변고가 자주 일어났고 정치가 조금도 나아지지 않았으며, 재변이 중첩해서 일어나 삼한三韓의 신민이 끝내 다시는 삼대三代의 정치를 볼 수 없게 되었으니, 임금은 있으나 신하가 없다는 탄식이 어찌 한이 있겠는가. (…)
> 상은 인자하고 유순한 면은 남음이 있었으나 결단성이 부족하여 비록 일할 뜻은 있었으나 일한 실상이 없었다. 좋아하고 싫어함이 분명하지 않고 어진 사람과 간사한 무리를 뒤섞어 등용했기 때문에 재위 40년 동안에 다스려진 때는 적었고 혼란한 때가 많아 끝내

소강小康의 효과도 보지 못했으니 슬프다. 《중종실록》 권105, 중종 39년 11월 15일 경술)

중종은 다음 해인 1545년 2월 경기도 고양군 원당읍 원당리에 소재한 장경왕후의 능인 희릉 오른쪽 산줄기에 장사 지냈으나, 1562년(명종 17)에 문정왕후에 의해 지금의 정릉으로 옮겨졌다. 봉은사 주지 보우와 의논한 문정왕후가 풍수를 이유로 천릉하게 한 것이다. 하지만 풍수적으로 불길한 자리에 선왕을 모실 수 없다는 이유 외에도 능을 옮긴 데는 또 다른 이유가 있었다. 문정왕후가 사후 중종과 함께 있고자 한 것이었다. 그런데 정작 새로 옮긴 능 자리는 지대가 낮아 장마철이면 침수를 당하는 좋지 못한 곳이었다. 큰돈을 들여 보토를 해도 매년 여름이면 물이 능 앞까지 들어와 재실 절반이 침수되는 일이 발생했다. 결국 중종 곁에 묻히길 원했던 문정왕후는 태릉에 홀로 안장되었다.

홍살문을 지나 비각에서 바라보는 정릉은 아주 한갓진 풍경의 능이다. 조선 왕릉 중 왕만 단독으로 있는 단릉은 동구릉에 있는 태조의 건원릉과 이곳 정릉 그리고 나중에 왕릉이 된 단종의 장릉뿐이다. 문정왕후의 집착 때문에 이곳으로 옮겨진 정릉은 지세가 낮은 편이어서 여름철 홍수 때면 재실과 홍살문이 침수되는 피해를 자주 입었다. 그리고 임진왜란 때는 선릉과 함께 왜적에게 능이 파헤쳐지고 재궁이 불태워지는 변고를 당하기도 했다.

선릉

정릉

정릉 입지

1. 정릉 능침 전경

2. 정릉 능침 배면

3. 정릉 석물들

성군이 낳은 폭군

연산군·거창군부인 신씨_연산군묘

강 화해협을 지나 교동현으로 가는 배에 한 사내가 타고 있었다. 그 사내는 얼마 전까지만 해도 한 나라의 지존, 곧 임금이었지만 지금은 한낱 유배객에 불과했다. 유배객 연산군(1476~1506, 재위 1494~1506)은 붉은 옷에 띠도 두르지 않은 차림이었다. 행인들이 모두 손가락질했으므로 갓을 깊숙이 눌러쓰고 평교자에 실려 갔는데, 그때 나인 네 명에 내시 두 명, 반감飯監 한 명 등 모두 일곱 명이 수행했을 뿐이라고 한다.

바다 가운데에서 큰 돌풍이 일어서 배가 뒤집히려 하자 연산군은 하늘이 무섭다고 떨었고 그것을 지켜본 호송대장 심순경이 "이제야 하늘이 두려운 줄 아셨습니까?" 했다. 그때부터 연산

16. 성군이 낳은 폭군

군과 관계가 있는 사람이 이 뱃길을 지날 때면 한 번씩 풍파가 있었다고 한다. 연산군이 이곳에 왔을 당시의 상황이 호송대장 심순경의 보고에 다음과 같이 쓰여 있다.

지나는 길가의 늙은이나 아이들이 모두 분주하게 앞다투어 나와 서로 손가락질을 하며 통쾌하게 여기는 듯하였습니다. 안치한 곳에 이르니, 가시 울타리를 친 곳은 몹시 좁아 해를 볼 수 없었고, 다만 한 개의 조그만 문이 있어서 겨우 음식물을 운반하고 말을 전할 수 있을 뿐이었습니다. 폐왕이 가시 울타리 안에 들어가자마자 시녀들이 목놓아 울부짖으며 호곡하였습니다. 저희가 작별을 고하니 폐왕이 말하기를 "나 때문에 멀리 오느라 수고했다. 고맙고 고맙다" 하였습니다. (《중종실록》권1, 중종 1년 9월 7일 계미)

연산군은 이곳 적소에서 자신으로 인해 희생당했던 수많은 원귀들의 환상에 시달리며 미치광이 같은 나날을 3개월간 보냈다. 연산군은 1506년 12월에 부인 신비愼妃를 보고 싶다는 말 한마디를 남기고 병들어 죽었다. 비운의 생을 자초한 폐군 연산군의 《연산군일기》는 이렇게 시작된다.

연산군, 휘諱 융隆은 성종 강정대왕의 맏아들이며, 어머니는 폐비 윤씨다. (…) 소시少時에 학문을 좋아하지 않아서 동궁에 딸린 벼슬아치로서 공부하기를 권계勸戒하는 이가 있으면 매우 못마땅하게 여

겼다. 즉위하여서는 궁 안에서의 행실이 좋지 못했으나, 외정外廷에
서는 오히려 몰랐다. 만년에는 주색에 빠지고 도리에 어긋나며, 포
악한 정치를 극도로 하여 대신, 대간, 시종을 주살하되 불로 지지고
가슴을 쪼개고 마디마디 끊고 백골을 부수어 바람에 날리는 형벌까
지도 있었다. 드디어 폐위하고 교동에 옮기고 연산군으로 봉하였는
데, 두어 달 살다가 병으로 죽으니, 나이 31세이며, 재위 12년이었
다. (《연산군일기》권1, 총서)

두 번의 사화가 일으킨 피바람

1483년(성종 14)에 왕세자로 책봉된 연산군은 성종이 승하한 뒤
1494년 12월 창덕궁에서 왕으로 즉위했다. 즉위 초기에는 부
왕 성종의 훌륭한 치적이 많이 남아 있었기에 정사에 무리가 없
었다. 그런데 그 태평성세는 오래가지 않았다. 즉위 4년 만인
1498년에 김일손 등 신진 사류들이 유자광 중심의 훈구파에게
화를 입은 무오사화戊午士禍가 일어난 것이다. 원인은 사초에 실
린 영남 사림파의 영수 김종직金宗直의 〈조의제문弔義帝文〉 때문
이었다.

정축丁丑 10월 어느 날 나는 밀성(현 밀양)으로부터 경산으로 가다
가 답계역에서 자는데, 꿈에 신神이 칠장七章의 의복을 입고 헌칠한
모양으로 와서 스스로 말하기를 "나는 초나라 회왕의 손자 심心인

데, 서초패왕에게 살해되어 빈강彬江에 잠겼다” 하고 문득 보이지 아니하였다. 나는 꿈을 깨어 놀라며 생각하기를 '회왕은 남초 사람이요, 나는 동이 사람으로 지역의 거리가 만여 리가 될 뿐이 아니며, 세대의 선후도 역시 천 년이 훨씬 넘는데, 꿈속에 와서 감응하니, 이것이 무슨 상서일까? 또 역사를 상고해 보아도 강에 잠겼다는 말은 없으니, 정녕 항우가 사람을 시켜서 비밀리에 쳐 죽이고 그 시체를 물에 던진 것일까? 이는 알 수 없는 일이다 하고, 드디어 문文을 지어 조문한다. (…)' 《연산군일기》 권30, 연산 4년 7월 17일 신해)

내용인즉 진나라 항우가 초나라 의제를 폐한 것에 비유해 수양대군(세조)의 왕위 찬탈을 비난한 것이다. 이 글을 당시 사관으로 있던 김종직의 제자인 김일손이 사초에 적어 넣었다. 연산군이 즉위한 뒤 《성종실록》을 편찬할 때의 편찬 책임자가 이극돈이었다. 훈구파였던 이극돈은 자신의 비행이 사초에 실려 있는 것을 발견하고 김일손에게 앙심을 품고 있었다. 그러던 중 김종직의 〈조의제문〉을 사초에서 발견한 이극돈은 김일손이 김종직의 제자임을 빌미로 김종직과 그 제자들이 주류를 이루고 있는 사림파를 숙청하고자 했다. 그는 선비를 싫어하는 연산군의 마음을 움직여 〈조의제문〉을 쓴 김종직 일파를 세조에 대한 불충의 무리로 몰아 큰 옥사를 일으켰다. 연산군은 유자광에게 김일손 등을 추국하게 하여 많은 유신들이 죽임을 당했고, 김종직은 부관참시를 당했다. 그 결과 그의 제자였던 김일손과 권오

복, 권경유, 이목, 허반 등이 능지처참의 형벌을 받았다.

무오사화는 큰 불행의 전주곡이었다. 사화가 일어난 지 6년 뒤인 1504년에 연산군의 어머니 폐비 윤씨의 복위 문제를 둘러싸고 갑자사화甲子士禍가 일어났다. 연산군의 불행은 성종의 왕비였던 어머니 윤씨가 질투심으로 폐출되면서 시작되었다. 그런 연유로 어린 시절을 고독하게 보낸 연산군에 대한 다음과 같은 일화가 있다.

> 윤씨가 폐위된 뒤에 폐주(연산군)가 세자로 동궁에 있던 어느 날, "제가 거리에 나가 놀다 오겠습니다" 하자 성종이 허락하였다. 저녁때 세자가 대궐로 돌아오자 성종이 "네가 오늘 거리에 나가서 놀 때 무슨 기이한 일이 있더냐?" 하니, 폐주는 "구경할 만한 것은 없었습니다. 다만 송아지 한 마리가 어미 소를 따라가는데, 그 어미 소가 소리를 하면 그 송아지도 문득 소리를 내어 응하여 어미와 새끼가 함께 살아 있으니 이것이 가장 부러운 일이었습니다" 하였다. 성종은 이 말을 듣고 슬피 여겼다. 대개 연산군이 본성을 잃은 것은 윤씨가 폐위된 데 원인이 있는 것이지만 왕위에 처음 올랐을 때는 자못 슬기롭고 총명한 임금으로 일컬어졌었다. (이긍익,《연려실기술》권7,〈연산조 고사본말〉)

연산군은 당시 만연했던 사치 풍조를 잠재우기 위하여 구체적인 금제절목禁制節目을 만들어 강력하게 시행했고, 빈민을 구제하기 위하여 상평창을 더 설치하여 물가를 안정시켰다. 문신들의 사가독서賜暇讀書를 다시 실시했다. 종묘에 신주를 모시는 제도인 부묘 제도를 새롭게 정비했고,《국조보감》과《동국여지승람》을 증보, 수정하게 했다. 그뿐만 아니라 시를 사랑하고 잘 쓰는 임금으로 일컬어졌었다. 승정원에 술과 작약꽃 세 가지를 내리면서 연산군은 다음과 같은 어제시를 짓기도 했다.

꽃을 주고 술을 주는 것은 내가 가까이 있기 때문인데
즐거움 속에도 근심이 있음을 뉘라서 알겠는가 《연산군일기》 권40,
연산 7년 5월 10일 정사)

그렇게 총명했던 연산군에게 비극이 시작된 것은 어머니에 대한 사실을 알게 되면서부터였다. "비밀이 없이는 행복도 없다"라는 프랑스 철학자 장 그르니에의 말처럼, 아는 것이 병이고 모르는 것이 약이다.

어제 사묘思廟에 나아가 자친을 뵈니
잔 드리고 나서 눈물이 자리를 가득 적셨도다
간절한 정회는 한이 없는데
영령도 응당 이 정성을 돌보시리라 《연산군일기》 권46, 연산 8년 9월
5일 갑술)

이렇게 어머니에 대한 그리움을 간직하고 살았던 연산군이 어느 날 임사홍任士洪에게서 자기 어머니에 대한 슬프고 비극적인 사연을 듣게 된다.

처음에 폐주가 임숭재의 집에 가서 술자리를 베풀었는데, 술자리가 한창 어울렸을 때 임숭재가 말하기를 "신의 아비 또한 신의 집에 왔습니다" 하였다. 폐주가 빨리 불러 들어오게 하니, 임사홍이 입시하여 추연히 근심하는 듯하였다. 폐주가 괴이하게 여기어 그 까닭을 물으니, 임사홍이 말하기를, "폐비한 일이 애통하고 애통합니다. 이는 실로 대내에 엄嚴·정鄭 두 궁인이 있어 화를 얽었으나, 실제로는 이세좌, 윤필상 등이 성사시킨 것입니다" 하였다. 폐주는 즉시 일어나 궁궐에 들어가서 엄씨와 정씨를 쳐 죽이고, 두 왕자를 거제에 안치하였다가 얼마 뒤에 죽여 버리니, 두 왕자는 정씨의 아들이다.
《중종실록》권1, 중종 1년 10월 22일 정묘)

기묘사화로 화를 당한 사람들의 행적을 기술한 《기묘록보유》에는 다음과 같이 실려 있다.

마침내 임금이 그 거짓말을 믿고 죄를 더했다. 윤씨는 피눈물을 닦아서 얼룩진 수건을 그의 어머니 신씨(申을 혹은 신辛·신愼이라 했는데 자세하지 않다)에게 전하면서, "내 아이가 다행하게 보전되거든 이 수건을 전해서 나의 슬프고 원통하였던 사연을 알려 주오. 또

나를 어련御輦이 다니는 길가에 묻어서 임금의 거마車馬라도 보게 하여 주오. 이것이 나의 원이오" 하였다. 드디어 건원릉 가는 길 곁에 장사지냈다. 그 뒤 인수대비가 죽고 연산이 즉위한 다음, 신씨가 나인과 통하여 생모 윤씨가 비명으로 죽은 원통함을 호소하고 또 그 수건을 올렸다. 연산은 일찍이 자순대비를 친모로 알았다가 이 말을 듣고 깜짝 놀라고 슬퍼하였다. 시정기時政記를 보고는, 폐비 하자는 의견을 바쳤던 대신과 그때 봉사하였던 사람들을 괘씸히 여겨 모두 관棺을 쪼개어 시체를 베고 뼈를 부수어서 바람에 날렸다. (《기묘록보유己卯錄補遺》 권상上, 〈이청전李淸傳〉)

《연려실기술》에는 더 기막힌 내용이 실려 있다.

윤씨가 죽을 때에 약을 토하면서 목숨이 끊어졌는데, 그 약물이 흰 비단 적삼에 뿌려졌다. 윤씨의 어미가 그 적삼을 전하여 뒤에 폐주에게 드리니 폐주는 밤낮으로 적삼을 안고 울었다. 그가 장성하자 그만 심병心病이 되어 마침내 나라를 잃고 말았다. 성종이 한번 집안 다스리는 도리를 잃게 되자 중전의 덕도 허물어지고 원자도 또한 보전하지 못하였으니 훗날 임금들은 이 일로 거울을 삼을 것이다. (이긍익,《연려실기술》 권6, 〈연산조 고사본말〉)

생모 윤씨가 폐위되어 비참하게 죽임을 당했다는 사실을 알게 된 연산군은 성종의 후궁으로서 폐비를 모함한 엄씨와 정씨를 타살했다. 또한 병상에서 연산군의 폭정을 꾸짖었던 할머니 인수대비를 머리로 받고 구타하여 치사시켰다. 연산군은 윤씨를 왕비로 추숭하고 회묘를 회릉으로 고친 뒤 성종의 능에 함께 제사를 지내게 했다. 이에 반대했던 권달수와 이행 등이 죽거나 귀양을 갔다.

> 윤필상과 한치형, 한명회, 정창손, 어세겸, 심회, 이파, 김승경, 이세좌, 권주, 이극균, 성준을 십이간十二奸이라 하여 어머니를 폐한 사건에 연좌되어 모두 극형에 처하였다. (…) 그 나머지는 관을 쪼개어 송장의 목을 베고 골을 부수어 바람에 날려 보냈으며, 심하게는 시체를 강물에 던지고 그 자제들을 모두 죽이고 부인은 종으로 삼았으며 사위는 먼 곳으로 귀양 보냈다. 연좌되어 사형에 처할 대상자 중에 미리 죽은 자는 모두 시신의 목을 베었고, 동성의 삼종三從까지 장형杖刑을 집행하였으며 여러 곳으로 나누어 귀양 보내고, 또 그들의 집을 헐어 못을 만들고 비碑를 세워 그 죄명을 기록하였다.
> (이긍익,《연려실기술》권6, 〈연산조 고사본말〉)

《중종실록》에는 간신 임사홍과 임숭재의 말로를 노래한 시 한 수가 실려 있다.

> 작은 소인小人 숭재, 큰 소인 사홍이여!
> 천고에 으뜸가는 간흉이구나!

　　　　　　　　　　　　　　　　　16. 성군이 낳은 폭군

천도天道는 돌고 돌아 보복이 있으리니

알리라, 네 뼈 또한 바람에 날려질 것을 《중종실록》 권1, 중종 1년

9월 2일 무인)

갑자사화(1504, 연산군 10)의 주모자로 알려진 임사홍은 두 아들과 함께 부마(임금의 사위)로서 왕실과 인연을 맺었다. 그 뒤 세조에서 연산군까지 정치적으로 탄탄대로를 걸었던 인물이었지만 1506년 중종반정이 일어난 뒤 처형을 당했다. 이후 부관참시까지 당하는 비참한 최후를 맞았다. 그는 오랜 세월이 지난 뒤에도 연산군의 악행과 패륜적 행동을 부추긴 간신의 대명사로 남아 있다.

당시 세조와 함께 계유정난을 주도한 한명회와 정여창도 부관참시를 피하지 못할 만큼 연산군의 광기는 극에 달했다. 갑자사화는 윤비 문제가 직접적인 동기가 되었지만 그 배후에는 궁중 세력과 훈구·사림파 세력의 대립이 있었는데, 이 사건으로 무오사화 때 남은 신진 사류까지도 일소되어 신진 사류 세력은 완전히 몰락하게 되었다.

조선 최초의 폐주

임금의 자리에 있었던 약 12년간 연산군은 무오사화와 갑자사화로 수많은 사람들을 죽였다. 또한 경연과 사간원, 홍문관 등

을 없애 버렸고 여론과 관련되는 제도는 모두 다 중단시켰다. 그뿐만 아니라 성균관과 원각사에 여기女妓를 집합시켜 주색장으로 만들었으며, 채홍사採紅使를 보내 미녀들을 뽑아 그중에서 300명을 '흥청'이라 부르며 궁중에서 살게 했다. 어디 그뿐인가. 선종의 본산인 흥천사를 마구간으로 바꾸었고, 학정을 비판하는 백성들의 한글 투서 사건이 일어나자 한글 사용을 금했다. 연산군은 모든 금기를 깨뜨렸는데, 그중 한 가지가 궁중 연회에 나온 사대부들의 부녀자들까지 농락하면서 황음을 일삼은 것이다. 아무리 가까운 사람일지라도 그 자신을 비판하는 사람을 용납하지 않았던 전형적인 독재자였다. "대체로 나랏일을 마음대로 처리하는 자를 왕이라 하고, 사람에게 이익과 해를 줄 수 있는 권력을 가진 자를 왕이라 하며, 사람을 죽이고 살리는 위력을 가진 자를 왕이라 한다"(《사기열전史記列傳》, 〈범수채택열전范雎蔡澤列傳〉)라는 사마천의 말에 가장 부합하는 인물이 연산군이었다.

절대 권력을 누리면서 나라를 파국으로 몰고 간 연산군의 말로는 비극적이었다. 1506년 9월 초하루 지중추부사 박원종과 성희안 등의 훈구 세력들이 밤을 틈타서 창덕궁을 포위하고 정현왕후를 찾아가며 연산군의 시대는 막을 내렸다.

유배지 교동에서 병사한 연산군은 강화에 장사지냈다가 1512년 12월에 폐비 신씨의 진언으로 그 이듬해 양주군 해등면 원당리(현 도봉구 방학동)로 묘를 옮길 것을 명했다. 당시 중종은 이장을 허락하면서 쌀과 콩 100섬과 면포 150필, 정포 100필,

꿀 2섬, 참기름 2섬, 밀가루 4섬, 황랍 28근을 하사했다. 그리고 중종은 다음 해 2월에 연산군의 무덤을 왕자군의 예로 수축하게 하며 양주의 관원으로 하여금 제사를 지내게 했다.

연산군의 왕비 거창군부인居昌郡夫人 신씨(1476~1537)는 영의정 신승선愼承善의 딸로 1488년(성종 19) 세자빈으로 책봉되었다. 1494년 연산군이 즉위하면서 왕비로 봉해졌다. 5남 1녀를 낳았는데, 이 중 폐세자 이황과 창녕대군, 휘순공주를 제외하고 모두 일찍 죽었다. 중종반정으로 연산군이 폐위당하고 아들 둘이 사사되었다. 부인夫人으로 강봉된 신씨는 연산군과 함께 교동도로 가기를 원했으나 그 뜻을 이루지 못했다. 남편 곁에 가고자 했던 뜻은 1537년(중종 32) 눈을 감고서야 이룰 수 있었다.

연산군묘는 연산군이 서쪽에 있고, 거창군부인 신씨가 동쪽에 안장된 쌍분이다. 봉분 뒤쪽으로 삼면 곡장이 둘려 있고, 묘표, 혼유석, 망주석, 장명등, 향호석, 문석인 등이 있다. 조촐한 이 묘역에는 연산군의 사위(구운경)와 딸(휘순공주)의 묘가 있다.

작고 야트막한 봉분 바로 앞에 대리석의 비석이 서 있고, 전면에는 "燕山君之墓"(연산군지묘), 후면에 "正德 八年 二月 二十日 葬"(정덕 팔년 이월 이십일 장)이라고 새겨져 있다. 부인 신씨의 묘표 전면에는 "居昌愼氏之墓"(거창신씨지묘)라고 새겨져 있고, 후면에는 "嘉靖 十六年 六月 二十六日 葬"(가정 십육년 유월 이십육일 장)이라 새겨져 있다.

한편 이 묘역에는 태종의 후궁 의정궁주義貞宮主의 묘가 있다.

지돈녕부사 조뢰趙賚의 딸로 태어나 1422년(세종 4)에 태종의 후궁으로 간택되었지만, 태종이 곧바로 세상을 떠나서 빈으로 책봉되지 못하고 궁주의 작호를 받았다. 의정궁주의 묘가 연산군 묘역에 있는 이유는 이 땅이 원래 세종의 아들인 임영대군의 소유였는데, 왕명으로 임영대군이 후사가 없던 의정궁주의 제사를 맡게 되었다. 그런 연유로 임영대군의 외손녀인 거창군부인 신씨의 요청에 의하여 의정궁주의 묘역에 연산군묘를 이장한 것이다.

서울 도봉산 자락에 있으면서도 사람들에게 알려지지 않은 연산군묘는 그 역사적 사실들과 이야기들로 대를 이어 사람들에게 교훈을 주고 있다. 연산군묘 입구에는 서울시 보호수 제1호로 지정된 '방학동 은행나무'가 800년 이상의 수령을 자랑하며 서 있어 지나간 역사의 숨결을 들려주고 있다.

> 사신史臣은 논한다. 연산은 성품이 포악하고 살피기를 좋아하여 정치를 가혹하게 하였다. 주색에 빠져 사사祀事를 폐하고 쫓겨난 어미를 추숭하면서 대신을 많이 죽였으며, 규간規諫하는 것을 듣기 싫어하여 언관을 주찬하였으며, 서모를 장살하고 여러 아우들을 찬극竄殛하였다. 날마다 창기와 더불어 음희하여 법도가 없었고, 남의 처첩을 거리낌없이 간통하였다. (…) 연산은 스스로 그 잘못을 알고 말하는 이가 있을까 두려워서, 경연을 폐지하고 사간원과 홍문관을 혁파했으며, 지평持平 2원員을 감하였다. 무릇 상소, 상언, 격고 등의

일은 일체 모두 금지하였다. (…) 논계論啓에 관계되는 말을 한 자는 역명한다 하면서 이리저리 얽어 죄를 만들어서 조금도 용서하지 않았다. 또 따로 밀위청密威廳을 설치하고 항상 승지를 보내어 죄수를 국문하였는데, 포학하고 지독하여 억울하게 죽은 자가 이루 헤아릴 수 없었다. 즉위 이후의 일기 사초에 만약 직언 당론이 있으면 모두 도려내고 삭제하게 했으며, 가장家藏 사초도 또한 거둬들이게 하였고, 또 인군의 과실을 기록하지 못하게 하였으며, (…) 예로부터 난폭한 임금이 비록 많았으나, 연산과 같이 심한 자는 아직 있지 않았다. 《중종실록》 권1, 중종 1년 9월 2일 무인)

이렇게 살다 간 연산군의 혼령이 남아 있다면 그는 당시 피해를 보았던 사람들에게 무어라고 변명할 것인가? 후세를 사는 사람들이 조심하고 또 조심하면서 살아갈 일이다.

연산군묘

왕실 원묘 이야기 1

순헌황귀비_영휘원
원손 이진_숭인원

<big>영</big>휘원永徽園은 서울 동대문구에 있는 고종의 후궁 순헌황귀비純獻皇貴妃 엄씨(1854~1911)의 원소다. 순헌황귀비는 증찬성 엄진삼嚴鎭三의 딸로, 1859년 6세에 궁에 들어가 궁인으로 생활하다가 명성황후가 을미사변으로 시해당하자 그 닷새 뒤에 아관파천 때 고종을 시봉侍奉했다. 그때 그의 나이 서른둘이었다.

전前 상궁 엄씨를 불러 계비로 입궁시켰다. 민후가 생존해 있을 때는 고종이 두려워하여 감히 그와 만나지 못하였다. 10년 전 고종은 우연히 엄씨와 정을 맺었는데, 이때 민후는 크게 노하여 그를 죽이려고 하였으나 고종의 간곡한 만류로 목숨을 부지하여 밖으로 쫓김

을 당하였다가, 이때 그를 다시 부른 것이다. (황현黃炫,《매천야록梅泉野錄》권2, 고종 32년 을미)

1897년 의민황태자(영친왕 이은)를 낳고 귀인이 되었고, 1903년에 황귀비로 책봉되었다. 내탕금으로 숙명여학교와 진명여학교를 개설할 정도로 근대 여성 교육 발전에 크게 기여하다가 1911년 7월 덕수궁 즉조당에서 생을 마감했다. 같은 해 8월에 영휘원에 안장되고, 위패는 덕수궁 영복당에 봉안되었다가 경복궁 서북쪽에 있는 칠궁으로 이안되었다.

영휘원과 같은 묘역 안에 있는 숭인원崇仁園은 대한제국 제1대 황제 고종황제의 원손 이진李晉(1921~1922)의 무덤이다. 아버지는 영친왕 이은이고 어머니는 이방자다. 일본에서 태어나서 잠시 조선을 방문했다가 귀국을 하루 앞두고 덕수궁 석조전에서 사망했다.

한 묘역 안에 있는 영휘원과 숭인원 근처에는 명성황후의 능인 홍릉이 있었다. 1919년 고종이 죽은 뒤 양주군 미금면 금곡리(현 남양주시 금곡동)로 옮겨졌다. 그래서 이곳을 '홍릉'이라 부르기도 한다.

명과 암이
너무 뚜렷한 왕

태종·원경왕후_헌릉

사람이 한평생 살다가 보면 가끔 억울할 때도 있고, 참 다행이다 싶어 그냥 미소를 지을 때도 있지만 쓸쓸한 미소를 지을 때도 있다. 대부분의 사람들이 아귀다툼 같은 세상살이에서 조금은 불공정해도 항의 한 번 못하고 모든 일에 순응하면서 산다. 지는 것이 이기는 것이려니 하고 자신에게 일어나는 일들이 운명이거니 하면서 살기 때문이다.

그런데 어떤 사람은 자신이 우주라고 여기면서 세상에서 일어나는 일이 다 자기 뜻대로 되어야 한다고 생각하며 모든 일에 전체를 걸고 사는 사람이 있다. 나는 예나 지금이나 살아온 삶이나 살아갈 삶을 다 운명애運命愛로 승화시키며 살고 있지만,

요즘은 가끔씩 '이것은 아니다' 싶으면 불같이 화를 내기도 하고, 넌지시 내 의견을 말하기도 한다.

태종 이방원李芳遠(1367~1422, 재위 1400~1418)도 자기 뜻대로 살다 간 사람이다. 아버지 태조를 도와서 조선을 건국했고, 그 뒤 우여곡절 끝에 왕위에 올랐다. 그리고 조선에서 가장 훌륭한 업적을 남긴 세종의 아버지다. 그의 삶은 불꽃 같았고, 공功도 있지만 과過도 많았다. 조선왕조 500년의 밑그림을 그린 사람으로 평가받기도 하지만 당시 사람들로부터 많은 원한을 샀던 인물이기도 하다.

나라가 바람 앞에 등불처럼 거센 비바람과 격랑에 휩쓸리던 어느 날 이방원이 정몽주鄭夢周를 만나 술상을 앞에 두고 시를 지어 읊는다.

　이런들 어떠하며

　저런들 어떠하리

　성황당 뒷담이

　다 무너진들 어떠하리

　우리도 이같이 하여

　아니 죽으면 또 어떠리

고려는 어차피 기울었으니 새로운 왕조에 동참해서 대대손손 잘 살아 보자는 솔직하고도 직설적인, 한마디로 '이방원'다운

시였다. 그가 따라 준 술 한 잔을 받아 든 정몽주는 다음과 같이
화답했다.

이 몸이 죽고 죽어

일백 번 고쳐 죽어

백골이 진토되어

넋이라도 있고 없고

님 향한 일편단심이야

가실 줄이 있으랴

이방원은 정몽주의 마음을 돌릴 수 없다는 것을 알았다. 그날
밤 두 사람은 돌아올 수 없는 강을 건넜고, 결국 정몽주는 선죽
교에서 이방원에게 살해당하고 말았다.

이방원의 시대를 열다

1367년(고려 공민왕 16) 5월 태조와 신의왕후의 다섯째 아들로
태어난 이방원은 새 왕조를 건국하는 과정에서 많은 공을 세웠
다. 1392년 이성계가 해주에서 사냥을 하던 중 말에서 떨어져
중상을 입는 사건이 발생했다. 그것을 기회로 삼은 정몽주가 공
양왕에게 상소문을 올려 정도전 등 이성계와 가깝게 지내는 핵
심 인물들을 유배시키고 이성계를 제거하고자 했다. 이를 눈치

챈 이방원은 조영규 등을 시켜 선죽교에서 정몽주를 살해하고, 공민왕 비인 대왕비를 강압한 뒤 공양왕을 폐위시켰다. 그 뒤 아버지 이성계를 조선의 국왕으로 옹립했음에도 정도전 등에 의해서 견제를 받았다. 정도전과 이성계가 각축을 벌이던 당시 상황을 보자.

정도전은 손수 진도陳圖를 만들어 중앙의 관리는 물론, 각 지방의 군사들에게 군사 연습을 시켰다. 1397년 6월 14일 정도전은 "조선이라고 어찌 중원 천하를 평정하지 못하랴"라는 기치를 내걸고 요동 정벌론을 공식화했는데, 1398년 5월 24일 정도전을 그토록 괴롭혔던 명 황제 주원장이 죽었다. 주원장의 죽음은 요동 정벌을 준비하던 정도전에게 하늘이 준 기회였고 이방원에게도 역시 절호의 기회였다.

정도전은 왕자들을 각도의 절제사로 삼아 군대를 관리하게 한다는 명분으로 방원은 전라도, 방번은 동북면으로 보내려 했다. 이는 요동 정벌이라는 대의명분을 앞세워 왕자들과 무장들이 갖고 있던 병권을 완전히 빼앗으려는 의도이기도 했다. 이런 계획들이 방원의 귀에 들어가자 방원은 더 이상 머뭇거릴 수 없었다. 당시 태조는 궁에서 심한 해수병咳嗽病(기침병)을 앓고 있었다.

이방원은 모든 동정을 낱낱이 파악하고 있었으며, 더욱이 정도전, 조준, 남은 등 조정에 있는 중심 세력의 움직임도 잘 알고 있었다. 궁중은 왕의 병으로 근심에 쌓여 있었고 정도전 등은 여염집에 모여 있었다. 방원은 형 방의와 방간을 불러들이고 처남 무구, 무질과 하수인 이지번을 동원했다. 그리고 왕자들은 사병 혁파 때 무기를 모두 버렸지만 방원의 아내가 감추어 둔 철장 등을 빼 들고 밤 이경二更에 정도전 일행이 모여 있는 남은의 첩이 사는 집으로 쳐들어갔다.

그곳을 지키는 종들은 모두 잠들어 있었고, 정도전 등은 불을 밝혀 놓고 담소를 나누고 있었다. 이방원 일당이 이웃집에 불을 지르자 그들은 허겁지겁 도망쳤다. 그 와중에 정도전이 붙잡히고 말았다. 그때의 상황이 《태조실록》에는 이렇게 실려 있다.

정도전이 안방에 숨어 있는지라, 소근(이방원의 종) 등이 그를 꾸짖어 밖으로 나오게 하니, 정도전이 자그마한 칼을 가지고 걸음을 걷지 못하고 엉금엉금 기어서 나왔다. 소근 등이 꾸짖어 칼을 버리게 하니, 정도전이 칼을 던지고 문밖에 나와서 말하였다.

"청하건대 죽이지 마시오. 한마디 말하고 죽겠습니다."

소근 등이 끌어내어 정안군(이방원)의 말 앞으로 가니, 정도전이 말하였다.

"예전에 공公이 이미 나를 살렸으니 지금도 또한 살려 주소서."

예전이란 것은 임신년(고려 말 정몽주가 이성계 일파에게 반격을 가해 정도전이 처형당하게 되었을 때, 마침 이방원이 정몽주를 선죽교에서 격살하여 살아난 사건을 뜻함)을 가리켜서 하는 말이었다. 정안군이 말하였다.

"네가 조선의 봉화백奉化伯이 되었는데도 도리어 부족하게 여기느냐? 어떻게 악한 짓을 한 것이 이 지경에 이를 수 있느냐?"

이에 그를 목 베게 하였다. (《태조실록》 권14, 태조 7년 8월 26일 기사)

정도전을 죽인 이방원은 조준 등을 앞세우고 궁궐로 들어갔다. 태조는 그때 궁궐 안 서쪽 양정에 나아가 병을 핑계로 누워 있었다. 돌보고 있던 신하들이 방원을 치자고 건의했지만 "자중의 일이니 서로 싸우게 할 수 없다" 하고 듣지 않았다. 태조는 도당에 모인 대신들의 요구에 굴복하여 "설마 너를 죽이기까지야 하겠느냐" 하며 세자였던 방석을 내주었는데, 대궐 문밖을 나서자마자 살해당했다. 그뿐만이 아니었다. "세자는 할 수 없지만 너야 귀양이나 보낼 것이다" 하며 보낸 방번은 한강 건너 양화 나루의 객관을 넘지 못하고 죽임을 당했다.

'제1차 왕자의 난', '방원의 난', '무인정난', '정도전의 난'으로 불리는 이 사건은 그렇게 끝을 맺었다. 그렇다면 정도전은 왕자들을 없애려 했었을까? 분명 그가 왕자들의 사병을 혁파한 것은 사실이다. 그러나 왕자를 제거하려 했다는 사실은 같은 공신이요, 정승으로 있던 조준도 모르는 일이었다. 정도전, 남은, 심효생 등이 밀모하여 태조의 병세가 위독하다고 속인 다음 왕자들을 궁중으로 불러들여 순식간에 한씨 소생의 왕자들을 살육할 계획을 세운 것이 사실이라면 군사도 풀어놓지 않고 편안히 담소를 즐겼겠는가.

이방원은 방의, 방간 형제들과 함께 정도전 일파를 살해하기로 한 뒤 밀모설을 만들었고, 이를 사전에 방지한다는 명목하에 사병을 동원하여 정도전 일파를 살해하고 만 것이다. 병으로 시달리던 태조는 이때부터 심한 갈등을 느끼고 방원을 몹시 미워하기 시작했다.

태조는 '왕자의 난'으로 방석과 방번 형제가 살해되었다는 소식을 듣고 왕위를 방과(정종)에게 물려준 다음 함경도 함흥으로 들어갔다. 그리고 세상 인연을 끊고 불교에 귀의하여 참회의 나날을 보냈다. 그때 만들어진 이야기가 '함흥차사'다. 태조가 상왕으로 함흥에 있을 적에 서울에서는 '제2차 왕자의 난'이 일어났다.

대를 이을 아들이 없었던 정종은 늘 병에 시달리고 있었다. 그때 왕위 계승 서열에서 밀린 방간이 불만을 품고 군사를 동원하여 방원과의 일전을 벌였다. 동대문, 선죽교, 남산 등에서 벌어진 사투 끝에 방원은 형 방간을 생포하여 토산兎山으로 유배를 보냈다. 1400년 이방원은 왕위에 올랐다.

조선 초기에 일어난 왕자의 난을 비롯한 일련의 사건들뿐만 아니라 태종이 왕위에 오르는 과정에서나 왕위에 오른 뒤에도 계속된 피의 숙청은 크나큰 오점이었다. 그러나 한편에서 보면 태종은 국가 운영의 밑그림을 완성한 군왕이었다. 그는 지략에 뛰어났을 뿐만 아니라 학문에도 조예가 깊었다.

태종이 시독관 김과를 때 없이 들어오게 하여 편전으로 불러들여서 강론하고 조용히 술을 주니, 김과도 마음을 다하여 아는 데까지 대답을 하다가 의심나는 것이 있으면 권근에게 질문하여서 대답하였다. 태종은 천성이 총명하고 학문을 좋아하며 부지런하고, 글을 읽는 과정을 엄하게 세웠다. 한번은 《통감通鑑》을 다 읽고 난 뒤에, 김과에게 이르기를, "내가 역대의 흥망을 대강 알았다. 경서를 읽으려고 하는데, 어느 경서가 성리性理의 본원이 되겠느냐" 하니 김과가 아뢰기를, "제왕의 학문을 신이 어찌 경솔히 의논하겠습니까" 하였다. 태종이 이르기를, "정일 집중精一 執中은 제왕의 학문이다" 하고 곧 《중용中庸》을 강론하였다. (이긍익, 《연려실기술》 권2, 〈태종조 고사본말〉)

태종은 공신과 외척들을 제거하여 왕권을 튼튼하게 했고, 의정부의 기능을 축소시키면서 육조六曹의 기능을 강화해서 중앙집권제를 확립했다. 경제 유통을 원활하게 하기 위해 저폐楮幣를 만들었고, 신문고를 설치했다. 그리고 호폐법을 신설했으며, 수리 사업의 일환으로 김제의 벽골제를 대대적으로 보수했다.

태종우가 내리면

1418년에는 양녕대군을 폐하고 충녕을 세자로 봉한다. 그리고 2개월 만에 세종에게 자리를 내주었다. 상왕으로 한가한 생활

18. 명과 암이 너무 뚜렷한 왕

을 즐기던 태종은 1422년(세종 4) 5월 연화동에 있던 이궁에서 세상을 떠났다. 그의 나이 56세였다.

> 세종 4년 임인壬寅에 상왕(태종)이 승하함에 임하여 하교하기를 "지금 가뭄이 심하니 죽은 뒤에도 아는 것이 있다면 반드시 이날 비가 오도록 하겠다"라고 하였다. 그 뒤로 매양 제삿날이면 반드시 비가 왔으므로 세상에서 '태종의 비'라고 하였다. (이긍익,《연려실기술》권2, 〈태종조 고사본말〉)

헌릉獻陵에 함께 안장된 원경왕후元敬王后(1365~1420)는 여흥부원군 민제閔霽의 딸로 태어나 1382년(고려 우왕 8)에 이방원에게 출가했다. 원경왕후는 정도전과 태종이 각축을 벌일 때 여러모로 적극적인 도움을 주었다. 하지만 태종이 왕권을 잡은 뒤부터는 두 사람 사이에 불화가 그치지 않았다. 원경왕후의 지나친 투기와 불평이 태종과 마찰을 일으켰기 때문이다. 특히 태종의 왕권 강화 정책으로 인해 친정 집안이 쑥대밭이 되는 것을 지켜보아야 했던 원경왕후는 1420년(세종 2) 7월 수강궁 별전에서 태종보다 2년 앞서 세상을 떠났다. 태종과 원경왕후 사이에는 양녕대군, 효녕대군, 충녕대군(세종), 성녕대군 네 아들과 정순공주, 경정공주, 경안공주, 정선공주 네 딸이 있었다.

헌릉은 원경왕후가 승하하자 태종의 명으로 조성된 능이다. 순조와 순원왕후의 인릉과 함께 사적 제194호로 지정된 헌릉은 철저하게 억불숭유 정책을 폈던 태종의 명으로 고려 때부터 이어 온 불교적 요소가 모두 제거된 능이다. 능의 영역인 능방陵傍에 절[寺]을 세우는 것과 국상에 법석法席을 폐지한 것이 그것이다.

정자각 오른쪽 뒤로는 제향 후에 축문을 태우는 소전대가 놓여 있고 비각에는 신도비가 서 있다. 임진왜란 때 왜장이 철퇴로 이 비석을 치자 벼락 소리가 나며 깨어진 곳에서 뻘건 피가 솟아올랐다. 크게 놀란 왜장이 쇠줄로 깨어진 부근을 얽어매고 제사를 지내자 그 피가 멈추었다 한다. 그때 손상된 것을 숙종 때 다시 세웠다.

태종이 세상을 떠나자 세종은 어머니 원경왕후릉 옆에 부왕의 자리를 마련한 뒤 나란히 봉분을 만들면서 난간을 연결하여 쌍릉으로 조성했다. 능 앞에 설치된 석물들은 망주석만 빼고 한 벌씩 갖추어 쌍으로 배치했으며, 문석인과 무석인의 크기는 대체로 건원릉과 흡사하다.

헌인릉에는 오리나무 숲이 울창해서 서울시에서는 생태 경관 보전 지역으로 지정하여 관리하고 있다. 김소월의 시 "산새도 오리나무 위에서 운다"를 읊조리며 헌릉을 걷다가 보면 내가 나를 만나고 내가 나를 잊기도 한다.

하늘에서 본 헌릉

세도 정치의
희생양

순조·순원왕후_인릉

1800년 6월 정약용을 '미래의 재상감'으로 지목하며 총애하던 정조가 갑작스레 세상을 떠난다. 벽파를 견제하기 위해 시파(남인)를 옹호했던 정조의 죽음을 두고 최근까지도 '독살설'이 거론되고 있는데, 정조의 죽음으로 조정의 주도권은 벽파(노론)에게 넘어갔다. 11세의 순조(1790~1834, 재위 1800~1834)가 즉위하자 곧바로 영조의 계비이자 골수 벽파 가문 출신인 정순왕후가 수렴청정에 나섰다.

정종 대왕 24년, 여름 6월 기묘일에 정종이 홍서하였다. 6일이 지난 가을 7월 갑신일에 왕이 창덕궁 인정문에서 즉위하였다. 왕은 정종

　　　　　　　　　　　　　　　19. 세도 정치의 희생양

14년 여름 6월 정묘일 창경궁 집복헌에서 탄강誕降하였다. 처음 정종이 재위할 때 오랫동안 저사儲嗣를 두지 못하자 중외中外에서 격정하였었는데, 기유년에 궁인이 용이 나르는 상서로운 꿈을 꾸자 수빈 박씨가 임신하였고, 왕이 탄강할 때에 이르러서는 오색 무지개가 묘정廟井에서 뻗쳤고 신비로운 광채가 궁림을 감쌌다. (…) 효의후 김씨가 취하여 자신의 아들로 삼아 원자로 호칭을 정하였다. 왕은 어릴 때부터 뛰어나게 총명하였고 지극한 효성을 타고났다. (…) 금년 봄에 왕세자로 책봉되고 관례를 행하였는데 보령이 곧 11세였다. 정종이 훙서하자 대신이 유교에 따라 도승지로 하여금 대보大寶를 받들어 전하게 하였으나, 왕이 받지 않고 울부짖으며 통곡하기를 그치지 않았다. (…) 임금이 면복을 갖추고 빈전에 나아가 대보를 받고 나와서 인정문으로 나아가 즉위한 다음 반교頒敎하였다. (…) 대왕대비를 모시고 수렴청정의 예를 희정당에서 행하였다. 《순조실록》권1, 순조 즉위년 7월 4일 갑신)

순조의 나이가 어려 대왕대비(정순왕후)가 수렴청정을 시작했는데, 이는 곧 앞으로 60여 년간 이어질 세도 정치의 시작이었다. 정순왕후는 김구주의 여동생이다. 김구주는 사도세자 사건을 악화시켰고, 벽파를 옹호한 사람으로 영조 사후 정조가 집권하면서 권력으로부터 잠시 밀려나 있었다. 정순왕후가 수렴청정을 하게 되자 정조 때부터 권력을 잡고 있던 시파에게 정치적 보복을 하기 시작했다.

김조순, 세도 정치의 서막을 열다

수렴청정을 하는 게 그리 쉬운 일은 아니었다. 여기저기서 잡다한 사건들이 꼬리에 꼬리를 물고 일어나자 정순왕후는 다음과 같은 하교를 내렸다.

> 돌아보건대 지금 주상은 어린 나이고 나는 여자의 몸으로 조정에 임어하여 있으니 저 불령한 무리들이 잡스러운 마음을 품고 시험해 보려는 습성이 지난날에 견주어 또 의당 몇 배가 될지 모르는 실정이다. 만일 이 무리들이 날뛸 조짐이 있어서 조금이라도 20여 년 동안 어렵게 고수하여 온 대의리大義理를 어기게 된다면 나라의 형세가 유지될 수 없을 뿐만이 아니라 오늘날 군신 상하가 장차 무슨 얼굴로 돌아가 선왕을 배알할 수 있겠는가? 《순조실록》 권1, 순조 즉위년 7월 20일 경자)

이런 상황에서 노론 벽파와 연합인 남인 공서파攻西派가 같은 남인의 신서파信西派를 몰아붙인다. 한 해 전인 1799년 병사한 남인 시파의 영수 채제공蔡濟恭(채제공의 서자 채홍근은 다산의 매형임)의 관직(영의정)을 추탈하자느니 신서파는 모두 천주교 신자라느니 하면서 그들이 모두 역모를 꾸미고 있으니 그들의 목을 모두 베자는 논의가 벌어지고 있었다.

1801년 정순왕후는 천주교 탄압을 위한 사학邪學 금령을 선포하기에 이른다. 이른바 300여 명이 죽어 간 신유사옥이 일어 난 것이다.

> 사람이 사람 노릇을 하는 것은 인륜이 있기 때문이며, 나라가 나라 꼴이 되는 것은 교화가 있기 때문이다. 그런데 오늘날 사학은 어버이도 없고 임금도 없어서 인륜을 무너뜨리고 교화에 배치되어 저절로 이적夷狄(오랑캐)과 금수의 지경에 돌아가고 있는데, (…) 엄금한 후에도 개전하지 않는 무리가 있으면, 마땅히 역률逆律로 종사從事할 것이다. 수령은 각기 그 지경 안에서 오가작통법을 닦아 밝히고, 그 통 내에서 만일 사학을 하는 무리가 있으면 통수가 관가에 고하여 징계하여 다스리되, 마땅히 의별㼈剔을 시행하여 진멸함으로써 유종遺種이 없도록 하라. 《순조실록》 권2, 순조 1년 1월 10일 정해)

정약용의 셋째 형 정약종이 1801년 1월 19일 교시서와 성구 그리고 신부와 교환했던 서찰 등을 담은 책롱을 안전한 곳으로 운반하려다가 한성부의 포교에 의해 압수당하는 사건이 빚어졌다. 2월 9일 이가환, 이승훈, 정약용을 국문하라는 사헌부의 보고가 올라간다.

아! 통분스럽습니다. 이가환, 이승훈, 정약용의 죄를 이루 다 주벌할 수 있겠습니까? 이른바 사학이란 것은 반드시 국가를 흉화의 지경에 이르게 하고야 말 것입니다. 재물과 여색으로 속여서 유혹하여 그 도당을 불러 모으고는 밥 먹듯이 형헌刑憲을 범하여 도거刀鉅를 보고도 즐거운 일로 여기고 있는데, 그 형세의 위급함이 치열하게 타오르는 불길 같아서 경향에 가득하니, 황건적과 녹림당綠林黨의 근심이 순간에 박두해 있습니다. 이는 오로지 이 무리가 소굴이 된 까닭으로 말미암은 것입니다. 이가환은 흉악한 무리의 여얼餘孼로서, 화심을 포장하여 원망을 품고 있는 많은 사람들을 이끌어 유혹하고는 스스로 교주가 되었습니다. 이승훈은 구입해 온 요서를 그 아비에게 전하고, 그 법을 수호하기를 달갑게 여겨 가계로 삼았습니다. 그리고 정약용은 본래 두 추악한 무리와 마음을 서로 연결하여 한패거리가 되었습니다. 이들은 종적이 이미 드러나자, 진소하여 사실을 자백한 다음 온갖 말로 실언하였는데, 아무도 몰래 요악한 짓을 꾀함이 도리어 전보다 심하여 천청天聽을 속였으니 사리에 어둡고 완악하여 두려워할 줄을 모르고 있습니다. 이번에 법부에 붙잡힌 자들에 이르러서는 저들의 형제와 숙질 사이에 왕복했던 서찰이 낭자하게 드러났으므로, 그 요사하고 흉악한 정절은 많은 사람들의 눈을 가리기가 어려웠으니, 대개 이들 세 흉인은 모두 사학의 근저가 되었습니다. 청컨대 전 판서 이가환, 전 현감 이승훈, 전 승지 정약용을 빨리 왕부로 하여금 엄중하게 추국해서 실정을 알아내게 한 다음 흔쾌하게 방형을 바로잡으소서. (《순조실록》 권2, 순조 1년 2월 9일 을묘)

결국 2월 16일 이승훈과 정약종 등 천주교의 주축들은 서소문 밖에서 목이 잘려 죽었다. 그리고 이가환, 권철신은 고문을 못 이고 옥사하고 말았다. 죽음을 모면하고 귀양을 가야 했던 정약전과 정약용의 당시 상황이 실록에 실려 있다.

> 죄인 정약전과 정약용은 바로 정약종의 형과 아우인데, 당초에 사서가 우리나라에 전래되었을 때에는 일찍이 보고서 찬미하였으나 중간에 스스로 뉘우치고 다시는 오염되지 않겠다는 뜻을 소장에 질언質言하였었다. 국청에 나아가기에 이르러서는 차마 형을 증인하지 못하였는데, 정약종의 문서 가운데 그 무리가 서로 왕복하는 즈음에 정약용에게 알리지 말라고 경계한 것과 평일 그 집안 사이에 금계한 것을 증험할 만한 것이 있었다. 그러나 단지 최초로 물든 것으로 인해 세상에서 지목한 바 되었으므로, 정약전·정약용은 차율로 감사하여 정약전은 강진의 신지도에, 정약용은 장기현에 정배하였다. 《순조실록》권2, 순조 1년 2월 26일 임신)

1802년(순조 2) 10월 안동 김씨인 영안부원군 김조순金祖淳의 딸을 왕비(순원왕후)로 책봉했는데, 3년 뒤에 정순왕후가 세상을 뜨자 정권은 안동 김씨에게 넘어갔다. 순조의 장인인 김조순과 김이익, 김이도, 김달순, 김명순 등 안동 김씨 일파가 조정의 요직을 독차지했다. 황현의 《오하기문梧下紀聞》에는 다음과 같은 글이 실려 있다.

순조에 이르러서는 보위에 오른 지 오래되자 궁궐 깊숙히 들어앉아 정사를 김조순에게 위임했다. 조순이란 사람은 또한 자못 삼가고 조심스러우며 넉넉하고 후덕한 성품인지라 다른 당파의 인물이라도 모두 맞아들여 버슬을 주었고 잘못을 그런대로 보완했기 때문에 지금까지 사람들이 혹 칭찬하기도 한다. 그러나 외람스럽게도 시파·벽파라는 당목으로 견해가 다른 사람들을 제거하여 권세를 거머쥔 간신으로서의 흔적이 있었다. 그의 아들 유근, 좌근과 손자 병익 등이 계속 뒤를 이어 일어나 조만영, 병구 등과 한 덩어리가 되어 기반을 구축하고 권세를 마음대로 휘둘렀는데, 그 교만하고 사치스러움과 음란하고 잔인함은 끝이 없었다. (황현, 《오하기문》, 김종익 옮김, 역사비평사, 1994)

황현 그리고 이건창과 어울리며 조선의 3대 천재로 이름을 드날렸던 김택영金澤榮은 《한국역대소사韓國歷代小史》에서 김조순을 긍정적으로 그리고 있다.

나라의 권세를 쥐고 흔든 지 20년 동안 시파의 논의를 가지고 다른 이를 배척하고 해친 일이 많았다. 사람들이 "조선 외척이 나라의 권세를 쥐고 흔든 것은 김조순으로부터 비롯되었다"라고 말한다. 그러나 자못 문학을 익히고 큰 틀을 지닐 줄 알았으며 막히고 낮은 벼슬아치를 발탁하여 사대부의 인심을 크게 잃지는 않았다. (이이화, 《이이화 한국사 이야기》16, 한길사, 2003에서 재인용)

19. 세도 정치의 희생양

안동 김씨들 사이를 비집고 들어온 세력이 순조의 생모인 반남 박씨 세력들이었고, 경주 김씨와 안동 김씨들이 정권을 좌지우지했다. 1827년(순조 27) 효명세자(익종, 문조)가 정치를 대리하자 풍양 조씨 일파가 정권을 잡으면서 김씨와 세력 다툼을 벌였다. 변함없이 이어지는 안동 김씨의 세도 정치를 보다 못한 순조가 조만영의 딸을 세자빈으로 맞아들여 풍양 조씨들에게 벼슬을 내린 뒤 세자에게 대리청정을 하게 한 것이다. 그러나 3년 뒤 세자가 세상을 떠나면서 순조의 계획은 실패로 돌아갔다. 1834년 순조가 사망하고 효명세자의 장남 헌종이 여덟 살 어린 나이에 왕위에 오르면서 순조 비인 순원왕후純元王后(1789~1857)가 수렴청정을 했다.

평안도 상놈 홍경래, 난을 일으키다

1811년(순조 11) 정주에서 홍경래의 난이 일어났다. 조선은 그 무렵 사회 경제적인 역량이 성장함에 따라 여러 가지 사회 모순에 대한 저항의 분위기가 퍼져 나아갔다. 교육 기회가 늘어남에 따라 지식인이 양산되었고, 경제력을 바탕으로 하여 무관으로 입신하려는 사람들도 많아짐에 따라 정부에서는 문무 과거의 급제자를 크게 늘렸다. 하지만 종래의 관직 체계와 인재 등용 방식으로는 더 이상 그들을 수용할 수 없어 불만은 점점 커졌다.

평안도와 함경도 지역에 전해 오는 말에 '할 뻔 댁宅이다'라는 말이 있는데, 이는 평안도나 함경도에서는 벼슬한 사람이 귀하기 때문에 벼슬을 할 뻔했던 사람에게도 '할 뻔 댁'이라는 존칭을 붙인 것이다. 오죽했으면 벼슬을 할 뻔하다가 못 한 사람을 높이는 일까지 벌어졌을까.

1728년(영조 4)에 일어난 이인좌의 난은 주도층이 비록 과격한 소론 중심의 지배층이었지만 중간층 및 하층민들이 적극적으로 참여함으로써 기층 세력의 저항이 격화되는 양상을 보였다. 특히 평안도는 활발한 상업 활동을 바탕으로 하여 빠른 경제 발전과 역동적인 사회상을 보였으나 서북 지방이라는 이유만으로 정치 권력으로부터 소외되어 지역민들의 불만은 더욱 커져만 갔다. 이때 평안도 용강군 출신인 홍경래洪景來가 나타났다.

용강의 평민 출신으로 유교와 풍수지리 등을 익힌 지식인이었으며 서당에서 아이들을 가르치기도 했던 홍경래는 용력을 갖춘 장사壯士였다. 그는 봉기 10년 전부터 각처를 다니며 사회 실정을 파악하고 동료들을 규합했다. 그리하여 비슷한 성격의 지식인이자 상인인 우군칙, 명망 있는 양반가 출신의 지식인 김사용, 김창시, 역노 출신의 부호로서 무과에 급제한 이희저, 장사로서 평민 출신의 홍총각과 몰락한 향족 출신인 이제초 등과 함께 최고 지휘부를 구성했다. 이들의 신분과 생업은 매우 복잡하게 뒤섞여 있었지만, 용력을 갖춘 지식인이 총지휘하고 저항적 지식인이 참모를 맡았으며 부자들이 봉기 자금을 대고 뛰어난 장사들이 군사 지휘를 담당하는 형태를 갖추었다.

가산의 대령강 인근 다복동에 비밀 군사 기지를 세워 세력을 포섭하고 군사력과 군비를 마련한 주도층은 1811년 12월 18일에 봉기했다. 봉기군은 가산, 박천, 안주 방향과 정주, 곽산, 선천, 철산을 거쳐 의주로 향하는 두 방향으로 나누어 각 고을을 공략하기로 했다. 홍경래가 지휘하는 부대는 19일에 가산을, 20일에 박천을 점령했다. 그러나 곧 내분이 생겨 안주 병영의 집사執事인 김대린과 이인배가 자신들의 의견이 받아들여지지 않자 홍경래를 죽여 정부 쪽에 공을 세우려 했다. 이 사건으로 홍경래가 크게 다쳤다. 김사용, 김창시가 이끄는 부대는 짧은 시일에 정주, 선천, 태천, 철산, 용천 등지를 무혈점령하고 의주를 위협했다.

중앙 정부가 이들의 봉기 사실을 안 것은 12월 20일이었다. 진압군은 신속하게 전열을 정비했고, 29일 박천 송림리에서 결전이 벌어졌다. 결국 봉기군은 패했고, 그날 밤 정주성으로 퇴각했다. 무자비한 관군의 약탈과 살육이 행해지는 가운데 봉기군 지휘부가 함께 행동하자고 역설했기 때문에 정주성에는 박천, 가산의 일반 농민들도 매우 많이 모여 있었다. 그 후 정주성의 봉기군은 서울에서 파견된 순무영巡撫營 군사와 지방에서 동원된 관군의 연합 부대에 맞서 성을 지켰으나, 1812년 4월 19일에 진압되었다. 이때 2983명이 체포되어 여자와 어린아이를 제외한 1917명 전원이 일시에 처형되었고, 지도자들은 전사하거나 서울로 압송되어 참수되었다.

홍경래는 조선 후기 사회가 가진 모순을 깊이 인식한 뒤 사회 변혁을 위하여 10여 년간의 치밀한 준비 끝에 거병하여 5개월 간 평안도 일대를 휩쓸었다. 그러나 하층 농민들의 반봉건적인 거대한 힘과 절실한 이해를 흡수하여 대변하지 못한 인식의 한 계, 그리고 당시의 사회적 제약으로 난은 끝내 실패했다. 함석 헌咸錫憲은 홍경래에 대하여 이렇게 논술했다.

> 홍경래가 평안도 상놈으로 나서 감히 500년 눌린 멍에를 목에서 벗 어버리고 일어선 그 의기는 장하다. 그에게 의협심은 있었다. 용맹 도 있었다. 그러나 그에게 사상은 없었다. 신앙은 없었다. (…) 민중 의 가슴 속에 자고 있는 호랑이 혼을 깨울 수는 없었다. 그는 성공했 대야 옛날 있던 영웅의 정도를 벗어나지 못했을 것이다. 영웅이 뭐 요, 정치가가 뭐지? 권력을 쥐려 할 때는 민중을 꾀어 혁명을 일으 키고, 일이 이루어지면 딱 잡아떼고 민중을 속여 압박자의 본색을 나타내는 것이 그들이 걷는 공식적인 걸음이 아닌가.
>
> 홍경래도 민중을 정신적으로 깨우치지 않는 한은 성공을 한대도 제 2의 이성계, 제2의 수양대군이 되었을 뿐일 것이다. (…)
>
> 홍경래는 혁명의 껍데기를 지은 사람이요, 붙어야 할 불의 장작을 준비한 사람이다. 이제 정말 불이 일어나야 하고 속알(아래아)의 혁 명이 생겨야 한다. (함석헌,《죽을 때까지 이 걸음으로》, 한길사, 2009)

홍경래의 난은 성공하지 못했지만 순조의 무능과 정통성의 위기를 드러내며 조선 사회에 타격을 가해 붕괴를 가속화했다. 홍경래의 난은 이후 전국 각지에서 산발적으로 일어난 농민 반란의 계기가 되었다는 점에서 그 선구적 의미를 찾을 수 있다.

좌절과 절망의 세월을 살다

순조는 1790년 창경궁 집복헌에서 정조의 둘째 아들로 태어났다.

> 신시申時에 창경궁昌慶宮 집복헌集福軒에서 원자가 태어났으니, 수빈 박씨가 낳았다. 이날 새벽에 금림禁林에는 붉은 광채가 있어 땅에 내리비쳤고 해가 한낮이 되자 무지개가 태묘太廟의 우물 속에서 일어나 오색광채를 이루었다. 백성들은 앞을 다투어 구경하면서 이는 특이한 상서라 하였고 모두들 뛰면서 기뻐하였다. (《정조실록》 권30, 정조 14년 6월 18일 정묘)

순조는 1800년 정월에 왕세자로 책봉되었다. 그해 6월, 정조가 승하하자 7월 창덕궁 인정문에서 왕위에 올랐다. 대왕대비 정순왕후의 수렴청정으로 순조, 헌종, 철종 대에 이르는 세도 정치가 시작되면서 이렇다 할 업적도 남기지 못하고 1834년 세상을 떠났다. 그의 나이 45세였다. 실록에는 "해시에 임금이 경희궁의 회상전에서 승하하였다"(《순조실록》 권34, 순조 34년 11월

13일 갑술)라는 짧은 글만 실려 있다.

순조는 1835년 4월 교하(현 파주시 교하읍)의 장릉 내에 초장되었다. 그러나 그 자리가 풍수지리상 불길하다는 의론이 분분하자 1856년(철종 7) 10월 지금의 자리인 헌릉 서쪽 언덕으로 이장했고, 1857년 12월 순원왕후도 이곳에 합장되었다.

향어로를 따라가면 정자각이 서 있고 언덕 위에 순조 내외가 잠든 능이 있다. 인릉仁陵은 삼면의 곡장 안에 병풍석 없이 난간석만 둘러 봉분을 보호한 합장릉이다. 그런 연유로 봉분 앞에 혼유석을 하나만 설치해 외형상 단릉처럼 보인다.

순조의 대를 이어 헌종이 임금의 자리에 올랐고 헌종 사후 강화도령 철종이 임금에 오르자 순원왕후가 다시 정치를 후견하게 되면서, 김문근의 딸을 왕비(철인왕후)로 책봉하여 정권은 다시 안동 김씨에게 넘어갔다. 나라 곳곳에 서 있는 영세불망비 중 가장 많은 비에 새겨진 김좌근金左根과 김재근金在根이 돌아가면서 영의정이 되었고, 김병익金炳翼은 좌찬성, 김수근金洙根은 이조판서가 되었다. 19세기 전반에서 중반에 이르는 동안 안동 김씨 세력은 조선의 권력을 독차지했고, 그런 연유로 전주 이씨 왕족 중 말마디깨나 한다는 사람들은 소리 소문도 없이 제거되면서 빈껍데기들이라고 알려진 사람들만 겨우 생존했다. 그중 한 사람이 파락호로 불리며 살아남은 흥선대원군이었다. 철종이 후사도 없이 죽고 고종이 즉위하면서 대원군이 정권을 잡자 그제야 안동 김씨 일파는 몰락의 길로 접어들었다.

| 1 | 1. 인릉 능침 정면 |
| 2 | 2. 인릉 능침 배면 |

1. 인릉 서쪽에 엄숙하게 서 있는 무석인과 문석인

2. 인릉 정자각

만고의 외로운 혼이
누운 곳

단종_장릉

서울에서 영월은 멀다. 남한강을 거슬러 올라가도 멀고, 여주, 원주를 거쳐서 가는 길도 멀다. 한반도의 중간 부근에 자리 잡은 영월 북쪽 울창한 소나무 숲에 둘러싸인 장릉莊陵에 가면 유독 구부러진 소나무들이 눈에 띈다. 특히 서쪽인 소나기재 쪽을 향해서 구부러진 것이 많아 서울을 그리던 단종의 넋이 소나무에 배어들어 그렇다는 이야기가 전해 온다. 이런 장릉은 《택리지》에도 보인다.

영월읍 동쪽에 이르면 상동의 물과 만나고, 서쪽으로 조금 흘러가서 주천강과 만난다. 두 강 안쪽에 단종의 장릉이 있다. 숙종이 병자

20. 만고의 외로운 혼이 누운 곳

년(1696, 숙종 22)에 단종의 왕위를 추복하고 능호를 봉했던 것이다. 또 이보다 앞서 육신六臣의 묘를 능 곁에 지었으니 매우 장한 뜻이었다. (이중환,《택리지》,〈팔도총론〉)

비운의 임금 단종(1441~1457, 재위 1452~1455)은 문종과 현덕왕후의 외아들이다. "세종 신유년에 원손이 탄생하니, 세종은 크게 기뻐하여 곧 근정전에 앉아 군신의 조하를 받고 전 경내 죄인을 사하였다"(이긍익,《연려실기술》권4,〈단종조 고사본말〉) 할 정도로 단종의 탄생은 왕실의 경사였다. 문종이 병약하여 많은 후사를 내지 못하고 있었기 때문이다. 세종은 그런 아들의 건강이 염려되어 신숙주, 정인지, 성삼문 등의 집현전 학자들을 불러서 "어린 세손을 잘 보필해라" 이를 정도였다. 하지만 건강은 누구도 대신할 수가 없었고, 결국 세종 다음에 왕위를 이어받은 문종은 2년 만에 어린 단종을 남긴 채 세상을 하직하고 말았다.

"문종이 승하할 때 세자는 어리고 종실은 강성한 것을 염려하여 황보인과 김종서에게 특별히 명하여 '유명遺命을 맡아 어린 임금을 보필하라' 하였다"(이긍익,《연려실기술》권4,〈단종조 고사본말〉)는데, 문종은 단종의 운명을 미리 알고 있었던 것일까? 아버지 문종이 죽은 뒤 단종은 열두 살에 임금의 자리에 올랐다.

어린 임금이 즉위하면 후원해 줄 내명부 어른이 있어야 했지만 당시 왕실에는 대비조차 없었다. 단종의 어머니인 현덕왕후는 단종을 낳고 3일 만에 산욕열로 죽었다. 그 뒤 문종은 세자빈을 맞지 않았고, 후궁으로 귀인 홍씨와 사칙 양씨만 두었다. 그런 연유로 모든 정치적 권력은 문종의 유명을 받은 이른바 고명대신 황보인皇甫仁과 김종서金宗瑞 등이 잡고 있었다.

숙부에 쫓겨 청령포로

계유 원년, 이때 임금은 어린 나이로 왕위를 이었고 여덟 대군은 강성하니 인심이 위태로워하고 근심하였다. 황보인, 김종서, 정분 이 삼공이었는데, 종서는 지략이 많아 당시 사람이 대호大虎라 평하니, 세조가 그를 먼저 제거하려 하였다. (이긍익,《연려실기술》권4, 〈단종조 고사본말〉)

수양대군은 한명회, 권람, 정인지 등과 결탁하여 1453년 10월 10일을 거사일로 잡았다. 거사 계획이 누설되어 행여 일을 그르칠까 염려하는 자가 있자 수양대군은 "설사 계획이 누설되더라도 저편 김종서가 가장 교활하므로 먼저 그 사람만 죽이면 나머지 적을 없애는 것은 문제가 안 된다" 말했다. 수양대군은 김종서의 집을 불시에 습격했다. 김종서와 그의 두 아들을 죽인 뒤 수양대군은 "김종서가 모반하였으므로 주륙誅戮하였는데, 사변이 창졸간에 일어나 상계上啓할 틈이 없었다"라고 사후에 임금에게 알렸다.

그 뒤 수양대군은 단종의 명이라면서 중신을 소집한 뒤 대궐로 들어갔다. 임금이 놀라 일어나며 "숙부는 나를 살려 주시오" 하자 수양대군은 "그것은 어렵지 않습니다. 신臣이 다 알아서 처리하겠습니다"라고 말한 뒤 사전에 준비해 둔 생살 계획에 따라 황보인, 이조판서 조극관, 찬성 이양 등을 궐문에서 죽였다. 좌의정 정분과 조극관의 동생인 조수량 등을 귀양을 보냈다가 죽였고, 자신의 친동생인 안평대군에게 '황보인, 김종서 등과 한패가 되어 왕위를 빼앗으려 하였다'는 누명을 씌워서 강화도의 교동도로 귀양 보냈다가 후에 사사했다.

이 정변을 두고 계유년에 일어났으므로 계유정난癸酉靖難이라고 일컫는다. 반대파를 숙청하고 정권을 장악한 수양대군은 의정부영사와 이조·병조 판서, 내외병마도통사 등을 겸직했고 정인지를 좌의정, 한확을 우의정으로 삼았다. 또한 그때 수양대군을 도와주었던 권람, 홍달손, 최항, 한명회 등 37명은 정난공신이 되었다. 그리고 얼마 지나지 않은 1455년 단종은 결국 작은아버지인 수양대군, 즉 세조에 의해 임금의 자리에서 쫓겨났다. 그러자 성삼문, 박팽년, 하위지를 비롯한 이른바 사육신이 단종을 임금의 자리에 다시 앉히려고 꾀하다가 모두 죽임을 당했다. 단종은 노산군으로 강등되어 의금부도사 왕방연과 중추부사 어득해가 이끄는 군졸들에 둘러싸여 영월군 남면 광천리 태화산 아래의 청령포로 유배를 떠났다.

단종이 귀양을 와서 머물렀던 청령포는 아름드리 소나무가 우거지고 삼면이 깊은 강물로 둘러싸였으며 한쪽은 벼랑이 솟아 배로 건너지 않으면 빠져나갈 수 없는 절해고도와 같은 곳이다. 단종이 유배되었던 그해 여름에 청령포가 홍수로 범람하자 단종은 영월읍 영흥리에 있는 관풍헌으로 옮겨 갔다. 단종은 이곳에서 지내면서 동쪽에 있는 누각인 자규루에 자주 올라 구슬픈 자신의 심정을 시로 읊었다. 자규루는 현재 시가지 한가운데에 있지만 그 무렵에는 무성한 숲으로 둘러싸여서 두견새가 찾아와 울 정도였다고 한다. 단종이 이곳에서 지은 시 가운데 가장 널리 알려진 〈자규시子規詩〉는 구중궁궐을 떠나 영월 땅에서 귀양살이하는 자신의 피맺힌 한을 표현한 것이다.

한 마리 원한 맺힌 새가 궁중을 떠난 뒤로

외로운 몸 짝 없는 그림자가 푸른 산속을 헤맨다

밤이 가고 밤이 와도 잠을 못 이루고

해가 가고 해가 와도 한은 끝이 없구나

두견 소리 끊어진 새벽 멧부리에 지새우는 달빛만 희고

피를 뿌린 듯한 봄 골짜기에 지는 꽃만 붉구나

하늘은 귀머거린가, 애달픈 하소연 어이 듣지 못하는가

어찌하여 수심 많은 이 사람의 귀만 홀로 밝은고

봉래산 자락 영흥리의 벼랑에는 단종에 얽힌 사연이 이렇게 전해 온다. 단종이 영월에서 귀양살이할 때 다섯째 작은아버지인 금성대군이 풍기에서 그를 다시 왕의 자리에 앉히려는 계획을 꾸몄다. 이 사실이 발각되어 단종은 1457년(세조 3) 10월 17세의 나이로 결국 죽임을 당했다. 세조가 보낸 금부도사 왕방연이 가져온 약사발을 마시려고 하는데 화득이라는 사람이 뒤에서 달려들어 목을 졸라 죽였다. 그다음 날 단종을 모시던 몸종 11명이 봉래산 아래쪽 벼랑에서 동강으로 몸을 던져 죽었다. 사람들은 백제 멸망의 한을 품고 죽었다는 백제 궁녀의 전설이 어린 낙화암의 이름을 따서 그 벼랑을 낙화암이라고 부른다. 현재 그 위에는 금강정과 그때 함께 죽은 사람들의 넋을 기리는 사당 민충사가 있다.

노산묘를 찾으라

단종의 시신은 동강에 버려졌지만 후환이 두려워 아무도 주검을 거두지 못했다. 그때 영월의 호장인 엄홍도嚴興道가 어둠을 틈타 강에 뜬 단종의 송장을 몰래 건져서 동을지산에 묻었다. 그것을 지켜본 일가붙이들이 화를 입을까 두려워 앞다투어 말렸는데도 듣지 않고 "선善을 행하다가 화를 입는 것은 내가 기꺼이 받아들이겠다" 말했다. 그 뒤 엄홍도의 충절을 높이 여긴 송시열이 현종에게 건의하여 엄홍도의 자손에게 벼슬을 주었고, 영조 때는 죽은 엄홍도에게 공조참판이라는 벼슬을 내리기도 했다.

단종이 이곳에 머물렀을 때 김시습이 두어 번 다녀갔다고 한다. 그는 이곳에 와서 인생이 얼마나 뜬구름 같은지를 깨달았을 것이다.

> 나는 누구냐 이도 아니고 저도 아니다
> 미친 듯이 소리쳐 옛사람에게 물어보자
> 옛사람도 이랬더냐 이게 아니더냐
> 산아 네 말 물어보자 나는 대체 누구란 말이냐
> (…)
> 혼이여 돌아가자 어디인들 있을 데 없으랴

세상 사람들에게 알려지지 않은 채 버려졌던 단종의 무덤은 1516년(중종 11) 노산묘를 찾으라는 왕명에 의해서 되찾게 되었고, 여러 사람의 증언으로 묘를 찾아 봉분을 갖추게 되었는데 그때가 12월이었다. 그 뒤 1580년(선조 13)에 강원감사 정철의 장계로 묘역을 수축하고 그때 혼유석과 표석, 장명등, 망주석을 세웠다. 1681년(숙종 7) 7월에 노산대군으로 추봉했고, 1698년에 추복하여 묘호를 단종으로 하여 종묘에 부묘하고 능호를 장릉이라고 명했다. 당시 숙종이 남긴 〈노산군의 일을 생각하며 감회를 읊은 시魯山事有感〉 중 한 편이다.

> 어리실 때 왕의 자리를 물려주시고
> 멀리 벽촌에 계실 때에
> 마침 비색한 운을 만나니

왕의 덕이 이지러지도다

지난 일을 생각하니

목이 메고 눈물이 마르지 않는구나

시월 달에 뇌성과 바람이 이니

하늘의 뜻인들 어찌 끝이 없으랴

천추의 한이 없는 원한이요

만고의 외로운 혼이라도

적적한 거친 산속에

푸른 소나무 옛 동산에 우거졌구나

높은 저승에 앉으시어

엄연히 곤룡포를 입으시고

육신들의 해를 꿰뚫는 충성을

혼백 역시 상종하시리니

이후 해마다 한식이면 장릉에서는 단종의 제례를 지내기 시작했다. 이와 같은 한식제는 1967년부터 단종제로 이름이 바뀌어서 이 지방의 향토 문화제가 되었으며, 매년 4월 15일 무렵 단종제가 열릴 때는 영월군뿐만 아니라 전국에서 사람들이 몰려온다.

조정에서 단종의 제사와 무덤에 대한 의견이 나오기 시작한 때는 중종 이후다. 하지만 말만 무성하다가 선조 때에 이르러서야 김성일과 정철 등의 장계로 영역을 수축하고 돌을 세워 표를

했다. 단종의 장릉은 처음부터 왕릉으로 선택된 곳이 아니어서 다른 능과는 다른 점이 많다. 홍살문에서 정자각으로 이어지는 향어로는 대개 일자형인 데 반해 영월의 장릉은 ㄱ 자형으로 꺾여 있다. 재실은 1699년(숙종 25)에 건립되었다. 산 능선에 자리 잡은 장릉은 병풍석과 난간석을 세우지 않았다. 능 양식은 간단하면서도 작은 후릉의 양식을 따랐다. 그러므로 혼유석과 표석 그리고 장명등과 망주석 등의 석물들은 왜소하면서도 간단한 편이다. 망주석은 조선 왕릉 중 유일하게 세호가 없기도 하다. 봉분 앞의 장명등은 명릉(인현왕후의 능) 이래 만들어진 사각지붕형이다. 정려비와 기적비, 정자 등이 있는 곳은 장릉뿐이며 모두 왕위를 빼앗기고 죽음을 맞이한 단종과 관련한 것들이다.

장릉 옆에 있는 창절사彰節祠는 단종의 복위를 꾀하다가 죽은 사육신의 높은 충절을 기리기 위해서 세운 사당이다. 이곳에서는 사육신 여섯 사람의 신주와 함께 생육신인 김시습, 남효온과 충신 박심문, 엄흥도의 신주를 모셔 두고 해마다 봄과 가을에 제사를 지낸다.

단종이 머물렀던 옛 집터는 기와집으로 새 단장을 했고 단종의 귀양 생활을 지켜보았을 관음송(천연기념물 제349호)은 하늘을 찌를 듯 솟아 있으며, 강 쪽으로는 이끼가 긴 금표비가 서 있다. '청령포금표淸泠浦禁標', 즉 '동서로 300척, 남북으로 490척은 왕이 계시던 곳이므로 뭇사람은 들어오지 마라'는 출입 금지 푯말로 1726년(영조 2)에 세워진 것이다. 단종이 이곳에 유배되었을 때도 이처럼 행동에 제약을 받았을 것이다.

속담에 '중매쟁이는 한 말이면 그만이고, 풍수는 두 말이면 그만이다'라는 말이 있다. 이 말은 중매쟁이는 '혼처가 좋다'는 한마디면 그만이고, 풍수는 '명당자리다, 아니다' 두 마디면 그만이라는 뜻이다. 그런데 단종의 비참한 생애가 묻힌 장릉은 한마디로 진짜 풍수지리상 길지 중의 길지라고 널리 알려졌다. 그런 연유로 풍수지리를 공부하는 사람들의 발길이 끊이지 않는다.

1. 장릉의 뒤편에서 바라본 전경. 영월의 아름다운 산수를
   바라보며 천추의 한을 씻어 내고 있는 듯싶다.

2. 장릉 능침 정면. 비운의 임금 단종은 나라 안에 명당으
   로 손꼽히는 곳에 잠들어 있다.

3. 장릉 정자각과 부속 건물들

장릉 재실 내부

조선 왕릉의
모범

세종·소헌왕후_영릉

"**너**의 불행과 나의 행복을 위하여."

내 인생의 도반인 절친이 예전에 술잔을 부딪치며 했던 말이다. 나의 불행이 다른 사람의 행복이 될 수도 있고, 다른 사람의 불행이 나의 행복이 될 수도 있다. 엇갈리고 엇갈리는 삶이라서 어느 시기에, 어떤 순간에 인생길이 백팔십도 달라질 수 있기 때문이다.

태종의 아들인 세자 양녕과 둘째 효령 그리고 셋째 아들인 충녕의 운명이 뒤바뀐 날은 1418년 6월 3일이었다. 세자 양녕을 폐하는 것에 대한 찬반이 분분하자 임금이 왕비에게 의견을 물었다.

임금이 내전으로 들어가서 여러 신하들의 어진 사람을 고르자는 청 請을 왕비에게 말하니, 왕비가 불가한 것을 말하기를 "형을 폐하고 아우를 세우는 것은 화란禍亂의 근본이 됩니다" 하였다. 임금도 또한 이를 옳게 여겼으나, 한참 만에 곧 깨달아 말하기를 "금일의 일은 어진 사람을 고르는 것이 마땅하다." (…) 하니, 임금이 말하였다. "옛사람이 말하기를 '나라에 훌륭한 임금이 있으면 사직의 복이 된다'라고 하였다. 효령대군은 자질이 미약하고, 또 성질이 심히 곧아서 일을 꼼꼼하게 처리하는 것이 없다. 내 말을 들으면 그저 빙긋이 웃기만 할 뿐이므로, 나와 중궁은 효령이 항상 웃는 것만을 보았다. 충녕대군은 천성이 총명하고 민첩하고 자못 학문을 좋아하여 비록 몹시 추운 때나 몹시 더운 때를 당하더라도 밤이 새도록 글을 읽으므로 나는 그가 병이 날까 두려워하여 항상 밤에 글 읽는 것을 금지하였다. 그러나, 나의 큰 책은 모두 청하여 가져갔다. (…) 만약 중국의 사신을 접대할 적이면 신채身彩와 언어 동작이 두루 예에 부합하였고 술을 마시는 것이 비록 무익하나, 그러나 중국의 사신을 대하여 주인으로서 한 모금도 능히 마실 수 없다면 어찌 손님을 권하여서 그 마음을 즐겁게 할 수 있겠느냐? 충녕은 비록 술을 잘 마시지 못하나 적당히 마시고 그친다. 또 그 아들 가운데 장대한 놈이 있다. 효령대군은 한 모금도 마시지 못하니 이것도 또한 불가하다. 충녕대군이 대위를 맡을 만하니, 나는 충녕으로서 세자를 정하겠다." 《태종실록》 권35, 태종 18년 6월 3일 임오)

태종은 충녕을 세자로 책봉하고 두 달 후 왕위를 세자에게 넘겼다.

> 내가 재위한 지 지금 이미 18년이다. 비록 덕망은 없으나 불의한 일을 행하지는 않았는데, 능히 위로 천의에 보답하지 못하여 여러 번 수재水災와 한재旱災, 충황蟲蝗의 재앙에 이르고, 또 묵은 병이 있어 근래 더욱 심하니 이에 세자에게 전위하려고 한다. 아비가 아들에게 전위하는 것은 천하 고금의 떳떳한 일이요, 신하들이 의논하여 간쟁할 수가 없는 것이다. (《태종실록》권36, 태종 18년 8월 8일 을유)

그리고 그로부터 이틀 뒤 실록에는 "왕세자가 내선을 받고 경복궁 근정전에서 즉위하다"(《태종실록》권36, 태종 18년 8월 10일 정해)라고 적힌다. 조선 4대 임금인 세종(1397~1450, 재위 1418~1450) 시대의 개막이었다. 세종 초기 4년 동안은 태종이 상왕으로 있으면서 군국대사를 관장했다. 세종은 태종이 이룩해 놓은 건국 초기의 안정된 정치적 기반을 바탕으로 소신껏 정치와 군사, 문화, 과학 등 모든 방면에서 탁월한 업적을 남겼다.

온유한 성군의 열정

집현전을 설치하여 유망한 인재를 양성했고 방대한 편찬 사업을 펼쳤다. 특히 훈민정음, 즉 한글 창제는 우리의 민족 문화유산 중 가장 빛나는 업적이다. 세계에서 가장 과학적인 문자라고 알려진 한글은 우리 민족의 자긍심을 높여 주었다.

> 나랏말이 중국과 달라 문자와 서로 통하지 아니하므로, 우매한 백성들이 말하고 싶은 것이 있어도 마침내 제 뜻을 잘 표현하지 못하는 사람이 많다. 내 이를 딱하게 여기어 새로 28자를 만들었으니, 사람들로 하여금 쉬 익히어 날마다 쓰는 데 편하게 할 뿐이다. (《세종실록》권113, 세종 28년 9월 29일 갑오)

오늘날 우리가 한글이라 부르는 우리말 표기체인 '훈민정음'이 1446년(세종 28) 9월 반포된 뒤부터 지금까지 우리는 엄청난 혜택을 받고 있다. 아시아권에서, 특히 중국은 5만여 자가 넘는 글자가 있는데도 계속 만들어지고 있다. 그런데 우리나라는 어떤가. 지금은 스물네 자가 되었지만 그 글자들로 매일 질리지도 않고 문자를 조립하면서 살아가고 있으니 '훈민정음'의 도움을 톡톡히 받고 있는 것이다.

한글이 창제되자 집현전 부제학 최만리崔萬理를 비롯한 학사들이 공동으로 상소를 올렸다. 이들은 여섯 가지 이유를 들어 우리 글자를 반대했다. 첫째, 조선이 새 문자를 만든 것은 중국을 섬기고 중화中華를 사모하는 데 부끄러운 일이라는 것, 둘째, 글자를 만들어 사용하는 것은 몽골, 서하, 여진, 일본, 서번과 같이 모두 오랑캐라는 것, 셋째, 신라 설총의 이두는 한자를 빌려 토씨에 사용하므로 이두를 쓰려면 한자를 익혀야 하니 바람직한 데다 지금껏 폐단 없이 잘 사용했는데, 한자를 몰라도 배우기 쉬운 언문을 시행하면 관리가 되려는 사람들조차도 한자를 배우려 하지 않아 성리학을 연구하지 못할 것이니, 우리에게 원래 이런 글자가 있었더라도 없애자고 해야 할 판에 학문과 정치에 유익함이 없는 글자를 만들어 사용하려는 것은 그릇되었다는 것, 넷째, 관에서 형벌을 줄 때의 일을 이두와 한자로 쓰면 글 모르는 어리석은 백성이 원통함을 당할 수 있다고 하나 말과 글이 같은 중국에서도 그런 원통함은 있으며 이는 관리가 공평한 인물인가의 문제이지 말과 글이 달라서 일어나는 일이 아니라는 것, 다섯째, 많은 신료에게 의견을 물어 옳고 그름을 따져야 할 것을 관리 10여 명에게만 맡기고 국가의 정사를 의정부에 미루면서까지 글자를 만드는 것은 부당하다는 것, 여섯째, 설사 언문이 유익하다 할지라도 그것을 만드느라 왕의 학문에 방해가 되고 있다는 것이다.

결국 이 상소를 올린 대표자 최만리는 이를 계기로 관직 생활을 마감하고 낙향했다. 세종은 훈민정음을 만들고 이 문자의 원리와 이론적 근거, 실제 운용 예 등을 상세히 설명한《훈민정음 訓民正音》을 펴냈다. 세계 문자사에서 문자에 관한 설명서가 함께 있는 경우는 우리의 한글이 유일하다고 한다.

세종의 업적은 그것만이 아니다. 측우기, 물시계, 해시계 등을 발명하여 천문학과 농업의 발전을 이루었다. 또한 경자자, 갑인자, 병진자 등 새로운 금속활자를 만들어 인쇄술을 발전시켰다. 이 같은 업적들은 세종의 천성이 부지런하고 총명했기에 가능한 것이었다.

일찍이 근신에게 이르기를 "내가 궁중에 있으면서 손을 놀리고 한가롭게 앉아 있을 때가 없었다" 하고, 또 이르기를 "나는 어떤 책이든 보고 나면 잊어버리지 않는다" 하였으니 그 총명하고 배우기를 좋아한 것은 천성이 그러하였던 것이다.

임금은 매일 사경四更이 되면 옷을 차려입고 있다가 아침이 되면 조회를 받고, 다음은 정사를 보고, 다음은 윤대輪對를 하고, 다음은 경연에 거동하였다. 찌는 듯한 더위나 극심한 추위에도 조금도 게을리하지 않았다. (《국조보감國朝寶鑑》 권5, 세종조 1)

임금은 침착하고 과묵하며 제왕의 위의가 있었다. 왕위에 오르자 총명과 지혜는 만민에 뛰어난 성인이었고, 너그러움과 온유함은 뭇 백성을 용납하고 기르는 덕을 지녔다. 사물을 처리함에 혼자서 판단하여 주장이 있었고 위엄 있고 모범이 되어 근엄하고 중정한 조심성이 있었으며, 정미한 의리는 신묘한 경지에 이르러 사물의 조리를 세밀히 관찰하는 분별력이 있었다. (이긍익, 《연려실기술》 권5, 〈세종조 고사본말〉)

조선을 새롭게 디자인해서 굳건한 반석 위에 올려놓은 세종도 한 가지 잘못한 점이 있었으니, 그것이 바로 병약한 아들인 문종에게 보위를 넘긴 것이다. 자신의 아버지인 태종이 세자인 양녕을 폐하고 자신에게 왕위를 넘겼던 것과 같이 문종을 폐하고 수양, 안평, 금성 중 자질이 뛰어난 대군에게 왕위를 이양했더라면 숙부(수양대군)가 조카(단종)를 죽이고, 형이 동생(안평과 금성)을 죽이는 크나큰 변란이 일어나지 않았을 것이다. 하지만 그 또한 역사는 가정이 없는 것이라서 그 험난한 역사의 비극적 사건을 예비해 놓고 있었다.

세종의 생애는 다른 왕들과 비교하여 길지도 짧지도 않았다. 1450년 2월 여덟째 아들 영응대군의 별궁에서 생을 마감했다. 실록에 사신은 다음과 같이 적었다.

> 문文과 무武의 정치가 빠짐없이 잘 되었고, 예악禮樂의 문文을 모두 일으켰으매, 종률과 역상曆象의 법 같은 것은 우리나라에서는 옛날에는 알지도 못하던 것인데, 모두 임금이 발명한 것이고, 구족과 도탑게 화목하였으며, 두 형에게 우애하니, 사람이 이간질하는 말을 못하였다. 신하를 부리기를 예도로써 하고, 간하는 말을 어기지 않았으며, 대국을 섬기기를 정성으로써 하였고, 이웃 나라를 사귀기를 신의로써 하였다. (《세종실록》 권127, 세종 32년 2월 17일 임진)

세종은 두 형님을 극진히 대접했다. 폐세자인 양녕대군은 그 자신의 타고난 천품대로 호탕하게 한 생애를 살았다. 그리고 효령대군은 불교에 귀의했다. 삼형제가 서로를 인정하면서 형제에 대한 우애를 사심 없이 나누며 살았는데, 양녕과 효령에 얽힌 이야기가 다음과 같이 전한다.

양녕은 타고난 자품이 너그럽고 활달하였고 평소에 자기 몸을 잘 길러서 주색과 사냥 이외에는 한 가지도 손을 대지 않았다. 그의 아우 효령대군 이보李補가 부처를 좋아하였는데, 일찍이 불사를 하고 양녕을 청하였다. 양녕이 사냥꾼과 활 쏘는 사람을 거느리고 가서 사냥개와 사냥하는 기구를 갖고 가만히 토끼와 여우를 잡게 하고 자기는 가서 불사에 참여하였다. 조금 뒤에 사냥꾼은 짐승을 가져오고, 음식 만드는 사람은 고기를 구워 오고, 모시는 사람은 술을 가져왔다. 그때 효령이 부처에게 절을 하고 머리를 조아렸는데, 양녕은 고기를 씹고 술을 마시면서 아무렇지도 않은 듯하였다. 효령이 정색하고 청하기를 "형님께서는 오늘만이라도 술과 고기를 그만두시지요" 하니, 양녕이 웃으면서 답하기를 "나는 평소에 하늘이 복을 많이 주셨기 때문에 고생하지 않는다. 살아서는 왕의 형이고, 죽어서는 부처의 형이다" 하였다. 부처라는 말은 효령을 지목한 말로써 선비들이 통쾌하게 여겼다. (이긍익,《연려실기술》권2,〈태종조 고사본말〉)

세종의 원비 소헌왕후昭憲王后(1395~1446)는 영의정 심온沈瘟

의 딸이다. 1408년(태종 8)에 가례를 올렸고 세종의 즉위와 함께 공비恭妃가 된다. 그러나 중전에게 이러한 이름을 붙이는 예가 없다 하여 1432년(세종 14)에 왕비가 되었다.

소헌왕후의 삶은 그리 행복한 편이 아니었다. 아버지 심온이 사은사로 명에 다녀오던 중 동생 심정沈泟이, 상왕(태종)이 군국 대사를 다 처리하는 것이 마땅치 않다고 불평했다가 옥사가 일어났다. 아버지 심온은 그 뒤 벼슬이 강등되어 수원으로 갔다가 사사되면서 온 집안이 쑥대밭이 되고 말았다. 조정의 신하들이 소헌왕후까지 폐위시켜야 한다고 벌떼처럼 일어났지만 그간의 내조를 인정하자는 의견 때문에 가까스로 그 자리를 지킬 수 있었다. 친정이 그토록 처참하게 몰락해 가는 것을 지켜보았던 소헌왕후는 1446년(세종 28) 3월 52세의 나이로 세상을 떠났다. 소헌왕후는 8남 2녀를 두었는데 문종을 비롯하여 수양(세조), 안평, 임영, 광평, 금성, 평원, 영응 등의 8형제와 정소, 정의 두 딸이 그들이다.

동방의 성인을 묻다

경기도 여주시 능서면 북성산 기슭에 있는 세종대왕의 영릉英陵을 두고 풍수가들은 이름 그대로 산과 물이 조화를 이룬 아름다운 땅에 피는 아름다운 꽃, 즉 명당 중의 명당이라 부른다. 풍수지리가들은 영릉의 형국을 모란꽃이 절반 정도 피어 있는 목

단반개형牧丹半開形, 봉황이 날개를 펴서 알을 품고 있는 비봉포
란형飛鳳抱卵形, 용이 조산祖山을 돌아본다는 회룡고조형回龍顧祖
形이라고도 한다. 그런 연유로 지관들은 "이 능의 덕으로 조선
왕조의 국운이 100년 더 연장되었다" 말하기도 한다. 이중환의
《택리지》에도 영릉에 관한 기록이 보인다.

> 영릉은 우리나라 정헌대왕(세종)을 모신 곳이다. 개토開土할 때 옛
> 표석標石이 나왔는데, "마땅히 동방의 성인聖人을 장사할 곳이다"라
> 는 말이 새겨져 있었다. 술사들은 "용이 몸을 돌려 자룡으로 입수하
> 고, 신방에서 물을 얻어 진방으로 빠지니 모든 능 중에서 으뜸이다"
> 라고 말했다. (이중환,《택리지》,〈팔도총론〉)

조선 최초의 합장릉인 영릉은 본래 경기도 광주시 대모산(현
서초구 내곡동과 개포동 뒷산)에 있었다. 세종은 1446년 소헌왕후
가 죽자 태종의 헌릉 서쪽 기슭에 영릉을 조성했다. 그때 오른
쪽을 세종의 수릉壽陵(생전에 미리 만들어 두는 임금의 능)으로 삼고,
왼쪽에 소헌왕후 심씨를 모셨다. 세종이 아버지 태종의 헌릉이
있는 대모산 중턱에 자신의 능침을 정한 것은 죽은 뒤에도 아버
지의 곁에 있고자 하는 효심에서였다. 소헌왕후가 죽은 뒤 지관
들은 아무래도 좋은 자리가 아니므로 다른 곳에 장사 지내자고
여러 차례 권했다. 하지만 세종의 생각은 확고했다. 결국 세종
은 세상을 하직한 뒤 아내와 합장해서 그 자리에 잠들었다.

하지만 길지가 아니었던지 세조 때부터 천장遷葬 문제가 거론되어 예종 때 옮기게 된다. 1469년에 이곳 여주로 옮겨 단릉 합장 형태로 능을 조성했다. 그러나 다시 천장 문제가 제기되면서 신하들이 옮길 곳을 물색하던 중 영릉의 주산인 북성산에 도착하자 앞이 보이지 않을 정도로 소나기가 내렸다. 비를 피할 곳을 찾던 중 산 중턱에서 모락모락 연기가 피어올라서 그 자리로 가 보니 재실이 있었으며, 그렇게 억수로 퍼붓던 소나기가 멎었다는 일화도 전해진다.

서거정徐居正이 천장의 책임을 맡아 조성한 영릉 입구에 들어서면 재실이 있다. 세종대왕 동상과 세종대왕기념관인 세종전을 바라보며 훈민문을 지나면 묘내수墓內水가 흘러드는 듯한 커다란 연못이 있다. 그리고 홍살문을 지나면 정자각에 이른다. 정자각은 1639년(인조 17) 전소되어 1772년(영조 48)에 다시 지은 것이다. 정자각 좌우로 각각 제물을 준비하던 수라간과 능을 지키는 사람의 공간인 수복방이 있다.

영릉은 병풍석을 두르지 않고 난간석만 둘렀다. 병풍석을 생략하고 회격으로 능을 조성한 이유는 예종의 아버지 세조가 석실과 병풍석을 쓰지 말라는 유언을 남겼기 때문이다. 능을 조성할 때 석실과 병풍석을 쓰지 않지 않으면 능을 조성하는 데 드는 인력을 6000명에서 3000명으로 줄일 수 있었다고 한다. 봉분 앞에는 합장릉답게 혼유석이 두 개 놓여 있다. 봉분의 둘레에는 돌난간을 둘렀으며 동자기둥에 십이지를 문자로 새겨 넣었다. 팔각의 장명등이 서 있는 능 앞에는 혼유석과 석마 그리고 문석인과 무석인을 배치했다. 세종의 영릉은 《국조오례의》를 근거로 한 조선 초기 왕릉의 모범이자 기본이 되었다.

세종과 소헌왕후의 영릉에서 500미터 떨어진 곳에는 효종과 인선왕후가 나란히 모셔져 있다. 최고의 명당으로 알려진 세종대왕의 영릉이 넓은 터에 호방하고 당당한 위치에 자리 잡고 있다면 효종의 영릉은 좁고 깊숙한 골짜기 안에 모셔져 있다. 그런 탓인지 세종대왕의 영릉은 언제나 수많은 사람들이 찾아오는데, 효종의 영릉은 찾는 사람이 많지 않아서 한가하고 고적하다.

> 내가 젊어서부터 한쪽 다리가 치우치게 아파서 10여 년에 이르러 조금 나았는데 또 등에 부종으로 아픈 적이 오래다. 아플 때를 당하면 마음대로 돌아눕지도 못하여 그 고통을 참을 수가 없다. (…) 또 소갈증이 있어 열서너 해가 되었다. 그러나 이제는 역시 조금 나았다. 지난해 여름에 또 임질을 앓아 오래 정사를 보지 못하다가 가을 겨울에 이르러 조금 나았다. 지난봄 강무講武한 뒤에는 왼쪽 눈이 아파 안막을 가리는 데 이르고, 오른쪽 눈도 인해 어두워서 한 걸음 사이에서도 사람이 있는 것만 알겠으나 누가 누구인지를 알지 못하겠으니 지난봄에 강무한 것을 후회한다. 한 가지 병이 겨우 나으면 한 가지 병이 또 생기매 나의 쇠로함이 심하다. 《세종실록》권85, 세종 21년 6월 21일 정유)

젊어서부터 아픔이 가시지 않고 이어지는 그 지난 한 세월 속에서도 조선 역사상 가장 찬란한 불멸의 업적을 남기고 간 사람이 세종이다.

1. 영릉 능침 뒤편에서 본 전경
2. 영릉 능침 정면

영릉 표석

설욕의 그날을
꿈꾸며

효종·인선왕후_영릉

조선 중기 청을 치고자 북벌 정책을 펼던 효종이 잠든 영릉寧陵은 세종의 능에서 능선 하나를 넘는 곳에 있다. 효종(1619~1659, 재위 1649~1659)은 병자호란의 패배로 삼전도에서 청 태종에게 굴욕적인 항복의 예를 올린 인조의 둘째 아들이며, 어머니는 인열왕후다. 효종의 비는 우의정 장유張維의 딸인 인선왕후仁宣王后(1618~1674)다.

1626년(인조 4) 봉림대군에 봉해지고, 열두 살에 인선왕후와 가례를 올렸다. 1636년에 병자호란이 일어나자 동생인 인평대군과 함께 강화도로 피난길에 올랐다. 그러나 청과 강화를 체결한 뒤 소현세자와 척화를 주장하던 신하 등과 함께 청에 볼모로 잡혀갔다.

효종은 청에 머물러 있던 8년간 서쪽으로는 몽고와 남쪽으로는 산해관, 금주위의 송산보, 동쪽으로는 철령위, 개원위 등으로 끌려다니면서 명이 청에 패망하는 것을 직접 목격했다. 심양에 끌려가 있으면서도 300여 명이 넘는 시강원 관원들을 거느리고서 대사 이상의 외교관 역할을 한 소현세자와는 다른 경험을 한 것이다. 소현세자가 당시 조선과 청 양국 간에 상당한 재량권을 행사하며 중국에 들어온 서구 문물을 받아들여 훗날을 대비했던 것과는 달리 봉림대군이었던 효종은 청에 대한 적개심만 불태우고 있었다.

1645년 2월 소현세자가 청에서 먼저 돌아왔다. 효종은 청에 머물고 있었다. 그런데 두 달여 만에 인조의 미움을 받았던 소현세자가 갑자기 변사했다는 소식이 효종에게 날아들었다. 효종은 5월에 돌아와 그해 9월에 세자로 책봉되었다. 그때 효종은 자신을 왕세자로 명한 성명을 거두고 소현세자의 아들인 원손을 왕세손으로 할 것을 울면서 간청했다.

대체로 모기가 산을 짊어진다 할 때 참으로 산을 짊어짐을 기다리지 않아도 그 감당키 어려움을 아는 것입니다. 그런데 이렇게 국가가 매우 어려운 때에 막중한 후사의 자리를 일개 불초한 신에게 부탁하시니, 이것이 어찌 모기가 산을 짊어지는 만큼만 어려울 뿐이겠습니까. 《인조실록》 권46, 인조 23년 윤6월 7일 정해)

원래 세자가 죽으면 소현세자의 맏아들이자 종손인 석철이 세자로 책봉되어야 했다. 그러나 소현세자와 그의 가족 전체가 인조의 미움을 받았고, 친청파인 김자점金自點의 주도로 적장손인 아들을 제치고 효종이 세자로 책봉되었다. 그리고 인조가 죽은 지 5일 뒤인 1649년 8월 16일 창덕궁 인정문에서 왕위에 올랐다. 이 세자 책봉을 두고 비난 여론이 높았는데, 후일 예송의 견해를 달리하는 서인과 남인 간에 정쟁을 일으키는 시발점이 되기도 했다.

북벌, 효종의 이루지 못한 꿈

효종은 왕위에 오르자마자 선왕의 묘호를 인조로 정했다. "왕중에서 공功이 있는 자는 조祖라고 하고, 덕德이 있는 자는 종宗을 붙여 사용한다"는 '조공종덕'의 원리를 따른 것이다. 하지만 조선을 미증유의 사태로 몰아넣은 두 임금이 선조와 인조다. 그런 임금이 나라를 구한 공이 크다고 '조祖'라는 묘호를 받는 것은 옳지 못한 일이라고 응교 심대부沈大孚가 상소문을 올렸다.

신이 듣건대, 대행대왕의 묘호를 조祖 자로 의정해 올려 이미 품재稟裁를 거쳤다고 합니다. 신자의 숭배해 받드는 생각에서는 진실로 최선을 다하지 않는 바가 없어야 하는 것이고 보면 이 조 자로 의정한 것이 마땅하다 하겠습니다마는 혹시 의리에 맞지 않고 정론에 부합하지 않는 바가 있을까 염려스럽습니다. 대행대왕의 성대한 공덕으로 볼 때 이 명호名號를 받으신 데 대하여 아마 비의非議할 수 없을 것입니다. 그러나 신이 들은 바는 이와 다름이 있습니다.

예로부터 조祖와 종宗의 칭호에 우열이 있는 것은 아니었습니다. 창업한 군왕만이 홀로 조祖로 호칭되었던 것은 기업基業을 개창開創한 1대代의 임금이어서 자손이 시조로 삼았기 때문이었으니, 역대의 태조太祖, 고조高祖의 유에서 볼 수 있습니다. 그 밖의 선대의 뒤를 이은 군왕들은 비록 큰 공덕이 있어도 모두 조로 호칭되지 않았습니다. 이것은 예로부터 지금까지 깨뜨릴 수 없는 정리입니다. (…)

우리나라의 세조대왕은 친히 노산(단종)의 선위를 받아 위로 문종의 계통을 이었는데도 오히려 묘호를 조祖라고 호칭한 것에 대해서는 신의 견문으로는 이해할 수 없습니다. 선조대왕께서는 나라를 빛내고 태평을 이룩한 치적이 하늘에까지 알려진 큰 공이 있었으되 묘호를 의논하던 날에 조 자로써 의정하려 하자 윤근수가 의례가 없다는 이유로 차자를 올려 그 의논이 중지되었습니다. 그런데 그 뒤 허균, 이이첨 등의 무리가 없는 사실을 엮어 만들어 공을 나라를 빛낸 공에 비기어 존호 올리기를 광해에게 청했습니다. 광해는 혼자 담당하는 것을 부끄러워하여 다시 조로 호칭하는 의논을 일으켰는데, 당시에는 문헌에 밝고 경력이 많은 사람으로서 나라를 위해 말을 다 하기를 윤근수처럼 할 만한 자가 없었으므로 드디어 그 의논이 시행되었습니다. 이것은 모두 의리로 보아 옳지 않은 일입니다. (…)

중종대왕께서는 연산의 더러운 혼란을 깨끗이 평정하시고 다시 문명의 지극한 정치를 열으셨으되 조라고 호칭하지 않고 단지 종이라 호칭하였으니 이것이 오늘날 우러러 본받아야 할 바가 아니겠습니까.

미천한 신은 식견이 고루하여 관직도 낮고 말도 천박한데 상께서 상중에 계시는 이때에 이미 결정된 막중한 의논을 재론하여 주제넘게 말씀을 올렸으니 죄가 만 번 죽어 마땅합니다. 그러나 생각건대 빈전에 책명을 올릴 날이 머지않았는데 이때를 놓치고 말하지 않았다가 나중에 후회해도 소용이 없게 되면 선왕께 보답하고 전하께 충성할 직분을 시행하지 못하여 평생 한을 안게 될 것이니, 외람되이 시끄럽게 떠드는 것이 미안함이 되는 정도일 뿐이 아닐 것입니다. 며칠 동안 상소문을 올리려 하다가는 다시 말곤 하였으나 끝내 말 수가 없었습니다. 《효종실록》 권1, 인조 즉위년 5월 23일 신사)

심대부의 상소에 효종은 함부로 망령된 의논을 내지 말라며 뜻을 굽히지 않았다.

효종은 즉위한 즉시 그와 뜻을 함께하는 송시열, 이완 등과 은밀하게 북벌 계획을 수립했다. 군사를 양성하고 군비를 확충하자 북벌 정책을 반대하는 신하들의 목소리도 높아졌다. 하지만 북벌을 위한 군비의 확충과 군제 개편, 무관을 우대하는 등용 정책과 함께 군사 훈련을 지속적으로 강화해 나아갔다.

22. 설욕의 그날을 꿈꾸며

그러나 북벌 정책은 수립한 지 8년째가 되었어도 사대부들의 지지를 받지 못한 채 지지부진했다. 특히 송시열이 주도한 군비 확장으로 백성들의 생활고가 날이 갈수록 극심해지자 나라 곳곳에서 불만이 터져 나왔다.

효종이 숭명배청崇明排淸과 복수설치復讐雪恥(청에 당한 수치를 복수하고 설욕함)를 위해 군사력을 증강하고, 반청反淸을 외쳤지만 이는 계란으로 바위를 치는 격이었다. 당시 청은 그 어느 때보다 굳건했기 때문이다. 그런 연유로 북벌의 기회를 얻지 못하고 있다가 1659년 5월 효종은 급작스러운 죽음을 맞게 된다. 10년간을 오로지 북벌에만 매달리다 41세의 한창나이에 세상을 뜬 것이다. 창덕궁 대조전에서 효종이 승하하자 북벌 정책은 금세 무너지고 말았으며, 그 이후 그 누구도 북벌을 말하지 않았다.

정묘호란과 병자호란 등 두 차례에 걸친 국난과 공납 제도의 폐단 때문에 백성들의 삶은 피폐해질 대로 피폐해져 있었다. 효종은 백성들의 삶을 진작시키기 위해 1657년 우의정 김육金堉의 뜻을 받아들여 충청도와 전라도 해안 각 고을에 대동법을 실시했다. 그때 실시 된 대동법이 조선 후기 경제 발전의 토대를 이루는 중요한 제도로 정착했으며, 전세를 고정하여 백성들의 부담을 덜어 주었다.

1653년에는 백성들의 일상생활과 가장 밀접한 관계가 있는 역법曆法을 개정하여 시헌력時憲曆을 사용하도록 했으며,《국조보감》과 《농가집성農家集成》 등을 간행하여 농업 생산성을 높였다. 또한 상평통보를 주조하여 화폐로 사용하면서 조선 후기 경제 시책에 큰 업적을 남겼다. 이와 같은 업적 뒤에는 부왕이 효종에게 물려준 명신 이시백李時白이 있었다.

> 이시백(이귀의 아들)이 살던 집은 곧 충정공이 나라에서 하사받은 것으로 뜰 위에 전부터 한 그루의 유명한 꽃나무가 있었는데, 그 이름은, '금사낙양홍金絲洛陽紅'이라 하였고, 세상에 전하기는 그 꽃나무가 중국으로부터 왔다 하였다. 갑자기 어느 사람이 일군을 데리고 찾아왔으므로 그 연유를 물었더니, 그는 곧 대전별감으로 임금의 명을 받고 그 꽃나무를 캐어 가려는 것이었다. 공이 꽃나무에 가서 그 뿌리까지 뽑아 부수어뜨리고 눈물을 떨어뜨리며 말하기를, "나라의 형세가 아침저녁을 보장할 수 없는데 임금께서 어진 이를 구하지 않고 이 꽃을 구하시니 어찌하시려는가. 내 차마 이 꽃으로 임금에게 아첨하여서 나라가 망함을 볼 수 없다. 모름지기 이 뜻을 아뢰라" 하였다. 그 후 임금이 공을 대접함이 더욱 두터웠는데, 그 충성스럽게 간한 뜻을 가상히 여겼기 때문이다. (이긍익, 《연려실기술》 권30, 〈효종조 고사본말〉)

신하의 충정을 알고서 자신의 작은 욕심을 거두어들인 임금의 처사가 돋보이는 이야기라 볼 수 있다.

영릉에서 만나는 것들

효종이 잠든 영릉으로 가는 길은 참나무 숲이 울창하다. 참나무 숲 사이를 10여 분 정도 거닐면 홍살문에 이르고, 홍살문에서부터 마음이 차분해지고 경건해진다. 나무숲을 거닌다는 것은 묘하다. 그 서늘하고도 청청한 푸르름 때문일까?

인선왕후는 효종을 따라 심양으로 끌려가 8년간 머물렀고, 그때 현종을 낳았다. 1645년에 효종이 왕세자로 책봉되면서 왕세자빈이 되었고, 1649년에 효종이 임금이 되자 왕비가 되었다. 현종 때에는 대왕대비로 있다가 1674년(현종 15) 2월에 57세로 세상을 떠났다.

영릉은 앞뒤로 나란히 쌍릉으로 조성되어 있다. 인선왕후의 능이 앞에 있고 그 뒤에 효종 능이 있다. 영릉이 자좌오향子坐午向(정북에서 정남 방향)의 언덕에 앞뒤로 쌍릉을 이룬 것은 풍수지리상의 이유에서라고 한다. 양릉이 좌우로 놓이면 생기 왕성한 정혈을 비껴가기 때문이라는 것이다. 그런 연유로 효종 능만 곡장을 두르고 있는데, 효종 능 뒤쪽에서 아래를 굽어보면 인선왕후의 능 너머로 정자각의 뒷모습이 그림처럼 보인다. 세조의 유언에 따라 병풍석은 쓰지 않았다.

원래 효종이 잠든 영릉은 건원릉 서쪽 산줄기 지금의 원릉(영조와 정순왕후의 능) 자리에 병풍석을 갖춘 능으로 조성되었다. 그 뒤 30여 년이 지난 1673년(현종 14)에 석물에 틈이 생겨 빗물이 스며들 염려가 있다는 내용의 상소가 올라와 천장 계획을 세운 뒤 세종의 능이 있는 영릉 곁에 모시기로 했다. 천릉을 위해 영릉을 열자 물이 들어가기는커녕 아주 깨끗했다. 당론이 분분했으나 현재의 자리로 옮겨졌고, 결국 천장을 제안했던 영릉도감 등의 책임자들은 면직되었다.

영릉의 홍살문으로 향하는 진입로에는 천릉 당시 건립된 재실이 있다. 조선 왕릉의 현존하는 재실 중 안향청, 제기고, 행랑 등을 가장 잘 간직하고 있는 곳으로 평가받아 보물 제1532호로 지정되었다.

영릉 제사 시 필요한 인원과 소용 물품은 신륵사神勒寺에서 조달했다. 신륵사는 여주시 북내면 천송리 봉미산 기슭에 자리 잡고 있다. 신라 진평왕 때에 원효대사가 창건했다고도 하는데 정확한 기록은 남아 있지 않다. 신륵사가 유명해진 것은 고려 말의 고승 나옹선사가 이곳에서 열반에 들었기 때문이다. 양주 회암사에서 설법하던 나옹선사는 깊은 병에도 불구하고 왕명을 따라 밀양의 형원사로 내려가던 중 이곳에서 입적하게 되었다.

나옹선사가 입적하고 3개월이 지난 뒤, 절의 북쪽 언덕에 진골사리를 봉안한 부도를 세우는 한편 대대적인 중창이 이루어졌다. 그러나 조선시대 억불숭유 정책에 따라 사세가 크게 위축되었다가, 광주의 대모산에 있던 세종의 능인 영릉이 인근에 있는 능서면 왕대리로 이전해 오면서부터 다시 중창되었다. 세종의 깊은 불심을 헤아린 왕실에서는 신륵사를 원찰로 삼았고 절

이름도 잠시 보은사로 고쳐 부르기도 했었다. 이 신륵사에는 대장경을 봉안한 대장각 2층 건물도 있었으나 대부분 소실되었고 그 건립 내역을 기록한 '대장각기비'만 남아 있다.

23

망국의
황제

고종·명성황후_홍릉

만물이 오고 만물이 간다. 존재의 수레바퀴는 영원히 돌고 돌아간다. 오고 가는 그 우주의 이치에서 한 시대도 가고 또 한 시대가 왔다. 500년 왕조인 조선이 사라지면서 이웃 나라 일본의 속국이 된 것이다. 그 엄청난 역사의 소용돌이 속에서 나라가 몰락해 가는 전 과정을 고종과 그의 아들 순종이 지켜보았다.

경기도 남양주시에는 고종의 능인 홍릉과 순종의 능인 유릉이 있다. 조선시대 다른 능과 달리 일제 강점기인 1919년과 1926년에 황제릉으로 조성되어 정자각 대신 침전이 세워져 있다. 석물들 역시 중국 황제들의 능 형식을 따르고 있어서 낙타를 비롯한 여러 동물들이 줄지어 서 있다. 이 능역 북쪽으로 의

친왕묘와 덕혜옹주묘 등 고종 후손들의 묘소가 있어 우리의 근
대사를 품고 있다.

　고종의 아버지로 훗날 대원군이 되는 이하응李昰應이 어느 날
낮은 벼슬아치인 이호준李鎬俊을 은밀하게 불렀다. 이호준의 사
위는 신정왕후(조대비)의 친정 조카인 조성하趙成夏였다. 이날 이
하응이 이호준에게 한 말을《한말비사》는 다음과 같이 적는다.

　　금상의 병환이 점점 위중하고 후사가 정해지지 않았으니 우려가 되
　　오. 그대의 서랑인 조성하를 통해 대비전에 나의 작은아들로 익종
　　의 대통을 잇게 하면 대비께서 수십 년 당해 온 억울한 일을 시원하
　　게 풀 수 있을 것이라고 연통해 주오. 정권이 한번 바뀌면 장래의 부
　　귀는 나와 그대가 함께하리라. (이이화,《이이화 한국사 이야기》17,
　　한길사, 2003에서 재인용)

　이호준의 동의를 얻은 이하응은 그에게 봉서封書 하나를 건넸
다. 이 봉서를 이호준은 신정왕후에게 전했고 1863년 12월 8일
철종이 죽자마자 신정왕후는 재빨리 흥선군의 둘째 아들로 하
여금 익종의 대통을 계승하도록 지명했다. 그리고 곧바로 그를
익성군에 봉하고 관례를 거행하여 국왕에 즉위하게 했다. 그가
바로 고종(1852~1919, 재위 1863~1907)이다. 그의 아버지 이하응
은 대원위대감이 되었다. 조선의 최고 권력자 대원군의 시대가
열린 것이다. 그때 그의 나이 마흔넷이었다.

절을 태워 얻은 천하 명당

조선 후기 풍운아이자 정치가인 흥선대원군이 아들 재황을 고종으로 만드는 데 가장 혁혁한 공을 세운 것은 그의 아버지 남연군의 묘를 쓴 가야산 자락이다. 충남 예산군 덕산면 상가리의 가야산 자락에 가야사伽倻寺라는 절이 있었으나 이 절을 흥선대원군이 불태워 버렸다. 천하의 명당을 얻기 위해서였다. 나는 새도 떨어뜨릴 정도의 권세를 가졌던 흥선대원군의 젊은 시절 모습이 김동인의《운현궁의 봄》에 다음과 같이 묘사되어 있다.

근본은 양반인 모양이었다. 그러나 그 행색이 초라하기가 짝이 없었다. 해어진 도포, 떨어진 갓, 어느 모로 뜯어보든지 한 표랑객에 지나지 못하였다.
개가 한 마리 따라오면서 짖었다. 마치 물고 늘어지려는 듯이 그에게 달려들면서 짖었다.
그는 비틀거리던 발을 멈추었다. 그리고 돌아섰다. 초라한 옷, 작은 몸, 어디로 보아도 시원치 못한 이 취객은 자기에게 달려드는 개를 굽어보았다.

이하응은 젊은 시절을 안동 김씨의 세도에 밀려 파락호 혹은 미치광이로 불리며 불우한 시절을 보냈다. 가슴에 시퍼런 칼을 숨기고 언젠가 도래할 새로운 세상을 꿈꾸었던 흥선군 이하응이 오랜 세월을 공들여 실행한 일이 아버지 남연군의 묘를 가야 사 터로 옮긴 일이다.

황현의《매천야록》에 자세히 나와 있는 것처럼 홍선군은 당 대의 명지관 정만인에게 명당자리를 부탁한다. 그러자 정만인 이 "2대 천자가 나올 명당을 알려줄 것인가? 아니면 대대손손 큰 부자가 나올 명당자리를 알려줄 것인가?" 했다. 홍선군은 주 저하지 않고 2대에 걸쳐 천자가 나온다는 자리를 원했다.

우선 홍선군은 경기도 연천에 있던 아버지의 묘를 임시로 탑 뒤 산기슭으로 옮겼다. 그때 마지막으로 옮겼던 사람들에게 기 증된 '남은들상여'는 중요민속자료 31호로 지정되어 보존되고 있다. 그러나 그 명당 터에는 가야사라는 절이 있었고, 지관이 점지해 준 묏자리에는 금탑이 서 있었다. 홍선군은 재산을 처분 한 2만 냥의 반을 주지에게 주어 중들을 쫓아낸 후 불을 지르게 한다. 절은 폐허가 되고 금탑만 남았다. 탑을 헐기로 한 날 밤 네 형제가 똑같이 꿈을 꾸었다.

"나는 탑신이다. 너희들은 어찌하여 나의 자리를 빼앗으려 하느냐 만약 일을 그만두지 못한다면 내 너희를 용서하지 않으 리라."

겁에 질린 형들은 모두 그만두기를 원했으나, 홍선군은 "그 렇다면 이 또한 진실로 명당이다"라고 말한 뒤, 탑을 부수자 도 끼날이 튀었다. 그때 대원군이 "나라고 왜 왕의 아비가 되지 못 한다는 것인가?"라고 소리치자 도끼가 튀지 않았다 한다. 정만인의 예언대로 흥선군은 대원군이 되었으며 고종과 순종 2대에 걸쳐 황제를 배출한다. 훗날 대원군은 《당의통략黨議通略》의 저자 이건창李建昌에게 남연군묘를 쓸 때의 일을 얘기해 줬는데, 탑을 쓰러뜨리니 그 속에 백자 두 개와 단다團茶 두 병, 사리 세 알이 있었다고 했다. 사리는 작은 머리통만 하여 밝게 비쳐 침수되어도 푸른 기운이 물을 뚫고 끊임없이 빛나더라는 것이었다. 그런 사연을 지닌 남연군묘를 두고 복치형伏雉形(꿩이 엎드려 있는 형국)이라고 한다.

나라 안의 명당이며 길지의 교과서적인 곳이라는 평을 받는 가야산 자락에 부친 묘를 쓴 대원군의 소원대로 고종은 임금이 되었다. 그래서 1871년(고종 8) 남연군묘 맞은편 서원산 기슭에 보덕사報德寺를 짓고 원당願堂으로 삼았다. 이 절을 짓기 3년 전인 1868년 남연군묘는 대원군의 쇄국 정책에 불만을 품은 독일 상인 오페르트에 의해 도굴되는 수난을 당했다. 도굴은 미수에 그쳤으나 사람들은 흥선대원군이 절을 태워 버린 업보를 치르는 것이라고 수군대기도 했다. 이 일로 흥선대원군의 쇄국 정책은 더욱 강화되었다.

사실 남연군묘 도굴 사건은 1866년 천주교도를 탄압한 병인박해 등으로 인해 더욱 강화된 쇄국 정책에 따라 통상이 좌절된 데 따른 것이었다. 《근세조선정감近世朝鮮政鑑》은 병인박해의 처참한 학살 행위를 다음과 같이 전하고 있다.

이때 나라 안을 크게 수색하니 포승에 결박된 죄인이 길에서 서로 바라보일 정도였다. 포청옥捕廳獄이 만원되어서 이루 재결裁決할 수 없었다. 그중에는 어리석은 백성, 어리석은 아낙, 어린아이들 등 무식자가 많았다. 포장이 민망히 여겨 천주교를 배반한다는[背敎] 맹세를 하도록 설득했으나, 신도들은 듣지 아니했다. 이에 형장으로 때려서 기어코 회개시키고자 하니, 피부가 낭자하게 터지고 피가 청 위에까지 튀어 올랐다. 신도들이 환호하기를 혈화血花가 몸에서 나니 장차 천당에 오르겠다 하였다. 포장도 어떻게 할 수 없어서 죄인을 묶어 옥에 가두어 놓고 차례대로 목 졸라 죽였다. 죽일 때마다 배교할 수 있겠는가라고 신문하면, 비록 어린아이들이라도 그들 부모를 따라 천당에 오르기를 원했다. 대원군이 듣고서 다 죽이도록 명하고 어린아이들만 살려 주었다. 시체를 수구문 밖에다 버려서 산같이 쌓이니 백성들이 벌벌 떨며 위령威令을 더욱 두려워했다.

(박제경朴齊絅,《근세조선정감》, 이익성 옮김, 탐구당, 1981)

조선과 왕권에 대한 도전

고종은 1852년(철종 3) 7월 정선방에 있는 사저에서 흥선대원군 이하응과 여흥순목대원비 민씨의 둘째 아들로 태어났다. 왕위에 오를 당시 고종은 12세의 어린 나이였으므로 신정왕후가 수렴청정을 했다. 이때 흥선대원군은 조정에서 영향력을 행사하며 신정왕후의 수렴청정을 도왔다.

1866년(고종 3) 2월 신정왕후가 수렴청정을 거두고 고종이 친정을 수행하게 되었다. 그해 3월 여성부원군 민치록閔致祿의 딸 명성황후明成皇后(1851~1895)를 왕비로 책봉했다. 흥선대원군의 부인 부대부인 민씨의 천거로 간택된 것이다. 여덟 살의 어린 나이에 부모를 여의고 혈혈단신으로 자란 명성황후를 간택한 것은 순조와 헌종 그리고 철종에 이르기까지 외척에 의해 60여 년간 국정을 농단당했기 때문이었다. 외척이 적은 아내 민씨의 집안에서 며느리를 맞아들인 대원군이 자신의 오판을 깨닫는 데 그리 오랜 시간이 걸리지 않았다.

고종은 점점 직접 통치를 하려는 강한 의욕을 보이면서 아버지 흥선대원군과 대립하게 되었고, 그럴수록 시아버지와 며느리 사이는 멀어져 갔다. 그런 상황에서 명성황후와 대신들이 유림을 앞세워 흥선대원군의 하야를 주장했고, 1873년(고종 10) 마침내 서무친재庶務親裁의 명을 내려 통치 대권을 장악했다. 이 무렵 조선의 경제적 혼란과 사회적 폐단을 살필 수 있는 몇몇 기록을 살펴보자.

과거 매매의 값

초시를 매매하던 당초에는 그 가격이 200냥이나 300냥으로 일정치 않았으며 500냥에 이르면 사람들이 혀를 내둘렀다. 하지만 갑오년 직전에 있었던 몇 차례의 식년시에서는 1000냥을 하여도 사람들이 놀라지 않았고, 회시에 있어서도 대충 1만 냥씩 하였다. 돈이 많아질수록 그 값어치가 천해진 때문이다.

석 돈 진사

옛 제도에 응제應製는 대과에 다만 한두 명만을 뽑았는데, 갑술년 (1874) 이후에는 대과와 소과에서 뽑았다. 사람들은 응제 소과에 합격한 자들을 가리켜 '석 돈[錢] 진사'라고 하였다. 우리말에 돈 10푼을 한 돈이라 하는데, 응제 시권의 종이는 30푼이면 살 수 있기 때문이다. (황현,《매천야록》권1, 갑오이전 상上)

그뿐만이 아니라 계속되는 사색당쟁으로 임금도 당파에서 벗어나지 못했다.

고종의 노론 자처

고종은 노론으로 자처하면서 군신들을 삼색三色으로 구분하여 매우 박하게 대우하였다. 만일 참하관參下官이 6품으로 승진하는 것은 극히 화려한 것이지만 노론일 경우 대교待敎가 되고, 소론은 한림翰林, 남인과 북인은 주서注書(승정원 정7품)가 되었다. 이와 같이 높낮이가 심한 것이다. 다른 관직도 이와 마찬가지였다.

고종은 언제나 대과에 급제한 사람의 알현이 있다는 말을 들으면 그 사람이 노론이면 '친구'라고 부르고, 소론이면 '저쪽'이라 하였다. 또 남인과 북인일 때는 '그놈'이라고 하였다. (황현,《매천야록》권1, 갑오이전 상)

한 나라의 임금이라면 모든 사람을 끌어안아야 하는데, 임금이 자기와 생각이 같으면 동지나 친구이고, 자기와 생각이 다른 당파를 두고는 '그놈'이라고 평했던 시대가 조선 후기까지 이어진 것이다.

고종이 친정을 시작했지만 대원군이 그토록 우려했던 외척 정치가 또다시 시작되었다. 그들은 흥선대원군이 강력하게 밀어붙였던 쇄국 정책과는 달리 대외 개방 정책을 펼쳤다. 1876년 일본과 수호 통상 조약(강화도 조약)을 체결한 뒤 구미 열강들과 차례로 조약을 맺어서 새로운 국교 관계를 수립했다.

고종과 민씨 정권은 개항 후 일련의 개화 시책을 추진하여 관제와 군제를 개혁하는 한편, 일본에 신사유람단과 수신사를 파견했다. 또 부산과 원산, 인천 등의 항구를 개항하여 개화 문명을 수용했다. 굳게 닫혀 있던 은둔의 나라 조선이 개화 시책을 펼치자 그 틈새를 비집고 일본이 정치와 경제적으로 침투하기 시작했고, 국내에서는 개화파와 수구파 간의 대립이 본격적으로 시작되었다.

1882년에 일어난 임오군란을 이용하여 흥선대원군이 구식 군대의 세력을 업고 정권을 장악했다. 그로부터 2년 뒤인 1884년 10월 17일 김옥균과 박영효, 서광범, 서재필, 홍영식 등이 주동이 되어 갑신정변甲申政變이 일어났는데, 한 달 전 김옥균은 다음과 같이 말했다.

우리들은 수년래 평화적 수단에 의하여 각고 진력해 왔으나, 그 공효가 없었을 뿐 아니라 금일 이미 사지에 들어가게 되었다. 앉아서 죽음을 기다릴 것이 아니라, 먼저 인人을 제制하여 책策을 취하지 않으면 안 될 정세에 이르렀다. 따라서 우리들의 결심에는 하나의 길이 있을 뿐이다. (이토 히로부미 편,《비서유찬 조선교섭자료秘書類纂 朝鮮交涉資料》권상上, 1936)

갑신정변은 1884년 10월 17일(양력 12월 4일) 오후 6시경 우정국 개국 축하 연회를 계기로 시작되었다. 9시경 별궁 옆 초가에 방화했다. 연회장 안은 아수라장이 되었고, 서둘러 밖으로 뛰쳐 나갔던 민영익이 칼을 맞고 비명을 지르며 들어와 쓰러졌다. 참석했던 사람들은 놀라서 뿔뿔이 흩어져 달아났으며, 이에 원래 계획했던 4영사 처단은 실패했다. 처음에 세웠던 제1단계 계획이 차질을 빚자 김옥균은 박영효, 서광범과 함께 일본 공사관으로 가서 일본 공사의 태도를 확인한 후, 고종이 있는 창덕궁으로 향했다.

이들은 고종에게 우정국 변란을 알렸다. 그리고 고종과 함께 창덕궁에서 방어하기 좋은 경우궁으로 옮겨 일본군 200명과 50여 명의 조선 군인으로 호위케 하여 정권을 장악했다. 하지만 성공한 줄 알았던 갑신정변은 17일 저녁 9시경에 시작되어 10월 19일 오후 7시경에 막을 내렸다. 정변이 진행된 시간은 46시간 정도로 만 이틀이 채 되지 않았다. 이 짧은 시간에 개화

파는 빠른 속도로 정권을 장악하고 인사를 단행했으며, 자신들의 개혁 구상이 담긴 정령을 반포하기까지 했다.

임오군란과 갑신정변이 연이어 일어나면서 왕권은 큰 도전을 받았지만 민씨 척족은 계속 국정을 농단했다. 그러나 급속도로 변하는 동북아 정세에 효과적으로 대응하지 못했다. 그런 상황 속에서 동학이 세를 키웠고 농민들과 동학의 지도자들에 의해 동학 농민 운동이 일어났다.

1894년(고종 31) 탐관오리 고부군수 조병갑에 의해 고부 농민 봉기가 발발했다. 동학 농민군은 고부군수 조병갑을 생포하려 했으나 실패했다. 조병갑은 농민군이 쳐들어온다는 소식을 듣고 황급히 전주감영으로 피신하고 없었다. 고부관아가 농민군에게 점령당했다는 소식을 들은 조정은 조병갑을 처벌하고 새로 장흥부사 이용태를 안핵사로 삼고, 용산현감 박원명을 신임 고부군수로 임명하여 사태를 수습하고자 했다.

그러나 그 폐단이 끊임없이 일어나서 무장봉기가 일어났고, 황토현에서 대승을 거둔 동학 농민군은 전주성에 무혈입성했다. 그리고 우여곡절 끝에 최고사령관 홍계훈과 동학의 지도자들이 전주화약을 맺었지만 9월에 삼례에서 2차 봉기를 단행했고, '내일은 공주, 모레는 수원, 글피는 한양' 하며 올라갔던 동학 농민군은 우금치 전투에서 패배했다. 적게는 30만 명, 많게는 50만 명이 희생된 동학 농민 운동은 전봉준, 김개남, 손화중 등의 지도자들이 붙잡히면서 막을 내리고 말았다. 이를 계기로 청과 일본이 조선에 진주해 세력 다툼을 벌이는 빌미를 제공하게 되어 조선의 자주권은 큰 손상을 입게 되었다.

대원군과 며느리 명성황후의 불화

동학 농민 운동의 여파가 가시기도 전인 1895년 10월 8일 건청궁 곤녕합에서 비운의 황비 명성황후가 일본 낭인들에게 시해되었다. 온갖 질곡의 세월을 겪으며 아들을 왕위에 오르게 한 대원군은 며느리인 명성황후와의 마찰로 편할 날이 없었다.

동학 농민 운동이 한창이던 1894년 9월에 조선공사로 이노우에 가오루가 부임해 왔다. 강화도 조약을 맺을 당시 일본 측 대표였던 그가 이번에는 주도적으로 을미개혁을 단행하기 시작했다. 당시 정치적으로 소외되어 있었던 명성황후는 전부터 견지해 온 일본의 조선 보호 정책을 맞받아치는 전략을 구사한다. 바로 러시아를 끌어들여서 일본을 거부하는 정책이었다. 그 무렵 철종의 사위였던 박영효가 명성황후를 암살하려다가 사전에 발각되어 다시 일본으로 망명을 하는 사건이 일어났다. 이 사건은 명성황후의 반일 감정을 더욱 자극했다. 명성황후는 조선에서 청이 누렸던 이권을 러시아에 보장해 주어 러시아가 일본 세력을 견제해 주기를 바랐고 러시아 역시 그것을 호기로 받아들였다.

하지만 그와 같은 생각은 명성황후의 중대한 착각이었다. 러시아·독일·프랑스 연합이 얼마 후 깨지고 만 것이다. 명성황후는 김홍집의 친일 내각을 몰아내고 친러 내각을 세우고자 했고, 그것을 눈치 챈 일본은 러시아에 '조선을 분할하자'는 제안을 했다. 명성황후는 미국 공사관 서기관으로 있던 알렌의 도움을 받아 제2차 김홍집 내각을 무너뜨리고 제3차 내각을 구성했는데 이때 입각한 사람들이 친러파인 박정양, 이범진, 이완용 등이었다.

회유나 설득으로 조선의 상황을 타개할 수 없다고 판단한 이노우에는 일본 정부에 자신의 후임으로 육군 중장 출신인 무단파인 미우라 고로를 추천했다. 이노우에가 각본을 짜 놓고 돌아간 뒤 행동 계획이 구체화된 사건의 암호명은 '여우 사냥'이었다. 을미사변 또는 명성황후 시해 참변, 민비 학살 사건이라고도 불리는 이 사건은 일본이 조선을 침략하는 데 가장 큰 걸림돌인 명성황후를 조선 주재 공사관인 미우라 고로의 주도하에 일본 낭인들이 시해한 사건이다.

일본인이 명성황후를 시해하기 위해 궁궐에 들어왔을 때 그들을 만난 홍계훈이 "왜병을 부른 칙령이 있는가?" 하고 꾸짖었다고 한다. 그러나 홍계훈은 이 말이 끝나기도 전에 총탄에 맞아 들려 나간 뒤 며칠 만에 죽고 말았다. 이 사건이 《매천야록》에는 다음과 같이 실려 있다.

을미사변의 전말

20일, 일본 공사 미우라 고로가 대궐을 침범하여 왕후 민씨가 시해되고, 궁내부대신 이경직과 대대장 홍계훈이 적에게 대항하다가 사망하였다.

왕후 민씨는 오랫동안 배척을 당하여 정치에 참여하지 못하였으므로 그는 이노우에 가오루에게 후한 뇌물을 주어 고종의 복권을 꾀하고 자신이 전일처럼 권세를 부리려고 하였으나, 박영효는 민후를 미워하여 지난 5월의 음모를 갖게 되었다.

미우라 고로는 박영효가 민후 시해를 노리고 있다는 소문을 자주 듣고 있었다. 이때 민후는 어느 정도 복권이 되어 밤마다 궁중에서 연극을 관람하며 노래를 듣고 있었다.

그리고 일본인 고무라는 딸이 하나 있었는데, 그는 매우 영리하였으므로 민후가 사랑하여 항시 대궐로 불러들였다. 미우라 고로는 그에게 일병日兵을 따라 배우들과 함께 연극을 보게 하고 민후의 초상 수십 개를 간직하게 하였다가 하루속히 거사를 하도록 하였다.

그러나 그는 국모를 시해하면 죄가 발각될까 싶어 대원군과 내통한 후 한밤중에 공덕리(현 마포구 공덕동)로 가서, 대원군을 앞세우고 일본인들과 함께 그의 뒤를 따랐다. 그들은 민후의 초상을 하나씩 들고, 고무라의 딸은 그들을 인도하여 곤녕전에 도착하였다.

궁중에는 횃불이 훤하게 밝아 개미도 다 볼 수 있었다. 그는 이경직을 만나 민후가 있는 곳을 물었으나 이경직은 모른다고 말한 후 소매를 들어 그들의 시선을 차단하므로, 그들은 그의 왼쪽 팔과 오른쪽 팔을 잘라 죽였다.

이때 민후는 벽에 걸려 있는 옷 뒤로 숨어 있었으나 그들은 민후의 머리를 잡아 끌어내었다. 고무라의 딸은 민후를 보고 확인하였다. 민후는 연달아 목숨만 살려 달라고 빌었으나 일병들은 민후를 칼로 내리쳐 그 시신을 검은 두루마기에 싸가지고 녹산鹿山 밑 수목 사이로 가서, 석유를 뿌리고 불을 질러 태운 후 그 타다 남은 유해 몇 조각을 주워 땅에 불을 지르고 매장하였다. 민후는 20년 동안 정치를 간섭하면서 나라를 망치게 하여 천고에 없는 변을 당한 것이다. (…)
(황현,《매천야록》권2, 고종 32년 을미)

훗날 전해지는 말로는 명성황후를 죽인 뒤 시체를 놓고 시간屍姦을 하는 몸짓을 했다고도 하고, 옷을 벗겨 놓은 뒤 국부를 들여다보았다고도 하고, 시체를 능욕했다고도 한다. 명성황후는 그렇게 비운의 생을 마감했는데, 명성황후의 생전 모습은 어떠했을까? 명성황후를 여러 번 접견했던 언더우드 여사가 훗날에 지은《언더우드 부인의 조선 견문록》에 생전 모습이 실려 있다.

내가 왕비에게 깊은 흥미를 느꼈음은 말할 나위도 없다. 좀 창백하고 아주 바싹 마른 얼굴에 이목구비가 어쩐지 날카로운 느낌을 주며 사람을 꿰뚫어 보는 것 같은 총명한 눈을 지닌 그는 첫눈에 아름답다는 인상은 주지 않았다. 그러나 그 얼굴에서 힘과 지성 그리고 강한 개성을 읽지 못할 사람은 없을 것이다. 그리고 얘기를 나누면서 보니까 그 생기발랄함과 소박함, 재치 같은 것들이 그의 용모를 환히 비추었고, 단순한 겉모습의 아름다움보다 훨씬 더 큰 매력을 느끼게 해 주었다. (…)

나는 그가, 정신 수준이 매우 높은 사람임을 곧 알아차렸다. 그리고 다른 모든 아시아인들과 마찬가지로 그의 지식은 대개 중국의 고전에서 얻은 것들이지만, 그는 세계의 여러 강대국들과 그 정부에 대해 썩 잘 알고 있었다. (릴리어스 호튼 언더우드, 《언더우드 부인의 조선 견문록》, 김철 옮김, 이숲, 2008)

《한국과 그 이웃 나라들》을 지은 이사벨라 버드 비숍도 명성황후를 만났다.

왕비는 마흔 살을 넘긴 듯했고 퍽 우아한 자태에 늘씬한 여성이었다. 머리카락은 반짝반짝 윤이 나는 칠흑 같은 흑발이었고 피부는 너무도 투명하여 꼭 진줏빛 가루를 뿌린 듯했다. 눈빛은 차갑고 날카로우며 예지가 빛나는 표정이었다. 왕비는 너무나 아름답고 풍성하며 주름이 많이 잡힌 짙은 남빛의 긴 능라 치마를 입고 있었다. 또 진홍과 푸른색을 조화시킨 긴 소매와 능라 저고리를 팔 밑 허리까지 늘어뜨리고 목은 산호 장식을 해서 붉은색 술을 메어 여며 달고 있었다. (…) 대화가 시작되면, 특히 대화의 내용에 흥미를 갖게 되면 그녀의 얼굴은 눈부신 지성미로 빛났다. (이사벨라 버드 비숍, 《한국과 그 이웃 나라들》, 이인화 옮김, 살림, 1996)

을미사변이 끝난 뒤 미우라는 7시쯤 공포에 질려 있는 고종을 알현했다. 고종은 그에게 시국을 수습해 줄 것을 요청했다. 을미사변은 그 뒤 여러 추측을 낳았다. 대원군이 일본인들과 함께 명성황후를 몰아내기 위해서 '간사한 무리를 몰아내라'는 유시를 내렸다고도 하고, 박은식은 《한국통사》에서 대원군이 입궐하는 일본인들에게 "오늘은 단지 왕실을 호위하는 것뿐이다. 궁중에서 폭거를 행하지 말라"라고 말했다고도 한다. 그러나 황현은 김홍집 등이 대원군에게 죄를 뒤집어씌우기 위해 만들어 낸 이야기라고 기술한 것을 보면 대원군이 명성황후 시해에 동의했는지는 확실하지 않다.

을미사변이 끝난 뒤 고종은 허수아비가 되었고, 대원군 역시 일본의 요구에 따라 경복궁에 들어온 뒤에는 거의 유폐된 것이나 다름없는 처지가 되었다.

대한제국을 선포하고 황제의 자리에 올랐지만

청일전쟁(1894)에서 승리한 일본이 조선에 군사적 압력과 정치적 간섭을 강화하자 고종은 친일 세력을 물리치고자 친러 정객과 내통하고 1896년 2월 돌연 러시아 공사관으로 거처를 옮기는 아관파천을 단행했다. 그러나 친러 정부가 집정하면서 열강에게 많은 이권이 넘어가는 등 국가의 권익과 위신이 추락하고 국권의 침해가 심하여 독립 협회를 비롯한 국민들은 국왕의 환궁과 자주 선양을 요구했다.

이에 고종은 1897년 2월 환궁했으며, 같은 해 10월 대한제국의 수립을 선포하고 황제의 자리에 올라 연호를 광무光武라 했다. 1907년 고종의 뒤를 이어 순종이 즉위했으며, 고종은 태황제가 되었으나 실권이 없는 자리였다. 1910년 일본이 대한제국을 무력으로 합방하자 이태왕李太王으로 불리다가 1919년 1월 21일 덕수궁에서 한 많은 세상을 떠났다. 당시 고종이 일본인에게 독살당했다는 풍문이 나돌아서 민족의 의분을 자아냈으며, 3월 1일 국장이 거행될 때 전국 각지에서 독립 만세 운동이 일어났다.

살아생전 "내 죽으면 사대문四大門 안을 돌아보지 않으리라" 하면서 왕실 생활의 고충을 토로했던 명성황후가 잠든 홍릉洪陵은 고종과 명성황후의 동봉이실 합장릉이다. 원래 이곳은 조선 초기 태종 때 판서를 지낸 조말생趙末生의 묘였다. 조말생의 묘를 한강 변의 석실 서원이 있던 곳으로 옮기고 이 능을 썼는데, 전해 오는 이야기로 이곳에 묘를 쓰면 500여 년 권좌를 누린다는 이야기가 있다. 하지만 그 말은 현실에서 증명되지 않았고, 불과 몇십 년 만에 조선은 역사의 뒤안길로 사라지고 말았다.

홍릉은 다른 왕릉들과는 그 모습과 형식이 판이하다. 고종은 대한제국의 황제였으므로 명 태조의 효릉孝陵을 본떠 홍릉을 조영했기 때문이다. 이는 유릉에도 그대로 적용되었다. 보통 조선 왕릉은 연지, 재실, 금천교, 홍살문을 통해 능역에 진입하나, 홍릉은 삼문을 통해 진입한다. 삼문에 진입한 후 능역의 연지, 어재실, 금천교, 홍살문 순으로 이어진다.

홍살문에서 널따랗게 펼쳐져 있는 향어로 끝에 서 있는 건물이 고종황제의 신위를 봉안한 침전이고, 부속 건축물로 비각과 수복방, 재실 등이 있다. 침전은 정T 자 모양의 정자각이 아니라 정면 5간 측면 1간의 일자형 건물이다. 향어로 좌우로 나란히 선 석물들이 이채롭다. 다른 왕릉과 다르게 석수들이 능침이 아니라 이곳에 서 있는 것이다. 석수의 구성도 다양한 동물들로 이루어져 있다. 석양과 석호 대신 기린, 코끼리, 사자, 해태, 낙타, 석마로 이루어진 총 6종의 석수가 배설되어 있다.

석인 역시 향어로 좌우로 문석인 한 쌍, 무석인 한 쌍이 배설되어 있다. 문석인은 금관을 쓰고 조복을 입었다. 높이가 지대석까지 포함해 4미터 90센티미터나 된다. 문석인과 무석인 모두 세부 문양이 정교하고 화려하다.

1. 하늘에서 본 홍릉. 연지를 지나면 우측에 홍살문이 있고 황제의 능인
   홍릉에 이른다.

2. 침전에서 본 향어루 전경

3. 홍릉 연지

24

조선의 마지막
왕릉

순종·순명효황후·순정효황후_유릉

1910년(융희 4) 8월 22일 한일 합병 조약이 체결되었다. 그리고 며칠 후 실록에는 다음과 같은 기록이 보인다.

대일본 천황 폐하의 조서에, "짐이 동양의 평화를 영원히 유지하여 제국의 안전을 장래에 보장하는 필요를 생각하며, 또 항상 한국이 화란禍亂의 근원됨을 돌아보아 지난번에 짐의 정부로 하여금 한국 정부와 협정하게 하고 한국을 제국의 보호하에 두어서 화의 근원을 두절하고 평화의 확보를 기하였다. (…) 짐은 한국 황제 폐하와 더불어 이 사태를 보고 한국을 들어서 일본 제국에 병합하여 이로써 시세의 요구에 응함이 부득이한 것이 있음을 생각하여 이에 영구히 한국을 제국에 병합케 한다. 한국 황제 폐하 및 그 황실 각원各員은 병합 후라도 상당한 예우를 받을 것이며, (…) 짐은 특히 조선총독을 두고 짐의 명을 받아서 육해군을 통솔하며 제반 정무를 모두 관할케 하니 백관유사百官有司는 충분히 짐의 뜻을 체득하고 일에 종사하여 시설의 완급이 마땅함을 얻어서 중서衆庶로 하여금 영원히 평온한 통치의 경사에 의뢰하게 함을 기하라" 하였다.

또 조령을 내리기를, "짐이 영원무궁한 큰 토대를 넓게 하고 국가의 비상한 예의를 마련하고자 하여 전 한국 황제를 책봉하여 왕으로 삼고 창덕궁 이왕이라 칭하니 이후 이 융숭한 하사를 세습하여 그 종사宗祀를 받들게 하며 (…)."

칙령 제318호
한국의 국호를 고쳐 지금부터 조선이라 칭한다.

칙령 제319호
조선에 조선 총독부를 설치한다. 조선 총독부에 조선 총독을 두어 위임의 범위 내에서 육군과 해군을 통솔하여 일체의 정무를 통할하게 한다. 통감부 및 그 소속 관서는 당분간 그대로 두어 조선 총독의 직무를 통감이 행하게 한다. 《순종실록부록》 권1, 순종 3년 8월 29일 양력)

500년 사직을 지켜 온 조선이 일본에 병합된 날, 이날을 두고

24. 조선의 마지막 왕릉

경술년에 일어난 국가 치욕일이라고 해서 '경술국치일庚戌國恥日'이라고 부른다.

조선의 마지막 임금인 순종(1874~1926, 재위 1907~1910)은 고종과 명성황후의 장남이다. 태어난 이듬해에 왕세자로 책봉되었고, 1882년에 여은부원군 민태호閔台鎬의 딸 순명효황후純明孝皇后(1827~1904)를 세자빈으로 맞아들였다. 1897년 황태자비로 책봉되었으나 1904년 경운궁 강태실에서 사망한다. 순명효황후가 죽자 순종은 1906년 해풍부원군 윤택영尹澤榮의 딸 순정효황후純貞孝皇后(1894~1966)를 황태자비로 맞아들였다.

대한제국의 황제에 오른 순종

일제의 강요와 이완용 등 친일파들에 의해 헤이그 특사 파견에 책임을 지고 고종이 1907년 7월 19일 왕위에서 물러나게 되자 순종은 고종의 양위를 받아 대한제국의 황제로 즉위했다. 거처를 덕수궁에서 창덕궁으로 옮기고 곧바로 연호를 융희隆熙로 고쳤다. 그리고 영친왕을 황태자로 옹립했다. 그로부터 4년에 걸친 순종의 재위 기간은 일본에 의한 한반도 무력 강점 공작으로 제약을 받아 국권이 점차 약해지고 있었다. 그러다 마침내 송병준, 이완용 등 친일 매국 정객과 일본의 야합으로 조선왕조 519년의 역사는 종언을 고하게 된다.

순종이 즉위한 1907년 7월 일제는 이른바 한일신협약(정미 7조약)을 강제로 체결하여 국정 전반을 일본인 통감이 간섭할 수 있게 했다. 또한 일본인들의 한국 관리 임용을 허용하여 사실상 국내 정치가 일본인의 손으로 넘어갔다. 8월에는 한국 군대를 재정 부족을 이유로 강제 해산시켰으며, 12월에는 의민황태자가 유학이라는 명목으로 일본에 인질로 붙잡혀 갔다.

1908년에는 동양 척식 주식회사의 설립을 허가하여 경제 침탈의 길을 일본에 열어 주게 되었다. 1909년 일본은 한국의 민정을 살펴 가며 국권 탈취 공작을 추진하여 7월에는 기유각서에 의해 사법권마저 빼앗아 갔고, 그해 10월에는 법부를 각각 폐지하여 정치 조직을 통감부로 흡수 통합했다.

순종을 허울만 좋은 황제로 만들어 버린 이토 히로부미가 본국으로 돌아간 뒤에 군부 출신의 데라우치 마사타케가 조선 통감으로 부임해 왔다. 그때부터 일본은 집요하게 대한제국을 없애고자 더욱 거센 공작을 펼쳤으며, 1909년 7월 일본은 각의에서 '한일 합병 실행에 관한 방침'을 통과시켰다.

나라 곳곳에서 의병들이 일어섰다. 이때 만주 문제를 러시아와 사전 협상하기 위해 만주에 파견되었던 이토 히로부미를 하얼빈에서 안중근安重根 의사가 암살했다. 이 사건을 기화로 일본은 한반도 무력 강점을 실행에 옮기게 되었으며, 친일파인 이완용과 송병준, 이용구가 중심이 된 매국 단체 일진회一進會를 앞세웠다. 그들은 조선인들이 원하므로 조선을 일본에 합병해야 한다는 미명하에 1910년 8월 16일 일본국의 지시로 데라우치 통감이 총리대신 이완용을 만나 조약안을 제시하여 합의를 보았고, 8월 22일에는 어전 회의를 열어 한일 합방 조약 조인을 마무리했다.

그리고 마침내 1910년 8월 29일 이완용이 순정효황후의 숙부 윤덕영으로 하여금 황제의 옥쇄를 날인케 하면서 한일 합병 조약이 성립되었다. 대한제국은 역사 속으로 사라지고 일본의 식민지가 되고 말았다. 일제에 의해 주권을 빼앗긴 36년의 시작이었다. 일본은 순종을 창덕궁에 머물게 했고, 이왕李王이라 불렀다. 1926년 4월 순종은 창덕궁에 거처하며 망국의 한을 달래다 53세의 나이로 생을 마친 뒤 유릉裕陵에 안장되었다.

1910년 일제에 의해 조선이 강탈당할 때 순정효황후가 보여준 행동은 많이 알려져 있다. 국권이 강탈될 때 순정효황후가 병풍 뒤에서 어전 회의를 엿듣고 있다가 친일파들이 순종에게 합병 조약에 날인 할 것을 강요하자 치마 속에 옥쇄를 감추고 내놓지 않았다. 그러나 결국 숙부 윤덕영에게 강제로 빼앗겼다. 만년에 불교에 귀의한 순정효황후는 대지월大地月이라는 법명을 받고서 모든 슬픔을 안고 살다가 1966년 2월 창덕궁 낙선재에서 생을 마감했다.

순종은 난세에 태어나 기울어가는 국운을 바로잡고자 했다. 하지만 뾰족한 방법을 제시하지도 못한 채 재위 4년 만인 1910년 일본에 합병되면서 황제의 자리에서 물러난 비운의 황제였다. 조선왕조의 몰락을 아주 날카롭게 포착한 함석헌의 글을 보자.

그때 우리나라의 꼴은 무엇보다도 전주 이씨네 집안에 잘 나타나 있었다. 하필이면 대원군이요, 민비인가? 이것이 다 마지막 망국극을 하기 위해 준비된 배우들이었다. 당파 싸움을 하다 하다, 외척이 전권 세도를 하다 하다, 끝마무름이 그 궁중의 싸움이었다.

5백 년 고난의 골목인 서울 길거리에 연 날리는 열두 살 소년을 안아다가 임금자리에 앉힐 때 영화를 길이 누리자는 생각이었지, 그 운명이 그 아이의 손에 잡혀 있던 연줄처럼 끊어져 나갈 것인 줄을 몰랐다. 양반집 사랑으로 다니며 술잔이나 얻어먹는 그 아비가 대원군이 될 줄은 꿈도 못 꾸었고, 그 어린 임금의 왕후를 구하는데 고르고 골라 말썽 없을 만한 민씨집 딸을 데려올 때, 그것이 이다음 날 자기와 세력을 겨루다 집안을 망치고 나라를 망칠 싸움의 적수인 민비가 될 줄은 천만뜻밖이었을 것이다.

그러나 보이지 않는 손은 후일에는 다 그 뜻이 분명하게 될 일을 바둑돌 놓듯이 하나씩 놓고 있었다. 그리고는 그 뒤에 수구파요 개화파요, 친일이요 친청이요, 친로요 친미요 하는 파들을 갈라 배치시켜 서로 싸우게 하였다. 그 모양이 꼭 늙은 갈보와 같았다.

제가 스스로 제 운명을 개척하고 사람 노릇을 하자는 생각이 없고 오늘 이놈에게, 내일은 저놈에게 붙어 그때그때 구차한 안락을 탐하는 것이었다. 그러다가 끄트머리는 결국 이놈에게도 사랑을 잃고 저놈에게도 미움을 사 한 몸이 망해버리는 것과 마찬가지다.

그렇기 때문에 일부 먼저 깬 사람들이 힘씀으로 갑신정변, 갑오경장 하는 운동이 없지 않았으나 소용이 없었다. 싸움의 결과 대원군은 중국에 붙들려가고, 민비는 일본 군대의 손에 죽고, 임금은 자리를 쫓겨나고 아들이 대신 들어섰다가 그나마도 오래 못 가고 1910년 8월 28일에 한일합병이 되어 아주 망해버렸다. (함석헌, 《뜻으로 본 한국역사》, 한길사, 2014)

순종이 잠든 유릉은 홍릉과 거의 비슷한 형식으로 조영되었다. 홍살문 안쪽으로 향어로를 사이에 두고 석인과 석수들이 마주 보고 서 있다. 석물 구성도 홍릉과 동일하다. 하지만 석인은 특정인을 묘사한 듯 아주 사실적이고 석수는 조각 수법이 현대적이다. 향어로 끝에 침전이 있다. 침전 내부에는 당가가 있다. 당가 내부 천장 중심부에는 쌍룡이 선명하게 그려져 있다.

조선의 마지막 왕릉인 유릉은 1966년 순정효황후가 마지막으로 합장되면서 유일하게 동봉삼실의 능이 되었다. 하나의 봉분에 세 명을 합장한 것이다. 홍릉처럼 황제릉을 본떠서 조성했으나, 홍릉에 비해 능역 규모가 약간 작다.

1	2
	3

1. 하늘에서 본 유릉
2. 유릉의 석물들
3. 유릉 능침 전경

유릉 금천교

왕실 원묘 이야기 2

영원 가는 길

의민황태자懿愍皇太子(1897~1970)는 한국사의 마지막 황태자다. 영친왕英親王 이은李垠으로 더 잘 알려져 있다. 고종의 일곱째 아들이며, 어머니는 순헌황귀비다. 의친왕과 덕혜옹주와는 이복 형제다. 의친왕을 제치고 병약하여 아들이 없었던 순종의 황태자로 책봉되었으나 1907년 이토 히로부미에 의하여 강제로 일본 유학을 떠났다.

1910년 한일 합병이 되자 대한제국 황제가 이왕으로 격하되면서 이왕세자로 격하되었고, 1920년에 일본 왕족 나시모토노미야 모리마사의 딸 마사코(이방자李方子, 1901~1989)와 정략결혼을 한 뒤 1926년 순종이 세상을 뜨자 왕위를 계승하여 제2대 창덕궁 이왕이 되었으나 귀국하지는 못했다. 일본에 강제 체류하는 동안 육군사관학교와 육군대학교를 졸업한 그는 육군에 입대하여 중장으로 근무했다. 1963년 대한민국 국적을 취득해서 귀국했지만 병세가 악화되어 병상에서 생활하다가 1970년 5월 창덕궁 낙선재에서 세상을 떠났다. 영친왕 비 이방자는 대한민국 국적을 얻어 귀국한 뒤 사회봉사 활동에 힘썼고, 장애인의 복지와 자립을 위한 삶을 살다가 1989년 4월 창덕궁 낙선재에서 세상을 떠났다. 그의 나이 89세였다.

유해는 경기도 남양주시 금곡동 홍유릉 영원英園에 안장되었다. 영원은 조선 왕릉 형식으로 조성되었다. 하지만 수라간과 수복방 등은 없고 봉분은 병풍석 없이 12칸 난간석만 설치되어 조촐하다.

덕혜옹주묘 가는 길

덕혜옹주(1912~1989)는 고종의 고명딸이다. 어머니는 궁녀인 복녕당 양귀인이다. '덕혜'라는 호를 받기 전까지는 '복녕당 아가씨'로 불렸다. 고종에게 지극한 사랑을 받았던 공주는 다섯 살이 되던 1916년 덕수궁 준명당에 세워진 유치원에 다녔다.

덕혜옹주묘로 가는 길에 걸린 사진을 보니 키는 자그마하고 이마가 넓다. 영리했을 것 같다. 그래서 운명이 그토록 험난했을까?

1919년 아버지 고종의 죽음은 덕혜옹주의 운명을 바꿔 놓았다. 1921년 서울 히노데 소학교에서 교육을 받았다. 1929년 어머니 양귀인의 죽음에 충격을 받고 조현병이 시작되었고, 1931년 일본의 강압에 의해 대마도 백작의 후예인 소 다케유키와 강제 결혼했다. 그다음 해에 딸 정혜正惠(마사에)를 낳았지만 극심한 조현병 증세로 결혼 생활을 유지할 수 없었다. 1946년 도쿄의 정신 병원에 입원한 그는 1955년 이혼하고 딸 마사에는 1956년 유서를 남긴 채 실종되었다.

1962년 1월 〈서울신문〉 김을한 기자의 노력으로 대한민국 국적을 얻어 귀국했다. 하지만 조현병에 실어증까지 겹쳐 병원과 창덕궁을 오가며 치료하다가 1989년 4월 낙선재에서 한 많은 생을 마감했다. 나라가 망한 뒤 조선 황제의 딸 덕혜옹주의 운명은 그 어떤 힘으로도 막아 낼 수가 없는 도도한 해일 같은 것이었다. 그 역사의 격랑 속에서 한 여자가 자기의 삶을 온전히 살지 못하고 슬픈 생을 마감한 것이다. 묘역은 단묘의 형태로 '덕혜옹주지묘'라는 표석이 있고, 망주석과 장명등 그리고 혼유석과 향로석이 놓여 있을 뿐이다.

회인원 가는 길

홍유릉 권역 내 영원 옆에 자리 잡고 있는 회인원懷仁園은 대한

제국의 마지막 회은황세손懷隱皇世孫 이구李玖(1931~2005)가 잠든 원園이다. 이구는 1931년에 의민황태자의 둘째 아들로 태어났다. 광복 후 국내 귀국이 무산되자 일본에서 살다가 1953년 미국 매사추세츠공과대학에 입학하여 건축학을 공부하고 건축가로 활동했다. 이왕가의 자손으로는 가장 특이한 이력을 가졌던 사람이다. 1963년 귀국하여 창덕궁 낙선재에서 살면서 서울대학교와 연세대학교 등에 출강하기도 했고, 전주 이씨 대동종약원의 총재를 지내기도 했다. 2005년 7월 일본에서 세상을 떠난 뒤 회인원에 묻혔다.

회인원은 봉분만 있고 석물이 없다. 마치 고봉밥 한 그릇이 눈앞에 있는 것 같다.

의친왕묘 가는 길

의친왕義親王 이강李堈(1877~1955)은 고종의 다섯째 아들(서자)이다. 고종의 후궁인 귀인 장씨에게서 태어났다. 1893년 중추원참의 김사준金思濬의 딸과 결혼했지만 자녀가 없어 수관당 정씨와 수인당 김씨 등의 후실을 두었다.

1900년 미국으로 유학을 떠났던 그는 1905년 귀국하여 육군 부장, 적십자사 총재가 되었다. 1910년 일제에 나라를 빼앗기고 독립운동가들과 긴밀하게 연결되어 있었다. 대한민국 임시 정부로 망명하기 위해 중국 단둥까지 갔으나 일본군에 발각되어 강제 송환되었다. 1919년 11월 상하이 망명을 도모하면서 임시 정부에 밀서를 보냈다는 기록이 〈독립신문〉에 남아 있다. 그 뒤 여러 차례 일본 정부로부터 도일을 강요받았으나 거절한 그는 끝까지 일본을 배척했다. 광복 후 평민 신분으로 살다가 안국동의 사동궁에서 79세로 생을 마감했다.

처음에 화양리에 모셔졌던 그의 유해는 서삼릉에 옮겨진 후 가묘 상태로 있다가 1996년 덕혜옹주묘 근처에 의친왕비와 합장 형태로 안장되었다. 표석 없이 봉분 앞에 혼유석과 향로석 그리고 장명등과 망주석이 놓여 있다.

의친왕의 묘에서 나와 다시 유릉으로 가는 길에서 고종을 모셨던 귀인 이씨와 삼축당 김씨 그리고 상궁들의 무덤을 여럿 봤다. 그곳을 걷다가 보니 조선왕조 최후의 상궁 김명길의 회고록에 실린 글이 떠올랐다.

> 육십 평생을 궁중에서 살면서 느낀 것은, 왕족이나 양반이라고 자처하는 사람들의 대부분은 알맹이가 텅텅 빈 껍데기에 불과했다는 사실이다. 어찌 보면 천민賤民이라는 기생보다도 더 굴욕적인 자세로 일생을 편하게 지낸 사람도 있었으니, 지나간 이야기라고 눈감아버리기에는 너무 안타까운 일이 많았다. (규장각한국연구원 엮음, 《조선 국왕의 일생》, 글항아리, 2009)

왕이나 왕후, 왕자나 공주, 대감이나 사대부들. 지체가 높으면 뭐하나 자유롭게 살아야지. "하루에 3분의 2를 나를 위해 쓰는 사람은 자유인이고, 하루에 3분의 2를 남을 위해 쓰는 사람은 노예다"라고 니체는 말했다. 대부분의 사람들이 노예로 살고 있으면서 자기가 노예라는 사실을 모르고 있다. 누군가 보고 싶어도 시간이 없어서 갈 수가 없고, 가고 싶은 곳이 있어도 시간이 없어 가지 못하는 시간의 노예. 돈이 많으면 뭐하나, 권력이 많으면 뭐하나. 그 돈과 권력을 지키기 위해 시간을 내지 못하고 살다가 '내 이럴 줄 알았지' 하면서 어느 날 문득 사라져 가는 것이 현대판 노예들의 운명이다.

비운의 왕비의
자비로운 능

정순왕후_사릉

코로나 19로 불편이 이만저만이 아니다. 전주에서 서울까지 10분 간격으로 있던 버스가 30분, 어떤 때는 40분 간격이 되었다. 하는 수 없이 6시 10분 차로 출발해서 8시 50분에 센트럴시티터미널에 닿았고, 지하철 7호선을 타고 태릉입구역 7번 출구에 도착한 시간이 9시 50분이었다. 그곳에서 문화재청 궁능유적본부 연구사 이홍주 씨를 만나 김흥년 사무관의 차에 실려서 정순왕후가 묻힌 사릉思陵에 도착했을 때는 10시 반쯤이었다.

사릉에 도착하자 제일 먼저 해당화가 나를 반겨 주었다. 사릉은 여기저기가 꽃밭이었다. 김흥년 사무관의 말에 따르면 조선 왕릉에 심어진 온갖 나무와 꽃을 사릉에서 육묘한다고 한다. 숭례문을 복원할 때 삼척에 있는 준경묘(태조 이성계의 5대조 양무장군의 묘) 부근에서 자란 소나무를 베어 활용했고, 그 지역에서 받아온 소나무 씨앗 1만여 개를 해마다 이곳에 채종했다고 한다. 그중 6000여 개쯤 되는 소나무 씨앗이 발아한 뒤 잘 자라서 여러 궁과 능에 심어져 있다고 한다.

소나무뿐만이 아니었다. 야산에 자라는 개암나무들이 꽃망울을 머금은 채 바람에 하늘거려서 "개암나무가 꽃을 피우네요?" 하고 신기해했더니, 우리나라 곳곳에 자라는 개암나무와 같은 토종 나무들을 왕릉에 심고 있다고 한다. 우리 고향에서는 개암나무 열매를 깨금이라고 불렀는데, 우화에 나오는 개암이 어떻게 생겼는지 아는 사람이 드물다. 개암나무 잎도 모르고 꽃도 모르는데 그 고소한 개암의 맛을 아는 사람은 얼마나 될까?

소나무 숲이 우거진 그 아래에서 꽃을 피우는 꽃이 금낭화다. 나는 금낭화를 보면 신라 고무덤에서 발견된 금낭화 귀고리가 생각나서 꼭 꽃 하나를 따서 옆에 있는 여인네에게 선물한다. "이 아름다운 귀고리를 하시렵니까?" 하고 건네는 사이 저만치 사릉의 전경이 보인다.

경기도 남양주시 진건읍 사릉리 산65-1번지에 자리 잡은 사릉은 단종의 비 정순왕후定順王后(1440~1521)의 능이다. 정순왕후는 부사 송계성宋繼性의 증손녀이고 지중추원사 송복원宋復元의 손녀이며 판돈녕부사 송현수宋玹壽의 딸이다. 성품이 공손하고 검소하며 효우孝友가 있어 가히 종묘를 영구히 보존할 수 있는 인물이라 하여 간택되어 1454년(단종 2) 왕비로 책봉되었다. 그러나 1455년 6월 단종이 그의 숙부 수양대군에게 왕위를 빼앗기고 세조가 왕위에 오르면서 의덕왕대비懿德王大妃에 봉해졌다. 이후 1457년(세조 3)에 성삼문과 박팽년, 하위지 등 사육신의 단종 복위 운동으로 단종이 노산군으로 강봉되어 영월에 유배되자 18세의 나이에 부인으로 강등되었다.

한 많은 정순왕후의 숨결을 간직한 정업원

강등된 정순왕후가 머물렀던 곳이 서울시 종로구 숭인동에 있던 정업원淨業院이다. 서울유형문화재 제5호로 지정되어 있는 정업원 터는 지금 비각만 자리하고 있다. 정업원은 서울 도성의 좌청룡에 해당하는 낙산의 한 지봉인 동망봉에 위치한 청룡사靑龍寺의 전신이다. 이곳은 조선 건국 후 이제현李齊賢의 딸이자 공민왕비인 혜비惠妃가 망국의 슬픔을 안고 머물렀던 곳이며, 1차 왕자의 난 뒤에 세자 방석의 누나인 경순공주가 머무르기도 했던 곳이다.

세조 때 단종이 영월로 유배를 떠날 때 이 절의 우화루雨花樓에서 애끓는 이별을 했다는 이야기가 남아 있다. 정순왕후는 동망봉 부근에 있는 연미정燕尾亭 근처에 작은 초가 암자 정업원에 희안, 지심, 계지라는 세 시녀를 데리고 거처하며 조석으로 소복을 한 채 산봉우리에 올라 영월 쪽을 바라보며 통곡을 했다고 한다. 그 곡소리가 산 아래 마을까지 들리면 온 마을 여인들도 땅 한 번 치고 가슴 한 번을 치는 동정곡同情哭을 했다고 한다.

청계천에 있는 영미永眉 다리 또는 영미교라고 부르는 이 다리에도 단종과 정순왕후의 애달픈 사연이 서려 있다. 이 다리는 동묘 청계천 하류에 있는 다리로 영미동에서 내려오는 시내 끝에 놓인 다리다. 정순왕후가 이곳까지 나와서 단종과 이별했던 장소다. 이곳에서 헤어진 뒤 영영 이별했던 장소라고 해서 영이별 다리, 또는 영영 건넌 다리라는 뜻으로 전해 오다가 성종 때 살곶이 다리와 함께 이 다리도 스님들을 동원하여 돌로 크게 놓고서 성종이 친히 영도교永渡橋라고 명명하여 보존되었다. 그 뒤 고종 때 흥선대원군이 이 다리를 헐어다가 경복궁의 석재로 쓰면서 사라졌고 다시 콘크리트 다리로 만들어졌다.《한경지략漢京識略》에 따르면 이 영도교 부근에는 여자들만 모이는 금남禁男의 '채소 시장'이 섰다. 정순왕후의 삶을 안타깝게 여긴 여인들이 끼니때마다 푸성귀를 가져다주고는 했는데 주려는 사람들이 너무 많아서 줄을 섰고, 그러면서 자연스럽게 장이 섰다는 것이다.

단종을 추모하며 여생을 보내고 있는 정순왕후를 가엾이 여긴 조정에서 근처에 영빈정英嬪亭이라는 집을 지어 주었지만 폐왕후는 한 번도 그 집에 들어가지 않았다. 그리고 정순왕후가 자줏물을 드리는 염색업을 하면서 일생을 때를 묻히지 않고 살

왔다고 해서 지금도 그 지역을 '자줏골'이라고 부르고 있다.

명종 연간의 문신 윤근수尹根壽의 《월정만필月汀漫筆》에는 단종이 영월로 유배 가자 신숙주가 세조에게 정순왕후를 자신의 첩으로 달라고 했다는 얘기가 전해진다. 나라에서 가장 높은 직함을 가지고 있다가 하루아침에 노비의 신분으로 격하되어 파란만장한 삶을 살 수밖에 없었던 정순왕후다.

정순왕후 역시 광해군처럼 정신력이 강했던지 1521년(중종 16) 6월 82세의 나이로 한 맺힌 세상을 떠났다.

> 노산부인 송씨의 상사喪事는 의거할 예例가 없으니, 왕자군 부인의 호상하는 예수禮數에 의하여 하겠다. 예조로 하여금 상고하여 아뢰게 하라. 내가 짐작해서 정하겠다. 《중종실록》 권42, 중종 16년 6월 5일 을유)

> 전교하기를, "노산부인 송씨의 별부別賻는 완산군부인完山君夫人의 예례로 하되 다만 역청瀝靑·칠관곽漆棺槨 1부씩을 더하여 제급題給하며, 3년 안의 제소祭所에는 소선素膳으로 공상供上하라" 하매, 예조가 아뢰기를, "노산 부인의 상례는 대군 부인의 예에 의하게 하소서" 하니 '아뢴 대로 하라' 전교하였다. 《중종실록》 권42, 중종 16년 6월 6일 병술)

소생이 없었던 정순왕후는 단종의 누이 경혜공주의 시가인

해주 정씨의 묘역이었던 지금의 위치에 사묘의 형식으로 조영되었다. 그래서 지금도 해주 정씨들의 묘가 사릉 주위에 그대로 남아 올케와 시누이가 옛정을 되새기고 있다.

1698년(숙종 24) 단종과 정순왕후로 추복되자 신위가 창경궁에 옮겨졌다. 이때 두 사람의 능호도 각각 장릉과 사릉으로 했다. 그 뒤 1771년(영조 47)에 정순왕후가 살았던 정업원 터에 정업원구기비를 세웠다. 정순왕후가 살아 있을 때 정업원은 창덕궁에서 멀지 않은 성안에 있었고, 후세에 와서 정업원이 성안이 아니라 동대문 밖에 있었다는 민간인들의 구전을 따라 영조가 지금의 위치에 비를 세운 것이다. 그런 면에서 볼 때 숙종과 영조는 조선 왕실의 한 풀어 주기 운동을 벌인 게 아닐까? 숙종과 영조는 과거사 치유 프로젝트로 한 맺힌 영혼들을 달랜 군주였지 않을까 생각해 본다.

정순왕후가 생전에 매일 올라서 영월 땅을 바라보던 산봉우리에는 '東望峯'(동망봉)이란 세 글자를 암각으로 새겨 놓았었다. 그러나 채석장이 되어 그 흔적들이 사라지고 비각과 비석만 남아 청룡사에서 관리하고 있다.

사릉은 2013년부터 일반에 공개되고 있으며, 유네스코가 지정한 세계문화유산이다. 정순왕후의 능 뒤편에서 보는 전경이 더할 수 없이 아늑하다. 능 앞을 나지막한 산이 가로막고 있고, 좌우도 산들에 둘러싸여 있어 포근하다.

사릉은 장사를 지낼 때 대군부인의 예로 장사를 지낸 뒤에

왕후의 능으로 추봉되었으므로 다른 능들에 비해 조촐한 편이다. 다른 능과 달리 병풍석과 난간석이 설치되지 않았으며, 봉분 앞에 혼유석 한 개와 그 양측에 망주석 한 쌍을 세웠다. 봉분 주위에 석양과 석호 각 한 쌍이 배치되어 있다. 사악한 것을 피한다는 석양은 동물의 왕인 호랑이와 함께 당 때부터 대관의 능묘에 설치되었다. 그 바깥쪽으로 삼면의 곡장이 둘러 있다. 그 아랫단에는 무석인 없이 문석인과 석마 각 한 쌍과 장명등이 있다.

특히 사릉은 다른 능과 달리 소나무 숲이 울창해서 그윽하면서도 정갈한 느낌을 준다. 이곳 사릉에서 육묘된 나무와 꽃들이 조선의 모든 능과 원에서 자라고 피어서 왕릉을 찾는 사람들의 마음속에 아름다움과 건강함을 전해 주는 것은 오래고 오랜 세월을 불행 속에서 보냈던 정순왕후의 깊고도 넓은 사랑의 발로가 아닐까? 사릉을 나올 때 눈에 넣어도 아프지 않을 것 같은 병아리꽃의 향기가 가슴 깊은 곳까지 전해져 아릿하기만 했다.

1. 하늘에서 본 사릉. 나무와 꽃들로 둘러싸인 사릉은 오
   밀조밀하면서도 아늑하고 아름답다.

2. 사릉 능침 정면

3. 사릉의 아침 풍경. 소나무 숲이 우거진 사릉의 아침 풍
   경은 더없이 청신하다.

성군인가,
폭군인가?

광해군·문성군부인 유씨_광해군묘

누구나 견딜 수 없는 불행이나 고통 속에서 생각하는 것이 자살이다. 그러나 자살이 쉬운 일은 아니다. "불행으로 가득한 현세에서 스스로 목숨을 끊을 수 있는 능력은 신이 인간에게 주신 최고의 선물이다"라고 한 고대 로마의 작가 플리니우스의 말이 생각나기도 한다. 광해군의 아내는 스스로 목숨을 끊었다. 불행으로 점철된 삶을 살아가면서도 천수를 누린 비운의 임금 광해군은 어떤 심정이었을까?

역사 속에서 여러 평가를 받고 있는 광해군의 묘는 경기도 남양주시 진건읍에 있는 정순왕후가 잠들어 있는 사릉에서 그리 멀지 않은 곳에 있다. 소하천인 송능천 주변 공사로 공사장 장비가 늘어선 곳을 지나자 영락 공원 묘원에 이르고 조금 산길을 올라가면 주차장이 나오는데, 광해군묘는 바로 그 길가에 있다.

"신사년(인조 19)에 죽었는데 67세였다. 양주楊州 적성동赤城洞 해좌亥坐 언덕에 장사 지냈는데 어머니 공빈의 무덤과는 소 울음소리가 서로 들릴 만한 거리였다"(이긍익,《연려실기술》권19,〈폐주 광해군 고사본말〉)라고 한 광해군묘는 지금도 비공개 능이라서 미리 출입증을 받아야 들어갈 수 있다. 철망 속에 굳게 닫힌 문을 열쇠로 열고서야 들어가는데 마음부터 짠해진다. 아무리 왕에서 밀려났다고 할지라도 어느 정도 배려해서 왕릉의 격식은 갖추어 장사를 지내는 것이 인간으로서 도리가 아니었을까?

정자각도 없이 비좁은 산비탈 협소한 곳에 있는 광해군묘는 조선 왕릉이 아니고 고려가 강화도로 천도했을 때의 왕릉, 이를테면 목릉보다도 못하다는 느낌이 들었다. 더구나 다른 능에 다 있는 홍살문마저 없으니 이를 어떻게 보아야 하는가? '죽은 자는 말이 없다'는 말이나 '패자는 입을 다물라, 씨앗들처럼'이라는 말이 문득 떠올라 비애가 가슴 가득 차올랐다.

광해군(1575~1641, 재위 1608~1623)은 선조의 둘째 아들이다. 어머니는 영돈녕부사 김희철金希哲의 딸 공빈 김씨다. 비妃는 문성군부인文城郡夫人 유씨(1576~1623)로 문양부원군 유자신柳自新의 딸이다. 위로는 친형 임해군臨海君이 있었다. 어린 나이에 광해군에 봉해졌다. 어려서 생모 공빈 김씨를 여의고 부왕의 냉대 속에 자랐다. 외할아버지인 김희철마저도 임진왜란 때 전사하면서 그가 기댈 곳은 없었다. 선조에게는 적자가 없는 데다 서장남인 임해군이 포악하고 인망이 없어 서차남이었던 광해군이 세자로 책봉되었는데, 그가 세자로 책봉된 연유가《연려실기술》과《정무록丁戊錄》에 다음과 같이 실려 있다.

> 임금이 시험 삼아 여러 왕자에게 묻기를, "반찬 중에서 무엇이 으뜸이냐?" 하니, 광해가 대답하기를, "소금입니다" 하였다. 임금이 그 이유를 물으니 대답하기를 "소금이 아니면 온갖 맛을 이루지 못하기 때문입니다" 하자, 임금이 또 묻기를 "너희들이 부족하게 여기는 것은 무엇이냐?" 하니 광해가 말하기를 "모친이 일찍 돌아가신 것을 마음 아프게 생각합니다" 하니, 임금이 그 대답을 기특하게 여겼다. 광해가 세자가 된 것은 순전히 말에 힘입었다고 한다. (이긍익,《연려실기술》권18, 〈선조조 고사본말〉)

> 선조의 의인왕후가 사속嗣續이 없었고, 후궁에 왕자가 많아 동궁을 정하지 못하였었다. 선조께서 여러 아들의 기상을 보고자 하여 보물을 많이 앞에 벌여 놓고 그들로 하여금 마음대로 가지게 하였더니, 여러 왕자는 보물을 다투어 갖되 홀로 광해군만이 붓과 먹을 가졌다. 선조가 이것을 기이하게 여겨 책립하여 세자로 삼고 여러 번 중국 조정에 주청하였으나 허락을 얻지 못하였다. 《정무록》, 〈무신년〉)

광해군은 세자 책봉 문제로 그의 형인 임해군과 갈등을 빚었지만, 1592년 임진왜란이 발생했을 때 국난에 대비한다는 명분으로 피난지 평양에서 세자로 책봉되었다. 1597년 정유재란이 일어나자 전라도와 경상도로 내려가 군사들을 독려했고, 국가의 재건에 힘을 기울였다. 그런데 1606년 선조의 계비 인목왕후 김씨에게서 영창대군이 탄생했다. 서자이며 둘째 아들이라는 이유로 영창대군을 후사로 삼을 것을 주장하는 소북과 광해군을 지지하는 대북 사이에 붕쟁이 확대되었다.

1608년 선조의 병이 위독해지자 광해군에게 선위하는 교서를 내렸다. 그것을 소북파의 유영경柳永慶이 감추었다가 대북파의 정인홍鄭仁弘 등에 의해 밝혀졌다. 광해군은 보위에 오르자 임해군을 교동도에 유배 보내고 유영경에게 죽음을 내렸다. 그는 당쟁의 폐해를 막기 위해 이원익李元翼을 등용하고 초당파적으로 정국을 운영할 계획을 세웠으나 대북파의 계략에 빠져 성공하지 못했다. 광해군의 앞날은 순탄하지 않았다. 1613년(광해 5) 당시 정권을 잡고 있던 대북파의 강력한 요청에 따라 왕위에 오르는 과정에서 갈등을 빚었던 영창대군을 서인으로 삼았다. 그리고 영창대군을 강화에 위리안치했다가 이듬해 죽게 하는 데 일조했고, 1618년에는 이이첨李爾瞻 등의 폐모론에 따라 인목대비를 서궁에 유폐시켰다.

영창대군을 세자로 책봉하고자 했던 유영경(1608)을 시작으로 임해군(1609), 김직재金直哉(1612), 계축옥사(1613) 등으로 이어지는 옥사로 나라는 평안할 날이 없었다. 또한 나라가 어지러운 틈을 타 매관매직이 횡행했다. 잡채로 판서 벼슬을 얻었다는 잡채성서雜菜尙書나 산삼을 가지고 높은 벼슬을 얻었다는 산삼각로山蔘閣老라는 말이 유행할 정도였다.

그토록 나라가 어지럽기 그지없는데, 큰 지진이 일어나자 영의정 이덕형李德馨이 지진의 일로 사직을 청했다.

"근래 재변이 거듭 나타나고 있는데 오늘 새벽의 지진이야말로 역사적으로도 드문 것이었습니다. 땅은 본래 고요히 안정되어 있는 것인데 그만 이런 재변이 생기면서 맹렬한 우레보다도 크게 진동하였으므로 사람들이 모두 놀란 눈으로 서로 쳐다볼 뿐 그 이유를 알지 못하고 있습니다. 국가가 이렇듯 전에 없던 변고를 당하고 있는 만큼 재이災異를 해소시킬 방책이 있다면 무엇이든 쓰지 않는 것이 없이 극진하게 처리해야 할 텐데, 돌아보면 신이 자리만 차지하고 있을 뿐 보좌한 일이 없었던 결과 나랏일이 어렵고 위태롭게 되면서 날로 수습할 수 없는 지경에 이르게 하였으므로 이런 생각이 들 때마다 저절로 눈물만 흐를 뿐입니다. 삼가 성명께서는 깊이 생각하시어 속히 용렬한 자를 물러가게 하고 다시 현신賢臣을 복상卜相하시어 하늘의 위엄에 답하소서."

임금은 다음과 같이 답하였다.

"재이 때문에 대신을 책망하여 면직시키는 것이야말로 난세에나 있는 일이다. 경이 이런 말을 하니 내가 매우 부끄럽다. 자격 없는 사람이 임금 자리를 더럽히고 있어 이런 참변을 초래했으므로 어떻게 마음을 다잡을 수가 없다. 경은 모름지기 애써 보좌하여 나라 일을 바로잡도록 하라. 아뢴 말은 명심하겠다."《광해군일기》(중초본) 권66, 광해 5년 5월 29일 병술)

나라에 변란이나 큰 지진만 일어나도 그것이 임금의 탓이나 고위 관료들의 잘못이라 여겼던 것이 그 당시 집권층들의 생각이었다.

광해군이 집권했던 15년 동안에 크고 작은 역모 사건이 43건이 일어났고, 국외적으로는 명이 쇠퇴의 길을 걷고 청이 일어나던 시기였다. 그 무렵 비변사가 호서의 일을 조정 대신에게 널리 자문받기를 청했다.

지금의 사세는 전일보다 곱절이나 긴급합니다. 오늘날의 계책은 군신 상하가 격려하고 분발하여 일부 타성에 젖고 사치에 들뜬 습성을 제거하고 군병을 배양하고 말을 기르며 오직 방어에만 노력해야 합니다. 그래야만 적이 침입할 때 방어하여 강토를 보전할 수 있을 것인데, 군병이 일어난 후에도 한결같이 구습을 따라 민생의 피땀과 온 나라의 경비를 모두 태평을 꾸미는 도구에 바치고, 성지를 수축하거나 병기를 수선하는 일은 단지 규정 밖의 나머지 일로 여기고 있습니다. 국가의 물력이 비록 풍부하다 하더라도 이처럼 비상한 변을 만나면 반드시 비상한 대책이 있어야 인심이 고양되어 모든 일이 성취될 수 있을 것입니다.《광해군일기》(정초본) 권142, 광해

11년 7월 22일 계묘)

그때 사신은 다음과 같이 평했다.

우리나라는 중국과 이미 부자간의 나라인데, 노적이 어찌 그 부모
의 나라를 침범하면서 자식의 나라를 그냥 놔두려고 하겠는가. 적
추賊酋가 순리를 어기고 하늘을 거역하면서 우리나라와 우호를 맺
으려 하니, 그 계획이 매우 흉악하다. 그런데 온 조정은 대의에 의
거하여 배척하고 단절할 뜻이 없으니, 아, 우리는 더벅머리에 옷깃
을 왼쪽으로 여미는 이적이 되고 말겠도다. 《광해군일기》(중초본) 권
142, 광해 11년 7월 22일 계묘)

반정과 몰락

영창대군의 죽음, 인목대비 폐위 등 이러한 일련 사건들은 서인
들의 집단 반발을 불러일으켰다. 김류와 이귀, 김자점 등의 서
인들이 주도한 인조반정(1623)에 의해 광해군은 폐위되었다. 서
인들은 광해군의 조카인 종倧을 옹립해 인조 시대를 열었고 광
해군은 강화로 유배되었다.

3월 19일에 부원군들이 합계하기를 "폐주, 폐비, 폐동궁, 폐빈을 마
땅히 대비의 하교대로 각 곳에 위리안치해야 할 것이지마는, 신들이

거듭 생각해 보건대 먼 지방 외딴 섬에는 뜻밖의 환이 없지 않겠으니, 가까운 교동 등지에 안치하여 엄하게 수직하여 허수로운 폐단이 없도록 하는 것이 낫겠습니다" 하니, 답하기를 "아뢴 대로 따르겠다" 하였다. (이긍익,《연려실기술》권23, 〈인조조 고사본말〉)

1623년 5월 22일 강화부윤 이중로의 장계가 올라왔다. "이달 21일 삼경에, 폐동궁이 담 안으로부터 흙을 파고 70척 정도의 구멍을 뚫어 도망쳐 나가는 것을 잡았습니다." 조정이 발칵 뒤집혔다. 강화도의 관계자들이 붙잡혀와 국문을 받았고, 별장 권채는 매를 맞고 죽었다. 세자가 붙잡히는 것을 지켜본 폐세자빈은 24일에 목매어 자살했고, 금부도사 이유향을 보내어 폐세자에게 죽음을 내리니 25일에 스스로 목을 매었다.

> 티끌 속의 뒤범벅이 미친 물결 같구나
> 걱정한들 무엇하리 마음 스스로 평안하다
> 스물여섯 해는 참으로 한바탕 꿈이라
> 백운白雲 사이로 좋은 모습으로 돌아가리 (이긍익,《연려실기술》권23, 〈인조조 고사본말〉)

강화로 유배되어 가는 배에서 폐세자가 지었다는 시 한 편이다. 아들을 그토록 허망하게 먼저 보낸 문성군부인 유씨도 그해 10월에 유배지인 강화도에서 사망했다.

광해군은 이괄의 난(1624, 인조 2)이 일어나자 태안으로 옮겨졌다가 교동도를 거쳐 1637년 제주도로 이배되었다. 강화에서 제주도로 이배되어 가는 배에서 광해군은 다음과 같은 시를 지었다.

한더위에 소나기가 성 위로 지나가니
후덥지근한 장기가 백 척이나 높구나
푸른 바다 성난 파도에 어둠이 깃드는데
푸른 산 근심어린 모습으로 가을을 전송하네
돌아가고픈 마음 늘 왕손초王孫草에 맺혀 있고
나그네 꿈 자주 제자주帝子州에 놀라네
연기 낀 파도 위 외로운 배에 누웠구나 (이덕무李德懋 편저, 《청비록清脾錄》 권1, 〈광해군의 시〉)

6월 7일 제주도의 어등포(현 구좌읍 행원리)로 상륙했는데, 제주도로 유배되어 생활했던 그 당시의 상황이 여러 문헌에 남아 전한다.

정축년 2월에 교동에서 또 제주로 옮겼다. 그때 호송하는 별장이 되기를 요청하는 무사 한 사람이 있었는데 공을 세울 계책이었으나 뜻대로 되지 못하였으니 대개 이것은 경진 등의 뜻이었다. (…)
그때 폐주를 제주로 옮기는데, 호송하는 사람에게 엄중히 분부하여 가는 곳을 말하지 못하게 하고, 배 위의 사면은 모두 휘장으로 막았다가 배가 닿은 뒤에야 비로소 알리었다. 이때 무신 이원로가 호행 별장이 되었는데, 뱃길이 험난하여 거의 죽을 뻔한 것이 여러 차례였다. 배가 멈춘 다음 휘장을 떼고 내리기를 청하여 제주라고 알리니, 광해가 깜짝 놀라며 크게 슬퍼하여, "내가 어찌 여기 왔느냐. 내가 어찌 여기 왔느냐" 하며 안정을 찾지 못하였다. 제주목사가 맞이하여 문안하며 무릎을 꿇고 나아가 말하기를, "공자께서 임금으로 계실 때 간사하고 아첨하는 자를 물리쳐 멀리하고, 환관과 궁첩들로 하여금 조정 정사에 간여하지 못하게 하였더라면 어찌 이런 곳에 오셨겠습니까. 덕을 닦지 않으면 배 안에 탄 사람이 모두 적국敵國이라는 옛말을 모르십니까?" 하니, 광해가 눈물만 뚝뚝 흘리고 말을 못 하였다. (이긍익,《연려실기술》권23,〈인조조 고사본말〉)

왕위에 있을 당시 인목대비를 폐위시키라는 대북파 신료들의 끈질긴 요청에 진저리를 치며 광해군은 "하늘이여, 하늘이여! 도대체 내가 무슨 죄가 있기에 어쩌면 이다지도 한결같이 혹독한 형벌을 내린단 말인가. 차라리 인간 세상을 헌신짝 벗듯 하고 팔을 떨치고 영원히 떠나서 아무도 안 보는 바닷가에서 살며 여생을 마치고 싶구나"(김천석金天錫,《명륜록明倫錄》)라는 혼잣말을 했다고 한다. 말이 씨가 되었을까? 광해군은 제주도 위리안치 안에서 1641년 7월 예순일곱의 나이로 한 서린 생을 마감했다.

국익을 우선하고 선정을 베풀다

광해군의 업적은 괄목할 만한 것이었다. 1608년 선혜청을 두어 경기도에서 대동법을 실시했고, 1611년 양전量田을 실시하여 농지 조사와 실제 작황을 점검했다. 임진왜란으로 폐허가 된 한성부의 질서를 회복하고 궁궐 조성 공사에 힘을 다하여 창덕궁과 경덕궁(경희궁), 인경궁을 준공했다.

이때 만주에서는 여진족이 성장하여 후금을 건국하고 조선에 압력을 행사하고 있었다. 광해군은 이에 대비하여 성지와 병기를 수리하고 군사를 양성하는 등 국경 방비에 힘썼다. 명과 후금 사이에 전쟁이 발생하여 명에서 원군 요청이 있자 강홍립姜弘立에게 1만의 병사를 주어 파견했다. 또 동시에 의도적으로 후금에 투항하게 하여 명과 후금 사이에서 능란한 실리 외교를 펼쳤다. 1609년에는 일본과 기유약조를 체결하여 임진왜란 이후 중단되었던 외교를 재개했다. 1617년 회답사로 오윤겸吳允謙을 일본에 파견하여 포로로 끌려갔던 조선인을 되찾아오게 했다.

병화로 소실되었던 서적의 간행에도 힘을 기울였던 임금이 광해군이었다. 《선조실록》을 비롯하여 세계기록문화유산으로 등재된 허준의 《동의보감》 등이 간행되기도 했다. 또 전라도 무주의 적상산성赤裳山城에 사고史庫를 설치했다.

오늘날 광해군의 공과功過는 양면적으로 평가되고 있으나, 대체로 붕당의 소용돌이 속에서 희생되었다고 보고 있다. 광해군이 죽은 지 500년이 가까워지며 그에 대한 새로운 역사적 조명이 이루어지기 시작하고 있다. "역사는 하는 일이 하나도 없고, 거대한 재산도 갖지 못했으며 어떠한 전투도 하지 않는다. 모든 일을 행하고 또 소유하고 싸우는 자는 오히려 인간, 진짜로 살아 있는 인간이다"라는 마르크스의 말은 진정으로 맞는 말인가?

광해군묘는 문성군부인 유씨의 묘에서 시작되었다. 강화도 교동현의 초라한 초가에서 목을 매어 자살한 부인 유씨의 죽음 이후 광해군이 함께 묻혔기 때문이다.

광해군은 제주에서 장사 지냈다가 생전에 어머니의 묘가 보이는 곳에 묻어 달라 유언하여 1641년 문성군부인 유씨의 묘가 있는 지금의 자리로 천장했다.

아담한 곡장 안으로 들어가면 광해군이 왼쪽, 문성군부인이 오른쪽에 있는 쌍분이 보인다. 묘 앞에 오석은 아닌데 검은빛으로 보이는 비석이 있고, 광해군 묘비 전면에 "光海君之墓"(광해군지묘), 후면에 "辛巳 七月 初一日 病卒於濟州 命輟朝三日"(신사 칠월 초일일 병졸어제주 명철조삼일)이라 새겨져 있다. 묘 앞에는 혼유석과 향로가 각각 따로 서 있다. 망주석과 문석인이 양쪽에 서 있고, 그 가운데에 사각 장명등이 서 있다. 장명등은 화창火窓이 깨어져 있지만 조각된 모란과 연꽃 문양이 고즈넉한 아름다움을 전해 주고 있다. 정자각은 허물어진 뒤 새로 짓지 않아서 그 터만 남은 광해군 묘역은 작은 소나무들이 그를 위로하듯 촘촘히 들어서 있다.

성묘 가는 길

광해군의 어머니이자 선조의 후궁 공빈 김씨(1553~1577)가 잠든 성묘成墓는 경기도 남양주시 진건읍에 있다.

> 선조 10년에 이르러 공빈 김씨가 죽자 공의 식묘食墓 뒤쪽 30보步쯤 떨어진 지점에 자리를 잡고 장례를 치르게 되었는데, 이에 공의 후손 약간 명이 상소하여 호소를 하자 선조가 이르기를 "공빈의 선조로 말하면 실로 조씨에서 나왔다" 하였다. 그런데 장례를 치른 지 34년이 지난 광해 2년에 낳아 준 어미를 추융追隆하면서 공빈을 높여 후后로 하고 그 묘소를 성릉成陵으로 부르게 하는 한편, 근처에 있는 분묘들을 모두 파내어 없애 버리도록 하였다. 그 결과 공의 묘소 역시 당연히 그 대상 중에 포함이 되었는데 당시에 대신이 말하기를 "오래된 묘소를 파내어 없애 버릴 수는 없는 일이니, 그저 봉분만 깎아 버려 평지처럼 만들면 충분하다" 하자 광해가 그 말을 따랐다. (장유張維,《계곡집谿谷集》권13,〈비명碑銘〉)

광해군의 생모인 공빈 김씨는 선조의 후궁이 되어 1575년(선조 8) 광해군을 낳았다. 야사에 공빈 김씨는 소주방 나인이었다가 선조의 승은을 입었다고 알려져 있다. 선조가 왕위에 오른 뒤 명종의 정실 인순왕후는 선조가 궁녀를 가까이하지 않길 바랐다. 그 무렵이 명종의 상중이었고, 선조는 의인왕후와 혼인한

지 얼마 되지 않았기 때문이다. 하지만 그 당시 상황은 인순왕후의 뜻과는 달랐다. 명종도 조카인 선조에게 왕위를 물려줄 정도로 왕실에서 아들이 귀했기 때문이다.

공빈 김씨는 장남 임해군과 차남 광해군을 낳아서 빈이 되었고, 그런 연유로 궁중에서 위세가 매우 높았다. 중전인 의인왕후를 제치고 선조의 총애를 독차지한 공빈 김씨는 둘째 아들인 광해군을 낳은 지 2년 만인 1577년 5월 25세에 산후병에 걸려 사망했다. 선조를 사랑했던 공빈은 죽은 뒤에도 선조의 총애를 독차지하고 싶어서 죽기 직전에 "제가 아픈 건 다른 후궁들의 저주 때문입니다"라고 말했다고 한다. 선조는 공빈 김씨의 말을 그대로 믿고 다른 후궁들에게 정을 주지 않고 모질게 대했다. 하지만 눈에서 멀어지면 마음마저 멀어진다고 소용 김씨에게 선조의 마음이 갔고 결국 소용 김씨가 인빈으로 책봉되었다. 인빈 김씨는 선조에게 가끔씩 공빈의 허물을 이야기했다. 한때는 사랑했지만 지금은 가고 없는 공빈을 잊어버리면서 인빈에게서 의안군과 신성군, 정원군(원종, 인조의 아버지) 등 여러 자녀를 낳았다.

1610년(광해 2) 왕후로 추존하고 능 이름도 성릉이라 했다. 그러나 광해군을 몰아내고 왕위에 오른 인조는 공빈 묘소의 불법 석물들을 헐도록 한다. 그 뒤 1623년 3월 공빈 김씨를 다시 후궁으로 강등시켰다.

공빈 김씨가 잠든 성묘에 들어가면 석양과 석호 그리고 석마를 거느린 문석인과 무석인이 좌우를 지키고 있고, 장명등이 서 있다. 곡장이 감싸고 있는 봉분 아래에 난간석을 둘렀고 혼유석 좌우에 망주석 세워져 있다. 면적은 넓지 않지만 묘의 규모로는 왕릉에 비해 손색이 없을 정도다. 다만 묘비 등 기록은 남아 있는 것이 없다.

그 아래에 풍양 조씨의 시조 묘가 있다. 묘역 뒤편에서 보면 멀리 불암산이 보이고 북한산의 인수봉이 선명하게 보이는 곳이 공빈 김씨가 잠든 성묘다. 그곳에서 멀지 않은 곳에 공빈 김씨의 큰아들이자 광해군의 형인 임해군(1574~1609)의 묘가 있다. 성질이 난폭하여 세자로 책봉되지 못한 임해군은 역모죄로 몰려 진도에 유배되었다가 다시 강화도의 교동으로 옮겨져 그곳에서 사사되었다.

임해군이 잠든 묘역의 봉분은 활개를 갖추었고 봉분의 주위로 10매의 둘레돌을 둘렀다. 봉분 앞에 혼유석과 장대석, 향로석, 망주석, 문석인 등의 석물이 배치되었다. 어머니와 두 형제가 죽어서나마 가까운 곳에 잠들어 있다. 모두가 잠든 한밤중에 가끔 어머니 공빈 김씨가 건너편에 있는 두 아들을 불러서 나지막하게 옛이야기를 나누며 회포를 풀지 않을까?

1. 광해군묘. 사릉에서 가까운 곳에 있는 광해군묘는 일
   반 사대부의 묘보다 더 작다.

2. 곡장 뒤편에서 본 광해군묘

광해군의 어머니 공빈 김씨의 묘

왕위 찬탈의
굴레

세조·정희왕후_광릉

남 양주시 진접읍 부평리 운악산 자락에는 광릉光陵과 국립 수목원이 있다.

광릉은 세조와 정희왕후의 능이다. 세조는 생전에 이곳의 숲에 반해서 자신이 묻힐 능의 '부속림附屬林'으로 지정하고 나무는커녕 풀 한 포기도 못 베게 한 뒤 1468년 이곳에 묻혔다. 그 뒤 1483년 온양 행궁에서 66세로 세상을 떠난 정희왕후가 이곳에 함께 묻히면서 약 99만 제곱미터(31만 평)의 '광릉내'라는 능역으로 조성되었고 조선왕조가 막을 내릴 때까지 제대로 보존될 수 있었다. 광릉의 재실에서 정자각으로 이어지는 길은 전나무, 소나무, 참나무, 복자기나무 등이 숲을 이루어서 우수한 식생 환경을 자랑한다. 그런 연유로 '유네스코 광릉숲 생물권보전

지역'에 포함되어 있다.

광릉에 잠든 세조를 떠올리면 다시 어린 단종이 생각난다. 삼촌과 조카로 연을 맺은 두 사람이 조선 역사에서 가장 슬픈 비극의 주인공이 되었다. 두 사람에게 다른 길은 없었을까? 옛 글을 읽다 보면 삼촌과 조카가 모두 부러워하는 행복한 결말에 이른 실화가 있다. 주周 문왕은 자신이 세운 나라를 무왕에게 넘겨주었고, 무왕은 아들이 너무 어렸기 때문에 동생인 주공 단에게 왕업을 물려주었다. 7년간 섭정하며 나라를 잘 다스린 단은 조카가 성장하여 왕위를 물려받을 여건과 나이가 되자 한 치의 주저함도 없이 왕권을 넘겨주었다. 그리고 신하로 돌아가 성왕에게 예를 갖추어 대했다. 돈과 권력 앞에서 마음이 흔들리기 마련인데 개인의 욕심을 버리고 혈연의 정을 택한 주공 단과 조카 이야기는 아름다운 일로 사람들에게 두고두고 회자되고 있다.

세종은 아들이 많기로 유명한 왕이다. 게다가 그 아들들이 다 영특하고 빼어났다. 큰아들 문종이 일찍 죽었어도 수양(세조), 임영, 안평, 광평 등 7명의 대군들이 대동단결하여 어린 조카 단종을 보필했더라면 형제가 형제를 죽이고 삼촌이 조카를 죽이는 그 불행한 역사의 한 페이지를 만들지 않았을 것이다. 그런데 권력이라는 것, 그 살아 있는 생물이라는 권력이라는 것이 사람의 마음을 흔들고 흔들어서 그 엄청난 사건을 만들어 낸 것이다.

세조(1417~1468, 재위 1455~1468)는 세종과 소헌왕후의 둘째 아들이다. 1455년 6월 단종에게 선위하게 하고 왕위에 올랐다. 세조의 비 정희왕후貞熹王后(1418~1483)는 좌의정 윤번尹璠의 딸로 1428년(세종 10)에 가례를 올려 낙랑부대부인으로 봉해졌으며, 세조가 왕위에 오르자 왕비로 책봉되었다. 세조와 정희왕후의 가례에 얽힌 이야기가 전하는데 다음과 같다.

> 광묘光廟(세조)는 아직 수양대군으로 잠저에 있었는데, 길례吉禮(혼인)를 치르기 전의 일이다. 처음에 정희왕후의 언니와 혼인 말이 있어 감찰각씨[監察可氏]가 그의 집에 가니, 주부인主夫人이 처녀와 함께 나와서 마주 앉았다. 그때 정희왕후는 나이가 아직 어렸으므로 짧은 옷과 땋은 머리로 주부인의 뒤에 숨어서 보는 것이었다. 주부인이 밀어 들어가라 하면서, "너의 좌차坐次는 아직도 멀다. 어찌 감히 나왔느냐?" 하였다. 감찰각씨는 주부인에게, "그 아기의 기상이 범상치 않아 보통 사람과 겨눌 바가 아니니, 다시 보기를 청합니다" 하고, 아름답게 여겨 마지않고 대궐에 들어와서 아뢰어 드디어 정혼 하였다. 각씨의 사람 알아보는 안목을 지금까지도 일컫는다. (이기李墍, 《송와잡설松窩雜說》)

사람은 그래서 한 치 앞을 내다보지 못한다는 것이고, 일어날 일이 일어나고 일어나지 않을 일은 일어나지 않으며, 만나야 할 사람은 만나고 만나지 않아야 할 사람은 만나지 않는 것이다.

대군에 머무를 수밖에 없었던 용들

세조는 형인 문종에 비해 병서兵書와 무예, 음악에 능했다. 특히 세조의 음악적 재능은 세종이 감탄할 정도였다고 한다.

> 세조가 일찍이 가야금을 타니 세종이 감탄하여 이르기를 "진평대군(세조)의 기상으로 무슨 일인들 이루지 못하겠는가?" 하고, 또 말하기를 "진평대군이 만약 비파를 탄다면, 능히 쇠약한 기운도 다시 일게 할 것이다" 하였다. 세조가 또 일찍이 피리를 부니 자리에 있던 모든 종친들이 감탄하지 않는 자가 없었고, 학鶴이 날아와 뜰 가운데에서 춤을 추니 금성대군 이유李瑜의 나이가 바야흐로 어렸는데도 이를 보고 홀연히 일어나 학과 마주 서서 춤을 추었다. (…) 세종이 또 문종에게 이르기를 "악樂을 아는 자는 우리나라에서 오로지 진평대군뿐이니, 이는 전후에도 있지 아니할 것이다" 하였다.
>
> 《세조실록》 권1, 총서

수양대군으로 있을 당시 아버지 세종의 명을 받들어 불서를 번역하고 향악의 악보를 정리하다가 1452년(문종 2)에 관습도감 도제조로 임명되었다. 그해 5월에 문종이 재위 2년 3개월 만에 갑자기 승하한다.

문종이 병환이 나니 집현전의 여러 신하를 불러 촛불을 켜고 서로 문제를 토론하다가 밤중이 되자 무릎에 단종을 앉히고 손으로 그 등을 어루만지면서 "내가 이 아이를 경들에게 부탁한다" 하고 술을 내려 주었다. 임금이 어탑御榻에서 내려와 편히 앉아서 먼저 술잔을 들어 권하니 성삼문, 박팽년, 신숙주 등이 모두 술에 취하여 임금 앞에서 쓰러져 정신을 차리지 못하였다. 임금은 내시에게 명하여 방문 위의 인방 나무를 뜯어다가 들것을 만들어 차례로 메고 나가 입직청入直廳에 나란히 눕혀 놓았다. 그날 밤에 많은 눈이 왔는데, 이튿날 아침에 신하들이 술이 깨니 좋은 향기가 방 안에 가득하고 온몸에는 담비 털 갖옷이 덮혀 있었다. 임금께서 손수 덮어 준 것이다. 서로 감격하여 눈물을 흘리면서 특별한 은혜에 보답하기로 맹세하였다. 그러나 그 후에 신숙주의 거취는 그 모양이 되고 말았다. (이긍익,《연려실기술》권4, 〈문종조 고사본말〉)

아침에 다르고 저녁에 다른 것이 사람의 마음이다. 신숙주의 길이 다르고, 성삼문의 길이 달랐던 것이다. 단종이 열두 살의 어린 나이로 임금의 자리에 오른 이후 정국은 왕위 찬탈의 야망을 품은 수양대군파와 문종의 고명을 받든 황보인·김종서파로 나뉘게 되었다. 수양대군은 계유정난(1453)을 통해 문종의 고명을 받든 황보인과 김종서 등 수십 명을 살해하고 실권을 손아귀에 넣었다.

왕위에 오를 기틀을 마련한 수양대군은 명의 환심을 얻기 위해 사은사를 자처하여 명에 다녀왔다. 그리고 정란 2년 뒤 단종에게서 선위를 받아 왕위에 오른다.

> 환관 전균으로 하여금 한확 등에게 전지하기를 "내가 나이가 어리고 중외中外의 일을 알지 못하는 탓으로 간사한 무리들이 은밀히 발동하고 난亂을 도모하는 싹이 종식하지 않으니, 이제 대임大任을 영의정에게 전하여 주려고 한다" 하였다.
>
> 한확 등이 놀랍고 황공하여 아뢰기를 "이제 영의정이 중외의 모든 일을 다 총괄하고 있는데, 다시 어떤 대임을 전한다는 것입니까?" 하여, 전균이 이를 아뢰니 노산군이 말하기를, "내가 전일부터 이미 이런 뜻이 있었거니와 이제 계책을 정하였으니 다시 고칠 수 없다. 속히 모든 일을 처판處辦하도록 하라" 하였다.
>
> 한확 등 군신들이 합사合辭하여 그 명을 거둘 것을 굳게 청하고 세조 또한 눈물을 흘리며 완강히 사양하였다. (…) 노산군이 경회루 아래로 나와서 세조를 부르니, 세조가 달려 들어가고 승지와 사관이 그 뒤를 따랐다. 노산군이 일어나 서니 세조가 엎드려 울면서 굳게 사양하였다. 노산군이 손으로 대보를 잡아 세조에게 전해 주니 세조가 더 사양하지 못하고 이를 받고는 오히려 엎드려 있으니 노산군이 명하여 부액해 나가게 하였다. (…) 세조가 익선관과 곤룡포를 갖추고는 백관을 거느리고 근정전 뜰로 나아가 선위를 받으니 (…).
>
> 《세조실록》 권1, 세조 1년 윤6월 11일 을묘)

단종은 상왕으로 권좌에서 물러났지만 이미 유학이 정치적

이념으로 자리 잡은 조선에서 충신들에 의해 수차례 반발이 일어나게 되었고, 사육신이 단종 복위를 도모하다 죽음을 당했다.

1456년(세조 2) 세종과 문종으로부터 특별히 총애를 받았던 성삼문, 박팽년, 이개, 하위지, 유성원, 유응부 등 6명이 세조와 측근을 제거하고 단종을 복위시키고자 했다가 발각된다. 처음 그들이 모였던 때가 1455년 10월경으로 책명사인 명 사신이 조선에 오겠다고 통고한 이후였다. 세조가 상왕 단종과 함께 창덕궁에서 명 사신을 대접하기로 했는데, 이 자리에 성삼문의 아버지 성승成勝과 유응부가 호위인 별운검(임금의 신변을 호위하는 무신)으로 임명되었다. 이에 성삼문, 성승, 박팽년, 유응부 등이 모의하여 그 자리에서 세조를 제거하려 했던 것이다. 그러나 한명회가 장소가 협소하니 호위를 들이지 말자고 청하여 거사가 연기되었다. 그런데 같이 모의했던 김질이 장인 정창손에게 이 사실을 실토하여 세조에게 고발한 것이다. 세조는 분노하여 일을 꾀한 자들을 직접 국문했다. 그러나 이들은 오히려 당당하게 세조를 비난했다. 결국 이들은 사지가 모두 찢기는 거열형車裂刑을 당했다.

사육신 사건에도 유일하게 살아남은 사람이 박팽년의 아들이다. 당시 삼족이 멸하고 대가 끊어질 처지에 있던 박팽년의 둘째 며느리가 임신 중이었는데 관비로 대구에 내려와 있었다. 아들을 낳으면 죽이고 딸을 낳으면 관비로 삼으라는 어명이 있었는데, 해산을 하자 아들이었다. 마침 딸을 낳은 여종이 있어서 상의하여 아들과 딸을 맞바꾸어 살아남았고, 성종 때 사면을 받아 박팽년의 대가 이어지게 된 것이다.

그 뒤 세조에게 죽임을 당한 사육신을 기리기 위해 노량진의 사육신 묘역 근처에 민절 서원을 세운 것은 1681년(숙종 7)이었다. 숙종은 1711년 9월에 이곳을 친히 참배한 후 여섯 충신의 관직을 추증하고 시호를 내렸다. 정조는 1782년 이곳에 신도비를 세웠다. 신도비 비문에는 다음과 같은 내용이 보인다.

> 성삼문 등 여섯 충신이 사형을 당한 당시의 서울은 형용할 수 없을 정도로 혼란에 빠졌던 까닭에 그들의 시체를 묻을 겨를조차 없었는데, 다행스럽게도 생육신의 한 사람인 김시습이 밤중에 남몰래 이곳에 시체를 모시었으니 창망 중에 그 시체들이 제대로 챙겨졌는지 알 수 없는 일이다.

사육신 사건의 여파로 결국 상왕 단종은 노산군으로 강등, 유배형에 처해졌다.

> "판돈녕부사 송현수(정순왕후의 아버지)와 행돈녕부판관 권완이 반역을 도모합니다." (…)
> (이에 왕이) 교지를 내기를 "전날 성삼문 등이 말하기를 '상왕(단종)도 그 모의에 참여하였다' 하였으므로, 종친과 백관들이 합사하여 말하기를 '상왕도 종사에 죄를 지었으니, 편안히 서울에 거주하는

것은 마땅하지 않습니다' 하고 여러 달 동안 청하여 마지않았으나 내가 진실로 윤허하지 아니하고 처음에 먹은 마음을 지키려고 하였다. (…) 이에 특별히 여러 사람의 의논을 따라 상왕을 노산군으로 강봉하고 궁에서 내보내 영월에 거주시키니 (…)." (《세조실록》 권8, 세조 3년 6월 21일 계축)

왕위 찬탈자의 뒷모습

혈기 방장한 세조도 나이가 들어서 그랬는지 훗날 신하들과 나눈 대화를 보면 유해져 어떤 면에선 쓸쓸하기도 하다. 세조가 죽고 의정부에서 찬한 글을 보자.

왕(세조)은 일찍이 후원에서 옛 신하들과 술을 나누고, 이어서 더불어 사후射侯하였는데, 왕이 쏜 것은 반드시 과녁을 관통하였으므로, 시詩를 올리는 자가 있었습니다. 왕은 수찰手札을 보이며 이르기를, "나는 소년 시절에 기운이 웅장하고 마음이 씩씩하여 스스로 유예遊藝를 평생의 업으로 하려고 하였으나 지금은 그렇지 아니하다. 만약 한갓 부녀에 의빙依憑되어 절제할 소이所以를 알지 못하였다고 하면, 정치를 하고 오랑캐를 굴복시키는 길이 아니었을 것이다" 하였으며, 또 여러 신하의 시를 보니, 모두 경계하는 말이 있었으므로 더욱 고굉股肱의 충성을 느끼어 시로 회답하였습니다.

욕심이 적으면 욕심을 가히 채울 수가 있고

일이 간략하면 공功을 가히 이룰 수 있을 것이다

하늘을 공경하면 하늘이 보전할 것이며

백성 다스리기를 부지런히 하면 백성이 편안할 것이니

소예小藝에 생각을 다하지 말고

큰 정사에 정성을 다하는 것이 마땅하다

하였고 또 이르기를

우환은 안락함에서 나오고

창달은 곤궁함에서 싹트는도다

천명은 진실로 항상되지 아니하니

오로지 선善만을 따를 뿐이다

교수交修하는 뜻을 잊지 말라

더불어 생각하면 시종始終이 있으리다 《세조실록》 권47, 세조 14년 9월 16일 임신)

그런 의미에서 볼 때 운명은 마음대로 되는 것이 아니다. 욕심을 버리고 싶다고 버릴 수 있는 것도 아니기 때문에 내 앞에 다가오는 그 운명을 감내하고 사랑하는 그 가운데서 이루어질 수도 있고 안 이루어질 수도 있는 것이 운명이기 때문이다. 그래서 필연적인 것은 감내하고 사랑해야 한다고 니체도 말하지 않았던가?

나는 너희를 강제로 잡지 아니한다. 따르지 않을 자는 가라. 장부가 죽으면 사직을 위해 죽어야 한다. 나는 혼자 가겠다. 만약 어리석은 고집으로 기회를 그르치는 자가 있으면 마땅히 먼저 죽이리라. (이긍익,《연려실기술》권4,〈단종조 고사본말〉)

세조는 자기 생애의 전체를 걸고 계유정난을 일으켜 조카인 단종을 쫓아낸 뒤 임금의 자리에 올랐고 수많은 사람들을 죽음으로 내몰았다. 그렇다고 세조에게 왕위 찬탈의 어두운 면만 있었던 것은 아니다. 세종에서 세조 대의 문장가 서거정의 글을 보자.

고령군 신숙주는 영의정으로 있었고, 능성군 구치관은 새로 우의정이 되었는데, 세조가 두 정승을 급히 내전으로 불러들였다. 세조가 이르기를 "오늘 내가 경들에게 물을 것이 있으니 대답을 잘하면 그만이겠지만, 능히 대답하지 못하면 벌을 면치 못할 것인데, 경들의 생각은 어떠한고" 하니, 두 정승이 공손히 대답하기를 "삼가 힘을 다하여 벌을 받지 않게 하겠습니다" 하였다. 이윽고 세조가 "신 정승" 하고 불렀다. 신숙주가 곧 대답하였더니 임금이 이르기를 "나는 신新 정승을 부른 것인데, 그대는 대답을 잘못하였다" 하고 큰 술잔으로 벌주 한 잔을 주었다. 또 "구 정승" 하고 부르자 구치관이 대답하였더니 세조가 말하기를 "나는 구舊 정승을 불렀는데 그대가 잘못 대답하였다" 하고 벌주 한 잔을 주었다. 임금이 또 부르기를 "구

정승" 하니 신숙주가 대답하므로 임금이 말하기를 "내가 구具 정승을 불렀는데 그대가 잘못 대답하였다" 하고 또 벌주를 주었다. 또 부르기를 "신 정승" 하니 구치관이 대답하므로 말하기를 "내가 신钅 정승을 불렀는데, 그대가 잘못 대답하였다" 하고 또 벌주를 주었다. 다음에는 "신 정승" 하고 불렀더니, 신과 구가 다 대답하지 않았다. 또 "구 정승" 하고 불러도 구와 신이 다 대답하지 않으므로 임금이 말하기를 "임금이 부르는데 신하가 대답하지 않는 것은 예가 아니다" 하고 또 벌주를 주었다. 종일 이와 같이 하여 두 정승이 벌주를 먹고 극도로 취하니 세조가 크게 웃었다. (서거정,《필원잡기筆苑雜記》권1)

그 옛날 임금과 신하의 관계가 얼마나 권위적이었겠는가. 그런데도 임금과 신하가 한자리에서 풍류와 해학으로 나누는 술자리가 있었으니 얼마나 가슴이 훈훈해지는 일인가.

세조는 문종과 단종의 짧은 치세를 거치는 동안 소홀히 할 수밖에 없었던 국정의 여러 사무들을 추스르며 왕권 강화에 나서는 한편, 토지 제도와 군사 제도를 개혁해 나라의 재정과 국방을 튼튼히 했다. 특히 의정부의 정책 결정권을 폐지하여 재상의 권한을 축소시켰고 6조의 직계제를 부활시켰다. 이 밖에도 제도를 정비하고, 많은 서적을 편찬했다.《국조보감》,《동국통감》을 편찬하여 역대 왕조를 조명했다. 특히 성종 연간에 완성된 《경국대전》을 육전상정소六典詳定所를 설치하여 편찬하게 한 것도 세조다. 불교를 숭상한 세조는 1461년에 간경도감刊經都監을 설치하고 신미와 김수온 등에게 명하여 《법화경》과 《금강경》 등 불경도 간행했다.

병이 된 죄책감

조카인 단종을 몰아내고 왕위에 오른 세조는 얼마 못 가 괴질에 걸리게 된다. 병을 고치기 위해 오대산을 찾은 세조가 월정사에 들러 참배하고 상원사로 올라가던 길이었다. 물이 맑은 계곡에 이른 세조는 몸에 난 종기를 다른 이들에게 보이지 않으려고 혼자 멀찌감치 떨어져 몸을 씻고 있었는데, 동자승 하나가 가까운 숲에서 놀고 있었다. 세조는 그 아이를 불러 등을 씻어 달라고 부탁하며 "어디 가서 왕의 몸을 씻어 주었다는 말은 하지 마라"라고 말했다. 그러자 그 아이가 "왕께서도 어디 가서 문수보살을 직접 보았다는 말은 하지 마세요"라고 대답하고는 어디론가 사라져 버렸다.

깜짝 놀란 세조가 두리번거렸지만 아무도 보이지 않았다. 그런데 이상한 것은 그토록 오랫동안 자신의 몸을 괴롭히던 종기가 씻은 듯이 나은 것이다. 감격에 겨운 세조는 화공을 불러 기억을 더듬어 동자로 나타난 문수보살의 모습을 그리게 했고, 그 그림을 표본으로 하여 조각한 목조문수동자좌상(국보 제221호)을 상원사 법당인 청량선원에 모셨다.

다음 해에 상원사를 다시 찾은 세조는 또 한 번 기적을 경험했다. 상원사 불전으로 올라가 예불을 드리려는 세조의 옷소매를 고양이가 나타나 물고 못 들어가게 했다. 이상하게 여긴 세조가 밖으로 나와 법당 안을 샅샅이 뒤지게 하자, 탁자 밑에 그의 목숨을 노리는 자객이 숨어 있었다. 고양이 덕에 목숨을 건진 세조는 상원사에 '고양이의 밭'이라는 뜻의 묘전을 내렸다. 세조는 서울 가까이에도 여러 곳에 묘전을 마련하여 고양이를 키웠는데, 서울 강남구에 있는 봉은사에 묘전 50경을 내려 고양이를 키우는 비용에 쓰게 했다고 한다. 이런 일들을 겪은 세조는 그 뒤에 상원사를 다시 일으키고 소원을 비는 원찰로 삼았다. 이렇듯 말년에 지병인 피부병으로 힘들어했던 세조는 1468년(세조 14) 9월 세자에게 전위하고 다음 날 수강궁에서 세상을 떠났다.

광릉 수목원 바로 근처에 있는 광릉은 왕과 왕비의 능을 서로 다른 언덕에 만든 조선 왕릉 최초의 동원이강릉이다. 정자각 왼쪽에 세조의 능이 있고 오른쪽에는 정희왕후의 능이 있다. 세조는 왕후 외에 한 명의 빈만 두었다. 조선 왕들 중 보기 드문 일이다. 조강지처이면서도 금슬이 가장 좋았던 부부라서 그랬는지 모르겠다. 계유정난 당시 정희왕후의 공이 컸다. 계유정난을 일으키기 전 거사가 사전에 누설되었다며 손석손 등이 만류했다. 번뇌에 빠진 세조가 중문에 이르자 정희왕후가 갑옷을 입혀주며 용병을 감행하게 했다는 일화가 있다.

두 능의 중간에 정자각을 세웠는데, 이후에 다른 능을 조성할 때에도 이와 같은 형식을 취했다. 화려한 능제를 금하는 유명을 내린 세조의 능은 그 유언에 따라 석실을 회격灰隔으로 바꾸고 병풍석도 쓰지 않았다. 병풍석에 새겼던 십이지신을 난간 동자 석주에 새겼다. 덕분에 부역 인원과 조성 비용을 감축했는데 이는 조선 초기 능제에 일대 혁신을 가져 왔고, 이런 상설 제도는 이후 왕릉 조성에 모범이 되었다. 능 주위에는 석양과 석호 등의 석물이 배치되어 있다. 광릉에는 현재 홍살문 앞에서 정자각에 이르는 길인 향어로가 따로 없다.

광릉과 연결되어 있는 울창한 광릉숲에는 약 200여 년 이상된 아름드리 고목들이 즐비하다. 이 광릉숲 내에 국립 수목원과 산림 박물관이 들어서 있다. 국립 수목원은 1983년부터 1986년까지 4개년에 걸쳐 광릉시험림 내 500만 제곱미터에 걸쳐 조성되었다. 자연 학습과 산림 역사에 관한 자료를 영구히 보존하고 이를 전시하고 있는 수목원은 자연 경관을 최대한으로 활용했다.

광릉 세조릉 능침 정면. 세조의 유언에 따라 봉분에
병풍석을 두르지 않았다.

역사가 슬픈 것인가,
사람의 생이 슬픈 것인가?

단경왕후_온릉

경기도 양주시 장흥면 일영리에 있는 온릉溫陵은 중종의 비 단경왕후의 능이다. 몇 년 전까지만 해도 비공개 능이었던 온릉은 인근 주민들조차 능 이름을 잘 몰랐다. 단경왕후端敬王后(1487~1557)는 연산군 연간에 좌의정을 지낸 신수근慎守勤의 딸이다. 신수근의 아버지는 영의정을 지낸 거창부원군 신승선이며 어머니는 임영대군의 딸이다. 연산군의 비 거창군부인 신씨가 신수근의 여동생이므로 연산군의 처남이자 중종의 장인이었다.

단경왕후는 1499년(연산 5)에 진성대군(중종)과 혼례를 올렸고 1506년 반정으로 중종이 왕위에 오르자 왕비로 책봉되었다. 하지만 7일 만에 폐출되었는데, 그렇게 된 사연이 슬프기 그지없다. 신수근이 좌의정으로 있던 1506년 박원종 등이 장차 연산군을 폐하고 진성대군을 임금으로 추대할 뜻을 품고 연산군의 처남이자 진성대군의 장인인 신수근에게 넌지시 물었다.

"대감, 누이와 딸 중 누가 더 중하십니까?"

신수근이 자리를 차고 일어서면서 다음과 같이 말했다.

"임금은 비록 포악하지만 세자가 총명하니 그를 믿고 살 뿐입니다."

신수근의 이 말은 '매부를 폐하고 사위를 왕으로 세우는 일을 나는 할 수 없다'는 뜻으로, 한마디로 반정에 반대한다는 것이다. 신수근은 딸과 누이 중 단호하게 대의大義를 택한 것이다.

반정 세력의 중심인물이었던 박원종 등은 신수근의 마음을 움직일 수 없음을 알고 역사인 신윤무와 이심 등을 보내어 수각교에서 신수근을 먼저 살해했다. 그때 신수근의 시종도 몸으로 막다가 함께 죽었고, 그의 동생 유수 신수겸과 판서 신수영도 모두 비참하게 생을 마감했다.

7일의 왕비

반정으로 왕위에 오른 중종이 신수근의 딸을 왕비로 책봉했다. 하지만 훗날에 있을지도 모를 화를 두렵게 여긴 박원종 등의 반정 세력에 의하여 단경왕후는 폐출되었다.

유순, 김수동, 유자광, 박원종, 유순정, 성희안, 김감, 이손, 권균, 한사문, 송일, 박건, 신준, 정미수 및 육조 참판 등이 같은 말로 아뢰기를 "거사할 때 먼저 신수근을 제거한 것은 큰 일을 성취하고자 해서였습니다. 지금 수근의 친딸이 대내大內에 있습니다. 만약 중전으로 삼는다면 인심이 불안해지고 인심이 불안해지면 종사에 관계됨이 있으니, 은정을 끊어 밖으로 내치소서" 하니, 임금이 전교하기를 "아뢰는 바가 심히 마땅하지만, 그러나 조강지처인데 어찌하랴?" 하였다. 모두 아뢰기를 "신 등도 이미 요량하였지만, 종사의 대계로 볼 때 어찌겠습니까? 머뭇거리지 마시고 쾌히 결단하소서" 하니, 전교하기를 "종사가 지극히 중하니 어찌 사사로운 정을 생각하겠는가. 마땅히 여러 사람 의논을 좇아 밖으로 내치겠다" 하였다.

얼마 뒤에 전교하기를 "속히 하성위 정현조鄭顯祖의 집을 수리하고 소제하라. 오늘 저녁에 옮겨 나가게 하리라" 하였다. 《중종실록》 권1, 중종 1년 9월 9일 을유)

　이것으로 단경왕후와 중종의 부부 연은 끝났다. 1506년 9월 9일 저녁 스무 살의 어린 신씨는 여염집 아낙들이 타고 다니는 작은 가마를 타고 눈물을 비 오듯이 흘리면서 쫓겨났다. 그가 간 곳은 인왕산 아래 하성부원군 정현조의 집이었고, 후에 할아버지 신승선의 집으로 옮겼다. 노무현 전 대통령의 일화가 떠오르는 대목이다. 대통령 후보 시절 그는 "좌익으로 활동했던 장인으로 인해 수많은 사람들이 피해를 입었지 않느냐?"라는 질문에 "그럼 조강지처를 버리란 말이냐!"라고 응수했다. 중종은 그런 면에서 지질하고 좀스런 사람이라고 평해야 할까. 아내인 단경왕후도 지켜 주지 못했고 그와 더불어 개혁 정치를 펼쳤던 조광조도 지켜 주지 못했다.

반정 세력들에 의한 단경왕후 폐위는 훗날 수많은 비판을 받았다. 중종이 단경왕후를 폐출하고 장경왕후를 맞이했으나 원자(훗날 인종)를 낳고 1515년(중종 10) 승하했다. 그 뒤 담양부사 박상과 순창군수 김정, 무안현감 유옥 등 세 사람이 비밀리에 전북 순창에 있는 강천사 계곡에 모여 폐위된 신씨를 왕비로 복위시키자는 상소를 올렸다. 그러나 대사헌 권민수, 대사간 이행 등이 이 상소문을 '사악한 의논'이라고 아뢰어서 실패하고 말았고, '삼인대비三印臺碑'로만 남아 있다.

얼마나 희극적이며 비극적인 일인가. 꽃다운 나이 스물에 남편은 왕이 되고, 자신은 왕후가 되었으나 불과 며칠 사이에 아버지는 죽임을 당하고, 후환을 두려워했던 공신들에 의해서 고모인 연산군 부인과 함께 폐비가 되어 나락으로 떨어지고 만 것이다. 그 후 단경왕후는 1557년(명종 12) 12월 사저에서 71세의 나이로 세상을 떠났다. 후사가 없었던 왕비는 본가 선영에 묻혔는데, 그때 명종은 장생전 관목槨木을 내려 1등의 예로 장사를 치르게 했다.

1698년(숙종 24) 현감 신규가 상소문을 올려 영월에 있는 노산군의 복위와 함께 폐비 신씨도 왕비로 추복할 것을 청했지만 당시 의론이 일치하지 않았다. 그러나 숙종은 연경궁 옛터에 사당을 짓고 제사를 지내도록 했으며, 제수는 봉상시에서 마련하도록 했다. 그 뒤 1739년(영조 15) 3월 복위되었다.

> 시임·원임 대신과 관각館閣의 당상과 육조의 참판 이상을 명초하여 빈청에 모여 의논하게 하여 신비의 시호를 단경端敬(예禮를 지키고 의義를 지키는 것을 단端이라 하고, 이른 아침부터 늦은 밤까지 공경하고 조심하는 것을 경敬이라 한다)이라 올리고, 휘호를 공소순열恭昭順烈(게으르지 않아서 덕이 있는 것을 공恭이라 하고, 덕을 밝혀서 배움이 있는 것을 소昭라 하고, 도리에 화합하는 것을 순順이라 하고, 덕을 지키고 사업을 높이는 것을 열烈이라 한다)이라 올리고, 능호를 온릉이라 하고 봉릉도감을 설치하고 무인년(1698, 숙종 24) 장릉을 추복할 때의 예에 따라 이달 30일에 태묘에 고하라고 명하였다. 《영조실록》 권49, 영조 15년 3월 28일 갑술)

중종의 아내이자 왕비였던 신씨가 궁에서 쫓겨난 지 223년의 세월이 흐른 뒤였다. 이때 단경왕후의 아버지 신수근도 왕의 장인으로서 영의정에 추증되었다. 1739년 8월 영조는 해가 뜰 때 온릉에 이르러 작헌례酌獻禮, 즉 묘소에 술 따르는 예식을 행했다. 능호를 지정한 지 60년이 되는 해인 1799년(정조 23)에 정조는 특별히 작헌례를 행했고, 임금의 장인이었던 신수근에 대해 마을에 정문旌門을 세워 표창하라는 명령을 내렸다.

온릉의 재실은 1970년대에 길을 낼 때 옮겨 온 것이라는데 한쪽은 맞배지붕이고 한쪽은 팔작지붕으로 어디서도 볼 수 없는 모습이다. 가다가 보니 배수구가 보이는데, 김흥년 사무관의 말에 따르면 처음에는 왕릉이 아니라 작게 만들었다가 영조 때 영역을 넓히면서 개울을 덮고 배수구를 만들었다는 것이다. 재실을 지나면 홍살문과 정자각이 보이고, 그 옆에 비각이 서 있다. "朝鮮國 端敬王后 溫陵"(조선국 단경왕후 온릉)이라고 새겨져 있는 이 비는 1807년(순조 7)에 세운 것이다.

온릉의 능침에는 병풍석도 난간석도 없이 능 뒤에 곡장만 둘렀다. 능 안에는 석양과 석호 한 쌍씩이 봉분을 지키고 있다. 봉분 앞에는 혼유석이 놓여 있고, 장명등과 문석인이 있는데 좌측의 문석인은 한쪽 뺨이 떨어져 나갔다. 그리고 석마 한 쌍이 능 양쪽에 배치되어 있다. 능을 조영하는 산역 공사가 많았던 숙종과 영조 때의 왕릉 양식을 보여 준다.

온릉은 군사 시설 보호 구역 내에 있기 때문에 일반인들의 접근과 출입이 어려웠다. 하지만 2019년 11월 14일 일반에 처음으로 개방되었다. 한편 이곳 온릉에서 멀지 않은 양주시 장흥면 일영리의 절골에는 중전의 자리에서 물러난 단경왕후가 죽기 전까지 머물렀다고 전해지는 쌍계사 절터가 있다. 그리고 그곳에서 멀지 않은 절골에는 비운의 생을 마감한 단경왕후의 아버지 신수근의 묘와 같은 시대를 살면서도 서로 대립각을 세우며 살았던 성희안의 묘가 있다. 역사는 참 기묘한 아이러니가 아닌가?

1. 온릉 곡장 뒤에서 본 전경. 아늑한 소나무 숲에 안긴 듯한 온릉의 여름이 싱그럽다.

2. 온릉 능침 전경

온릉 정자각

파주 삼릉에
잠든 사람들

파 주 삼릉은 경기도 파주시 조리읍 봉일천리에 있는 세 능, 곧 공릉과 순릉, 영릉을 말한다. 각 능의 앞 글자를 따서 공순영릉이라고도 하는데, 그 앞을 흐르는 내가 봉일천라고 부르는 기프내다. 이곳에 봉일천 또는 공릉장이라는 이름의 장이 섰었다. 공릉교를 지나 삼릉으로 가는 길은 소나무와 물푸레나무, 신나무들이 울창하게 우거져 있다.

공릉 가는 길

공릉恭陵은 예종의 원비인 장순왕후의 능이다. 장순왕후章順王后

(1445~1461)는 상당부원군 한명회韓明澮의 딸로 1460년(세조 6) 세자빈으로 책봉되었고 인성대군을 낳았다. 그러나 1461년 12월 산후병으로 죽었다. 그의 나이 17세, 세자빈의 신분으로 세상을 떠난 그의 비碑에는 "朝鮮國 章順王后 恭陵"(조선국 장순왕후 공릉)이라 새겨져 있다.

장순왕후가 세자빈으로 세상을 떠나 공릉은 단출하게 조성되었다. 성종 대에 왕후로 추존된 이후에도 더 이상의 정비는 하지 않아서 곡장 안 봉분에는 병풍석과 난간석이 없으며 망주석 또한 생략되었다. 석양과 석호가 좌우에서 봉분을 호위하고 있으며, 혼유석과 장명등 그리고 문석인을 비롯한 석마 등의 석물이 배치되어 있다.

순릉 가는 길

순릉順陵은 성종의 원비 공혜왕후의 무덤이다. 공혜왕후恭惠王后(1456~1474)는 상당부원군 한명회韓明澮의 딸이며 장순왕후의 동생이다. 1467년(세조 13) 12세의 나이로 가례를 올렸고 성종이 즉위하자 왕비로 책봉되었다. 1474년 4월 19세의 나이로 창덕궁 구현전에서 세상을 떠났으며 6월 순릉에 안장되었다.

홍살문을 지나면 정자각이 있고 그 옆에 있는 비각에 세운 표석 전면에는 "朝鮮國 恭惠王后 順陵"(조선국 공혜왕후 순릉)이라 새겨져 있다. 이 표석은 1817년(순조 7) 9월에 세워진 것이다. 순릉

의 봉분은 태조의 건원릉과 태종의 헌릉을 예로 삼아 12칸 난
간석이 감싸고 있다. 봉분 주변으로는 석양, 석호, 팔각 장명등,
망주석 등의 석물이 배치되어 있는데, 석양과 석호를 서로 엇바
꾸어 두 쌍씩 여덟 마리가 배치되어 있다. 봉분 앞에는 혼유석
이 놓여 있고, 봉분이 있는 다음 단에 장명등과 문석인 한 쌍이
석마와 배치되어 있다. 또 한 단 아래 공간에는 무석인 한 쌍과
석마가 놓여 있다. 순릉은 병풍석을 세우지 않고 봉분 뒤쪽으로
곡장을 두른 조선 초기의 능제와 비슷한 형태로 조성되었다.

영릉 가는 길

영릉永陵은 영조의 큰아들인 진종(효장세자)과 그의 비 효순왕후
의 능이다. 진종(1719~1728)은 1724년(영조 원년)에 경의군으로
봉해지고, 이듬해인 1725년에 왕세자로 책봉되었으나 1728년
11월 열 살의 나이로 죽었다. 그런 연유로 이복동생인 사도세자
가 왕세자가 되었다. 그러나 사도세자마저 즉위하지 못하고 죽
자, 사도세자의 아들 정조가 그의 양자가 되어 즉위하면서 진종
으로 추존되었다. 진종의 비 효순왕후孝純昭王后(1715~1751)는 풍
릉부원군 조문명趙文命의 딸로 1727년 세자빈으로 책봉되었다.
그러나 남편인 진종이 일찍 사망한 뒤 1735년(영조 11)에 현빈으
로 봉해졌고, 1751년에 37세의 나이로 세상을 떠났다.

　일러도 너무 이른 열 살의 나이로 세상을 떠난 효장세자의 무

덤은 '효장묘'라 했다. 그 뒤 정조가 임금의 자리에 오른 1776년에 진종으로 추존하면서 무덤도 영릉이라는 능호를 받았다.

홍살문을 지나면 정자각과 비각이 서 있고 언덕을 오르면 왕릉과 왕후릉이 나란히 놓인 능침에 이른다. 영릉은 쌍릉으로 조성되었다. 영릉은 병풍석과 난간석을 설치하지 않았다. 봉분 앞에 각각의 혼유석을 놓았고, 그 양측에 망주석 한 쌍씩을 세웠다. 또한 봉분 주위에 석호와 석양 두 쌍을 교대로 배치했다. 봉분 아랫단에 장명석이 설치되어 있고, 문석인과 석마 각 한 쌍이 서 있으며 무석인은 세우지 않았다. 영릉은 왕과 왕후로 추존되기 전 세자와 세자빈 무덤으로 조성되었을 때 그 모습 그대로다. 추존 후에도 능의 형태는 달라진 것이 없다.

1. 영릉 능침 정면
2. 영릉 비각 내부

사람은 가도
역사는 남는다

인조·인열왕후_파주 장릉

파주 장릉長陵은 "나는 한 여자를 사랑했네. 물푸레나무 한 잎같이 쬐그만 여자"로 시작하는 오규원 시인의 〈한 잎의 여자〉에 나오는 물푸레나무가 입구에 늘어서서 사람들을 반겨 맞는다. 그뿐만이 아니다. 장릉을 감싸고 도는 길목에 봄이면 눈꽃같이 하얗고 그윽한 향기를 내뿜는 때죽나무 꽃이 빼곡하게 들어찬 숲들이 장릉을 에워싼다.

조선왕조 500년의 역사에서 가장 논란거리가 많은 왕을 꼽으라면 누구겠는가? 주로 선조와 인조를 꼽는다. 그것은 선조 때는 임진왜란과 정유재란이 일어나 수많은 백성들이 일본으로 끌려가는 참변을 당했고, 인조 때는 정묘호란과 병자호란이 일어나 적게는 30명, 많게는 50만 명이라는 백성들이 청으로 끌려가는 엄청난 피해를 입은 탓이다. 하지만 그보다도 왕위 계승을 둘러싼 가족 간의 이해 충돌로 엄청난 후유증을 유발한 이유가 더 클 것이다.

인조(1595~1649, 재위 1623~1649)는 원종(추존)의 아들이자 선조의 손자로 어머니는 인헌왕후다. 1607년 능양군에 봉군되고, 1623년(광해 15) 3월에 이귀, 김유 등의 반정이 성공하여 경운궁에서 즉위했다. 비는 영돈녕부사 한준겸韓浚謙의 딸인 인열왕후仁烈王后(1594~1635)이며 계비는 장렬왕후다.

반정으로 왕위에 올라 삼전도에서 무릎을 꿇다

1623년 이귀 등 서인 일파가 광해군과 대북파를 몰아내고 인조를 왕으로 옹립한 정변이 인조반정이다. 계해년에 일어났다고 해서 계해정사 혹은 계해반정이라고 부르는 인조반정은 또 다른 비극을 잉태하고 있었다. 연산군의 폭정 때문에 일어났던 중종반정과는 달리 인조반정은 광해군과 대북 정권의 청(후금)과의 현실적 외교와 폐모론을 명분으로 일으킨 일종의 쿠데타였기 때문이다.

인조반정 이후 반정 세력들은 광해군이 표방했던 명과 중립 외교 노선을 반정 노선으로 바꾸고 말았다. 후금과 조선을 형제로 보고 서로 예우하고자 했던 홍타이지(청 태종)는 크게 분노하

31. 사람은 가도 역사는 남는다

여 정묘년인 1627년(인조 5) 1월에 3만의 대군을 이끌고 조선을 침공했다. 김상용金尙容이 유도대장이 되어 서울을 지키고 인조와 조정 대신들은 강화도로 피난했으며 소현세자는 전주로 남하했다. 그러나 후금과 조선 양측 모두 전쟁을 계속할 여력이 없었기에 협상에 들어갔다. 그때 후금에서 조선 측에 사신을 보내어 자신들의 침략 이유 일곱 가지와 세 가지 요구 사항을 알려 왔다. 후금은 조선의 만주 영토를 후금에 내놓을 것과 명 장수 모문룡을 잡아 보낼 것, 명 토벌에 조선 군사 3만을 지원할 것을 요구했다. 최명길이 강화 회담에 나서서 후금과 형제 관계를 맺겠다는 등의 다섯 가지 사항에 합의(정묘약조)하자 후금은 철수했다.

하지만 1636년 청은 정묘약조에서 설정한 형제 관계를 폐지하고 새롭게 군신 관계를 맺어 공물과 군사 3만을 지원 요청한다. 조선은 그 제의를 거절하고 팔도에 선전 교서를 내렸다. 선전 교서에는 향명대의向明大義(명을 향한 큰 의리)가 큰 목소리로 주창되어 있었다. 명과 의리를 지키기 위해 청과 화和를 끊는다는 선전 교서였던 것이다. 결국 1636년 12월 1일 청 태종은 군사 12만 명을 이끌고 조선 침략에 나섰다. 도중에 만나는 성은 공격하지도 않고 질풍처럼 내달려 온 청 군사는 3일 만에 홍제원에 도착했다. 이것이 병자호란이다.

당시 난을 피하여 지킬 만한 곳은 강화도와 남한산성뿐이었다. 청군이 압록강을 건넜다는 소식이 전해지자 인조는 김상용과 검찰사 김경징에게 종묘와 사직의 신주를 모시고 원손, 봉림대군(효종), 세자빈과 함께 강화도로 난을 피하려 했다. 그러나 인조는 길이 막혀 할 수 없이 1만 3000의 군사를 거느리고 남한산성에 들어가 진을 치고 명에 구원병을 요청했다. 이때 성안에는 양곡 1만 4300석石, 장醬 220항아리가 있었는데, 겨우 50여 일을 견딜 수 있는 식량에 불과했다. 날이 갈수록 성안의 상황은 어렵기만 했다.

> 성중의 온갖 것이 군색해지고 말과 소가 모두 죽었으며 살아 있는 것은 굶주림이 심하여 서로 그 꼬리를 뜯어 먹었다.
> 이때 임금이 침구가 없어 옷을 벗지 않고 자며 밥상에도 다만 닭다리 하나를 놓으니, 전교하여 이르기를, "처음 입성하였을 때에는 새벽에 뭇 닭의 울음소리가 들렸는데, 지금은 그 소리가 전혀 없고 어쩌다 겨우 있으니 반드시 이것은 나에게만 바치는 까닭이다. 앞으로는 닭고기를 쓰지 말도록 하라" 하였다. (이긍익, 《연려실기술》 권 25, 〈인조조 고사본말〉)

인조는 남한산성에서 45일을 머물면서 직접 군사를 지휘, 격려하며 청군에게 항전을 펼쳤다. 그러나 중과부적으로 삼전도에 나아가 청 황제에게 항복했다. 용골대가 남한산성 안에 들어와서 조건을 제시한 끝에 결국 조선은 청에 대하여 신하의 예를 행할 것을 비롯한 11조항에 합의했다. 그 구체적 조항은 조선은 청에 대하여 신의 예를 행할 것, 명에서 받은 고명책인誥命冊印을 버리고 명과 관계를 끊으며 조선이 사용하는 명의 연호를 버릴 것, 조선 왕의 장자와 차자 그리고 대신의 아들을 볼모로 청에 보낼 것, 청이 명을 정벌할 때 조선은 기일을 어기지 말고 원군을 파견할 것, 청이 명군이 주둔하고 있는 가도를 공격할 때 병선을 보낼 것, 청에 사신을 파견할 때 명에 대한 구례舊例에 준할 것, 청군이 잡아가는 포로 중 도망자는 다시 잡아 보낼 것, 청의 내외 제신과 혼인을 맺을 것, 향후 성곽을 보수하거나 쌓지 말 것, 조선 내에 있는 올량합인兀良合人은 마땅히 쇄환할 것, 일본 사신을 청에 인도해 보내고 청에 세폐를 보낼 것 등이었다.

조선으로서는 힘겨운 부담이며 고통이었고 치욕이었다. 그러나 치욕이 어디 그것뿐이랴. 해마다 공물로 황금 100냥, 은 1000냥, 무소뿔 장식의 활짱 200부, 표범 가죽 100장, 사슴 가죽 100장, 차 1000포대, 수달피 400장, 흰 모시 200필, 명주 2000필, 쌀 1만 포대 등 명에 보내던 것의 몇 배를 보내는 조건이었다.

결국 남한산성에 들어온 지 45일 만에 인조는 세자와 함께 호곡 소리가 가득한 산성을 뒤로하고 삼전도에 내려가 항복하고 만다. 그때가 1637년 1월 30일 아침이었다. 용골대를 비롯한 청의 군사들이 성 밖에서 임금이 내려오기를 재촉했고, 임금은 곤룡포 대신 남색 옷을 입고 백마를 타고 서문을 거쳐서 내려왔다. 말에서 내린 인조는 세자를 비롯한 500여 명의 신하들이 지켜보는 가운데 청 태종을 향해 세 번 절하고 아홉 번 머리를 조아리는 삼배구고두三拜九叩頭의 의식을 행했다. 맨땅에 머리를 찧은 인조의 이마에는 피가 흘러내렸다고 전한다. 청 태종은 소현세자 부부와 봉림대군과 함께 척화론의 주모자 오달제, 윤집, 홍익한을 볼모로 삼아 심양으로 돌아갔다. 그리고 인조는 창경궁으로 환궁했다.

청 사람들이 이른 아침부터 행군하여 큰길에 세 줄을 지어 우리나라 사람 수백 명이 앞서가고 한두 오랑캐가 뒤따라갔는데, 그 행렬이 종일토록 그치지 않았다. 뒷날 심양에서 속바치고 돌아온 사람이 60만이나 되는데 몽고 군사에게 잡힌 자는 이 숫자에 들어 있지 않는다. 임금이 차마 보지 못하여 환궁할 때는 큰길을 경유하지 않고 서산西山과 송천松川을 거쳐 산을 따라가 신문新門 필시筆市에 들어가니, 길가에 어떤 노파가 손바닥을 치면서 크게 통곡하기를 "여러 해 동안 강화도를 수축하는데 검찰사 이하가 날마다 술 마시는 것으로 일을 삼더니, 마침내 백성들을 다 죽게 만들었으니 이것이 누구의 허물이냐. 내 아들 넷과 남편은 모두 적의 칼날에 죽고 이 한 몸만 남았으니, 하늘이여, 하늘이여!" 하자, 듣는 사람 중에 슬퍼하지 않는 자가 없었다. (이긍익,《연려실기술》권25,〈인조조 고사본말〉)

병자호란의 후유증은 여러 형태로 나타났다. 수많은 고아들이 생겨났고 청군이 철수하면서 끌고 간 50만에 달하는 조선 여자들 문제 또한 심각했다. 그들이 여자들을 끌고 간 목적은 돈을 받고 조선에 되돌려주는 것이었다. 하지만 가장 싼 경우가 1인당 25냥 내지 30냥이었고 대개는 150냥 내지 250냥이었다. 비싼 경우는 1500냥에 이르렀다. 게다가 대부분 끌려간 사람들이 빈민 출신이라 속가贖價를 지불할 능력이 없었다. 비싼 값을 치르고 아내와 딸을 되찾아오기도 했지만 포로가 되었다가 돌아온 '환향녀還鄕女' 문제는 심각했다. 특히 청군에게 끌려갔다가 정절을 잃고 귀향한 양반 가문의 부녀자들에 대한 처리 문제는 조선 사회에 파문을 일으켰다. 순결을 지키지 못하고 살아 돌아오자 이는 조상에게 죄를 짓는 일이라 하여 이혼을 청원하는 사대부의 상소가 그치지 않았기 때문이다.

사대부의 아내와 첩으로서 적병에게 끌려갔다가 속환된 자들은 예전처럼 함께 살지 못했다. 신풍부원군 장유張維가 홀로 생각하기를 '절개를 잃은 여자와 부부가 되어서 선조의 제사를 받들 수 없다' 하여, 며느리가 속환된 후에 상소하여 아들을 다시 장가들이기를 청하였다. 영상 최명길崔鳴吉이 회계回啓하기를, "이와 같이 하면 반드시 원한을 품는 부녀들이 많을 것이니, 생각하지 않을 수 없다" 하고 자신의 생각을 임금에게 아뢰었다. 장유가 죽은 후에 부인이 다시 임금에게 글을 올리니, 임금이 명하기를, "다만 이 사람에게만 허락하되 규례로 삼지는 말라" 하였다. (이긍익, 《연려실기술》 권

25, 〈인조조 고사본말〉

청에 항복하고 환궁한 인조는 다음과 같은 교서를 내렸다.

내가 덕이 부족한 몸으로 대위大位에 있은 지 지금 15년이 되었다. (…) 지난날의 잘못을 생각건대 후회되는 일이 한두 가지가 아니었다. 갑옷과 병기를 수선하고 단련하여 환란에 대비할 것을 생각했지만 각 마을이 이로 인해 불안해하였고, 미곡을 무역하여 군량을 비축하려고 했지만 민력이 이로 인해 크게 곤궁해졌던 것이었다. 명예와 절개를 포상함은 세상 사람들을 격려시키기 위한 것인데도 근거없는 의논이 이로 인해 더욱 심해졌고, 요역과 부세를 부과하여 독촉함은 완악함을 경계하기 위한 것인데도 포악한 관리가 이로 인하여 횡포를 부렸다. 조정에는 아첨하는 풍조가 지배적이었고, 세상에는 순후한 풍속이 결여되었다. 재앙과 이변이 번갈아 나타났는데도 나는 두려워할 줄 몰랐고, 원망과 한탄이 떼로 일어났는데도 나는 제대로 듣지를 못했다. 이는 실로 천성이 용렬하고 어두워 정치의 요체를 몰랐기 때문인데, 합당한 정치를 펴려다가 도리어 혼란으로 몰고 갔으니, 대군이 몰려오기도 전에 나라는 이미 병들었던 것이다. 전傳에 "나라는 반드시 자신이 해친 뒤에야 남이 해치는 법이다"라고 한 말을 어떻게 믿지 않겠는가. 《인조실록》 권34, 인조 15년 2월 19일 기축)

31. 사람은 가도 역사는 남는다

이제 묵은 폐단을 통렬하게 반성하고, 가혹한 정치를 없애겠다고 한 것이다. 비록 두 달 남짓한 짧은 전쟁 기간이었으나, 그 피해는 미증유의 국난이라고 일컬어지는 임진왜란에 버금가는 것이었고 조선왕조로서는 일찍이 당해 보지 못한 일대 굴욕이었다. 이로써 조선은 명과의 관계를 완전히 끊고 청에 복속하게 되었는데, 이와 같은 관계는 1895년 청일전쟁에서 청이 일본에 패할 때까지 계속되었다.

불안한 시대, 불안한 생애

집권 초 인조는 정국이 특정 개인이나 집단에 의해 운영되는 사태를 막고자 노력했다. 반정으로 임금의 자리에 오른 인조는 붕당의 폐해를 누구보다 잘 알고 있었기 때문이다.

하늘이 한 시대의 인재를 내는 것은 한세상의 쓰임에 넉넉하게 하기 위한 것인데, 어진 인재의 출생이 어찌 남방과 북방의 다름이 있겠으며 참마음을 지닌 하늘이 어찌 지역을 가릴 리가 있겠는가. 우리나라에서 인재를 등용하는 길은 그 범위가 넓지 않아서 서북 지방의 인재는 절대로 수용하지 않고 있다. 간혹 종사하는 자가 있어도 모두 긴요한 직임이 아니니 이것이 어찌 어진 이를 기용함에 있어 신분을 따지지 않는다는 뜻이겠는가. 더구나 북방은 태조의 옛 고향이고 서쪽 지방은 중흥의 근기根基인데, 서북 지방에 어찌 쓸 만한 인재가 없겠는가. 서울의 자제들은 별다른 재주나 행실이 없는데도 아침에 제수했으면 저녁에는 승진시켜 100리 되는 지역의 수령으로 내보내는 데 반하여 먼 지방의 준걸들은 지식이 있어도 재능을 지닌 채 헛되이 늙어 가면서 문지기나 야경꾼 같은 직임을 면치 못하니, 나는 이를 통탄스럽게 여기고 있다. 해조로 하여금 남방과 북방에 구애되지 말고 고르게 인재를 등용하여 공정한 국가의 도리를 보여서 어진 사람이 버려지는 일이 없게 해야 어려움을 구제할 수 있을 것이다. (《인조실록》 권10, 인조 3년 10월 18일 기축)

인조는 극적인 즉위 과정과 즉위 직후의 반란, 두 번의 호란을 겪으며 어떤 말로도 표현할 수 없는 치욕과 한을 간직한 채 1649년 5월 창덕궁 대조전 동침에서 생을 마감했다.

임금은 문장이 매우 뛰어났으나 아예 한 구의 시도 짓지 않았고, 비답하는 문자도 또한 내시에게 베껴서 쓰게 하고, 손수 초#한 것은 아예 찢어서 물 항아리에 담가 버렸으므로 종친과 왕자의 집에도 필적이 몇 줄 없었다. (이긍익, 《연려실기술》 권23, 〈인조조 고사본말〉)

인조와 인열왕후는 슬하에 일찍 죽은 두 아들을 포함하여 여섯 형제를 두었는데, 소현세자와 효종, 인평대군, 용성대군 등이다. 인열왕후는 산후병을 얻어 1635년(인조 13) 12월 창경궁 여휘당 산실청에서 42세의 나이로 사망했다.

31. 사람은 가도 역사는 남는다

광해 때의 옛 궁인으로서 나이 늙고 죄 없는 사람은 궁중에서 그대로 일을 하도록 하였다. 그중에 한씨韓氏 보향保香이라는 사람이 있었는데, 옛 임금을 잊지 못하여 때때로 가만히 슬프게 울었다. 그와 함께 있는 사람이 "보향이 옛 임금을 생각하니 변고가 있을까 두렵습니다" 하고 왕후에게 그 일을 알렸다. 이를 듣고 왕후가 이르기를 "그 사람은 의로운 사람이다" 하고, 그 한씨를 불러서 "국가의 흥하고 망하는 것은 무상한 것이다. 우리 임금이 하늘의 힘을 입어서 오늘이 있는 것이지만은 훗날 다시 광해처럼 왕위를 잃을지 어찌 알겠느냐. 너의 마음가짐이 이와 같으니, 가히 내 아들을 보육할 만하다" 했다. 그리고 한씨에게 보모상궁을 명하고 또 후추 한 말을 내려 주었다. 한편 한씨를 밀고한 사람을 불러서 종아리를 때리며 말했다. "네가 오늘 한 행동으로 가히 다른 날의 마음을 알겠다." 한씨는 감격하여 눈물을 흘렸고, 그동안 불안한 마음을 지녔던 옛 궁인들이 모두 안심하고 복종하였다. (이긍익,《연려실기술》권23, 〈인조조고사본말〉)

인조는 인열왕후를 파주부 북쪽 20리 거리인 운천리에 장사지내면서 훗날 자신도 이곳에 잠들고자 미리 능의 상설과 곡장, 정자각 등을 설치했다. 인조가 승하한 뒤 효종이 이곳에 장사를 지냈다. 그런데 숙종 때부터 장릉을 옮겨야 한다는 상소가 올라오기 시작했다. 1687년 당시 영의정이었던 남구만南九萬 등에게 장릉의 상태를 살피게 하기도 했다. 그러다 1731년(영조 7) 이곳을 조사해 보니 사갈蛇蝎(뱀과 전갈)이 어지럽게 석물 틈에 집을 짓고 있어서 불길하게 여겼다. 사람들은 삼전도의 굴욕을 겪고 자신의 아들을 숙청하는 등과 같은 인조의 여러 실책과 악행으로 인해 능에 사갈이 나타나는 이런 유례없는 일이 벌어졌다고 생각했다.

> 풍수를 매우 중요한 일로 여겨서 상소하여 장릉을 옮길 것을 청하기까지 하였고 자손들이 선조를 이장한 것이 또 몇 번인지 알 수 없는데, 그 집안에 초상이 이와 같으니 선인에게 복을 내리는 이치가 이미 아득하며 지리는 억지로 힘을 써서 구할 수 없음을 여기에서 징험徵驗할 수 있다. (남구만, 《약천집藥泉集》권34, 〈기아寄兒〉)

그래서 지금의 위치로 옮겨서 왕과 왕비를 합장했다. 파주 장릉의 특징은 능을 옮기기 전에 설치되었던 인조 때의 석물과 천릉한 뒤 새로 설치한 영조 때의 석물이 섞여 있다는 것이다. 처음의 장릉은 건원릉의 석물 제도를 따라서 십이지신과 구름무늬를 부조한 병풍석과 장명등 그리고 석수를 세웠었다. 그러나 영조 때 천릉하면서 합장릉으로 하여 석물들을 새로 만들었다. 그때 봉분 바깥쪽으로 12칸의 난간석을 둘렀으며 12면의 병풍석과 장명등에는 목단문과 연화 문양을 조각했다.

31. 사람은 가도 역사는 남는다

장릉 전경. 비공개 능이었다가 일반에 공개된 장릉은 물푸레나무,
때죽나무 등으로 울창한 숲속에 자리 잡고 있다.

1. 장릉 능침 정면

2. 장릉 능침 배면

3. 장릉 혼유석

아들의
지극한 사모곡

숙빈 최씨_소령원

슬픈 일이나 위급한 일이 닥쳤을 때 부르는 이름이 '어머니'다. 물론 종교를 가진 사람은 하나님일 수도 있고, 부처님일 수도 있고, 아버지를 사랑하는 사람은 아버지라고 부를 수도 있지만, '어머니'라는 이름은 부르는 것만으로 가슴이 아릿하고 서늘해진다.

어린아이 머리 너머로
어머니는 고개를 숙인다
어머니의 눈을 나는 다시 보고 싶어라
어머니의 눈길은 나의 별
다른 모든 것이야 바람처럼 지나가도 좋다

모든 것은 죽는 법

모든 것은 기꺼이 죽음을 받아들이는 법

우리를 낳아 준

영원의 어머니만이 언제까지나 남아 있는 것

헤르만 헤세의 〈무상無常〉이라는 시의 일부분을 읽다 보면 문 득 떠오르는 사람들 속에 영조와 그의 어머니 숙빈 최씨가 있다. 〈숙빈최씨소령원도淑嬪崔氏昭寧園圖〉(보물 제1553호)는 1753년경 영조의 어머니인 숙빈 최씨의 소령원(현 파주시 광탄면 소재)과 주 변의 지세를 그린 기록화다. 그림을 보면 가운데 원소와 좌측에 제청, 우측에 비각을 배열하고 아래쪽에는 전답들이 펼쳐져 있 다. 이 그림은 어머니 숙빈 최씨에 대한 영조의 추숭 의지를 잘 보여 준다. 또한 함경북도에 소재하고 있는 조선 태조의 4대조 선조들의 능묘와 태조 관련 사적지를 산도 형식으로 그린《북 도각릉전도형北道各陵殿圖形》과 함께 조선 왕실의 능묘 문화를 알 수 있는 중요한 자료다.

21세기 현재의 모습과 거의 비슷한 그림 속 소령원의 진입로 초입에는 커다란 느티나무와 소나무가 우거진 숲이 있다. 홍살 문을 지나 향어로를 따라 정자각에 이르는 길은 조선 왕릉과 비 슷하나 소령원에는 총 4기의 비석이 있다. 숙종 연간에 세운 묘 표를 비롯하여 아들 영조가 건립한 신도비와 소령묘갈, 소령원 표 등이 그것이다. 왕실 능이나 원 혹은 묘에서 4기의 비석을 세운 예는 전혀 없다고 한다. 그중 정자각을 지나 능을 오르는 길에 있는 비각이 소령묘 비각인데, 영조가 친히 지은 묘갈문은 그 자체가 절절한 사모곡이다.

사친私親(임금의 친어버이를 일컫는 말)의 본관은 수양首陽(해주)이고, 성고(아버지) 숙종대왕의 후궁이다. (…) 빈嬪은 7세에 입궁하여 처음 숙의와 귀인에 봉해졌다가 다시 숙빈으로 진봉되었으니 이는 내명부 정1품의 품계다. 빈은 왕자 셋을 낳았는데 나는 그중 둘째다. 즉위 원년(1725) 순화방의 도성 북쪽 산기슭 아래에 사당을 세웠고, 즉위 10년(1734) 2월에 빈의 부모님을 추증하였다. 즉위 20년 갑자 정월에는 다시 빈의 조부모와 증조부모를 추증하였다. 3개월 후, 묘호廟號를 육상毓祥으로 묘호墓號를 소령으로 정하였다. (…)

아! 지금부터 돌아가신 사친께서 예전에 행한 어질고 지혜로운 덕을 찬양할 수 있으니, 사친의 은혜에 보답하는 길을 높이 받들어 조금이나마 펼 수 있게 되었다.

나는 2남 10녀를 두었다. 효장세자는 정빈이 낳았으니 그의 부인 현빈 조씨는 풍릉부원군 조문명趙文命의 딸이다. 세자(사도세자)는 영빈이 낳았으니, 을묘년(1735)에 처음 원자로 봉해졌고, 병진년(1736) 세자로 책봉되었으며, 갑자년(1744)에 세자빈 홍씨와 가례를 행하였으니 세마 홍봉한의 딸이다. 둘째 딸 화순옹주는 월성위 김한신金漢藎에게, 셋째 딸 화평옹주는 금성위 박명원朴明源(연암 박지원의 삼종형)에게, 일곱째 딸 화협옹주는 영성위 신광수申光洙에게 시집을 갔다. 아홉째 딸 화완옹주와 열째 딸은 아직 어리다. (…)

아! 25년간 고생하여 길러 주신 어머니의 은혜를 만에 하나라도 갚을 수 있을 듯하다. 지금 비문을 짓는 데 문임의 신하를 두고 내가 직접 소략하게 쓰는 것은 또한 자식으로서 사친의 삼가는 마음을 체득한다는 의미다. 붓을 잡고 글을 쓰려고 하니 눈물과 콧물이 얼굴을 가린다. 돌이켜 생각해 보니 옛날의 감회가 더한층 깊어진다.

황명皇明 숭정崇禎 기원후 117년 갑자(1744) 7월 15일에 삼가 쓰다.

변덕스럽기 그지없던 지아비의 마음속 풍경

영조의 어머니 숙빈 최씨(1670~1718)는 영의정에 추증된 최효원崔孝元의 딸이다. 최씨가 궁에 들어온 시기에 대한 여러 가지 설이 있다. 일곱 살에 무수리로 들어왔다는 설이 있고, 1681년(숙종 7) 인현왕후가 숙종의 계비로 간택되었을 때 열두 살의 나이로 왕후를 따라 궁에 들어왔다는 설이 있다.

희빈 장씨가 아들을 낳고 인현왕후가 폐출되면서 기사환국(1689, 숙종 15)이 마무리되는 과정에서 숙종이 신하들을 모아 놓고 다음과 같이 말한다.

어느 날 왕후가 나에게 말하기를 "꿈에 선왕과 선후를 만났는데 두 분이 나를 가리키면서 말하기를 '내전과 귀인(김수항의 종손녀)은 선묘 때처럼 복록福祿이 두텁고 자손이 많을 것이다. 그러나 숙원

(희빈 장씨)은 아들이 없을 뿐만 아니라 복도 없으니, 오랫동안 액정 掖庭에 있게 되면 경신년(1680)에 실각한 사람들에게 당부하게 되어 국가에 이롭지 못할 것이다' 했습니다" 하였다. 부인의 투기는 옛날에도 있었지만 어찌 선왕·선후의 말을 가탁하여 공동恐動시킬 계책을 세운 것이 이토록 극심한 지경에 이를 수가 있겠는가? (《숙종실록》권20, 숙종 15년 4월 21일 정해)

그 당시 숙종의 변덕스럽기 그지없는 마음속 풍경으로 희빈 장씨가 아들을 낳으니까 질투하는 왕후를 험담하면서 왕후를 내치고자 하는 것이다. 숙빈 최씨는 인현왕후를 섬겼으므로 인현왕후가 폐출되고 희빈 장씨가 왕비가 되는 과정에서 모진 구박을 받았다.

숙빈 최씨는 1693년(숙종 19)에 영수군을 낳았다. 그러나 영수군은 두 달 만에 세상을 떠났다. 그 이듬해 갑술환국(1694)으로 인현왕후가 왕비로 복위되었다. 그 후 숙빈 최씨는 같은 해에 후 연잉군(영조)을 낳고 숙의가 되었다. 1695년에 귀인이 되고, 1699년에는 노산군으로 강등되었던 단종의 복위 기념으로 정1품 빈에 봉해지면서 숙淑이란 휘호를 얻어 숙빈淑嬪이 되었다.

1701년 인현왕후가 승하하자 숙빈 최씨는 더욱더 지극정성으로 숙종을 섬겼다. 그러나 숙종이 희빈 장씨와 같은 일이 생길까 염려하여 궁녀에서 왕비로 오르는 것을 금지하는 법을 만들었다. 결국 숙빈 최씨는 왕비가 되지 못했다. 왕실 족보인《선원계보기략璿源系譜記略》에 영조에게 동생이 있었다고 실려 있지만 일찍 죽었다고 한다.

숙빈은 1716년(숙종 42)에 병이 들어 사가로 나아가 치료하라는 숙종의 명으로 사가에 머물면서도 조금만 병에 차도가 있으면 곧 대궐로 갔다. 숙빈은 1718년 3월 창의동에 있는 사저에서 49세로 사망했다.

왕실 지친이나 총애가 깊은 후궁이 죽으면 임금은 하루 동안 정무를 정지하며 애도를 하는 것이 관례였다. 그러나 숙종은 숙빈이 죽었을 때 제수를 넉넉히 보내고 예장하라는 말만 했고 평상시처럼 정무를 보았다. 애정이 식었기 때문이었을까?

이때 숙빈의 장지를 택하였는데 호상내사護喪內使와 본방本房의 직임을 맡은 자들이 처음에는 명혜공주와 명선공주의 묘산 근처에 택점하였으나, 임금이 허락하지 않고 명하여 다른 곳으로 바꾸어 정하게 하였다. 또 선릉 근처로 택점하였는데, 임금이 그곳이 선릉과 서로 바라보는 곳이란 말을 듣고는 예조에 명하여 조사하게 하였다. 예조에서 계달하기를 "사성沙城 위에 올라가서 바라보니 능소가 보이지 않았습니다" 하니 세자가 이것으로 임금에게 품했다. 그러자 임금이 하교하기를 "사성은 하나인데 전에는 왕후의 능이 바라보였고 지금은 보이지 않는다고 하니, 알 수 없는 일이다. 혈처穴處는 한 가지인데, 다른 사람에게 있어서는 장사지내는 것을 금하고 후정後庭에 있어서는 장사지내는 것을 허락하였으니, 조정의 처분이 심히 공정하지 못하다. 다른 산으로 바꾸어서 택점하는 것이 낫겠다" 하였다. (《숙종실록》 권61, 숙종 44년 4월 29일 정미)

선릉 근처에 모친의 묘를 쓰지 못하게 했을 때 영조의 마음은 어땠을까? 그해 5월에 숙빈 최씨는 지금의 파주 땅인 양주의 고령동 옹장리 서쪽 언덕에 잠들었다.

영조는 왕위에 오른 해인 1724년에 어머니를 위한 사당을 지어 숙빈묘淑嬪廟라 했고, 1744년(영조 20)에는 육상묘毓祥廟라고 올렸다. 1753년에는 육상궁毓祥宮으로 승격시켰으며 묘소는 1744년에 소령묘라고 올렸다가 1753년 소령원으로 승격시켰다. 사당과 무덤에 궁호와 원호를 올릴 때 함께 화경和敬의 시호를 올렸고, 그 뒤에 휘덕안순수복徽德安純綏福의 존호를 더했다.

전해 오는 이야기에 따르면 숙빈 최씨의 고향이 전라도 태인인데, 1728년에 일어난 이인좌의 난 때 태인현감 박필현朴弼顯이 전라도 총책으로 가담했기 때문에 태인현이 폐현이 될 뻔했다. 그때 영조가 어머니의 고향이라서 폐현이 되지 않았다고 한다. 또 한 가지 흥미로운 이야기는 숙빈 최씨의 이름이 '복순'이라고 한다. 어려서 역병으로 가족들이 모두 죽고 고아가 되어 이리저리 방랑하다가 길에서 나주목사 일행을 만났는데, 목사의 부인이 인현왕후의 친척이었다. 그 민씨가 숙빈 최씨를 데리고 갔고, 나중에 인현왕후가 궁에 들어갈 때 같이 들어가 궁인이 되었다는 이야기다.

홍살문을 지나면 정자각이 보이고, 그 오른쪽에 소령원 비각이 있다. 비碑에는 "朝鮮國 和敬淑嬪 昭寧園"(조선국 화경숙빈 소령원)이라고 새겨져 있다.

전나무가 줄을 지어 서 있고 향나무 한 그루가 청청하게 서 있는 약간 가파른 길을 올라가면 숙빈 최씨가 잠든 소령원에 이른다. 소령원은 산기슭의 위쪽에 동향으로 조성되어 있다. 석물들을 간략한 형태로 만들었으며 사각의 장명등 기둥과 석마의 다리 사이가 막혀 있다. 이는 조선 후기 석물의 특징이다. 현재 소령원은 비공개 능으로 관리되고 있다.

수길원 가는 길

바로 근처에 영조의 후궁이자 진종의 생모인 정빈 이씨의 수길원綏吉園이 있다. 정빈 이씨(1694~1721)는 이준철李俊哲의 딸이다. 1701년(숙종 27) 입궁하여 1719년(숙종 45)에 효장세자(진종으로 추존)를 낳았다. 연잉군이 세제로 책봉되자 종5품 소훈에 올랐으나 바로 사망했다. 1724년 영조가 임금이 되자 정4품 소원에 추증되었고, 즉위 원년에 왕세자를 낳았다는 이유로 정빈으로 추증되었다. 위패는 서울 종로구 궁정동에 있는 칠궁에 봉안되었다. 처음에는 '묘'라고 했다가, 1778년(정조 2)에 수길원으로 승격되었다.

소령원 좌측을 흐르는 개울을 건너 조금 오르면 수길원에 이르는데, 홍살문도 정자각도 서남쪽에 있던 수복방도 사라지고 주춧돌만 남아 있다. 산기슭에 서남향으로 조성된 수길원은 봉분 뒤편으로 곡장을 설치했으며 봉분 정면으로 비석과 혼유석 그리고 장명등이 일렬로 서 있다. 그 양쪽으로 망주석과 문석인이 서 있다. 수길원 역시 소령원과 마찬가지로 현재 일반인에게 비공개 관리되고 있다.

한편 소령원의 지척에 있는 절이 파주 보광사普光寺다. 보광사는 소령원의 원찰이자 수길원의 조포사였다. 894년(신라 진성여왕 8) 왕명에 의해 도선국사가 세운 절로 알려져 있다. 이후 1215년(고려 고종 2)에는 원진국사에 의해, 1388년(우왕 14)에는 무학대사에 의해 중창되었으나 임진왜란 때 불에 타서 1622년(광해 4)에 설마와 덕인이 법당과 승당을 복원했다.

보광사가 소령원의 원찰이 된 시기는 영조가 생모 숙빈 최씨의 묘를 소령원으로 추숭하면서부터다. 이후 보광사는 왕실의 후원을 받으며 거듭되는 중창으로 사세를 발전시켜 나아갔다. 조선 후기 조포사로 지정된 사찰 가운데 제사 비용 명목으로 상당한 규모의 토지(사위전)까지 받은 곳은 보광사와 수원 용주사(사도세자의 원찰) 외에는 없었다. 보광사 어실각 옆에는 영조가 심었다고 전해지는 향나무가 서 있고, 대웅보전에는 영조의 친필 현액이 걸려 있다.

1. 소령원 원침 정면

2. 곡장 뒤에서 본 소령원 전경

33

아들 덕에
왕이 되다

원종·인헌왕후_김포 장릉

장릉이 모두 셋이다. 단종의 영월 장릉이 있고 인조의 파주 장릉이 있으며 원종의 김포 장릉이 있다. 김포 지역에 있는 유일한 왕릉인 장릉章陵은 인조의 아버지 원종과 어머니 인헌왕후의 무덤이다. 원종(정원군, 1580~1619)은 추존 왕으로 선조의 다섯째 아들이다. 어머니는 인빈 김씨다. 비妃 인헌왕후仁獻王后(1578~1626)는 좌찬성 구사맹具思孟의 딸이다.

임진왜란이 일어나자 선조는 정원군을 영변으로 데려가 왜적을 피하게 하도록 신하들에게 명을 내렸다. 그러나 그는 울면서 말했다. "지금 왜적의 형세가 성하고 임금의 행차는 날로 멀어지니, 만에 하나 일이 잘못된다면 임금과 신하가 삶을 같이하지 못할 것인데, 이 몸이 어디로 가겠습니까?" 이에 선조는 정원군의 마음을 가상히 여겨서 다시 자신의 곁으로 불러들여 전란이 끝날 때까지 함께하도록 했다. 임진왜란이 끝난 후 선조는 그의 공을 높이 사서 호성공신 2등에 봉했다.

우울한 삶을 살다 간 왕자

정원군의 생애는 순탄치 않았다. 선조가 승하한 뒤 이복형인 광해군이 임금의 자리에 오른 것이다. 임해군(정원군의 이복형)을 유배 보냈다가 죽였다. 그 뒤 영창대군(정원군의 이복형)을 서인으로 폐하여 강화로 유배를 보냈다가 그 역시 죽였다. 또한 정원군의 아들이자 인조의 막냇동생인 능창군을 역모 혐의로 국문하고 교동에 금고했다가 자살하게 했다. 살얼음판 같은 시대 상황 속에서 자신의 뜻과는 무관하게 우울한 삶을 살 수밖에 없었던 정원군은 화병으로 1619년 12월 마흔의 나이로 세상을 떠났다.

> 원종대왕(정원군을 추존한 칭호)이 훙薨하였다. 대왕은 어려서부터 기표가 있었고 천성이 우애가 있어 특별히 선조의 사랑을 받아 전후로 선물을 내려 준 것이 왕자에 비할 수 없이 많았다. 왕이 왕위에 올라 골육을 해치고는 더욱 대왕을 꺼렸다. 능창대군을 죽이고는 그 집을 빼앗아 궁으로 만들고, 인빈의 장지가 매우 길하다는 말을 듣고는 늘 사람을 시켜 엿보게 해서 죄에 얽어 해하고자 하였다. 이

　　　　　　　　　　　　　　　　　33. 아들 덕에 왕이 되다

에 대왕은 걱정과 답답한 심정으로 지내느라 술을 많이 마셔서 병까지 들었다. 그는 늘 말하기를 "나는 해가 뜨면 간밤에 무사하게 지낸 것을 알겠고 날이 저물면 오늘이 다행히 지나간 것을 알겠다. 오직 바라는 것은 일찍 집의 창문 아래에서 죽어 지하의 선왕을 따라가는 것일 뿐이다" 하였는데, 훙할 때의 나이가 40세였다. 상이 그 장기葬期를 재촉하고 사람을 시켜 조객을 기찰하게 하였다. 이 때문에 양주 곡촌리에 임시로 장사를 지냈다. 금상(인조)이 왕통을 계승하자 대원군으로 진호하였다. 정묘년에 김포에 개장한 뒤 묘호를 흥경원興慶園이라 하고, 임신년(1632, 인조 10)에 존호를 '원종경덕인헌정목장효대왕元宗敬德仁憲靖穆章孝大王'이라 올리고, 비妃는 '경의정정인헌왕후敬毅貞靖仁獻王后'라 올리고, 묘호를 '장릉'이라 하였다. 그리고 주청사 홍보 등을 보내어 책명冊命을 추청하니, 중국에서 '공량恭良'이란 시호를 내렸다. (《광해군일기》(중초본) 권147, 광해 11년 12월 29일 무인)

인헌항후는 1626년(인조 4) 1월 경덕궁 회상전에서 세상을 떠났는데 그의 나이 49세였다. 1626년 조성된 인헌왕후의 무덤은 현 위치에서 약간 떨어진 곳에 장사 지내고 원호를 육경원毓慶園이라 했다. 그다음 해인 1627년 홍경원이 육경원이 있는 자리로 천장된 후에는 '홍경원'으로 합쳐 불렀다.

김포시청사 앞으로 난 길을 따라가면 금세 장릉에 이른다. 울창하게 우거진 숲길을 천천히 걸어가면 홍살문이 보인다. 홍살문 양옆으로 두 그루의 뽕나무가 마치 일주문처럼 서 있다. 정자각에 이르는 향어로는 경사진 지형을 이용해서 그런지 계단식으로 조성되어 있다. 정자각에서 보이는 장릉은 양옆으로 학이 날개를 펼친 듯한 가운데에 쌍릉으로 조성되어 있어 한 폭의 그림처럼 더없이 아름답고 아늑하다.

장릉은 능 위에서 볼 때 오른쪽이 원종, 왼쪽이 인헌왕후의 능이다. 봉분 아래로 병풍석과 난간석 없이 얕은 호석護石만 두른 것은 추봉된 다른 왕릉의 전례를 따라 만들어서 그렇다. 두 능 앞에 혼유석이 각각 하나씩 놓여 있다.

좌청룡 우백호가 펼쳐진 능 뒤에서 바라보면 새로 짓는 아파트 너머로 인천의 계양산이 한눈에 보인다. 저 산에 '장명이고개'라고도 부르는 천명이고개가 있다. 도둑이 많아서 1000명이 모여야 넘을 수 있었다는 고개다. 옛날에는 도둑이 고갯마루에 서서 사람들을 기다렸는데, 현대식 도둑들은 인터넷을 비롯한 신기한 도구로 사람들을 등쳐먹고 있으니 홍길동이나 임꺽정, 일지매와 같은 옛 도둑들이 이러한 사실을 알면 얼마나 억울해할까?

장릉에서 능을 돌아서 연못 쪽으로 나 있는 길을 따라가면 금정사金井寺(옛 봉릉사)라는 절이 있다. 이 절은 신라 진흥왕 때 창건된 절로 창건 당시에는 고상사高上寺라 했다. 1632년에 인조가 장릉을 이곳에 조성하면서 인근에 있던 고상사를 현재의 위치로 옮겼다고 한다. 이 절을 장릉의 수호 사찰로 삼으면서 이름도 봉릉사奉陵寺로 고쳤다는데 이후 자세한 역사는 전해 오지 않지만, 능 관리를 기록한《장릉구선생안章陵舊先生案》,《장릉제기연한책章陵祭器年限册》등이 남아 있다.

아늑한 산자락에 잔대와 도라지, 야생마가 지천으로 자라는 장릉에는 가을이면 빨갛고 푸른 꽃이 무리 지어 피는 고마리가 숲을 이루고 있었다. 그리고 장방형 연지에는 연잎이 꽃을 피우기 위해 소담하게 그 잎을 펼치고, 몇 마리 새들이 물이 흐르듯 물결을 헤쳐 나가고 있었다.

1. 하늘에서 본 김포 장릉. 학이 양쪽 날개를 편 듯한 가운데에 아늑하게 자리 잡고 있다.

2. 장릉 능침 정면

3. 장릉 연지

서삼릉의
슬픈 내력

장경왕후_희릉
인종·인성왕후_효릉
철종·철인왕후_예릉

서삼릉으로 들어가는 길은 도시 근교에 있는데도 울창한 숲에 둘러싸여 있기 때문에 자연 속으로 자연이 되어 걷는 길이다. 포플러나무가 줄지어 서 있는 길이 한적하고 호젓한 시골 풍경이다. 천천히 그 길을 따라 1킬로미터쯤 걸어가면 희릉과 효릉, 예릉이 있는 서삼릉이다. 경기도 고양시 덕양구 원당동에 있는 서삼릉은 조선 왕실의 족분군이다. 한양의 서쪽에 있다고 하여 '서삼릉西三陵'으로 불린다.

서삼릉의 역사는 중종의 계비 장경왕후의 능인 희릉에서 시작된다. 그 뒤 중종의 정릉이 조성되었으나 삼성동 선릉 곁으로 옮겨 갔고, 중종의 아들 인종과 인성왕후의 효릉, 철종과 철인왕후의 예릉이 들어서면서 왕릉군이 되었다.

이 서삼릉에는 3기의 왕릉 이외에도 3원과 49묘, 54기의 태실이 있다. 이렇게 모이게 된 데는 우리의 슬픈 역사가 있다. 일제 강점기 일본은 전국에 산재해 있던 조선 왕실의 태실과 왕자묘, 후궁묘와 공주묘, 옹주묘 등을 서삼릉으로 집결시켰다. 왕릉에 만들 수 없는 후궁묘와 왕자묘, 태실을 모아 놓은 것이다. 결국 왕릉을 공동묘지화한 셈이다. 왕릉으로서의 존엄과 품격을 낮추고자 했던 일제의 의도적인 계획이었다. 그런데 또 다른 이유도 있었다. 왕실에서 사용했던 태를 담은 항아리를 비롯한 부장품들을 빼돌리기 위해서였다. 그래서 이곳에 남은 태들은 원래의 태항아리가 아닌 바뀐 태항아리에 담겨 있거나 다른 방법으로 묻혀 있다.

서삼릉 3원은 소현세자의 소경원과 사도세자와 혜경궁 홍씨의 장남인 의소세손의 의령원, 정조의 장남인 문효세자의 효창원이다. 1665년 인조의 큰아들 소현세자가 느닷없이 죽자 이곳에 안장하고 소현묘라고 묘호를 정했다가 1870년(고종 7)에 소경원으로 묘호를 바꿨다. 효창원은 1944년에, 의령원은 1949년에 이곳으로 옮겨 왔다. 해방 이후에는 명종의 후궁 경빈 이씨의 묘를 비롯한 6기의 묘를 옮겨 왔는데, 연산군의 어머니인 폐비 윤씨의 회묘와 경선군묘를 제외하고는 모두 이곳에 있다.

희릉 가는 길

서삼릉 동쪽 언덕 능선에 있는 희릉禧陵은 중종의 계비 장경왕후의 능이다. 장경왕후章敬王后(1491~1515)는 영돈녕부사 윤여필尹汝弼의 딸이다. 8세 때 어머니를 잃고 외조모인 월산대군(성종의 형)의 부인 박씨의 손에 길러졌다. 1506년(중종 원년)에 궁에 들어가 숙의가 되었다. 그 뒤 중종의 비 단경왕후가 폐위되자 1507년 왕비로 책봉되었다. 그러나 1515년 2월 25일 인종을 낳고 3월 2일 산후병으로 경복궁 동궁 별전에서 세상을 떠났다. 스물다섯에 죽은 왕후를 실록은 다음과 같이 기리고 있다.

> 왕후는 총혜자유聰惠慈柔한 천성을 타고났고, 인효仁孝와 더불어 살고 예순禮順과 함께 자라났다. (…) 덕이 후하고 또 공경함을 독실히 하여 성상의 중흥 정치의 복조를 협찬하시니 거의 사람의 하는 일이 아닌데도 시보施報할 것을 아끼어 세상에 계신 지 겨우 춘추 25세에 돌아가셨으니 이 무슨 이치인가? 그것이 천명인지 아닌지 알지 못하겠다. 천명이 이렇게도 가혹하고 잔인한가! 아, 애통하도다!
>
> 《중종실록》 권21, 중종 10년 3월 23일 경진)

장경왕후의 희릉은 처음에 서울 서초구 내곡동에 있는 태종과 원경왕후의 쌍릉인 헌릉 서쪽 언덕에 조성되었다. 희릉이 헌릉 곁에서 현재의 자리로 옮기게 된 데는 다음과 같은 연유가 있다. 중종과 장경왕후 사이에서 태어난 효혜공주는 이조판서 김안로金安老의 아들 김희와 결혼한다. 공주의 시아버지가 되자 김안로는 권력을 남용했고, 결국 1524년 영의정 남곤과 심정 등의 탄핵을 받아 유배형을 받는다.

1531년 유배에서 돌아온 김안로가 다시 권력을 잡자 자신을 탄핵했던 정적들을 축출하고자 옥사를 일으켰다. 처음에 김안로는 정광필과 남곤 등을 제거하고자 능의 구덩이 바닥에 큰 돌이 깔린 채 그대로 공사를 단행했다는 설을 들어 희릉을 옮길 것을 주창했다. 하지만 임금이 그의 말을 듣지 않자 풍수지리설을 들어서 희릉 밑에 큰 돌이 깔려 있어 불길하다고 주장하여 1537년(중종 32) 현재의 자리로 옮겼다. 처음 희릉의 능역 조성을 담당했던 좌의정 정광필을 비롯한 공사를 담당했던 많은 사람들이 연관되어 옥에 갇혔다.

그 뒤 중종의 정릉이 희릉 곁으로 정해지면서 정자각을 양 능의 중간에 옮겨 설치하고서 동원이강릉의 형식을 취하면서 능호가 정릉으로 바뀌었다. 그러나 1562년(명종 17) 문정왕후에 의해 정릉이 현 선릉 옆으로 옮겨지면서 장경왕후의 능은 다시 희릉이 되었다.

효릉 가는 길

효릉孝陵은 인종과 인성왕후의 능이다. 인종(1515~1545, 재위

1544~1545)은 중종과 장경왕후의 아들이다. 여섯 살 때인 1520년에 왕세자로 책봉되었고, 여덟 살에 성균관에 입학하여 학문에 매진했다. 비妃는 인성왕후仁聖王后(1514~1577)다. 인성왕후는 첨지중추부사 박용朴墉의 딸이다. 1524년(중종 19) 나이 열한 살에 세자빈으로 책봉되었다. 인성왕후가 왕비로 책봉될 당시 책문의 글을 보자.

> 박씨朴氏(인성왕후)는 명문에서 아름다움을 길러서 공경을 갖추고 숙덕淑德하매, 아름답고 순한 덕을 지녔으니 요조窈窕의 시詩에 맞고, 예를 지켜 어그러지지 않으니 완면婉娩의 가르침을 어찌 번거롭히랴? 형우刑于의 화를 징험하는 것은 바로 가지嘉止의 처음에 달려 있으니, 이제 사신 영의정 남곤과 병조판서 홍숙을 보내어 세자빈으로 책명한다. 《인종실록》 권2, 인종 1년 7월 1일 신유)

인종은 장경왕후가 일찍 세상을 떠나 성종의 비인 대왕대비에게 그 효를 다했다. 천성이 검소하고 욕심이 없었으므로 시녀 가운데서도 고운 옷을 입은 시녀가 있으면 곧 대궐 밖으로 내보내게 했다. 성품이 착하고 우애가 깊었던 인종은 누나인 효혜공주가 죽은 뒤 너무 슬퍼하여서 병까지 얻었다. 쥐를 잡아서 동궁인 자신을 저주한 '작서灼鼠의 변'으로 경빈 박씨와 복성군이 귀양을 가자 임금에게 소를 올려 죄를 사할 것을 아뢰었으므로 임금이 그들의 관작을 회복시켜 주기도 했다.

중종이 승하하고 1544년 11월 왕위에 오른 인종은 불과 8개월 만에 경복궁 정침에서 세상을 떠난다. 원인 모를 병으로 누워 시름시름 앓다가 후사도 남기지 않고서 세상을 등졌다. 그의 나이 서른하나였다. 8개월 보름 동안 어떤 일을 할 수 있을까? 무엇을 해야겠다고 계획을 세울 수도 없었을 시간이었다.

인종의 죽음을 두고 정사에서는 부왕의 죽음을 너무 슬퍼한 나머지 죽었다고 하지만 야사에서는 문정왕후가 독살했다고 적고 있다. 사실이야 어쨌든 짧은 재위 기간이었지만 궁 안팎으로 기대를 한 몸에 받고 있었음은 분명하다.

> 인종이 훌륭한 성상의 자질을 타고나서 동궁에서 덕을 기른 지 30년이 되었으므로, 즉위하자 중외中外에서 태평의 정치를 볼 수 있겠다고 여겼는데 갑자기 승하하니, 조정과 민간에서 자기 부모의 상을 당한 것 같이 애통해하였다. 먼 지방의 유생들로부터 서인에 이르기까지 양식을 싸가지고 달려와 대궐 앞에 곡하는 자가 서로 잇달았다. 1년도 못 되는 동안에 사람들을 깊이 감동시킨 덕택이 이와 같았다.
>
> (이정형,《동각잡기》권하下)

오랜 기간을 세자로 있으면서 백성들을 향해 여러 가지 긍정적인 면을 보인 것이 그들을 그토록 슬퍼하게 만든 것이리라. 인종이 승하한 뒤의 실록의 기록을 보자.

사신은 논한다. 상은 자질이 순미하여 침착하고 온후하며 학문은 순정하고 효우孝友는 타고난 것이었다. 동궁에 있을 때부터 늘 종일 바로 앉아 언동은 때에 맞게 하였으니 사람들이 그 한계를 헤아릴 수 없었다. 즉위한 뒤로는 정사할 즈음에 처결하고 보답하는 데에 이치에 맞지 않은 것이 없었고, 때때로 어필로 소차疏箚에 비답批答하되 말과 뜻이 다 극진하므로 보는 사람이 누구나 탄복하였다. 외척에게 사정을 두지 않고 시어侍御에게 가까이하지 않으므로 궁위가 엄숙하였다. 중종이 편찮을 때에는 관대를 벗지 않고 밤낮으로 곁에서 모셨으며 친히 약을 달이고 약은 반드시 먼저 맛보았으며 어선御膳을 전연 드시지 않았다. 이렇게 한 것이 거의 20여 일이었고 대고大故를 만나게 되어 음료를 마시지 않은 것이 5일이었으니 애통하여 수척한 것이 예도에 지나쳐서 지극히 쇠약하여 거의 스스로 견딜 수 없었다. 졸곡이 되어 조정이 권제權制를 따르기를 청하였으나 고집하여 허락하지 않다가, 대신이 백관을 거느리고 청하게 되어서야 비로소 허락하였으나 실은 실행하지 않았다. 창덕궁에서 경복궁으로 이어하여서는 중종이 평일에 거처하던 곳을 보고 가리키며 "여기는 앉으신 곳이고 여기는 기대신 곳이다" 하고 종일 울며 슬피 사모하여 마지않았다. 병이 위독하던 밤에는 도성 사람들이 모여서 밤새도록 자지 않고 궐문에서 오는 사람이 있으면 문득 상의 증세가 어떠한가 물었으며, 승하하던 날에는 길에서 누구나 다 곡하여 울며 슬퍼하는 것이 마치 제 부모를 잃은 것과 같았다.

《인종실록》 권2, 인종 1년 7월 1일 신유)

인성왕후는 1577년(선조 10) 11월 경복궁에서 세상을 떠났다. 인종은 생전에 "내가 죽거든 반드시 부모님 곁에 묻어 주고 장례는 소박하게 치러 백성의 힘을 덜게 하라"했다고 한다. 유명에 따라 서삼릉 경내에 있는 지금의 자리에 묻혔다. 하지만 지금 그의 곁에는 어머니 장경왕후만 있다.

효릉은 쌍릉으로 두 봉분이 하나의 곡장 안에 안치되어 있고 왕릉은 병풍석, 왕후릉은 난간석을 둘렀다. 원래 인종의 능에는 그의 유명에 따라 병풍석과 석물 등이 없었다. 그렇게 간소하게 왕릉을 조성한 것은 당시 인종의 외가인 대윤과 명종의 외가인 소윤 사이의 권력 투쟁 때문이었다. 그래서 명종과 문정왕후 측에서 상례 절차를 줄이고 능역 조성을 소홀히 한 것으로 여겨진다. 그 뒤 1577년 인성왕후의 능을 조성할 때 왕릉에 병풍석을 설치하고 다른 석물들도 개수했다. 인성왕후릉에는 병풍석이 없이 두 능을 감싸고 난간석이 둘려 있다.

예릉 가는 길

철종(1831~1863, 재위 1849~1863)은 전계대원군의 셋째 아들이자 정조의 동생 은언군의 손자다. 은언군은 그 아들인 상계군이 반역을 도모하여 1786년(정조 10) 강화도로 유배되었다. 그 뒤 1801년 신유박해로 주문모 신부가 처형될 때 그의 처 송씨와 며느리 신씨가 세례를 받은 천주교인으로 사사되자 은언군도 강화도 유배지에서 사사되었다. 1844년(헌종 10) 전계대원군이 철종의 형 원경을 왕으로 옹립하려 이원덕, 민진용과 반역을 꾀하다가 사사되었다. 그 일로 인해서 강화도로 이사를 하게 되었는데, 그때 철종의 나이 열네 살이었다. 그런데 헌종이 임금의 자리에 오른 지 15년 만인 1849년 6월 6일 사망했다.

영조의 혈손으로는 헌종과 이원범(철종) 두 사람만이 남아 있었다. 헌종이 후사도 없이 죽었으니 남은 사람은 강화도에서 농사를 지으며 자연인으로 살고 있던 이원범 한 사람뿐이었다. 당시 대왕대비였던 순원왕후는 여러 상황을 고려하여 이원범으로 후사를 결정한 뒤 6월 6일 덕완군으로 봉했다. 그리고 그 이튿날인 6월 9일 철종은 창덕궁 희정당에서 관례를 행한 뒤 곧바로 인정문에서 왕위에 올랐다.

번갯불에 콩 구워서 먹듯 강화도령에서 임금의 자리에 오른 철종을 대신해 처음에는 순원왕후가 수렴청정을 했다. 그리고 1851년 철종은 철인왕후와 가례를 올린다. 철인왕후哲仁王后(1837~1878)는 순원왕후의 근친인 영돈녕부사 김문근金汶根의 딸이다. 김문근이 왕의 장인으로서 국정을 돕게 되면서 철종의 재위 14년 동안 외척의 세도 정치로 국정은 위기를 맞게 된다.

철종이 집권했던 시기는 삼정의 문란과 탐관오리들의 기승으로 나라의 기강이 말이 아니었다. 1860년 경주 사람 최제우崔濟愚가 서학(천주교)에 맞서 동학을 창시하고 교세를 확대해 나가자 요술이나 마술 같은 이상한 술법인 이술異術로 사람들을 속인다는 혐의로 그를 체포했다. 게다가 1862년(철종 13) 진주 민란이 일어나면서부터 전국에서 민란이 끊이지 않았다. 그리고 1863년 12월 철종이 33세의 나이로 창덕궁에서 세상을 떠났다.

철인왕후는 1858년 원자를 낳았으나 곧 죽었다. 고종이 즉위하자 왕대비가 되었으며, 1878년(고종 15) 창경궁 양화당에서 마흔둘의 나이로 사망했다. 철종과 철인왕후 사이에는 원자가 죽은 이후 후사가 없었고, 궁인 범씨 소생의 영혜옹주가 있었다. 그 사위가 바로 한말 개혁 정치가인 박영효다. 《매천야록》에 그에 관한 글이 있다.

박영효와 영혜옹주

박영효는 금주군 박정朴炡의 후손으로 진사 박원양朴元陽의 아들이다. 그는 용모가 그림같이 아름다워 자도子都(중국 고대 미남자)의 눈처럼 예뻤으므로 철종은 딸 영혜옹주를 출가시켰다. 철인왕후는 그를 매우 사랑하여 예물을 보낼 때 상례常禮를 초월하였다. 박원양은 본래 가난하여 수원 장터에서 신을 팔고 살았는데 하루아침에 가문이 혁혁하게 되었다. 그러나 그 후 얼마 안 되어 옹혜옹주가 세상을 떠났다. (황현, 《매천야록》권1, 갑오이전 상)

김옥균과 함께 19세기 말 개화 운동의 대명사였던 박영효는 조선 후기 명문가 반남 박씨 집안에서 태어났다. 어린 시절을 가난하게 살았던 박영효는 박지원의 손자인 박규수의 추천으로 철종의 고명딸이자 당시 열네 살이었던 영혜옹주의 남편이 되었다. 그러나 결혼한 지 3개월 만에 영혜옹주는 요절하고 말았다. 남자의 축첩에 대해 엄격하지 않았던 조선 사회에서도 왕실의 여인과 결혼한 남자는 재혼이 허락되지 않았고 첩실만 거느릴 수 있었다. 그런 박영효를 측은하게 여긴 조정에서는 그에게 여러 가지 혜택을 주었다. 그중 하나가 지금의 옥수동 앞에 있던 저자도의 별장이다. 이후 박영효는 개화 사상가로서 조선의 개화 정책을 추진하는 데 앞장섰다. 그러나 일제 강점기 이후 조선 왕실의 사위는 식민 통치에 협조하며 친일 인사가 되어 생을 마감했다.

철종과 철인왕후의 능인 예릉睿陵은 왕릉과 왕비릉이 나란히 놓인 쌍릉이다. 《국조오례의》와 《국조속오례의》, 《국조상례보편》의 조선왕조의 상설 제도를 따른 마지막 능이다. 홍살문 바로 앞에서부터 정자각까지 곧게 뻗은 예릉의 향어로는 다른 능과 달리 삼중으로 구성되어 있다. 고종 때 황제로 추존한 뒤 개수한 결과인데, 왼쪽부터 어로, 향로, 예로(세자로)로 혼령이 이용하는 향로가 가장 높다. 고종은 왕실의 세도 정치를 타파하고 왕권을 강화하려는 의도로 예릉의 석물과 부속 건축물을 웅장하게 조성했다.

정북에서 정남향의 언덕 위에 있는 두 개의 봉분을 병풍석 없이 난간석이 연결하고 있다. 난간석 기둥에는 방위를 나타내는 십이간지 문자를 새겨 넣었고 각 봉분 앞에 혼유석이 1개씩 설치되었다. 예릉은 동구릉의 경릉에서와 같이 중계와 하계를 통합해 문석인과 무석인이 같은 단에 배치되어 있다. 일반적으로 조선의 왕릉은 상계·중계·하계의 3단으로 구성되고, 장명등은 중계의 중앙에 세운다. 그런데 특이하게도 예릉의 장명등은 하계 가장 끝에 서 있는데, 이는 조선 왕릉 중 유일한 사례다. 장명등의 지붕은 둥근 파문이 여러 겹으로 겹쳐 있고, 가운데의 원형 틀 안에 꽃문양을 새겨 넣어 전체적으로 이국적인 느낌이 든다.

한편 강화군 강화읍 관청리 441번지에 철종이 왕위에 오르기 전 19세까지 살던 잠저가 있다. 철종의 잠저는 본래 초라한 초가였지만 왕위에 오른 4년 뒤에 강화유수 정기세가 그 집을 헐고 새로 집을 지어 용흥궁龍興宮이라 했다. 그 뒤 고종 때인 1903년에 청안군 이재순이 중수했다. 그와 같은 잠저에는 함흥에 있는 태조의 함흥 본궁과 개성의 경덕궁 그리고 인조의 저경궁과 어의궁, 영조의 창의궁 등이 있다.

소경원 가는 길

서삼릉의 경내에는 3원園 중 가장 처음으로 들어선 소경원昭慶園은 소현세자의 무덤이다. 인종의 효릉 우측 언덕 위에 자리 잡고 있는데 군부대로 둘러싸인 비공개 지역이라 찾는 사람이 없어 고립되어 있다. 봉분 주변에 여러 석물이 배치되어 있으며

34. 서삼릉의 슬픈 내력

정자각은 한국 전쟁 당시 소실되어 터만 남아 있다.

소현세자(1612~1645)는 인조와 인열왕후의 장남이다. 1627년 정묘호란 중에 참의 강석기姜碩期의 딸 민회빈愍懷嬪(1611~1646)과 결혼하여 3남 3녀를 두었다. 1625년(인조 3)에 왕세자로 봉해졌으며 정묘호란 당시 이원익, 신흠과 함께 전주에 내려가서 분조分朝의 업무를 담당하기 위해 무군사撫軍司를 설치했다. 전쟁이 끝나고 난 뒤 강화도로 피신했던 인조를 호위해 한양으로 돌아왔고, 1636년 병자호란이 일어나자 인조와 함께 남한산성으로 피신했다. 이듬해 2월 세자빈, 봉림대군과 함께 인질이 된 소현세자는 청 심양으로 끌려갔다. 9년간 청에 억류되어 있었던 소현세자는 1645년(인조 23) 2월에야 억류에서 풀려나 조선으로 돌아올 수 있었다. 당시 아버지 인조는 다음과 같은 교서를 반포했다.

국운이 비색하여 갑자기 강토가 산산조각이 난 때를 만났으나, 망한 나라를 다시 보존하게 된 것은 오로지 상국上國이 안정시켜 준 데 힘입은 것이므로 지난 일을 징계하고 뒷일을 삼가는 뜻에서 원자가 먼 나라에 머물게 되었다. 그래서 하루를 삼추三秋처럼 지루하게 느끼는 마음으로 9년 동안 만 리 길의 이별을 하였다. 무로霧露와 풍사風沙를 맞으며 고초를 당하건만 자식 사랑하는 마음을 베풀 수 없었고, 함곡관函谷關과 황하黃河의 연변에는 길이 험한데 물품 공급할 힘도 거의 없었다. 더구나 나는 병이 고질화되었는데, 군국軍國의 일을 보살필 세자와 멀리 떨어져 있었으니 어찌하겠는가.

《인조실록》 권46, 인조 23년 2월 19일 임신)

아버지가 아들을 사랑하는 정이 가득 담긴 글이지만, 실상은 그렇지 않았다. 소현세자의 귀국 환영식을 간소하게 하라는 명이 내렸다. 궁의 분위기도 이상했다. 조정의 대신들도 장렬왕후도 슬슬 피하는 것 같았다. 그리고 귀국한 지 두어 달 만에 갑작스러운 신열과 오한에 시달리다가 병석에 누운 지 나흘 만인 4월 26일에 급서하고 말았다. 인조는 사흘 만에 소현세자의 시신을 입관하라고 했고 신하들은 극구 반대했다. 신하들의 반대에도 임금의 명은 단호했다. 입관할 때도 관례를 지키지 않고 몇 사람만 참석을 시켰다는데, 시체가 보통의 시체와 달랐다. 진원군 이세완李世完의 아내가 염습에 참여하고 나서 사람들에게 한 말을 듣고 실록의 사관은 다음과 같은 글을 남겼다.

검은 멱목幎目으로 그 얼굴 반쪽만 덮어 놓았으나, 곁에 있는 사람도 그 얼굴빛을 분변할 수 없어서 마치 약물에 중독되어 죽은 사람과 같았다. 그런데 이 사실을 외인外人들은 아는 자가 없었고, 임금도 알지 못하였다. 《인조실록》 권46, 인조 23년 6월 27일 무인)

소현세자가 급서한 뒤 그가 가지고 왔던 서적들은 하나도 남김없이 불태워졌다. 서양 문물을 받아들여 일본보다 200여 년 앞서 새로운 문화적 전기를 마련할 절호의 기회를 놓쳐 버린 것이다.

　소현세자가 죽고 인조는 세손이 아닌 둘째 아들 봉림대군(효종)을 세자로 삼았다. 그리고 소현세자의 세자빈을 역모죄로 죽이고 말았다. 인조가 소현세자와 세자빈에게 품은 원한을 짐작케 하는 글이 전하는데, 인조는 신하들 앞에서 세자빈을 두고 "개새끼를 억지로 임금의 며느리로 만드니 이것이 모욕이 아니고 무엇이냐?"(이긍익, 《연려실기술》 권27, 〈인조조 고사본말〉) 했다. 결국 인조는 세자빈을 사사할 것을 명했다. 이를 듣고 아산 지방에 있던 대사헌 조경이 그 명을 거두어 줄 것을 요청하는 상소문을 올렸다.

　　아, 소현이 죽은 지 1년도 채 안 되었고, 어린아이들이 강보 속에서 울고 있는데, 전하께서는 어찌 차마 그들의 어미가 죽도록 내버려 둘 수 있습니까. 옛말에 "천지의 사이에 불효하는 자는 항상 많고 자애롭지 못한 자는 항상 적다" 하였습니다. 강씨 같은 사람은 올빼미 종류입니다. 그러나 전하의 자애로운 천성에 어찌 강씨가 불효한다고 하여 소현이 살아 있을 때와 죽고 난 뒤가 이처럼 차이가 있을 수 있겠습니까. (《인조실록》 권47, 인조 24년 2월 25일 임인)

　조경의 상소는 받아들여지지 않았다. 그 뒤로도 최명길을 비롯한 여러 대신들이 상소를 올렸지만 결국 1646년에 세자빈에게 사사의 명을 내렸다.

소현세자 빈 강씨를 폐출하여 옛날의 집에서 사사하고 교명죽책, 인印, 장복章服 등을 거두어 불태웠다. 의금부 도사 오이규가 덮개가 있는 검은 가마로 강씨를 싣고 선인문을 통해 나가니, 길 곁에서 바라보는 이들이 담장처럼 둘러섰고 남녀노소가 분주히 오가며 한탄하였다. 강씨는 성격이 거셌는데, 끝내 불순한 행실로 상의 뜻을 거슬러 오다가 드디어 사사되기에 이르렀다. 그러나 그 죄악이 아직 밝게 드러나지 않았는데 단지 추측만을 가지고서 법을 집행하였기 때문에 안팎의 민심이 수긍하지 않고 모두 조趙 숙의에게 죄를 돌렸다. (《인조실록》 권47, 인조 24년 3월 15일 임술)

그 뒤 소현세자의 세 아들을 모두 제주로 유배 보냈다. 열 손가락 깨물어 안 아픈 손가락이 없다지만 자식들 중에서도 마음에 드는 자식이 있고 마음에 들지 않는 자식이 있었던 걸까? 청 황제의 총애를 받았던 아들을 인조는 경쟁자로 여겼던 것일까? "갑오년 봄에 강씨가 은밀히 청 사람과 도모하여 장차 왕위를 교체하려 한다는 말을 들었다"라고 회고한 인조의 말은 사실일까? 아니면 아들과 며느리 강씨에 대한 열등감의 발로였을까? 며느리와 손자들까지도 죽음에 이르게 한 비정한 아버지를 둔 소현세자가 세월이 흘렀어도 측은하게 느껴진다.

의령원 가는 길

의령원懿寧園은 사도세자의 장남 의소세손(1750~1752)의 무덤이다. 세 살의 나이로 요절하자 지금의 북아현동의 중앙여고 자리에 장사를 지냈다. 처음에는 의소묘라고 했다가 1870년(고종 7)에 의령원으로 격상했다. 1949년 고양시 덕양구 원당동 서삼릉 경내로 이장했다.

효창원 가는 길

효창원孝昌園은 문효세자의 무덤이다. 문효세자(1782~1786)는 정조와 의빈 성씨의 소생이다. 1784년 8월 세자로 책봉되었지만 1786년 5월 창덕궁 별당에서 죽었다.

서삼릉 경내로 이장하기 전에 효창원 안에 순조의 후궁인 숙의 박씨와 그의 소생인 영온옹주, 문효세자의 생모인 의빈 성씨의 묘소와 함께 있었다. 그러나 서삼릉으로 옮긴 뒤 현재는 서삼릉 내 의령원 바로 앞에 있다.

옛 자취들이 많이 사라졌지만 울창한 나무숲 사이로 난 길을 천천히 걸으면서 그들이 살았던 역사를 반추하고 오늘의 시대를 음미하는 것이 왕릉 답사의 묘미다.

서오릉이
품은 이야기

덕종·소혜왕후_경릉
예종·안순왕후_창릉
정성왕후_홍릉

양시 덕양구 용두동에 있는 서오릉西五
陵은 총면적이 약 183만 제곱미터
(55만 3616평)로 구리시에 있는 동구릉 다음으로 큰 조선 왕실의
족분군을 이루고 있다. 숲이 울창하게 우거져 있어 아침저녁으
로 산책하기에 알맞은 서오릉의 시작은 1457년(세조 3) 원자 장
(덕종으로 추존)의 능지로 선택되면서부터다. 원자가 사망하자 풍
수지리설에 따라 능지로서 좋은 곳을 물색하다가 이곳이 추천
되자 아버지인 세조가 직접 답사한 뒤 경릉 터로 정했다. 그 뒤
1470년 덕종의 아우 예종과 계비 안순왕후의 창릉이 들어섰다.
1681년에는 숙종의 비인 인경왕후의 익릉과 숙종과 인현왕후·
인원왕후의 명릉이 들어섰다. 그리고 마지막으로 1757년 영조

의 원비 정성왕후의 홍릉이 조성되었다.

경릉 가는 길

조선 세조의 아들이며 성종의 아버지인 덕종(1438~1457)의 어릴 적 이름은 장暲이고, 자는 원명原明이다. 덕종은 도원군에 봉해지고 의경세자로 책봉되었다. 덕종의 비 소혜왕후昭惠王后(1437~1504)는 좌의정 한확韓確의 딸로 슬하에 월산대군과 성종, 그리고 명숙공주를 두었다. 1455년(세조 원년) 세자빈과 수빈에 연이어 책봉되었지만 세자가 횡사했다. 1469년 그의 아들 이혈李娎이 성종에 즉위한 뒤 세자로 죽은 남편을 덕종으로 추존하자 왕후에 책봉되고, 이어서 인수대비에 책봉되었다.

소혜왕후는 성품이 총명하고 학식이 깊어 정치에 많은 자문을 했으며 불교에도 조예가 깊어 불경을 언해하기도 했다. 또한 부녀자들이 살면서 지켜야 할 도리인 《내훈內訓》을 간행하여 그 당시 여성들의 가치관을 알 수 있는 귀중한 연구 자료가 되고 있다.

맹자가 이르기를 "태산을 끼고 북녘 바다를 뛰어넘어 보라고 했을 때, '나는 할 수 없다' 말했다면 이는 실로 할 수 없는 일이고, 어른을 위하여 나뭇가지를 꺾어 오라고 했을 때 '나는 할 수 없다' 말했다면 이는 하지 않은 것이지 할 수 없는 일은 아니다" 했다. 어른을 위하여 나뭇가지를 꺾는 일은 쉽고 태산을 끼고 북녘 바다를 넘는 일은 어렵다는 말로, 이런 것으로 생각해 볼 때 사람이 몸가짐을 닦는 도리는 어려운 일이 아닐 것이다. 《내훈》, 〈서序〉)

맹자의 가르침을 들어 사람의 살아가는 도리와 이치를 설명한 소혜왕후는 손자 연산군이 생모 윤씨를 추존하려 하자 병상에서도 이를 꾸짖어 연산군과 갈등이 심화되어 갔다. 그 뒤 1504년(연산 10) 4월 창경궁 경춘전에서 세상을 떠났다. 그때 왕후의 나이 68세였고, 덕종보다 47년을 더 살았다. 소혜왕후에 원한이 깊었던 연산군은 한 달 장례를 하루로 생각하는 단상을 지내라는 명을 하기에 이른다.

왕이 이미 소혜왕후의 상기를 단축하고 국기國忌를 행하지 않으며, 두 아우를 죽여 그 첩을 여러 군君에게 나누어 주어 난행하게 한 뒤에, 통행하는 3년상까지 폐지하여 삼강三綱 오상五常이 다 없어졌다. (《연산군일기》 권53, 연산 10년 5월 11일 경자)

덕종은 어려서부터 예절이 바르고 글 읽기를 즐겼다. 해서楷書에도 능해서 할아버지 세종과 세조의 총애를 받았지만 몸이 약하고 병치레가 잦았다. 그런 덕종이 1457년 몸져눕자 세조는 21명의 승려를 불러 경회루에서 공작재孔雀齋를 올려 병의 치유를 빌었다. 그러나 단명할 운명이었는지 임금에 즉위하기 전인 스무 살의 나이로 일찍 죽었다. 전하는 이야기로 현덕왕후(단종의 어머니) 혼령의 살殺을 맞아서 죽었다고 한다. 그가 세상을 뜨기 전에 지었다는 시 한 편을 보자.

> 비바람에 떨어지는 무정한 모란꽃
> 그 붉은 꽃잎이 난간에 가득하구나
> 모란정 연회에서 놀던 양귀비 죽자
> 후궁의 여인들도 꽃을 볼보지 않네 (윤정란, 《왕비로 보는 조선왕조》,
> 이가출판사, 2015에서 재인용)

왕위에 오른 성종은 1471년에 자신의 아버지를 온문왕溫文王으로 추존하고 1476년에 묘호를 덕종이라 했다. 추존 왕 덕종의 능인 경릉敬陵은 조성 당시 대군묘로 조성되었다. 1504년(연산 10) 사망한 소혜왕후도 이곳에 함께 모셔졌는데, 두 개의 봉분이 각각의 언덕에 배치된 동원이강릉이다. 본래 이런 경우 왕릉이 왼쪽에 있어야 하나 경릉은 왕후릉이 왼쪽에 있다. 좌우의 위차 때문이라고 한다.

경릉의 두 능 중 덕종의 능은 왕릉의 형식을 제대로 갖추지 않은 능으로 병풍석은 물론이고, 난간석이나 무석인도 없다. 그것은 덕종이 세자로 사망했고, 부왕인 세조가 간소한 장례 정책을 명한 뒤 처음으로 조성된 능이라서 그렇다. 훗날 한명회가 왕릉제로 바꾸어 난간석이나 망주석 등의 석물을 설치할 것을 건의했다. 하지만 당시 대왕대비였던 소혜왕후는, 목조, 익조, 환조 등의 능처럼 전례에 따른 것이라며 손을 대지 말 것을 명하여 그대로 두었다고 한다. 하지만 왕후릉은 왕릉의 형식을 모두 갖추고 있고 단지 세조 이후 제도화된 양식에 따라 병풍석만 없을 따름이다. 소혜왕후는 아들 성종이 왕이 되어 생전에 덕종이 추존 왕이 되면서 왕후로 책봉되었기 때문이다.

창릉 가는 길

서오릉 북동쪽에 자리한 창릉昌陵은 예종과 계비 안순왕후의 능이다. 예종(1450~1469, 재위 1468~1469)은 세조와 정희왕후의 둘째 아들이다. 해양대군에 봉해졌다가 의경세자가 병으로 요절하자 1457년(세조 3) 12월 세자로 책봉되었다. 그 뒤 1468년 9월 선위를 받아 왕위에 올랐다. 예종의 비 안순왕후安順王后(미상~1498)는 우의정 한백륜韓伯倫의 딸로 당시 세자였던 예종과 가례를 올렸다가 예종이 왕위에 오르자 왕비로 책봉되었다. 한편 그의 소생은 제안대군과 현숙공주가 있으며, 제안대군은 효성이 지극했다고 알려져 있다. 예종의 원비 장순왕후는 1461년 세자빈 신분으로 사망했다.

예종이 임금의 자리에 오른 1468년 남이와 강순 등이 역모죄로 처형을 받는 사건이 일어났다. 남이南怡는 조선 개국공신 남재南在의 5대손이다. 아버지는 남빈南份, 어머니는 남양 홍씨로 태종의 외손자이자 세조에게는 고종사촌의 아들이었다. 남이는 13세 되던 해에 아버지를 잃고 홀어머니의 보살핌을 받으며 자랐다. 계유정난으로 왕위에 오른 세조에게 총애를 받은 남이는 이시애의 난이 일어나자 선봉장으로 활약하여 북청 전투에서 공을 세웠다. 그 뒤 여러 차례 공을 세워 27세의 나이로 공조판서가 되면서 승승장구했다.

1468년 남이가 숙직을 하던 중에 혜성이 나타났다. 그때 남이가 "혜성이 나타남은 묵은 것을 몰아내고 새로운 것을 받아들일 징조다"라고 말한 것을 병조참지 유자광이 엿들었다. 그는 남이의 말이 역모를 꾀하는 말이라고 예종에게 고변했다. 남이를 못마땅하게 여겼던 예종은 그에게 역모죄를 물어 그해 10월에 강순, 변영수, 변자의, 문효량 등과 함께 저자에서 거열형으로 처형시켰다. 그의 어머니 역시 다음 날 거열형으로 처형되었으며, 딸은 한명회의 노비가 되었다. 그러나 다음 해 외조부인 권람의 공이 참작되어 사면되었고, 이 사건을 '남이의 옥獄'이라고 한다.

예종은 왕위에 있던 약 14개월간 직전수조법을 제정하여 둔전의 민경을 허락했고, 《경국대전》의 마무리를 서둘렀지만 반포는 보지 못했다. 예종은 1469년 11월 경복궁 사정전에서 스무살의 나이로 세상을 떠났다. 아버지 세조가 저지른 단종과 사육신에 대한 죗값을 네 명의 아들들이 받아서 그런지 모두가 이른 나이에 세상을 뜬 것이다. 서오릉에 가장 먼저 들어선 것은 덕종의 경릉이지만 서오릉에 조성된 최초의 왕릉은 창릉이다.

예종과 함께 창릉에 모셔진 안순왕후는 1498년(연산 4) 12월에 승하하여 이듬해 2월에 이곳 창릉에 모셔졌다. 왕과 왕비의 능을 서로 다른 언덕에 만든 동원이강릉이다. 창릉은 봉분을 감싸는 병풍석을 세우지 않았으며, 봉분 주위로는 난간석이 둘러져 있다. 석물 배치는 일반 왕릉과 같다. 혼유석을 받치는 고석의 무늬가 독특한데 문고리를 새겨 넣어 북과 아주 흡사한 모양이다. 왕릉 앞의 장명등은 지붕돌이 없어진 상태다. 양쪽 능 아래 중간 지점에 정자각과 홍살문이 있다.

홍릉 가는 길

1757년(영조 33)에 영조의 원비 정성왕후의 홍릉弘陵이 이곳에 들어서면서 경릉, 창릉, 명릉, 익릉, 홍릉이 무리를 이루어 서오릉이라는 이름을 얻게 되었다. 홍릉에 잠든 정성왕후貞聖王后(1692~1757)는 달성부원군 서종제徐宗悌의 딸이다. 1704년(숙종 30) 숙종의 넷째 아들인 연잉군과 가례를 올렸다. 1724년 영조가 왕위에 오르자 왕비가 되었다. 영조와의 사이에 후사가 없었던 정성왕후는 1757년(영조 33) 2월 창덕궁 관리각에서 66세의 나이로 세상을 떠났다.

영조는 생전에 정성왕후의 공을 높게 평했다. 그와 함께한 53년간 늘 미소 띤 얼굴로 맞아 주었고 부지런했으며, 특히 자신의 어머니 숙빈 최씨의 신위를 모신 육상궁 제전(음식을 갖춘 제사와 갖추지 않은 제사의 총칭)에 기울였던 정성을 고마워했다. 그런 연유로 왕비의 능지를 정하면서 장차 함께 묻히고자 왕후릉의 오른쪽 정혈에 십자+후를 새겨 묻어 두었고 석물도 쌍릉을 예상하여 배치했다. 그러나 영조가 죽자 홍릉을 능지로 정한 데 대한 의견이 분분했다. 정조는 대신과 예조의 당상에 명하여 길지를 두루 찾고자 했고, 그때 황해도사 이현모가 다음과 같은 상소문을 올렸다.

> 홍릉 오른쪽의 비워 놓은 자리는 곧 대행대왕께서 유언하신 곳으로서, 선왕께서 오늘날의 처지를 미리 염려하여 평소에 처리해 놓기를 지극히 자세하고 원대하게 하신 것인데, 어찌 이를 버리고 다른 곳에서 구할 수 있겠습니까? 풍수설은 주공이나 공자와 맹자가 말하지 않은 바이니, 어버이의 장사를 주공·공자·맹자처럼 하는 것이 옳습니다. 설사 그들의 말이 만에 하나라도 이치가 있는 것이라 하더라도 땅속의 일은 아득하여 알기 어려운 것이니, 차라리 선왕의 유지대로 따르는 것이 허물이 적어지게 하는 일이 될 것입니다. (《정조실록》 권1, 정조 즉위년 3월 22일 계사)

이렇게 홍릉에 장사를 지낼 것을 청했지만 정조는 장릉의 동구 자리도 먼저 정해 놓은 적이 있었고, 예로부터 지관들을 많이 불러서 명산을 찾는 일이 정자나 주자 때에도 있었다고 했다. 그리고 여러 대신들이 추천한 옛 영릉, 곧 동구릉 내 원릉 자리를 길지라고 여긴 뒤 영조를 그 자리에 모셨기 때문에 그 오른쪽은 빈터로 남게 되었다.

홍릉은 숙종의 명릉 형식을 따라 간소하게 조성되었는데, 곡장으로 둘러싸인 봉분은 병풍석 없이 12칸 난간석만 둘렀다. 봉분 주위에는 각각 두 쌍의 석양과 석호가 교대로 배치되어 있다. 석물들 역시 기본적으로 명릉 형식을 따르고 있다.

순창원 가는 길

서오릉에는 순회세자와 공회빈 윤씨가 잠든 순창원順昌園이 있다. 서오릉 내 경릉 왼쪽 언덕 위에 있는 이 무덤은 원래는 순회묘라고 했으나 1870년 순창원으로 추봉되었다.

명종의 외아들인 순회세자(1551~1563)는 1557년(명종 12) 7세의 나이로 세자에 책봉되었지만 13세에 요절했다. 순회세자의 빈인 공회빈 윤씨(미상~1592)는 예조판서 윤옥尹玉의 딸로 1559년에 세자빈으로 책봉되었다. 그러나 순회세자가 너무 일찍 세상을 떠나 30년을 홀로 지내다가 세상을 떠났다. 봉분 주변으로 석물들이 배치되어 있고 정자각은 남아 있으나, 비각과 비석은 남아 있지 않다.

수경원 가는 길

서오릉 경내에 있는 명릉과 익릉 사이에 있는 수경원綏慶園은 영조의 후궁이자 사도세자의 생모인 영빈 이씨의 무덤이다. 영빈 이씨(1696~1764)는 이유번李楡蕃의 딸이다. 1701년 궁에 들어와 1730년(영조 6) 영조의 후궁이 되었다. 슬하에 1남 3녀를 두었고, 1764년 66세로 세상을 떠났다. 그 뒤 대한제국 선포 후인 1899년에 사도세자가 장조황제로 추존되면서 영빈도 추존되었다. 수경원은 원래 서울 서대문구 연세대학교 내에 있었는데 1970년 이곳으로 이장되었다. 1899년에 새로 지은 정자각과 비각은 연세대학교 내에 그대로 남아 있다. 영조의 후궁 가운데 가장 많은 총애를 받은 후궁이 영빈 이씨였다. 영조는 이씨가 세상을 떠나자 후궁 가운데 가장 성대하게 장례를 치르도록 명했다.

1. 경릉 덕종릉 능침 정면. 덕종의 능은 왕릉의 형식을 제대로 갖추지 않은 능으로 병풍석은 물론이고, 난간석이나 무석인도 없다.

2. 경릉 덕종릉 능침 배면

1	3
2	4

1. 경릉 소혜왕후릉 능침 정면. 덕종릉과 달리 왕후릉은
   병풍석만 없을 뿐 왕릉의 형식을 모두 갖추고 있다.

2. 경릉 소혜왕후릉 능침 배면

3. 창릉 예종릉 능침 전경

4. 창릉 겨울의 정자각

하늘에서 본 홍릉. 영조가 함께 묻히고자 했으
나 정성왕후는 혼자 잠들어 있다.

죽어서도 여러 여인과
함께 있으니

숙종·인현왕후·인원왕후_명릉
인경왕후_익릉

1764년 8월 경희궁 회상전에서 현종과 명성왕후의 장남으로 태어난 숙종(1661~1720, 재위 1674~1720)은 1667년 7세에 왕세자로 책봉되었으며 1674년 8월 창덕궁 인정전에서 왕위에 올랐다. 숙종은 인경왕후와 인현왕후, 인원왕후로 이어지는 세 왕비를 두었다. 인현왕후仁顯王后(1667~1701)는 공조판서 민유중閔維重의 딸이고 인원왕후仁元王后(1687~1757)는 호위대장 김주신金柱臣의 딸이었다. 이들에게서는 왕자를 얻지 못했다. 희빈 장씨에게서 경종을 낳았고, 숙빈 최씨에게서 영조를 낳았다. 숙종 재임 당시 궁중에서 일어난 여러 가지 복잡한 갈등은 구조적 모순 속에서 파생한 결과였다.

세 차례에 걸쳐 일어난 환국

숙종 대의 중심 사건은 세 차례에 걸쳐 일어난 환국이었다. 1680년 (숙종 6)에 일어난 허견許堅의 역모 사건으로 남인이 대거 축출되고, 서인이 등용된 사건이 경신환국庚申換局이었다. 1689년 희빈 장씨가 낳은 아들 경종의 세자 책봉 문제로 반대했던 노론이 면직, 사사되었던 것이 기사환국己巳換局이다. 1694년에 일어난 갑술환국甲戌換局은 폐비 민씨 복위를 계기로 남인 정권이 몰락하고 노론과 서론으로 나뉘어 있던 서인이 재집권하게 되는 사건이다.

이 사건들을 들여다보면 당시 숙종의 왕권이 매우 강력했다는 것을 알 수 있다. 기사환국의 중심인물은 희빈 장씨와 숙종이었다. 숙종에게는 희빈 장씨 외에 인경왕후, 인현왕후, 인원왕후가 있었으나 후사를 이어 줄 아들이 없었다. 그런데 숙종의 나이 스물여덟에 10년 가뭄에 단비가 내리듯 아들이 태어난 것이다. 숙종이 얼마나 기뻤겠는가. 아들이 태어난 지 3개월이 채안 된 1689년 1월 초에 대신과 6조 및 3사의 장관을 불렀다. 정오까지 오지 않는 신하는 담당 승지를 엄벌에 처하겠다는 단서를 달았고, 모인 대신들 앞에서 추상같이 말했다.

세자를 정하지 못하여 민심이 매인 곳이 없으니, 오늘의 계책은 다른 데에 있지 않다. 만약 선뜻 결단하지 않고 머뭇거리며 관망만 하고, 감히 이의를 제기하는 자가 있다면, 벼슬을 바치고 물러가라.

《숙종실록》권20, 숙종 15년 1월 10일 무인)

희빈 장씨가 낳은 아들을 원자로 책봉하겠다는 것이며, 훗날 이 아들에게 왕위를 계승하게 하겠다는 선언이었다.

서인들 중 이조판서 남용익이 총대를 메었다. 지금 중궁(인현 왕후)의 나이가 젊기 때문에 후사(왕자)를 낳을 수도 있다고 말했다. 뒤를 이어 호조판서 유상운과 공조판서 심재까지 인현왕후를 내세워 원자 책봉은 시기상조라고 반대했지만, 숙종은 자신의 뜻대로 밀어붙였다. 이후 남용익을 중죄로 다스리고 난 뒤 곧바로 왕자를 원자로 책봉했다. 그 일을 거론한 지 닷새 만이었다.

끝난 줄 알았던 원자 책봉 문제를 다시 수면 위로 끌어올린 사람이 송시열宋時烈이었다. 그때 고향인 충청도 회덕에서 은거하고 있던 송시열이 상소문을 올렸다.

대개 송 철종은 열 살인데도, 번왕의 지위에 있다가 신종이 병이 들자 비로소 책봉하여 태자로 삼았습니다. 당시에는 가왕과 기왕 두 왕의 혐핍嫌逼이 있었는데도 이와 같이 천천히 한 것은, 제왕의 큰 거조擧措는 항상 여유 있게 천천히 하는 것을 귀하게 여기기 때문입니다. 하물며 지금은 혐핍의 염려가 있지도 않음이겠습니까? 《숙종실록》권20, 숙종 15년 2월 1일 기해)

중국의 고사를 인용하여 희빈 장씨의 아들 윤昀의 원자 책봉을 반대한 것이다. 서인들은 노론의 영수이자 산림인 송시열의 상소에 환호를 보냈다. 하지만 숙종은 크게 노했다. 옛 고사의 옳고 그름을 떠나서 그의 상소문이 왕권을 능멸하는 것이라 여겼기 때문이다.

결국 숙종은 서인을 축출하고 남인을 등용하는 것이 원자를 보호하는 것이라고 결론지은 뒤 서인의 영수 김수흥을 파직하고 남인인 목내선과 김덕원을 좌우정과 우의정으로 임명했다. 이것이 서인에서 남인으로 정권이 넘어간 기사환국이다. 숙종은 인현왕후를 서인으로 강등시켜 쫓아낸 뒤 곧바로 희빈 장씨를 왕비로 책봉했다.

정권을 잡은 남인들의 칼끝은 송시열과 김수항을 겨누었다. 송시열은 제주도로 위리안치의 형을 받아 유배 길에 올랐다. 송시열과 김수항이 희생된 이 사건으로 100여 명의 서인들이 사형과 유배, 삭탈관직되면서 남인이 조정을 장악했고 원자는 자연스럽게 세자로 책봉되었다. 숙종은 어지러운 정쟁을 가라앉히려 했지만 뜻대로 되지는 않았다. 지평 유태명의 상소에서 당시 숙종의 모습을 볼 수 있다.

지금은 조정이 자주 바뀌고 모든 일이 잇따라 변경되어 묘당廟堂이 전사傳舍와 같고 나라의 일이 흡사 바둑놀이와도 같아서 개혁함이 그칠 날이 없고, 앞의 허물을 되풀이하며 명령을 아침도 끝나기 전에 도로 거두어들이니, 속담에 이른바 삼일 공사三日公事라는 말이 불행하게도 근사합니다. 조종조의 훌륭한 법도와 아름다운 제도가 뚜렷이 《대전》에 실려 있으니, 폐단을 따라서 적당하게 적용시키는 것이 급선무입니다. 그런데 상례를 따르는 것을 싫어하고 갑자기 혁신을 하고자 하여 한 가지 폐단을 겨우 고치자 백 가지 병폐가 따라서 생기니, 신은 그윽이 민망하게 생각합니다. (…)

임금은 간하는 말을 들으면 너그럽게 용납해야 하는데, 전하께서는 전후前後하여 신료들의 소疏에 있어서 성심에 들지 않으시면 지나치게 위엄과 성을 내며, 그 말이 병폐에 적중하면 혹시 가장嘉獎을 내릴 때도 있으나, 끝내 한마디의 말을 채용하거나 한 가지 일도 시행함을 보지 못했으니, 경전에 이른바 "말하는 것이 어려운 것이 아니라 오직 실행하는 것이 어렵다"라는 것은 아마 전하의 병통에 해당하는 듯합니다. 《숙종실록》 권39, 숙종 30년 4월 18일 정해)

그 당시는 그래도 언로가 트여 있어서 임금의 허물을 있는 그대로 고언한 것이다. 조선의 임금 27명 중 그래도 나은 정치를 폈다고 평하는 숙종도 날카로운 신하들의 눈에는 모자란 점이 많았다는 것이다.

예술을 사랑했던 숙종은 겸재 정선을 시켜서 관동팔경을 그려 오라고도 했고 시서화에 능해 그가 남긴 글이 나라 곳곳에 남아 전한다. 여섯째 아들 연령군에게 전한 시의 일부를 보자.

사람이 지혜를 키우는 데는 배움만 한 것이 없는 법이지

옥의 문채 찾으려면 반드시 갈고 닦아야지

경전의 깊은 뜻을 누구에게 물어볼거나

스승과 친하게 지내며 자주 묻기를 싫어해선 안 될 것을

'절대 권력은 절대적으로 즐겁다'는 말이 있다. 이 말은 맞다. '하지만 영원한 것은 없다'라는 말도 맞다. 조선왕조가 시작되고 가장 긴 기간인 46년간 재위하면서 왕의 권위를 가장 잘 활용한 임금이었지만 생은 유한한 것이라서 1720년 6월 경덕궁 융복전에서 생을 마감한다. 세상의 파란만장한 일을 다 겪은 숙종이 묻힌 명릉明陵은 하나의 정자각에 쌍릉(숙종와 인현왕후)과 단릉(인원왕후)으로 조성되었다. 동원이강릉으로 가장 낮은 서열의 인원왕후가 가장 높은 자리인 오른쪽 언덕을 차지하고 있다.

명릉은 능을 간소하게 조성하라는 숙종의 명에 의해 왕릉 조성에 드는 인력과 경비를 절감하여 부장품을 줄였다. 석물의 치수도 실물 크기에 가깝게 하는 등 간소하게 조성하여 이후 왕릉의 형식을 바꾸는 계기가 되었다. 봉분도 병풍석을 두르지 않았으며, 팔각 장명등도 사각으로 바뀌었다.

쌍릉은 두 봉분을 감싸고 난간석이 둘려 있고, 난간석에는 방위 표시를 하는 문자를 새겼으며, 봉분 주위에 혼유석을 각각 놓았다. 양측에 망주석 한 쌍이 있고, 봉분 밖으로는 석양과 석호 두 쌍씩 여덟 마리를 서로 엇갈려 배치했다. 중계석에는 문

석인 한 쌍과 석마 한 쌍을 놓았고 중앙에 장명등을 두었다. 하
계에는 무석인과 석마를 배치했다. 인원왕후릉 역시 쌍릉과 같
은 양식으로 조성했으나 석물 양식이 달라 시대적 차이를 확인
할 수 있다.

익릉 가는 길

익릉翼陵은 인경왕후의 능이다. 숙종의 명릉이 위치한 곳에서
멀지 않은 서오릉 경내에 단릉으로 조성되었다. 숙종의 원비 인
경왕후仁敬王后(1661~1680)는 예학의 대가 김장생의 4대손인 광
성부원군 김만기金萬基의 딸이다. 1670년(현종 11) 세자빈으로 책
봉되었다. 1674년 현종이 죽고 숙종이 즉위하면서 왕비가 되었
고, 1676년 정식으로 왕비의 책명을 받았다.

  1680년 10월 인경왕후가 천연두 증세를 보이자 약방도제조
영의정 김수항의 건의에 따라 숙종은 창덕궁으로 옮겨 갔다. 숙
종이 천연두를 겪지 않았기 때문이다. 인경왕후는 발병 8일 만
에 경희궁 회상전에서 숨을 거두었다. 그때 그의 나이 스물이었
고, 슬하에 두 명의 공주를 두었으나 모두 일찍 죽었다.

  인경왕후의 능은 숙종이 왕릉의 능제를 단순화하고 석물을
간소하게 하라는 명을 내리기 전에 조성되었다. 기본적으로는
《국조오례의》제도를 따랐고 부분적으로는 임진왜란 이후의 양
식을 따랐다.

        36. 죽어서도 여러 여인과 함께 있으니

대빈묘 가는 길

조선왕조 여인 중 가장 많이 회자되는 인물은 누구일까? 명종의 어머니 문정왕후, 고종의 비 명성황후 등이 언급되지만 드라마나 책, 영화 등에서 가장 빈번하게 소재로 등장하는 인물은 희빈 장씨일 것이다. "바람과 여자와 운명은 달처럼 변한다"라는 말이 있는데, 그 말에 가장 부합되는 인물 희빈 장씨禧嬪張氏(미상~1701)의 이름은 옥정玉貞이라고 알려져 있다. 아버지는 역관을 지낸 장형張炯이고, 어머니는 파평 윤씨 윤성립尹誠立의 딸이었다. 슬하에 1남 2녀를 두었는데, 장희재張希載가 큰아들이고 희빈 장씨는 막내였다. 친가와 외가가 모두 역관 집안으로 조부인 장응인과 외조부인 윤성립은 모두 벼슬이 정3품과 종4품에 이르렀다. 당숙인 장현은 숙종 때 역관의 수장인 수역首譯을 지냈으며 거부로 이름이 높았다.

  희빈 장씨가 언제, 어떤 경로를 통해서 궁에 들어왔는지는 명확하지 않지만 실록을 통해 유추해 볼 수 있다.

  당초에 후궁 장씨의 어미는 곧 조사석의 처갓집 종이었는데 조사석이 젊었을 때에 사사로이 통했었고, 장가張家의 아내가 된 뒤에도 오히려 때때로 조사석의 집에 오갔었다. 동평군 이항李杭은 또한 조사석의 종매從妹의 아들이었는데, 조사석이 정승에 제수되자 온 세상이 모두 궁중 깊은 곳의 후원에 의한 것으로 여겼었다. 《숙종실

희빈 장씨는 어린 나이에 나인으로 뽑혀 입궁했다. 실록에는 희빈 장씨가 "머리를 따 올릴 때부터 궁중에 들어와서"《숙종실록》 권21, 숙종 15년 5월 6일 신축)라고만 기록되어 있다. 희빈 장씨의 일생에서 가장 중요한 시기는 1680년(숙종 6) 10월이었다. 숙종의 정비 인경왕후가 죽고 그 뒤에 처음 은총을 받았지만 그것이 곧바로 행운으로 연결되지는 못했다. 숙종의 생모인 명성왕후가 있었기 때문이다. 명성왕후는 당파적 색채가 강했으므로 희빈 장씨와 연결되어 남인이 진출할 수도 있다고 판단해 희빈을 궁에서 쫓아냈다.

희빈 장씨는 1683년 명성왕후가 숨을 거둔 뒤에야 궁으로 돌아왔다. 1686년에 희빈은 숙원으로 책봉되었으며 다시 소의로 승격되었다. 1688년(숙종 14) 10월 희빈 장씨는 왕자 윤昀(경종)을 낳았다. 다음 해 1월 아들이 원자로 책봉되면서 드디어 정1품인 희빈이 되었다. 숙종의 계비 인현왕후가 폐비가 되고, 희빈 장씨가 1689년(숙종 15) 10월 왕비로 책봉되었다. 희빈 장씨의 아버지 장형은 옥산부원군이 되었고, 큰오빠 장희재는 정치계의 주요 인물이 되었다.

다음 해인 1690년 6월 마침내 경종이 왕세자로 책봉되었고 희빈 장씨는 왕세자의 어머니가 되었다. 하지만 세상의 민심은 폐비 인현왕후를 그리워했고 복위를 바랐다. 그 무렵 이런 민심을 풍자한 〈미나리요〉가 유행처럼 번졌다.

미나리는 사철이요, 장다리는 한철일세

철을 잊은 호랑나비, 오락가락 노닐더니

제철 가면 어이 놀까, 제철 가면 어이 놀까

미나리는 인현왕후를, 장다리는 희빈 장씨를 빗대는 말이었다.

결국 1694년 갑술환국으로 남인이 축출되고 서인이 정권을 잡으면서 인현왕후가 복위되었다. 중전의 자리에서 쫓겨난 장씨는 다시 희빈의 작호를 받았고, 숙부 장현과 장찬도 외딴 섬에 유배되었다. 희빈이 왕비가 된 지 5년 만의 일이었다. 같은 해 숙빈 최씨가 왕자(영조)를 낳자 희빈 장씨의 입지는 더 좁아졌다.

그리고 1701년(숙종 27) 8월 비극의 문이 열린다. 인현왕후가 죽은 그 직후 숙빈 최씨가 엄청난 사건을 고발했다. 희빈 장씨가 취선당 서쪽에 신당을 설치하고 인현왕후를 저주하며 죽기를 기도했다는 것이다. 그 말을 들은 숙종은 크게 노했고, 희빈 장씨를 자진하게 하라고 하교하기에 이른다.

희빈 장씨가 내전을 질투하고 원망하여 몰래 모해하려고 도모하여, 신당을 궁궐의 안팎에 설치하고 밤낮으로 기축하며 흉악하고 더러운 물건을 두 대궐에다 묻은 것이 낭자할 뿐만 아니라 그 정상이 죄다 드러났으니, 신인神人이 함께 분개하는 바이다. 이것을 그대로 둔다면, 후일에 뜻을 얻게 되었을 때, 국가의 근심이 실로 형언하기가 어려울 것이다. 전대 역사에 보더라도 어찌 두려워하지 않을 수 있으랴? 지금 나는 종사를 위하고 세자를 위하여 이처럼 부득이한 일을 하니, 어찌 즐겨 하는 일이겠는가? 장씨는 전의 비망기에 의하여 하여금 자진하게 하라. 아! 세자의 사정을 내가 어찌 생각하지 아니하였겠는가? 만약 최석정의 차자의 글과 같이 도리에 어긋나고 끌어다가 비유한 것에 윤기倫紀가 없는 경우는 진실로 족히 논할 것이 없겠지만, 대신과 여러 신하들의 춘궁을 위하여 애쓰는 정성을 또한 어찌 모르겠는가? 다만 생각에 생각을 더하고 또다시 충분히 생각한 결과 일이 이미 이 지경에 이르렀으니, 이 처분을 버려 두고는 실로 다른 도리가 없다. 이에 나의 뜻을 가지고 좌우의 신하들에게 유시하는 바이다. (《숙종실록》권35, 숙종 27년 10월 8일 신유)

숙종은 조선왕조에서 한 임금이 살아 있는 두 왕비를 번갈아 둔 유일한 임금이다. 희빈 장씨 또한 미천한 집안에서 태어나 궁궐에 들어가 수많은 후궁 중에서 숙종의 눈에 들어서 원자를 출산하고 왕비까지 올랐던 입지전적인 인물이었다. 하지만 그 자리를 지키기 위해 그 나름대로 최선을 다한 그 자체가 크나큰 죄였다는 일반적인 평가를 받고 결국 비참한 최후를 맞았다.

희빈 장씨 사건으로 숙종은 "이제부터 나라의 법전을 명백하게 정하여 빈어嬪御가 후비의 자리에 오를 수가 없게 하라"《숙종실록》권35, 숙종 27년 10월 7일 경신)라는 하교를 내렸다. 이후 빈嬪은 왕비에 오를 수 없게 되었고, 그런 까닭에 영조의 어머니 숙빈 최씨는 영조가 즉위한 뒤에도 왕비로 추존되지 못했다.

파란 많은 생애를 마감한 희빈 장씨는 1702년 1월 경기도 양주 인장리에 묻혔다. 그러나 희빈 장씨의 대빈묘大嬪墓에 불길한 징조가 있다는 간언에 이장이 결정되었다. 당시 경기도 수원 일대와 광주군 오포면이 이장지로 검토되었다. 하지만 최종적으로 현재의 광주시 오포읍 문형리로 이장했고, 그때가 숙종 1718년(숙종 44)이었다. 그 뒤 1969년 경기도 광주시 도시 구획으로 대빈묘에 도로가 들어서게 되자 고양시 서오릉 경내로 이장했다. 희빈 장씨의 아들 경종은 즉위한 다음 해인 1722년 1월에 희빈의 사당을 건립하고 옥산부대빈으로 추존했다.

대빈묘는 서오릉에서 가장 구석진 곳에 작은 규모로 조성되어 있다. 위치도 그렇지만 전체적으로 소박한 규모다. 석물들도 일반 사대부 집안의 묘보다도 초라하게 만들어졌다. 광주에서 이장할 때 숙종의 명릉 옆 현재의 위치에 자리 잡게 한 것이 그나마 다행이라고 할까? "자못 아름다웠다"라고 일컬어졌던 희빈 장씨가 잠든 대빈묘는 한때 그 묘 앞에서 춤을 추거나 절을 하면 처녀에게 애인이 생긴다는 속설이 돌아서 너도나도 절을 하고 춤을 추는 일이 잦았다는데, 지금은 언제 그랬냐는 듯 조용하고 한적하다. 한편 대빈궁은 국왕이나 추존된 국왕을 낳은 일곱 후궁의 신위를 모신 칠궁에 있다.

1 2

1. 하늘에서 본 익릉

2. 익릉 능침 정면. 병풍석을 두르지 않고 난간석만 봉분 주위에 둘렀다.

효심이 만든
왕릉

장조·헌경왕후_융릉

경기도 화성시 안녕동에 장조(사도세자)와 정조의 능인 융릉과 건릉이 있다.

융릉隆陵은 장조莊祖(사도세자, 1735~1762)와 그의 비 헌경왕후獻敬王后(혜경궁 홍씨, 1735~1815)를 합장한 능이다. 융릉에서 왼쪽으로 두 개의 능선을 건너면 그의 아들 정조의 건릉이 있다.

비운의 생을 살다 간 사도세자를 찾아가는 길에 부모와 자식 간의 관계를 생각한다. 부모와 자식 간의 사랑을 '내리사랑'이라고 부르는데, 그것은 아무리 자식이 부모를 위해서 효성을 다 바친다 해도 부모가 자식을 위하는 것에는 미치지 못한다는 말이다. 자식을 위해서는 자신의 생명까지 바치는 부모, 그래서 '천금 같은 내 자식'이라는 말이 있다. 그런 자식에게 자살을 명령하는 부모가 소설에 등장하고, 그런 일이 실제로 조선 역사 속에서 일어났다.

프란츠 카프카의 단편 소설 〈선고〉에서는 아버지가 아들에게 익사할 것을 명령하고, 영조는 아들인 사도세자에게 자결을 강요하다가 뒤주에 가두고 그 뚜껑을 손수 닫아서 죽게 한다. 동서양의 차이를 넘어, 소설과 실화를 넘어, 시대를 넘어 어떻게 그런 일을 상상이나 할 수 있겠는가?

〈선고〉의 줄거리는 간단하다. 아들이 약혼녀에게 빠져 친구를 배반하고 어머니와의 추억을 더럽히고, 자신을 침대로 밀어 넣었다며 아버지는 그에게 익사를 선고한다.

> "그러니까 아버지는 내 동정을 살피고 계셨군요!" 게오르크가 소리쳤다.
>
> 아버지는 말이 나온 김에 동정 어린 목소리로 말했다. "넌 아마 진작부터 그런 말을 하고 싶었겠지. 이젠 더는 맞지 않는 말이야."
>
> 그러고 나서 더욱 큰 소리로 이렇게 말했다. "그러므로 넌 이제야 너 말고 뭐가 또 있는지 알겠지. 이제까지 넌 너 자신밖에 알지 못했어! 넌 사실 천진난만한 아이였지만, 보다 엄밀히 말하자면 악마 같은 녀석이었어! 그리하여 이제 내가 너에게 익사 형을 선고하니 그런 줄 알아라!"
>
> (…)
>
> 난간을 붙잡고 있는 손에서 점점 힘이 빠지는 것을 느끼며, 그는 자

신이 떨어지는 소리를 손쉽게 덮어 줄 버스가 난간 기둥 사이로 지나가기를 엿보며 나지막하게 소리쳤다.

"사랑하는 부모님, 난 언제나 부모님을 사랑했어요!" 그러고는 아래로 몸을 떨어뜨렸다. 이 순간 다리 위에는 그야말로 끊임없는 차량의 행렬이 이어지고 있었다. (프란츠 카프카, 《변신》, 〈선고〉, 홍성광 옮김, 열린책들, 2009)

아버지가 아들에게 익사할 것을 명령하고, 아들은 그의 명령대로 떨어져 죽는다. 한 사람이 죽어도 세상은 아무 일 없이 계속되고, 차들은 규칙적으로 자신들의 목적지를 향해 오간다. 사랑하는 아들에게 자살할 것을 명하는 이해할 수 없는 이야기, 소설에서나 있을 법한 이상하고도 기괴한 일이 실제 일어난 것은 조선 영조 때다.

임금이 창덕궁에 나아가 세자를 폐하여 서인을 삼고 안에다 엄히 가두었다. 처음에 효장세자가 이미 훙하였는데, 임금에게는 오랫동안 후사가 없다가 세자가 탄생하기에 미쳤다. 천자가 탁월하여 임금이 매우 사랑하였는데, 10여 세 이후에는 점차 학문에 태만하게 되었고, 대리한 후부터 질병이 생겨 천성을 잃었다. 처음에는 대단치 않았기 때문에 신민들이 낫기를 바랐다. 정축년과 무인년 이후부터 병의 증세가 더욱 심해져서 병이 발작할 때에는 궁비와 환시를 죽이고, 죽인 후에는 문득 후회하곤 하였다. 임금이 매양 엄한 하교로 절실하게 책망하니, 세자가 의구심에서 질병이 더하게 되었다. 임금이 경희궁으로 이어하자 두 궁 사이에 서로 막히게 되고, 또 환관·기녀와 함께 절도 없이 유희하면서 하루 세 차례의 문안을 모두 폐하였으니, 임금의 뜻에 맞지 않았으나 이미 다른 후사가 없었으므로 임금이 매양 종국을 위해 근심하였다.

한번 나경언이 고변한 후부터 임금이 폐하기로 결심하였으나 차마 말을 꺼내지 못하였는데 갑자기 유언비어가 안에서부터 일어나서 임금의 마음이 놀랐다. 이에 창덕궁에 나아가 선원전에 전배하고, 이어서 동궁의 대명을 풀어 주고 동행하여 휘령전에 예를 행하도록 하였으나 세자가 병을 일컬으면서 가지 않으니, 임금이 도승지 조영진을 특파特罷하고 다시 세자에게 행례하기를 재촉하였다. 임금이 이어서 휘령전으로 향하여 세자궁을 지나면서 차비관差備官을 시켜 자세히 살폈으나 보이는 바가 없었다. 세자가 집영문 밖에서 지영祗迎하고 이어서 어가를 따라 휘령전으로 나아갔다. 임금이 행례를 마치고, 세자가 뜰 가운데서 사배례를 마치자, 임금이 갑자기 손뼉을 치면서 하교하기를, "여러 신하들 역시 신神의 말을 들었는가? 정성왕후께서 정녕하게 나에게 이르기를, '변란이 호흡 사이에 달려 있다'라고 하였다" 하고, 이어서 협련군에게 명하여 전문殿門을 4, 5겹으로 굳게 막도록 하고, 또 총관 등으로 하여금 배열하여 시위하게 하면서 궁의 담 쪽을 향하여 칼을 뽑아 들게 하였다. 궁성문을 막고 각角을 불어 군사를 모아 호위하고, 사람의 출입을 금하였으니, 비록 경재卿宰라도 한 사람도 들어온 자가 없었는데, 영의

정 신만申晚만 홀로 들어왔다.(《영조실록》권99, 영조 38년 윤5월 13일 신유)

임금이 칼을 들고 연달아 차마 들을 수 없는 전교를 내려 동궁의 자결을 재촉했다.

"네가 만약 자결을 한다면 조선국 세자의 이름은 잃지 않을 것이다. 어서 자결하라."

이에 세자는 이마에서 피가 흘러내릴 정도로 머리를 연달아 땅에 부딪쳤다. 영조는 계속 칼을 두드리며 어서 자결하라고 재촉했고 세자가 입을 열었다.

"부자는 천성이 가까운 것이요, 왕은 동서남북이자 전후좌우이니 군부 앞에서 차마 흉측한 행동을 할 수 없으니, 청컨대 밖에 나가서 자결하게 해 주소서."

말이 끝난 뒤 세자는 자리를 옮겨 뜰 남쪽 모퉁이에 가서 영조가 있는 곳을 향해 땅에 엎드리자 영조가 전에서 내려와 섬돌 위에 앉아 말했다.

"내가 죽으면 300년 종사가 망하고, 네가 죽으면 종사는 보존될 것이니 네가 죽는 것이 옳다. 내가 너 하나를 베지 않아 종사를 망하게 하겠느냐."

세자가 통곡해도 영조는 계속 자결을 요구했다. 세자가 용포를 찢어 목을 매자 세자 시강원의 강관들이 풀어 주었다. 영조의 마음은 추호도 변하지 않았기 때문에 세 명의 대신들이 들어

서자 그들이 세자를 옹호할 것으로 생각한 영조는 그들을 파직시켜 버렸다. 그때 세손(정조)이 들어왔다. 그때 세손의 나이 열한 살이었다. 세손은 관과 도포를 벗고서 아버지 사도세자 뒤에 엎드린 뒤 울면서 아비를 말려 달라고 했다.

"누가 세손을 데리고 들어왔는가? 어서 세손을 데리고 나가라."

별군직에게 세손을 데리고 나가라고 소리쳤다. 별군직이 세손을 안으려 하자 세손이 뿌리쳤다. 그 광경을 지켜본 세자가 이광현에게 물었다.

"저자가 누군가?"

"이름은 모르지만 별군직으로 상의 명을 받은 자입니다."

"네가 하늘은 존귀하고 땅은 비천함을 모르는가? 세손이 스스로 나가게 하는 것이 옳거늘 네 어찌 감히 억지로 핍박하는가? 이름이 무언가?"

사도세자가 아들인 정조 앞에서 마지막으로 아들을 두둔하며 자기 목소리를 낸 것이다.

"김수정이라고 하옵니다. 황공하옵게도 이미 명을 받들었으니 세손을 모시고 나가지 않을 수 없습니다."

세손인 정조와 아버지 사도세자가 마지막으로 함께한 참으로 비통한 시간이었다. 김수정이 세손을 안고 나갔고, 영조는 다시 자결하라고 세자를 닦달했다. 세자가 자결하기 위해 용포를 찢어서 목을 매자 강관들이 풀어 주었는데, 그때 갑자기 뜰 가운데 큰 궤가 놓였다. 그 궤가 운명의 뒤주였다. 뒤주를 이용하라고 귀띔해 준 사람은 놀랍게도 세자의 장인인 홍봉한이었다.

영조가 소리쳤다.

"너는 속히 그 속으로 들어가라."

세자가 뒤주로 들어가려 하자 시강원의 강관들이 울면서 만류했다. 크게 노한 영조는 강관들을 가리키며 말했다.

"저들이 다 역적이니, 모두 파직한다. 모두 나가라."

세자는 뒤주의 모서리를 잡고서 마지막으로 아버지를 향해 애원했다.

"아버님 살려 주옵소서!"

세자가 영조를 마지막으로 '아버지'라 부른 것이었다. 세자가 뒤주에 들어가자 영조가 직접 그 뚜껑을 닫고 자물쇠를 잠근 뒤 장판長板을 가져오라고 한 뒤 큰 못과 동아줄로 뒤주를 봉했다. 그리고 다음과 같은 전교를 내렸다.

"세자를 폐해서 서인으로 삼는다."

1762년(영조 38) 윤5월 13일부터 21일까지 여드레 동안 뒤주 속에서 신음하던 세자가 세상을 떠나며 그 사건은 종지부를 찍었다. 사도세자가 들어간 '뒤주'라는 말은《영조실록》에는 나오지 않고 "안에다 엄중히 가두었다自內嚴囚"라고 실려 있으며,《정조실록》에는 '한 물건一物'이라 실려 있다. '뒤주'라는 말은 혜경궁 홍씨의《한중록》에만 실려 있다.

오호라 이는 누구의 허물인고

간힌 지 8일이 되자 뒤주에서 아무 소리도 나지 않아 열어 보니 처참함 그 자체였다. 세자는 드러누워 다리를 꼬부렸는데 도저히 펼 수 없었다 한다. 영조는 세자의 예로 장례를 치르라고만 짧게 말한다. 그리고 세자의 호를 회복해 사도세자라는 시호를 내고, 세자빈(혜경궁 홍씨)에게는 혜빈이란 호를 내린다. 그리고 "나는 미물도 불쌍히 여겨 부나비가 등잔으로 달려들면 손을 휘저어 내쫓았으며, 개미도 밟지 않고 건너서 갔다"라고 말했다.

뒤주 속에서 신음하던 세자를 풀어 달라고 요청한 대신이 한 사람도 없었다. 세자를 따랐던 윤숙과 임덕제는 유배를 갔고, 엄홍복, 서필보, 정중유 등은 목이 잘렸으며 마지막까지 세자를 지키려 했던 조재호는 위리안치형을 받았기 때문이었다.

1762년(영조 38) 7월에 작성된 〈어제 사도세자묘지문御製 思悼世子墓誌文〉에는 "오호라 이는 누구의 허물인고 하니 짐이 교도를 하지 못한 소치일진대 어찌 너에게 허물이 있겠는가?"라고 고백하며 원통해 하지만 이미 지난 일을 변명한들 무슨 소용이랴.

사도세자가 죽은 뒤 두 달이 지난 7월에 장례가 있었고, 장지는 양주의 배봉산(서울특별시 동대문구 휘경동) 기슭이었다. 뒤주를 가져다 놓아 세자를 죽게 만든 세자의 장인 홍봉한이 장례를 관장하는 예장도감의 제조가 되어 다음과 같은 글을 올린다.

신의 어리석은 생각으로는 아직 혈기가 왕성하니 지금은 비록 이와
같아도 1, 2년이 지나면 하늘의 도우심을 받고 신명의 도움을 입어
환하게 탁 트여 본래의 성품이 나타나 근심이 변하여 기쁨이 되기
를 기대하였습니다. 《영조실록》 권100, 영조 38년 8월 26일 병진)

그리고 자신이 죽인 사위의 시신 앞에서 눈물을 흘렸다. 후세
의 사람들은 홍봉한의 눈물을 악어의 눈물이라고 칭했다. 그 뒤
홍봉한의 딸이자 사도세자의 아내이며 정조의 어머니인 혜경궁
홍씨는 《한중록》을 남겼는데, 그것은 친정을 위한 변명이자 자
신의 억울한 인생을 호소한 책이다.

장례를 치른 뒤 곧바로 세손(정조)을 동궁으로 책봉했다. 그때
정조의 나이가 불과 열 살이었다. 그 어린 나이에 한 맺힌 아버
지의 죽음을 목격했던 것이다. 2년 뒤 영조는 세손을 효장세자
의 후사로 입적하면서 사도세자를 추숭하지 말라고 엄중하게
당부했다.

지금부터는 종통이 만세토록 크게 정해졌으니 너의 소생부所生父의
묘우도 저절로 100대토록 편안하게 될 것이다. 아! 무슨 일이 이보
다 더 크다 할 것인가? 만일 사설邪說에 흔들려 한 글자라도 더 높
혀서 받들면 이는 할아비를 잊은 것이고 사도思悼도 잊은 것이 된
다. 《영조실록》 권103, 영조 40년 2월 23일 을사)

'갑신처분甲申處分'이라 불리는 지침이다. 영조는 몇 달 뒤 다시 대신들과 세자에게 하교했다.

> 임금이 공묵합에서 세 대신을 소견하고, 하교하기를 "아! 나날이 더욱 쇠해지고만 있는데 29일이 머지않았으니 어떻게 차마 지나칠 수 있겠는가? (…) 임오년에 대의大義를 만약 통쾌하게 밝히지 않았더라면 윤리가 그때부터 폐지되었을 것이다. 그의 어머니는 만고에 없는 지경을 당했고 그의 아버지는 만고에 없는 의리를 실행했다. 그렇지 않았다면 내가 어찌 오늘이 있었겠으며, 세손 또한 어찌 오늘이 있었겠는가? (…)" 하고, 세손에게 앉으라 명하고 누누이 밝게 유시하였다. 그리고 기주관記注官에게 명하여 일기에 기록하라고 명하였는데, 대신들이 말하기를 "이는 바뀌지 않는 의리입니다" 하였다. (《영조실록》 권104, 영조 40년 9월 26일 을해)

세자가 뒤주에서 죽은 '임오화변'이 있고 난 후에도 영조는 14년을 더 살았다. 사도세자의 아들 정조는 1776년 3월 10일 즉위한 바로 그날 신하들에게 "아! 과인은 사도세자의 아들이다"라고 말했고, 아버지 사도세자를 죽게 한 사람들을 처벌했다.

영조가 여러 번 정조에게 강조한 '처분'은 그 뒤 사도세자를 추숭하는 데 걸림돌로 작용했다. 하지만 추존은 계속 이뤄졌고, 즉위하자마자 아버지를 장헌莊獻으로 추존했고, 묘우인 수은묘를 경모궁이라 했다. 1789년(정조 13) 10월 묘소는 현륭원(현 융릉)으로 개칭되어 지금의 자리로 옮겨졌고, 1815년(순조 15)에 사망한 헌경왕후도 그 이듬해에 현륭원에 합장되었다. 그리고 1899년(고종 36) 고종에 의해 장조로 추존되었다.

화려하게 치장된 능

융릉은 울창한 나무숲에 둘러싸여 있다. 묘내수가 흐르는 금천 교禁川橋는 글자 그대로 '아무나 건널 수 없는 다리'인데 다리를 지나면 능이 시원스레 펼쳐진다. 융릉 안내문을 옆에 둔 홍살문 과 정자각, 능선이 차례로 올려다보이고, 홍살문을 넘어서면 유 독 넓은 향어로를 밟게 된다. 향어로는 가장자리에 장대석을 놓 고 그 안쪽으로 박석을 깔았다.

비각 안에는 두 개의 비가 서 있다. 하나는 현륭원 표석문이 고 나머지 하나는 융릉 표석문이다. 각각 전면에 "朝蘇國 思悼 蔣獻世子 顯隆園"(조선국 사도장헌세자 현륭원), "大韓 蔣祖懿皇帝隆 陵 獻敬懿皇后附左"(대한 장조의황제융릉 헌경의황후부좌)라고 쓰여 있다.

정자각을 지나 왼쪽으로 올라가면 매우 특이한 광경을 목격 할 수 있다. 봉분이 장릉에서와 같이 목단과 연화문을 새긴 병 풍석을 두르고 있고, 꽃봉오리 인석朝石이 눈길을 끈다. 그리고 봉분 앞에 서 있는 장명등은 조선 전기의 팔각 장명등과 숙종과 영조 연간의 사각 장명등의 양식을 합하여 구름무늬를 새겨 놓았고, 기둥 속에는 꽃을 새겨 넣어 새로운 양식으로 창조해 낸 것이다. 난간석은 생략하면서 방위 표시를 위해 꽃봉오리 모양의 인석에 문자를 새겨 놓았으며, 추존 왕임에도 무석인을 세워 놓았다. 누가 보아도 정성을 다해 화려하게 조각하고 치장한 능임을 한눈에 알 수 있다.

융릉은 합장릉인데도 혼유석을 하나만 놓아서 자칫 단릉으로 오해하기 쉽다. 합장릉은 보통 혼유석을 두 개 놓아 그 표시로 삼기 때문이다. 다른 왕릉과 달리 석물들의 크기가 작고 소박해 보여도 화려함의 극치를 이루는 것이 융릉이다. 자세히 보면 망주석에 조각된 다람쥐도 뛰어 노는 모습을 사실적으로 표현했다.

화인처럼 찍힌 어린 날의 기억 속에 아버지 사도세자를 살아 있을 당시 한시도 잊지 않았던 정조의 효심이 구석구석 남아 있는 능이 사도세자가 잠든 융릉이다. 융릉에서 고즈넉하고 호젓한 산길을 휘적휘적 걷다가 보면 정조의 건릉에 이른다.

하늘에서 본 융릉

1. 융릉 능침 정면
2. 융릉 능침 배면
3. 융릉과 건릉의 입지

건릉

융릉

그리운 아버지 곁에
잠들다

정조·효의왕후_건릉

아버지 묘소에 벌초하고 오다가 동생에게 물었다. "아버지와 함께 보낸 시절 중 가장 아름다운 시절이 뭐지?" "아버지하고 고기 잡았던 추억일 거야." 나 역시 아버지와 보낸 시절을 되돌아보며 다시 돌아가고 싶은 시절이 무엇일까 생각해 보면 어린 시절 아버지와 함께 물고기를 잡으며 보냈던 여러 추억들이다.

"또 하나를 더 추가해야 한다면 무엇이지?" 하고 묻자, 동생은 "아버지가 1년에 한 번씩 닭 한 마리를 사 오셔서 삶아 주셨잖아, 그때가 가끔 생각나"라고 대답했다. 그 말을 하며 눈시울을 적시던 동생을 바라보며 '어쩌면 나와 추억이 똑같지' 놀라며 물이 스펀지에 스며들 듯 아련한 옛 추억 속으로 빠져들어

간 적이 있다.

조선 후기 임금으로 가장 많은 사람들에게 각인된 임금은 정조일 것이다. 비극적인 그 생애도 그렇지만 다산 정약용이나 연암 박지원 등 학자들과 함께 문예부흥을 이끌었기 때문일 것인데, 아버지 사도세자와 정조에게도 우리가 기억하는 행복한 시절이 있었을까?

아버지에 대한 효심이 지극했던 정조와 효의왕후가 합장된 건릉健陵은 융릉 서쪽으로 두 언덕을 사이에 두고 있다. 정조(1752~1800, 재위 1776~1800)는 영조의 둘째아들인 사도세자와 혜경궁 홍씨의 맏아들이다. 비妃는 좌참찬 김시묵金時默의 딸 효의왕후孝懿王后(1753~1821)다. 1759년 세손에 책봉된 정조는 사도세자가 비극적 죽음을 맞은 뒤 영조의 맏아들 효장세자(진종)의 양자로 입적되어 왕통을 이었다.

정조는 세손 시절인 1775년(영조 51)부터 대리청정을 하다가 그다음 해인 1776년에 할아버지 영조가 숨을 거두자 임금의 자리에 올랐다. 아버지 사도세자처럼 이 세손의 삶도 바람 앞 촛불 같았다. 세자 시절 행여 자객이 들지도 몰라 한 번도 옷을 벗고 잔적이 없었다고 술회할 정도로 매 순간 백척간두에 서 있었다. 그러나 홍국영을 비롯한 몇몇 사람의 도움으로 그 어려운 시절을 이겨낼 수 있었다.

총명하고 영민했던 정조는 왕위에 오른 뒤 퇴색해 버린 홍문관을 대신하여 규장각을 설치했다. 학문적으로 남인 학파와 가까웠던 정조는 노론 중 진보적인 젊은 학자들이 공부하던 북학 사상에도 관심을 기울였고, 박지원, 박제가, 이덕무, 정약용 등을 비롯한 수많은 인재들을 육성했다. 그런 연유로 박지원과 친밀하게 지냈던 사람들을 규장각 검서관에 기용했다. 하지만 1794년(정조 18) 박지원과 박제가 등의 실학자들이 주도한 문체반정文體反正에 대하여 경화 벌열의 자제들이 사대부로서 책무를 자각하지 못하고 소품문이나 유희적 글쓰기에 빠져 있다고 비판하여 모처럼 싹트려던 문학의 발전을 저해했다는 평가를 받고 있다.

아들의 애달픈 사부곡

아버지를 생각하는 마음에 자주 능 행차를 했던 정조는 생전에 현륭원(현 융릉) 근처에 묻히기를 바랐다고 한다. 정조의 간곡한 소원이 이루어져 죽은 뒤에야 영원히 아버지 곁으로 돌아온 것이다.

정조는 영우원에 있던 아버지의 묘소를 열고 좁다고 여겼으므로 즉위 초부터 이장할 뜻을 가졌다. 그러나 그 성품이 너무 신중한 나머지 세월만 보내고 있었다. 이를 보다 못한 금성위 박명원(박지원의 삼종형)이 1789년 천장에 대한 상소문을 올렸다. 이에 박명원의 상소문을 받아들인 정조는 신하들과 의논한 뒤 천장을 결정하고 다음과 같이 하교했다.

기해년(1779)에 봉표해 둔 곳이 바로 이른바 유두乳頭로서, 아래쪽
의 낮은 곳에 비하면 너무 올라오고 드러나는 혐의가 없지 않으니,
오직 달무리처럼 둥그렇게 평탄한 곳이 바로 진정한 복룡길지福龍
吉地다. 길일이 머지않았으니 오늘날의 급선무로는 그 고장 백성들
을 안정시키고 다음으로 고을을 옮길 계획을 의논하는 것이 가장
마땅하다. 나는 인정이 편안한 뒤에야 지리도 길해진다고 생각한
다. 백성을 옮기는 일에 관해서는 내가 이미 여러모로 계획을 세워
각각 살 곳을 정해 안주하게 하였거니와, 왕명을 선포하고 백성들
을 무마하는 책임을 맡은 나의 신하는 감사와 지방관이 바로 그들
이다. (《정조실록》 권27, 정조 13년 7월 11일 을미)

모든 일을 매사에 신중하게 결정하지만 결정이 되면 곧바로
실행하는 정조가 아버지의 묘 이장지로 눈여겨 둔 곳이 수원의
용복면에 있던 화산花山(華山)이었다. 그곳을 살펴본 지관들의
말은 한결같이 길지라고 했다. 길지도 그냥 길지가 아니라 지극
히 길하고 모든 것이 완벽한 묏자리라는 것이었다.

화산이 왼쪽으로 돌아가 서북쪽[乾方]으로 떨어져서 주봉이 되고 서
북쪽의 주산主山이 서북과 북쪽 사이[亥方]로 내려오다가 북쪽 사이
[癸方]로 돌고 다시 북동쪽[丑方]으로 돌고, 동북쪽[艮防]으로 바뀌면
서 입수합니다. 앞에 쌍봉이 있는데 두 봉우리 사이가 비었고, 안에
작은 언덕이 있는데 그 형상이 마치 구슬 같습니다. (…) 청룡 네 겹

과 백호 네 겹이 에워싸 자리의 기세가 만들어졌는데, 혈六이 맺힌 곳이 마치 자리를 깐 것처럼 펑퍼짐하니 혈 자리가 분명합니다. 뻗어 온 용의 기세가 700리를 내려왔는데, 용을 보호하는 물이 모두 뒤에 모였으며, 현무玄武로 입수했으니 천지와 함께 영원할 더 없는 길지라고 할 수 있습니다. (《정조실록》 권27, 정조 13년 7월 13일 정유)

용이 엎드린 형국이라는 '용복龍伏'이라는 지명도 한몫했을 것이다. 원래 그 자리는 풍수에 능했던 윤선도가 그가 가르친 제자인 효종이 승하하자 적극적으로 추천했던 묏자리였다. 어렸을 때부터 효종을 닮았다는 소리를 많이 들었던 정조는 그곳에다 아버지 묘소를 옮기기로 했다.

그해 8월부터 능을 옮기기 위한 공사를 시작하면서 수원부 관아를 팔달산 아래로 옮겨 행궁을 설치했다. 그 뒤를 이어서 화성을 가는 길목인 과천과 시흥에도 행궁을 지었다. 안양역에는 파발을 담당하는 사람들이 묵을 집을 짓고 노량진에는 진영을 설치했다. 양주 배봉산에서 이장식을 거행하면서 신하들 앞에 선 정조는 하염없이 눈물을 흘리며 다음과 같이 말했다.

구광舊壙의 재해가 이토록 심한데도 차마 28년이 지난 지금에서야 현궁을 받들었으니, 이는 나의 불효이다. 그러나 지금 이후로는 부친을 여읜 슬픔을 웬만큼 위로할 수 있게 되었다. 변두籩豆를 올리고 의물儀物을 갖추는 것으로써 조금이나마 성의를 펼 수 있게 되

었다. (《국조보감》 권73, 정조조 13년)

정조는 그 자리에서 새로 조성되는 묘역에서 이사를 가게 되
는 백성들에게 10년 동안의 부역을 면제하고, 수원부의 백성들
에게도 1년 동안 부역을 면해 줄 것을 명했다. 이 외에도 실록
을 보면 정조가 얼마나 그의 아버지를 사랑했는지 알 수 있다.

지금부터는 수원부사를 유수로 승격시키어 장용외사壯勇外使와 행
궁정리사行宮整理使를 겸임하게 하고 오직 대신이나 무장으로 특지
를 받아 '유수에 임명하고' 또 판관判官을 두어 보좌하게 하라. (《정
조실록》 권37, 정조 17년 1월 12일 병오)

이렇게 수원부사를 유수로 승격시킨 정조는 현륭원과 화성
일대의 경제적 기반을 육성하고 백성들의 생활을 안정시키기
위한 둔전을 설치하고서 산을 둘러 본 뒤 산의 이름이 화산이니
꽃나무를 많이 심는 것이 좋겠다고 했다. 그 뒤 화산 일대에 대
규모 조림造林을 했는데, 융릉 주변의 40리에 걸쳐 나라 안에서
가장 좋다는 나무와 꽃을 심었다. 또한 솔잎을 갉아먹는 송충이
를 없애기 위해 송충이 한 그릇을 잡아 온 백성에게는 엽전 7문
씩을 주었고, 그 송충이들을 화산에서 30리쯤 떨어진 서쪽 바다
에 있는 빈정포濱汀浦(현 화성시 매송면 야목 4리)에 버렸다고 한다.
그 뒤 '빈정포'라고 쓴 부적만 소나무에 붙여도 송충이가 죽었

다는 이야기가 전해진다.

화성 능 행차를 마치고 돌아가던 길에 지지대 고개에서 일찍이 공자가 "부모가 인연을 맺었던 나라를 떠나니 더디게 걷노라"라고 썼던 것처럼 애달픈 시 한 편을 남겼다.

혼정신성 사모함 다하지 못해

이날 또 화성을 찾아보니

가랑비 내려 침원을 적시는데

재전을 배회하던 이내 마음

사흘 밤을 견디기는 어려웠으나

칠분이나마 이루었네

지지대 길에서 머리 들어 바라보니

그 속에 애틋한 구름이 피어나누나 (《정조실록》 권44, 정조 20년 1월 24일 신미)

삼각산이 울던 날

정조는 1800년 6월 49세의 나이로 세상을 떠났다. 실록은 그날의 역사를 다음과 같이 기록했다.

이날 유시酉時에 상이 창경궁의 영춘헌에서 승하하였는데 이날 햇빛이 어른거리고 삼각산이 울었다. 앞서 양주와 장단 등 고을에서 한창 잘 자라던 벼 포기가 어느 날 갑자기 하얗게 죽어 노인들이 그 것을 보고 슬퍼하며 말하기를 "이것은 이른바 거상도居喪稻(상복을 입는 벼)이다" 하였는데, 얼마 안 되어 대상이 났다. (《정조실록》 권54, 정조 24년 6월 28일 기묘)

정조가 승하한 뒤 그 행장은 신하들을 대표했던 이만수가 지었다.

왕은 하늘에서 타고난 총명과 슬기에다 너그럽고 인자하고 검소한 마음씨를 지녔다. 육경을 기본으로 하여 천인 성명性命의 이치를 터득하고 삼고三古에 뿌리를 둔 예악 성명聲明의 치적을 남기었다. (…) 왕은 타고난 용지에다 세상을 덮을 만큼 신무神武하여 비록 100년 승평昇平을 유지하고 북소리 한 번 내지 않았지만 중국을 개연하게 여겨 이 땅덩어리 전체를 한번 뒤흔들고 싶은 뜻이 있었던 것이다. (《정조실록》 부록, 정조 대왕 행장)

정조의 건릉은 융릉 동쪽 두 번째 언덕에 있었다. 그러나 풍수지리상 좋지 않다는 의견 때문에 길지를 물색하던 중, 효의왕후가 승하하자 지금의 자리인 융릉 서쪽으로 옮겼다. 효의왕후는 시어머니인 혜경궁 홍씨를 지성으로 섬겨 궁중에서 감탄하지 않은 사람이 없었다. 성품이 개결하고 우애가 지극했으며 공사가 분명하여 어떤 공물도 사가로 내보낸 적이 없었다

한다. 일생을 근검·정결하여 여러 차례 존호가 올려졌으나 번번이 거절했다. 일생을 검소하게 보낸 효의왕후는 소생을 두지 않고 49세에 남편 정조와 사별한 뒤 왕대비로 진봉되었고, 1821년(순조 21) 3월 창경궁 자경전에서 69세를 일기로 세상을 떠났다.

건릉은 소나무와 갈참나무가 우거진 길로 한참을 걸어가야 능에 이르는데, 그 길이 마치 잘 조성된 산책로처럼 그윽하기 이를 데 없다. 건릉도 융릉과 마찬가지로 홍살문에서 정자각까지의 향어로가 다른 능과 다르다. 홍살문에서 정자각까지의 향어로가 융릉보다는 잘 정돈되어 있고, 박석이 양옆으로 넓게 깔린 것이 융릉과 비슷하다. 향어로가 끝나는 지점쯤에 정자각이 서 있고, 그 오른쪽에 비각이 있다.

건릉은 융릉과 구도는 물론 분위기까지 매우 흡사한데, 봉분에 병풍석은 두르지 않고 난간석만 둘렀다. 그 밖의 모든 상설은 융릉의 예를 따랐으며, 합장릉인데도 단릉처럼 혼유석은 하나를 놓았다. 팔각 장명등도 융릉의 것과 같이 화문花文이 새겨져 화려하다. 혼유석에는 면마다 둥근 원을 그리고 매화와 난초, 국화를 새겨 넣었다. 능침의 봉분 주변으로는 석양, 석호, 팔각 장명등, 망주석 등의 석물이 배치되어 있다. 봉분 뒤쪽으로는 삼면 곡장을 둘렀다.

한편 그곳에서 1.7킬로미터쯤 떨어진 화성시 송산동의 화산 기슭에 정조가 그의 아버지 사도세자의 넋을 위로하기 위한 원찰로 삼은 용주사가 있다. 이 절은 신라 문성왕 때 염거화상이 창건했으며, 병자호란 당시 불에 타 폐사가 된 것을 정조가 아버지의 넋을 위로하기 위해 중창했다. 이 절을 낙성하던 날 용이 여의주를 물고 승천하는 꿈을 꾼 정조가 절 이름을 용주사龍珠寺라고 했다고 한다. 용주사 불화는 당대 최고의 화가 김홍도가 감독했다. 용주사 경내에는《부모은중경父母恩重經》을 판화로 새긴 그림들이 안치되었다. 이를 두고 이능화는《조선불교통사》에서 "조선 정조는 용주사를 창건하고 단원 김홍도에게 불전佛殿의 탱화를 그리게 하니, 더 이상 보충할 데가 없이 정교하여 가히 입신의 경지에 든 듯 묘妙하다"라고 높이 평가했다.

용주사 입구에 서 있는 홍살문을 지나면 융건릉의 향어로처럼 박석이 깔려 있다. 당시 박석은 궁궐 대전에서나 깔 수 있었다. 뒤주에 갇혀 죽은 아버지지만 그 왕에 대한 예를 맞춘 것이다. 대웅전 바로 옆 호성전에는 지금도 사도세자와 혜경궁 홍씨의 위패가 남아 있다.

정조가 아버지 사도세자를 위하여 쌓은 수원 화성은 이제 유네스코가 지정한 세계문화유산이 되어 수많은 사람이 즐겨 찾는 나라 안의 명소가 되었고, 융릉 참배를 위해 오갔던 삼남대로는 걷는 사람들이 늘고 있으니, 구천에서 정조가 이런 풍경을 보고 있다면 어떤 생각을 할 것인지 궁금해진다.

하늘에서 본 건릉

1. 건릉 능침 전경
2. 건릉 능침 배면
3. 건릉 금천교

왕릉 가는 길

2007년 2월 5일 초판 1쇄 발행 | 2021년 1월 22일 3쇄 발행

지은이 신정일
펴낸이 김상현, 최세현   **경영고문** 박시형

책임편집 최세현   **디자인** 박선향
마케팅 임지윤, 양근모, 권금숙, 양봉호, 이주형, 조히라, 유미정, 전성택
디지털콘텐츠 김명래   **경영지원** 김현우, 문경국
해외기획 우정민, 배혜림   **국내기획** 박현조
펴낸곳 ㈜쌤앤파커스   **출판신고** 2006년 9월 25일 제406-2006-000210호
주소 서울시 마포구 월드컵북로 396 누리꿈스퀘어 비즈니스타워 18층
전화 02-6712-9800   **팩스** 02-6712-9810   **이메일** info@smpk.kr

© 신정일(저작권자와 맺은 특약에 따라 검인을 생략합니다)
ISBN 979-11-6534-281-4 (03810)

쌤앤파커스(Sam&Parkers)는 독자 여러분의 책에 관한 아이디어와 원고 투고를 설레는 마음으로 기다리고
있습니다. 책으로 엮기를 원하는 아이디어가 있으신 분은 이메일 book@smpk.kr로 간단한 개요와 취지, 연락
처 등을 보내주세요. 머뭇거리지 말고 문을 두드리세요. 길이 열립니다.